KB262498

그와
그녀의
90일

그와 그녀의 90일

초판 1쇄 찍은 날 § 2009년 7월 24일
초판 3쇄 펴낸 날 § 2014년 12월 18일

지은이 § 김랑
펴낸이 § 서경석

편집장 § 권태완
편집책임 § 나정희
편집 § 최고은

펴낸곳 § 도서출판 청어람
등록번호 § 제1081-1-89호
등록일자 § 1999. 5. 31
어람번호 § 제5-0238호

주소 § 경기도 부천시 원미구 심곡 2동 163-2 서경B/D 3F (우) 420-822
전화 § 032-656-4452 팩스 § 032-656-4453
http://www.chungeoram.com
E-mail § eoram99@chollian.net

ⓒ 김랑, 2009

ISBN 978-89-251-1882-6 03810

Chungeoram romance novel
그와
그녀의
90일
김랑 지음
도서출판
청어람

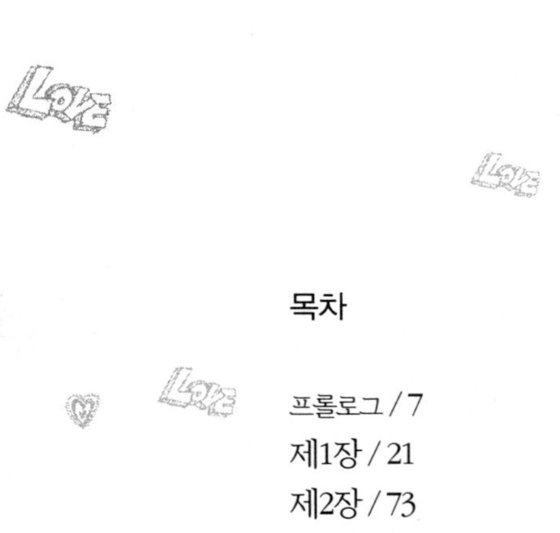

목차

그와 그녀의 90일

프롤로그

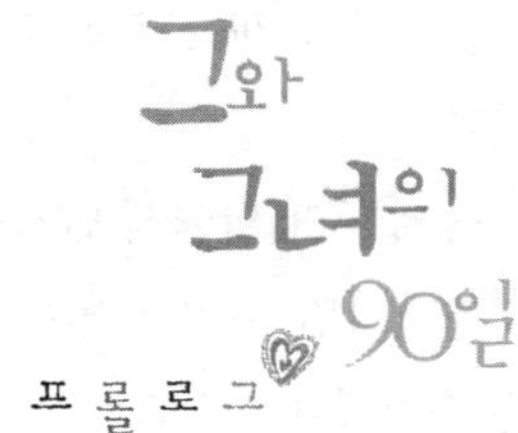

❀ 그와 그녀의 남은 시간 90일.

현관문을 열고 들어오던 소은은 움찔 멈춰 섰다.

아무도 없어야 할 집이, 분명 캄캄해야 할 집이 환하게 밝혀져 있었기 때문이었다.

'누가 왔을까.'

소은은 재빨리 머리를 굴렸다.

마음대로 집에 들어올 수 있는 사람이 몇 명이며 과연 누구일지.

설마 서초동 마녀님은 아니겠지?

소은은 고개를 숙여 현관에 가지런히 놓여 있는 구두를 쳐다봤다.

솜씨 좋게 닦여서 반짝반짝 윤이 나는 남자 구두.

그렇다면 주인도 없는 집에 마음대로 들어온 사람은 남자라는 뜻이었다.

소은은 다시 한 번 신발을 내려다봤다. 못 보던 신발이었다. 아니다. 언젠가 본 적이 있더라도 기억 못할 수도 있었다.

도둑이 현관에 곱게 신발 벗어놓고 털려고 들어왔을 리는 없고 집에 들어올 자격이 있는 사람이라는 뜻인데, 어쨌거나 자격이 있는 그 사람은 누굴까?

소은은 조용히 안으로 들어가서 주위를 살폈다.

일단 거실엔 아무도 없었다. 인기척도 느껴지지 않았다. 살금살금 주방을 들여다봤지만 주방에도 사람이 없었다.

소은은 침실로 걸음을 옮기며 설마하니 아무리 집에 올 자격이 있는 사람이라 할지라도 몰상식하게 함부로 안방에 침입할 리는 없을 것이라 생각하며 막 문고리를 잡는데 벌컥 문이 열리더니 시커먼 그림자가 쑥 튀어나왔다.

소은이 뒷걸음질까지 치며 화들짝 놀랐지만 남의 집 안방을 몰상식하게 공략한 시커먼 남자는 아무렇지도 않은 얼굴로 소은을 쳐다봤다. 뭘 그렇게 놀라느냐는 듯이.

놀란 가슴을 진정시키려고 애쓰며 정신을 차려보니 어디서 많이 본 남자였다. 그리고 어디서 많이 본 그 남자는 트렁크 팬

티 한 장만 달랑 입은 채로 천연덕스럽게 소은을 바라보고 있었
다.

어디서 많이 본 남자, 장진혁.

"어디 갔다 왔어?"

진혁이 소은을 아래위로 훑어보며 물었다. 썩 반가워하는 것
같지 않으면서도 그렇다고 적대적이라고 할 수도 없는, 별 감정
이 느껴지지 않는 무덤덤한 표정이었다.

"어디 좀…… 그런데 왜 왔어요?"

소은의 질문에 진혁이 뭐 그런 터무니없는 질문이 다 있냐는
표정으로 소은을 노려봤다.

"언제 왔냐고 물어야 하는 것 아니야?"

"그렇군요. 언제 왔어요?"

"두 시간쯤 됐어."

진혁이 주방으로 걸음을 옮기며 대답했다.

"그런데 왜 팬티만 입고 있어요?"

소은이 진혁을 따라가며 물었다.

"샤워했거든."

진혁이 갑자기 걸음을 멈추고 획 돌아서며 대답했고 그 바람
에 하마터면 소은은 진혁의 넓은 가슴팍에 부딪칠 뻔했다.

훌륭하네.

소은이 마음속으로 나무랄 데 없이 탄탄한 근육질의 가슴을
훑어보며 칭찬한 후 진혁의 왼쪽 옆구리 쪽으로 살짝 돌아가서

냉장고 문을 열었다.

"뭐 줄까요?"

소은이 냉장고 안을 들여다보며 물었다.

"물."

소은은 냉장고 문을 괜히 열었다고 생각하며 정수기로 가서 컵에 물을 따라 진혁에게 건넸다.

"그런데 왜 왔어요?"

소은이 또다시 묻자 진혁 역시 또다시 황당하다는 표정을 지어 보였다.

"여긴 내 집이야."

그랬지 참.

"그건 그렇죠. 그러니까 내 말은 온다는 연락도 없었고 또 한국에 오더라도 여긴 안 왔잖아요."

소은의 말에 진혁이 물을 마시며 약간 찌푸린 표정으로 그녀를 쳐다보다가 물컵을 내려놓고 주방을 나갔다.

소은은 진혁이 내려놓은 물컵을 싱크대로 가져가서 닦기 시작했다.

"설마 오래 있진 않겠지? 빨리 갔으면 좋겠는데……."

혼잣말로 중얼거린 후 다 닦은 컵을 내려놓고 돌아서던 소은은 바로 앞에 서 있는 진혁 때문에 기겁하고 말았다. 분명히 나갔었는데 언제 돌아온 걸까.

"만난 지 5분도 안 됐는데 내가 귀찮아 죽겠는 모양이군."

진혁이 소은 앞에 바짝 붙어 서서 신경질적인 어투로 말했다.

"뭐, 귀찮다기보다는…… 사실 편할 것도 없죠."

소은이 솔직하게 대답하고는 이번엔 진혁의 오른쪽 옆구리 쪽으로 살짝 돌아서 주방을 나왔다.

"서초동에는 들렀다 왔어요?"

"아니, 저녁에 가겠다고 했어."

"물론 난 안 가도 되죠?"

소은이 일부러 예쁜 척 웃으며 물었다.

"가야지."

진혁은 간단하게 대답했고 소은은 즉시 예쁜 척했던 미소를 싹 지웠다.

"어제도 갔다 왔는데…… 어제 서초동 갔을 때도 아무 말씀 안 하셨어요. 서초동에선 오늘 당신이 돌아온다는 거 알고 계셨죠?"

"어머니가 말씀 안 하셨나?"

"나 같은 건 몰라도 된다고 생각하셨나 보네요."

소은이 날이 선 목소리로 대꾸했다.

"어제도 갔다 왔는데 또 가야 해요? 서초동 먼저 들렀다 오지 그랬어요."

소은이 침실로 들어가며 툴툴거리자 진혁이 따라 들어왔다.

"저녁 먹으러 갈 거야. 옷 갈아입어."

진혁의 말에 소은은 서초동에서 밥 먹고 싶은 생각이 단 1%

도 없었기 때문에 못마땅함에 입술을 실룩거리며 옷 방으로 들어왔다.

"혼자 실컷 먹고 올 것이지."

소은이 낮은 목소리로 푸념을 터뜨리며 옷장에서 옷을 고르고 있는데 진혁의 목소리가 들려왔다.

"저녁은 다른 데서 먹을 거야. 서초동엔 잠깐 들렀다 올 거야."

진혁의 말에 소은이 정말 다행이라고 생각하며 침실로 얼굴을 내밀었다.

"정말요? 얼마나 있을 거예요?"

"1시간."

나이스! 1시간. 1시간이면 버틸 수 있었다.

소은이 다시 옷 방으로 와서 서둘러 입고 있던 청바지에서 한쪽 다리를 빼냈는데 진혁이 불쑥 옷 방으로 들어왔다. 소은이 한쪽 다리만 바지에 끼워놓고 몸은 반쯤 숙인 어정쩡한 자세로 진혁을 쳐다봤다.

"에…… 벗을까요, 입을까요?"

소은의 물음에 진혁이 소은의 쭉 뻗은 다리를 천천히 훑어 내리더니 '벗어' 하고 대꾸했다.

소은은 나이트가운을 걸쳐 입고 끈으로 여민 후 바지를 벗었다.

"뭐 먹을 거예요?"

"호텔 중식당 예약해 뒀어."

진혁의 대답에 소은이 고개를 끄덕인 후 야릇한 눈길로 진혁을 쳐다봤다.

"왜 쳐다봐?"

"언제 나갈 건지 궁금해서요."

"내가 있으면 옷 못 갈아입나?"

"……보이고 싶지 않은 부분이 있어서요."

"그게 뭘지 궁금하네."

진혁이 소은에게 의미심장한 눈길을 던지며 말했다.

"안 보는 게 나을 거예요. 실망시키고 싶지 않거든요. 더 실망시킬 것도 없겠지만."

"더 궁금한데?"

진혁은 절대 자리를 비켜줄 생각이 없다는 듯 말했다.

소은은 잠깐 동안 공개를 할 것인가 말 것인가를 고민하다가 공개하는 쪽을 택했다. 분명 진혁이 몹시 실망하겠지만 미리 경고를 했고 또 진혁이 실망한다고 해서 크게 미안할 일은 아니었기 때문이다.

소은이 옷장 문을 활짝 열어젖히자 기다렸다는 듯이 아무렇게나 우겨져 있던 옷들이 바닥으로 쏟아져 내렸다. 쏟아져 내렸다기보다는 무너져 내렸다는 것이 더 옳은 표현일 것이다. 빈틈없이 꾸역꾸역 위태롭게 우겨져 있던 옷들이 옷장 문이 열리는 순간 산사태처럼 와르르 무너져 내렸으니까.

진혁은 바닥에 쏟아져 산을 이룬 옷가지들을 약간 놀란 표정으로 쳐다보다가 곧 소은에게로 시선을 옮겼다. 마치, 이게 뭐 하는 짓이지? 하는 듯한 표정으로.

"날 잡아서 정리를 할 생각이었는데…… 날 잡기 전에 와버렸
네요."

"일하는 아줌마는?"

"옷 방엔 들어오지 말라고 했거든요."

"왜?"

"서초동에서 온 사람이잖아요. 서초동에 나의 실체가 전해지
면 짧아도 3박 4일 동안은 무릎을 꿇은 채 환경정리에 대한 가
르침을 받아야 할 거예요."

"당신의 실체가 뭔데?"

"음…… 정돈되지 않은 천연의 멋?"

소은의 대답에 진혁의 표정이 말도 안 된다는 듯이 살짝 찌푸
려졌다.

"그래서 뭘 입을 거야?"

"그러니까……."

소은은 쏟아진 옷가지들 속에서 재빨리 한 쌍의 투피스를 찾
아냈다.

"이거요."

진혁은 소은이 찾아낸 투피스의 주름만큼이나 미간에 오글오
글 주름을 잡은 채 마뜩찮은 표정으로 소은을 쳐다봤다.

"금방 다리면 돼요."

"금방이 몇 분인데?"

"대략…… 30분?"

"30분이 금방이야?"

"다림질하는 게 자주 있는 일은 아니라서……."

소은이 약간 민망한 얼굴로 중얼거린 후 투피스를 들고 침실로 가려는데 진혁이 문을 막고 비켜주지 않았다.

"비켜줘야 30분 내로 다려요."

"정말 내가 오는 걸 모르고 있었어?"

진혁이 제법 심각한 표정으로 물었고 소은은 속으로 코웃음을 쳤다. 심각한 척하는 모습이 가식처럼 느껴졌기 때문이었다.

"내가 모르길 바랐던 것 아니에요? 깜짝 파티가 준비되어 있지 않은 걸 보니 이번에도 밟혔네요."

"밟혔다니?"

"당신이 돌아오는 걸 나만 모르고 있으니 밟힌 거죠. 이젠 하도 밟혀서 아프지도 않네요. 비켜요. 시간 끌면 더 늦어져요."

"서초동은 내일 가지."

"정말요?"

떨떠름하던 소은의 얼굴이 활짝 펴졌다.

"배고파. 30분 못 기다려."

"나도 투피스 입기 싫었어요."

소은은 쌓여 있는 옷더미 위에 투피스를 미련없이 획 집어 던지고는 청바지를 집어 들었다.

"그렇다고 청바지를 입어도 된다는 말은 아니야."

진혁이 말했고 소은은 울트라 밉상이라고 생각하며 진혁을 노려보다가 투피스를 도로 집어 들었다.

"30분 기다려요."

소은이 투피스를 들고 옷 방을 나가려고 하자 진혁이 막았다.

"청바지 입어."

짜증이 배어 나오는 진혁의 말에 소은은 진혁의 기분과 전혀 상관없이 활짝 웃었다.

"나가줘요."

나가달라는 소은의 말에 진혁이 뭔가 수상하다는 표정으로 소은을 쳐다보다가 옷 방을 나갔고 소은 역시 진혁이 좀 이상하다고 생각하며 재빨리 바지를 입고 침실로 나갔다.

"난 자장면 먹을래요. 삼선자장면."

소은이 신이 난 목소리로 말한 후 나이트가운을 벗어 침대에 던졌다.

진혁은 소은이 집어 던진 나이트가운을 찌푸린 얼굴로 쳐다보다가 소은에게 시선을 옮겼다. 나이트가운을 침대에 집어 던진 것이 마음에 들지 않다는 뜻이었다. 하지만 소은은 전혀 개의치 않았다.

"코스 요리 주문했어."

"자장면은 안 준대요?"

소은의 질문에 진혁이 낯선 사람을 보는 듯한 표정으로 소은을 쳐다봤다.

“왜 그렇게 봐요?”

“기분 좋은 일 있나?”

“난 늘 기분 좋은데요?”

늘 기분이 좋다는 소은의 대답이 진혁은 기분 좋게 들리지가 않았다. 남편이 없는데도 늘 즐거운 아내라…… 달갑지 않았다.

“원래 이렇게 말 많지 않았잖아.”

“나하고 얘기해 본 적 없잖아요.”

소은이 정곡을 찔렀다. 달리 반박할 여지가 없는 명답이었다. 실제로 진혁은 3년 가까운 부부 사이를 유지하면서 소은과 대화 다운 대화를 나누어본 적이 없었다. 떨어져 지낸 탓도 있겠지만 정확한 이유는 진혁이 소은과의 대화를 거부했기 때문이었다.

“서초동에서나 다른 자리에서 말이야.”

“서초동이나 다른 자리에서도 모두들 날 투명인간 취급했잖 아요.”

소은의 냉랭한 대구에 진혁의 미간에 미세한 주름이 잡혔다 가 펴졌다.

“그냥 자장면 먹으면 안 되나? 코스 요리는 시간이 너무 걸리 는데…….”

소은이 조금 불만스러운 듯이 중얼거리며 거실로 나와 현관 앞 콘솔에 내려놓았던 가방을 집어 들고 신발을 신는데 편하게 카디건을 걸쳐 입은 진혁이 밖으로 나왔다.

“혼자 뭐라고 구시렁거리는 거야?”

“간단하게 자장면 한 그릇으로 해결하면 안 되나 해서요.”

“안 돼. 제대로 먹을 거야.”

“자장면도 곱빼기로 먹으면 배불러요.”

소은이 꽤 설득력있는 목소리로 말했지만 진혁은 깨끗하게 무시했다.

진혁은 일류 요리사가 만든 일품요리가 아니라 시장기를 해결하기 위해 대충 씹어 삼키는 듯한 소은을 흘깃거리고 있었다.

소은은 살짝 찌무룩한 표정이었고, 전혀 낯선 사람들끼리 빈자리가 없어서 하는 수 없이 합석한 듯 불편함까지 느껴질 만큼 진혁을 타인 혹은 곁에 없는 사람 취급하고 있었다.

어떻게 하면 함께 식사하러 온 동행을 이토록 철저하게 무시할 수 있는 것인지 불쾌함을 가장한 서운함이 살며시 고개를 들었다.

“맛없어?”

진혁의 물음에 소은이 고개를 들더니 진혁을 쳐다봤다.

분명 진혁을 보고 있긴 한데 어쩐지 진혁이 아니라 다른 곳을 보고 있는 듯 공허한 시선이었다.

“맛있어요.”

질문의 뜻을 한참 만에 알아들은 듯 소은이 길게 시간을 끈 후에 대답했다.

“맛있네요.”

소은이 한 번 더 맛있다는 말을 반복했지만 처음 대답이 너무 늦게 나왔기 때문에 진심으로 느껴지지는 않았다.

사실 맛이 없는 것은 결코 아니지만, 맛이 없기는커녕 모든 음식이 입에 착착 달라붙게 일품이었지만 문제는 시간이었다.

소은은 해야 할 일 때문에 마음이 급한 상황이라 이렇게 차근차근 천천히 공을 들여 씹고 삼키고 음미하는 시간이 초조했고 그렇기 때문에 맛을 제대로 느끼지 못하고 있었던 것이다.

"왜 대답이 늦어?"

"생각 좀 하느라고. 내가 좀 그래요. 어떤 생각에 꽂히면 거의 유체이탈 수준이 되거든요."

"무슨 생각 했는데?"

"그냥 이것저것……."

소은이 얼버무리자 진혁도 굳이 대답을 들으려고 애쓰지 않았다.

"어떻게 지냈어?"

"잘 지냈죠."

진혁의 질문도 궁금해서 물어본 것이 아니라 마땅히 할 얘기가 없기에 던진 것 같은 뉘앙스가 강했지만 소은의 대답 역시 성의가 없기는 마찬가지였다.

"나한테는 어떻게 지냈냐고 안 물어봐?"

"잘 지냈겠죠."

소은이 지나치게 무관심한 투로 말했기 때문에 진혁은 말문이 막히고 말았다.

그래서 두 사람은 대화의 길을 잃고 말았고 또다시 곁에 아무도 없는 것처럼 앞에 놓인 요리만 조용히 먹게 됐다.

"물어볼 게 있는데요."

식사가 거의 끝날 무렵까지 한마디도 하지 않을 것 같던 소은이 갑자기 말문을 열었다.

"혹시 지금 당장 결혼하고 싶은 여자가 있어요?"

소은의 거침없는 질문에 진혁이 테이블 너머로 소은을 건너다봤다.

"있다면?"

"있다면…… 더는 말할 필요 없구요."

소은이 실망한 투로 말했다.

실망한 듯한 소은의 얼굴을 가만히 지켜보던 진혁이 다시 입을 열었다.

"없다면?"

"없어요?"

소은이 금세 기대감을 품은 표정으로 되물었다.

"그렇다면?"

"그럼 우리 계약 1년만 연장해요. 가능하다면 2년도 좋고."

　소은의 말에 진혁이 조금 놀란 표정으로 소은을 바라보다가 금세 미간을 살짝 찌푸렸다. 썩 달갑지 않은 부탁이라는 듯.

　"왜?"

　진혁은 달갑잖은 마음이 그대로 반영된 듯 탁한 음성으로 물었다.

　소은은 진혁이 마땅찮아한다는 것을 느꼈지만 이왕 꺼낸 말이니 거절당하더라도 밀고 나가보기로 했다.

　"계약대로라면 석 달밖에 안 남았잖아요. 그런데 내가 계획을 잡아둔 게 있는데 석 달 안에는 완수하기가 힘들어서요. 그리고 조금 더 이 생활을 누리고 싶거든요."

“어떤 생활?”

“대체로 자유로운 생활이요.”

소은의 대답에 진혁은 이상하게 기분이 상하고 있다는 것을 느낄 수 있었다.

지금 당장 결혼하고 싶은 여자가 있냐고 소은이 물었고 진혁이 있다면? 했을 때 소은의 얼굴은 실망의 빛이 역력했었다. 진혁은 그 실망의 빛을 소은이 질투하는 것이라 해석했었다. 그리고 계약 연장을 요구했을 때도 무심한 남편이지만 그럼에도 부부 관계를 더 유지하고 싶거나 혹은 앞으로는 잘해보고 싶은 희망이 있기 때문이 아닐까 했었다.

솔직히 말하면 달갑지 않은 표정을 지은 것은 정말 달갑지 않아서가 아니라 그런 척한 것이었다. 계약 연장 제의를 반가워하는 척하고 싶지 않았기 때문이었고 냉큼 받아들이면 어쩐지 자존심을 구기는 것 같았기 때문이다. 달갑지 않은 척했음에도 불구하고 한편으로는 왠지 모를 즐거움도 느꼈었고.

하지만 막상 설명을 듣게 되자 계약 연장의 목적은 질투도 아니고 잘해보고 싶은 희망도 아니었다. 질투와는 전혀 상관없는 자유 때문이라는 것을 알게 되자 진혁은 갑자기 김이 빠지며 기분마저 나빠져 버렸다. 물론 내색하지 않았지만.

한참 동안 소은을 뚫어져라 쳐다보던 진혁은 다시 음식을 먹는데 열중했고 소은은 계약을 연장하기 싫은 모양이라고 생각하며 떨떠름한 표정으로 다른 쪽 머리를 굴리기 시작했다.

계약이 완료되는 시점에 아무에게도 알리지 말고 즉시 프랑스로 도망칠까, 혹은 지금이라도 협상을 해서 소은 자신에게 유리한 쪽으로 계약서를 수정할 것인가 뭐 그런 생각에 골몰해 있던 나머지 진혁이 부르는 소리를 듣지 못했다.

"내 말 안 들려?"

진혁이 세 번째 불렀을 때야 소은이 고개를 들고 진혁을 쳐다봤다.

"뭐라구요?"

"자장면 먹으라고."

진혁의 말에 고개를 숙이자 정말로 어느새 자장면이 놓여 있었다.

"또 유체이탈 중이었어?"

"그랬네요. 멍 때리기가 특기라."

"뭐 때리기?"

진혁이 무슨 소린지 알아듣지 못해 물었지만 소은은 여전히 유체이탈 중인지 진혁의 물음에 아무런 반응이 없었다.

"왜 이렇게 조금 주는 거예요? 한 젓가락이잖아."

정말 한 젓가락이었다. 후루룩 하는 순간 먹을 게 없었다.

"장난하나?"

소은이 투덜거리며 남은 자장 양념을 긁어먹는데 진혁이 자리에서 일어나더니 자장면 그릇을 들고 와 소은의 앞에 내려놓았다.

"더 먹어."

소은은 진혁이 내려놓은 밥공기보다 작은 자장면 그릇을 들여다보다가 고개를 들어 진혁을 올려다봤다.

진혁은 자신의 자장면을 양보하고 직접 가져다준 것에 대해 소은이 작은 고마움을 느껴 감사의 눈빛과 뜻을 전할 것이라 생각했는데 그것은 착각이었다.

"그래 봤자 두 젓가락이에요."

소은은 고맙다는 말은 생략한 채 후루룩 한입에 쓸어 넣었다.

진혁은 단지 소은이 고맙다는 말을 생략한 것뿐인데 그 작은 인사치레를 생략한 것에 서운함을 느끼며 자리로 돌아와 앉았다.

"자장면 좋아하는 줄 몰랐네."

"설마 그것만 모르겠어요?"

소은은 큰 의미 없이 내뱉은 말이었지만 진혁에게는 꽤 충격적으로 받아들여졌다. 가슴 한쪽이 순간적으로 욱신거렸을 만큼.

소은의 말은 틀린 말이 아니었다. 소은이 자장면을 좋아하는 것뿐만 아니라 생각해 보니 소은에 대해서 아는 것이 별로 없었다. 아니, 별로가 아니라 거의 없다고 하는 것이 맞는 말이었다.

소은이 어느 초등학교와 어느 중학교, 고등학교를 졸업했는지도 몰랐다. 분명 언젠가 한 번쯤은 들었을 텐데 기억에서 완전히 지워지고 없었다. 그만큼 소은에게 관심이 없었다는 뜻일 것이다. 결혼까지 했는데 말이다.

소은에 대해 진혁이 아는 것은 기본적이고 단편적인 것들, 소은이 누구의 딸이고 소은이 최종적으로 어느 학교를 나왔는지 정도. 그리고 그다지 똑똑하지 못하며 결혼하기 전 몹시 지저분하게 행동한 전력이 있으며 그래서 서초동과 성북동 양쪽 모두 김소은에 대한 만족도가 매우 낮다는 정도. 그 외에는 아무리 머리를 쥐어짜도 알고 있는 것이 없었다.

진혁이 아주 특별하게 기억하고 있는 것은 소은이 결혼하기 전 입에 담기도 싫을 만큼 지저분한 행동을 한 전력이었다. 그 전력 때문에 소은과의 결혼을 탐탁지 않아 했고 그 때문에 소은에 대해 애정이 없었다. 아내임에도 불구하고 말이다.

"당신에 대해 모르는 게 많아서 서운한 거야?"

진혁이 조금 미안하다는 생각을 하며 물었다. 하지만 소은의 반응은 의외였다.

"괜찮아요. 나도 진혁 씨에 대해 아는 것보다 모르는 게 95% 니까 상관없어요."

소은은 두 사람이 서로에 대해 잘 알지 못하는 것이 그다지 큰일이 아니라는 투로 말했다.

소은의 반응에 미안하던 마음은 사라졌지만 이상하게 그 자리에 서운함이 채워지기 시작했다.

대체 왜 서운한 걸까. 지금껏 단 한 번도 소은을 향해 서운함이나 미안함을 가져본 적이 없었는데 오늘, 지금 갑자기 왜 이런 생소한 기분이 연거푸 드는 걸까.

진혁은 소은처럼 서로에 대해 잘 모르는 것에 대해 별 상관 없다 생각했었다. 그리고 실제로 서로 잘 몰랐다고 해서 큰 문제가 생기지도 않았다. 그런데 지금 갑자기 어쩌면 그건 정말 큰일일지도 모르겠다는 생각이 들었다.

진혁이 소은에 대해 지금부터라도 조금 더 알아봐야겠다고 생각하는 찰나 소은이 찬물을 끼얹었다.

"별로 알고 싶지도 않구요."

소은의 말은 너무도 자연스러웠으며 자연스러움 때문에 지나치게 냉소적으로 들렸다.

일부러 충격을 주기 위해서나 기분을 상하게 하기 위해 던진 말이 아니라 그저 자연스럽게 아무렇지도 않게 뱉은 말이었는데 그 속에는 용광로마저도 단숨에 얼려 버릴 만큼의 차가움이 깃들어 있었다. 그래서 화가 났다. 장진혁에 대해 알고 싶지 않다고 한 말이 너무 자연스럽고 차가워서.

"집에 데려다 줄 거죠?"

"집에서 잘 거야."

"왜요?"

소은이 싫은 감정을 숨김없이 드러내며 거의 소리치다시피 묻자 진혁은 소은의 태도에 어이가 없어서 까칠한 어조로 '내 집이잖아' 하고 대답했다.

"하지만 다른 때는 다른 집에서 잤잖아요."

소은이 포기하지 않고 재차 왜 집에서 자야 하는지를 따졌다.

"이젠 그 집에서 잘 거야."

"그러니까 왜요?"

"내 마음이지."

"아 진짜, 그러는 게 어딨어."

소은이 불만을 숨기지 않고 드러내자 진혁의 낯이 일그러졌다.

"내가 내 집에서 자겠다는데 뭐가 불만이야?"

"아니, 나는 그냥…… 당연히 다른 집에서 잘 줄 알고…… 알았어요. 그럼 미국엔 언제 가요?"

"안 가."

"왜요?"

소은이 또 소리 지르다시피 물었다.

"완전히 들어왔어. 본사 사장 발령났거든."

진혁의 말에 소은의 눈동자가 차갑게 얼어붙었다.

"본사 사장 발령나서 아주 들어왔는데도 난 몰랐다는 거네요. 야, 진짜 제대로 밟혔네."

소은의 입가에 눈동자만큼이나 차가운 미소가 걸렸다.

"그럼 이제 안 가요?"

"안 가."

"영원히?"

"음."

"망했네."

소은의 중얼거림에 진혁이 어이없다는 표정으로 소은을 노려봤다.

"계약 연장해 달라면서 망했다고?"

"난 앞으로도 계속 지금처럼 지낼 줄 알았죠."

소은이 불만스럽게 중얼거렸다.

"왜? 집에 데려와서 자는 남자 있어?"

"데려오고 싶네요."

소은이 시큰둥하게 대꾸했다.

"그리고 나 그렇게 허술한 여자 아니거든요?"

"허술한 여자가 아니라니?"

"집에 남자 데려와서 잤다가 아줌마한테 걸리면 어떻게 될지 뻔히 아는데 집에 데려오겠어요?"

"밖에서는 자고?"

"아 정말, 이러면 곤란한데…… 계획에 차질이 생기는데…….''

소은이 진혁의 마지막 물음을 무시하며 혼자 딴소리를 중얼거렸다.

"잡아둔 계획이라는 게 뭔데?"

"아실 필요 없으십니다."

"알아야겠어."

"왜요?"

"나와 서초동의 명예를 실추시키는 계획일 수도 있으니까."

진혁의 말에 소은이 기가 막히다는 듯이 웃었다.

"별 볼일 없는 남자와 야반도주라도 할까 봐요?"

"그게 계획이야?"

진혁이 냉소를 머금은 채 물었다. 그런 쓰레기 같은 계획을 설계 중이라면 용서하지 않겠다는 듯이.

"비웃을 거라서 말 안 할 거예요."

"정말 별 볼일 없는 놈과 야반도주할 계획인가?"

"그보다는 재미도 없고 스릴도 없는 계획이에요."

"좋아. 비웃지 않을게. 말해봐."

진혁의 말에 소은이 영 미덥지 않다는 표정으로 진혁을 쳐다보다가 먼저 하고 입을 열었다.

"아무한테도 말하지 않고 비밀 지켜주겠다고 약속해요."

"정말 사고 쳤어?"

"사고는 무슨."

"좋아. 약속하지. 뭐야?"

"……내가 뭘 좀 하고 있거든요."

"뭘 하는데?"

"일요."

"일? 당신이 무슨 일을 한다는 거야?"

진혁이 빈정거리는 투로 묻자 소은의 표정에 일순간 싸늘한 냉기가 감돌았다.

"그러게요. 나도 할 수 있는 일이 있더라구요. 놀랍게도."

소은이 표정만큼이나 싸늘한 어조로 받아쳤다.

"내가 일하는 걸 비웃는 게 아니라 놀란 것으로 간주해 줄게요. 나도 놀랐었으니까."

소은이 얼음장처럼 차가운 눈동자를 진혁에게 고정시킨 채 말했다.

"무슨 일을 하는데?"

진혁은 소은의 눈동자가 지금처럼 차가웠던 적은 없었다고 생각하며 빈정거림을 지우고 담백한 어조로 물었다.

금방이라도 모든 것을 얼려 버릴 것 같은 표정의 소은은 정말…… 소은의 모습을 한 다른 사람처럼 보였다. 그래서 진혁은 순간적으로 미세한 두려움마저 느꼈다.

"별로 알고 싶지 않은 것 같으니 그만 일어나죠."

"알고 싶어서 묻는 거야."

진혁이 말했고 소은은 인형의 눈처럼 감정이 없는 눈길로 진혁을 쳐다보다가 낮은 목소리로 입을 열었다.

"번역요."

"번역? 무슨?"

"불어권에서 출간되는 책요."

소은의 말에 진혁이 의외라는 표정으로 소은을 바라봤다.

"번역을 한다고?"

"비웃는 거예요? 웃겨 죽겠어요?"

소은이 극점의 차가움을 뿜어내며 되물었다.

"의외라서 묻는 거야. 비웃지 않아."

진혁은 즉시 정색했다. 더는 소은을 화나게 하거나 오해하게 할 필요는 없었기 때문이었다.

"자랑은 아니지만…… 이미 내가 번역한 책이 두 권이나 출간됐어요. 한 권은 소설이고 물론 전 세계적인 베스트셀러구요. 한 권은 고대미술사 책이에요. 베스트셀러는 아니지만 굉장히 훌륭한 책이구요. 그러니까 난 굉장히 유명하고 훌륭한 책을 두 권이나 번역한 전문 번역가예요. 결국 자랑이네요."

자랑이었지만 소은은 거만하거나 거들먹거리지 않고 남의 얘기하듯 과도하게 건조한 어조로 말했다.

"프랑스에서 유학했지?"

진혁의 물음에 소은은 뻔히 알면서도 묻는 것이 마치 확인 사살을 당하는 기분이 느껴져 대답을 생략했다.

"내가 알기론 유학을 가장한 여행이었다던데. 아버지 재산을 신나게 축낸 유학."

진혁의 말에 소은이 갑자기 픽 웃었다. 무척 빈정이 상한 웃음이었지만 특이하게도 조금 전 온몸을 휘감고 있던 냉기는 많이 사라져 있었다.

"그건 진 여사 얘기구요. 내가 학위를 못 받았기 때문에 프랑스에서 8년 동안 놀다가 온 줄 알지만 내가 학위를 못 받은 건 질색하는 과목을 전공하라며 자기들 마음대로 정했기 때문이에요."

소은이 학위를 못 받은 것에 대해 조금도 부끄러워하지 않고 오히려 당당하게 항변했다.

"번역을 할 정도라면 놀다 온 건 아니군."

진혁의 말에 소은이 픽 웃었다.

"그런데 왜 비밀로 하라는 거지? 번역가…… 멋지잖아."

진혁의 멋지다는 말에 소은이 뜻밖이면서도 한편 진혁의 진심을 알아내려는 듯 깊은 눈길로 진혁을 쳐다봤다.

"정말 그렇게 생각해요?"

"정말 그렇게 생각해."

진심인 진혁의 말에 소은이 희미하게 기쁨의 미소를 지었지만 그 미소는 금방 사라졌다.

"성북동에서는 멋지다고 생각하지 않아요. 서초동도 마찬가지일 테고."

소은이 어느새 시무룩해지고 부정적인 억양으로 중얼거렸다.

"그룹에 전혀 도움이 되지 않는 어정쩡한 딸이라서 내가 뭘 하든 탐탁지 않게 생각하시니까…… 온 세상 사람이 다 칭찬해도 헐뜯을 사람들이니까…… 이러니저러니 말 듣기 싫어 조용히 비밀스럽게 하려구요."

소은이 꽤나 처량맞으면서도 자조적으로 말하자 진혁은 옆구리가 결리는 듯한 얼굴의 소은을 가만히 쳐다보고 있었다.

"그래서 계획은?"

진혁이 한참 만에 물었다.

"계약한 작품이 두 작품이 있고 앞으로도 계속 이 일을 하고 싶기 때문에…… 그래서 조용히 비밀스럽게 이 일을 계속하려면 계약 연장이 필요해요. 완전하게 자리를 잡으려면 시간이 필요하거든요. 우리가 이혼하게 되면 진 여사가…… 날 몹시 피곤하게 할 거라서…….”

이혼 후에 일어날 일을 꼽아보자 생각만 해도 벌써 몹시 피곤해졌다.

"진 여사님이 당신을 왜 피곤하게 만든다는 거야?”

진혁은 단 한 번도 진 여사를 두고 장모님 혹은 어머님이라 칭한 적이 없었다. 그것은 진혁의 심중에 진 여사를 향한 경멸이 담겨 있기 때문이었다.

장모님인 진 여사를 경멸하는 것에는 나름의 이유가 있었다. 진혁이 장모를 경멸하는 가장 큰 이유는 남의 말 빨리 옮기기에 국가대표급이라는 점과 의붓딸인 소은에게 철저하게 의붓어머니로서의 역할만 한다는 점이었다.

남의 말 빨리 옮기기도 현산그룹 회장 사모님 위치에서 할 짓이 못 되었지만 그보다 더 고약한 것은 곧이곧대로 옮기지 않는 것에 있었다. 아무리 보잘것없는 소문이라 하더라도 진 여사의 추한 입을 거치게 되면 엉망으로 망가지고 손댈 수 없이 못 쓰게 됐다.

멀쩡한 사람 망가뜨리는 데는 도가 튼 사람이었기에 진 여사의 입에서 나온 말은 결코 신뢰할 만한 것이 못 되었다.

그 외에도 진 여사는 경멸을 받을 만한 구석이 아주 많은, 아무리 노력해도 좋아지지 않는, 속된 말로 정말 밉상인 사람이었기에 처음부터 장모님 혹은 어머님이라 부를 생각이 없었다. 진혁의 입장에서는 천만다행스럽게도 겨우 3년짜리 장모니까.

"……그 부분은 말하고 싶지 않아요."

"그런데 대체 당신더러 어정쩡하다고 하는 사람이 누구야?"

진혁이 화가 난 어조로 물었다.

누가 감히 김소은을, 이 장진혁의 아내를 어정쩡하다고 말할 수 있냐고 불쾌하다는 듯이.

"진혁 씨도 날 어정쩡한 여자로 보잖아요."

소은이 정곡을 찌르자 진혁이 아주 잠깐 당황했다가 곧 평상시의 표정으로 돌아왔다.

"별로 쓸데가 없는 여자라고 생각했기 때문에 계약 결혼을 제안한 거고 난 계약 결혼을 해서라도 성북동에서 벗어나야 했기 때문에 기꺼이 수락한 거구요. 결국 멍 잡은 꼴이 됐지만."

소은이 씁쓰름한 낯으로 말했다.

"쓸데가 없는 사람이라 생각했기 때문은 아니야."

"맞을 거예요. 맞더라도 상관없어요. 다들 그렇게 생각하기 때문에 특별히 진혁 씨한테만 섭섭하진 않거든요."

소은이 자신에 대한 나쁜 평가에는 초월한 듯 대수롭지 않게 말했다.

진혁은 잠깐 동안 말없이 빈 접시를 쳐다보고 있었고 소은은 정곡을 찔려 무안한 모양이라고 생각하며 '그만 가죠' 하고 말한 후 자리에서 일어났다.

　진혁과 함께 집으로 돌아온 소은은 백을 내려놓기 무섭게 어느 방을 쓸 건지 정하자고 다그쳤다.
　"당신은 어딜 쓰고 싶은데?"
　"나야 당연히 안방이죠. TV도 있고, 욕실도 있고, 드레스 룸도 있고, 책상도 있고."
　"결국 나보고 다른 방을 쓰라는 거군."
　"그래 주면 고맙죠."
　"안방에 책상을 가져다 둔 건 번역 일을 하기 위해서겠지?"
　"맞아요."
　"서재도 있잖아."
　"거긴 한 번도 들어간 적 없어요. 진혁 씨 서재잖아요. 그럼 내가 안방 쓰는 거죠?"
　"알았어."
　"고마워요."
　소은이 밝게 웃어 보인 후 안방으로 들어와 곧장 옷 방으로 들어갔다.
　소은이 여전히 쏟아져 있는 옷가지들을 아무렇게나 옷장 안으로 집어넣으며 입을 옷을 찾고 있는데 진혁이 옷 방으로 들어왔다.

“개키지 않고 그냥 넣는 건가?”

“그건…… 날 잡아서 하려구요.”

“그날이 언젠데?”

“그러니까…… 언젠가.”

소은의 대답에 진혁이 못 말리겠다는 듯 고개를 절레절레 저었다.

“서초동 아주머니가 싫으면 다른 사람을 써도 돼.”

“그러려면 어머니한테 적당한 핑계를 대야 하는데 옷장 들여다볼까 봐 바꿔야 한다는 말은 못하잖아요. 그런데 이게 어딨지?”

소은이 옷가지들을 헤집기 시작했다.

“뭘 찾는데?”

“이거요.”

소은이 엉망인 옷들 사이를 헤집다가 파자마를 찾아내 번쩍 들어 보였다.

“빨간 땡땡이 파자마?”

“예쁘죠?”

“그게 예뻐?”

“정열적이잖아요.”

소은이 씩 웃으며 말한 후 파자마와 함께 반팔 티셔츠 하나를 찾아 들고 옷 방을 나와 곧장 욕실로 들어와서 씻기 시작했다.

“큰일이네. 난 도로 미국으로 갈 줄 알고 계약 연장해 달라고 한 건데 여기서 살면 얘기가 달라지잖아. 매끼는 아니더라도 밥도 해먹여야 하고 지금보다는 훨씬 더 깨끗하게 살아야 하는데…… 아, 미치겠네. 기대치가 높으면 어떻게 하지? 아니야, 아직 계약 연장해 주겠다는 말이 없었으니까…… 연장 안 해주면 어떻게 하지?"

소은은 진혁에게서 확답을 받지 못했다는 것을 기억해 내고 부리나케 샤워를 끝내고 욕실을 나왔다.

진혁에게 계약 연장 문제를 마무리 짓자고 말하려던 소은은 침대에 누워 있는 진혁을 보고 우뚝 멈춰 섰다.

"여긴 내가 쓴다고 했잖아요."

"알아."

"그런데 왜 거기 누워 있어요?"

"나도 이 방 쓸 거거든."

진혁이 소은과는 달리 무덤덤한 표정으로 말했다.

"왜요?"

"TV도 있고, 욕실도 있고, 드레스 룸도 있으니까."

진혁이 당연하지 않냐는 듯 대꾸하며 리모컨으로 TV를 켰다.

"아깐 다른 방 쓴다고 했잖아요."

소은이 TV에 붙어 있는 버튼을 눌러 끄며 말했다.

"다른 방 쓴다는 말은 안 했어."

진혁이 다시 TV를 켰고 소은은 TV를 끄는 대신 몸으로 화면을 막아버렸다.

“이 방을 나한테 쓰라고 한 건 다른 방을 쓰겠다는 뜻 아니었어요?”

“아니. 같이 쓰겠다는 뜻이었어.”

진혁의 말에 소은이 가만히 진혁을 쳐다보다가 한 걸음 다가섰다.

“어쩌다 나하고 한방을 쓸 생각을 하게 된 거예요?”

소은의 질문에 진혁이 어렵게 생각할 것 없다는 얼굴로 소은을 쳐다봤다.

“서초동 아주머니가 매일 집에 들를 텐데 내가 다른 방을 쓰면 금방 들통날 테고 하루도 안 돼서 어머니 귀에까지 들어갈 거야.”

듣고 보니 그러네.

“어머니가 아시게 되면…… 얼마나 우습게 굴었으면 남편이 다른 방을 쓰겠냐고 내가 다 뒤집어쓰겠군요.”

“그렇지.”

“억울하네요.”

“방을 같이 쓰면 억울할 일 없어.”

“그러네요.”

맞는 말인데, 영 찜찜하네.

하지만 아무리 생각해 봐도 당장엔 다른 뾰족한 수가 생각나지 않았다.

서초동 아주머니의 눈치를 말하자면 당해낼 사람이 없을 만큼 빛의 속도로 빠른데 아주머니 눈을 속이기 위해서는 빛보다 더 빠른 속도로 움직여야 한다는 결론이었다. 하지만 그건 불가능했다. 아주머니 눈치보다 더 빨리 움직일 자신이 없었기 때문이다.

그렇다고 진혁과 한방을 쓰는 것도 쉬운 일은 아니었다. 여러 가지 걸림돌이 있었기 때문이다.

"당장엔 방을 같이 쓰는 방법밖엔 없다는 건 이해하지만 분명 몹시 불편해질 거예요."

소은이 사뭇 심각해진 표정으로 말했다.

"당신이 일을 하는 동안엔 절대 방해하지 않을게."

"아뇨. 나 때문에 진혁 씨가 불편할 거라고요."

"어떤 부분에서?"

"여러 가지…… 한방을 써본 적도 없고 또…… 생리적인 부분도 그렇고……."

"생리적인 부분이라는 건 부부 관계를 두고 하는 말인가?"

"그건 큰 문제 아니구요. 내가 말하는 생리적인 부분이라는 건…… 그…… 가스…… 말이에요."

소은이 주저하며 말했다.

"가스?"

"방귀…… 요."

"아."

진혁이 고개를 끄덕였다.

"알다시피 우리가 아직 방귀를 튼 사이가 아닌데다가 내가 매번 방귀가 나오려고 할 때마다 거실이나 혹은 테라스로 뛰어갈 수도 없고…… 또 난 코도 골고 몸부림도 심한 편이고. 두루두루 불편할 텐데요."

"곤란하군. 방귀도 그렇고, 코골이도 그렇고, 몸부림도 그렇고."

"그렇죠? 그럼 어떻게 하면 좋을까요?"

"방귀는 당신이 거실이나 테라스를 이용하도록 하고 당신이 코를 심하게 골아서 내 수면을 방해하면 그때마다 내가 깨우도록 할게. 몸부림도 마찬가지고."

진혁의 말에 소은이 뭐 이런 불공평한 경우가 다 있냐는 표정으로 진혁을 쳐다봤다.

"꼭…… 그렇게 해야 할까요?"

"다른 방법 있나?"

"다른 방법…… 없네요."

소은이 입술을 실룩거리며 말하자 진혁이 눈을 가늘게 뜨고 소은을 노려봤다.

"그런데 부부 관계는 큰 문제가 아니라는 건 무슨 뜻이지?"

"그거야…… 말 그대로 방귀만큼은 큰 문제가 아니라는 거죠."

소은이 어깨를 으쓱하며 말했다.

"그럼 내가 부부 관계를 요구하면 응하겠다는 뜻인가?"

“드디어 나하고 자발적으로 자고 싶어진 거예요?”

소은이 놀란 얼굴로 되묻자 진혁이 허를 찔린 듯 움찔하더니 픽 웃었다.

“이제 내가 여자로 보이는 거예요? 맨 정신에서 자고 싶은 여자로?”

소은의 물음에 진혁의 얼굴에 아주 잠깐 당황하는 빛이 스쳐 갔다.

“원래 그렇게 직선적이었나?”

진혁이 전혀 당황하지 않았다는 듯 평정심을 찾은 억양으로 물었다.

“내가 직선적이에요? 그런 줄 몰랐네요.”

소은이 어깨를 으쓱하며 말했다. 정말로 자신이 직선적이라고 생각한 적이 없었기 때문이다.

“어떻게 할 거예요?”

“좋아. 이리 와.”

진혁이 옆자리를 두드리자 소은이 이맛살을 찡그렸다.

“그거 말고 계약이요.”

“연장이라…….”

진혁은 여전히 내키지 않는 척 반응을 보였다.

“싫어요?”

“연장을 한다면…… 대신 조건이 있어.”

“설마…… 집 밖으로 나가서 방귀를 뀌고 들어오라는 건 아니죠?"

소은이 꽤 심각한 표정으로 묻자 진혁이 어처구니없다는 얼굴로 웃음을 터뜨렸다.

"그것보다는 조금 더 까다로운 조건이야."

진혁의 말에 소은의 얼굴이 일그러졌다.

"뭔데요?"

"아기를 가져야 해."

진혁의 말에 그 즉시 소은의 표정이 이지러졌다.

"아기요?"

"응, 아기."

"정말 아기가 갖고 싶어요?"

소은이 아무래도 의심스럽다는 얼굴로 재차 물었다.

"결혼한 부부가 아기를 갖는 건 지극히 정상적인 것 아닌가?"

"지금까지 우리는 지극히 정상적인 부부가 아니었잖아요. 앞으로도 그럴 거고."

소은이 정곡을 찌르자 일순간 진혁의 얼굴에 당혹감이 스쳐 지나갔다.

"계약을 연장하면서 계속해서 아기를 갖지 않는 것은 아무래도 보기가 좋지 않으니까."

"보기에 좋지 않다고 해서 시한부 부부가 아기를 갖는 것만큼 위험한 일은 없어요. 계약 연장을 위해서 아기를 담보로 잡을 만큼 난 잔인하고 무모한 사람도 아니구요. 바꿔 말하면 진혁

씬 굉장히 잔인하고, 무모하고, 위험한 사람이란 뜻이에요.”

소은이 또다시 매우 중요한 부분을 거침없이 꼬집어주자 진혁은 쉽게 받아치지 못했다.

진혁이 아기 얘기를 한 것은 사실 정말 아기를 갖고 싶어서가 아니라 소은을 골려주기 위해 즉흥적으로 내뱉은 소리였다. 계약 연장 부탁이 퍽 반갑지 않기도 했거니와 소은이 계약 연장을 위해 과연 도박을 할 것인지도 궁금했기 때문이었다.

진혁은 내놓아야 할 담보물이 너무 크기에 소은이 틀림없이 계약 연장을 철회할 것이라고 예상은 했지만 막상 소은이 매우 논리적이면서도 공격적으로 모집자 당황스러웠다.

“당신은 단 한 번도 맨 정신으로 날 안은 적이 없는데 아기를 갖고 싶다니…… 혹시 무슨 심경의 변화나…… 우울증 생겼어요?”

“우울증 생기면 아기가 갖고 싶나?”

진혁이 무슨 말도 안 되는 소리냐는 듯 소은을 노려봤다.

“갑자기 사람이 변하니까 수상해서요.”

“수상할 것 없어. 아까 말했다시피 아기를 갖지 않고 계약만 연장할 경우 분명히 이런저런 말들이 들려올 거라서 한 얘기야.”

“궁금해서 그런데…… 아기를 갖자는 건 진혁 씨 생각이에요, 아니면 서초동 생각이에요?”

소은이 조심스레 물었지만 그 조심스러움 안에는 왠지 모를 의구심과 적대감이 깃들어 있었다.

"내 생각이기도 하고 서초동 생각이기도 해."

서초동이기도 하다는 말에 소은의 의구심은 더욱 커졌다.

"정말 서초동에서 아기 가지라고 했어요?"

"결혼한 지 3년이 지났는데 아기 소식이 없으니까. 당연하지 않아?"

"아기 얘기…… 아버님이 하셨어요, 어머님이 하셨어요?"

"왜 묻지?"

"……어제 서초동에 갔을 때 제일양행 윤 사모님이 아기 언제 가지려고 하냐고 물으셨는데…… 어머니께서 나를 따로 불러서 당분간은 아기 갖지 말라고 하셨거든요."

"어머니가?"

진혁의 미간이 희미하게 일그러졌다.

"알고 있는지 모르겠지만…… 웨딩드레스 가봉하던 날도 그러셨어요. 우리 결혼하고 다음 해 띠가 안 좋으니까 임신하지 않도록 조심하라고. 결혼식 올리기 직전에 신부 대기실에서도 또 말씀하셨고요."

소은의 설명에 진혁은 아무 대답도 하지 않고 여전히 희미하게 미간을 찌푸린 채 소은의 얼굴만 쳐다보고 있었다.

소은 역시 무언가 이상하고 수상하다는 것을 느끼고 굳은 표정으로 진혁을 쳐다보다가 씁쓸하게 웃음을 터뜨렸다.

"어쨌거나 어머니 뜻대로 됐죠 뭐. 하늘을 봐야 별을 따든지 조심하든지 했을 텐데 하늘을 못 봤으니. 결론적으로 말하자면 진혁 씨가 고의적으로 날 멀리하는 바람에 난 엄청난 창피와 수모를 당했어요.”

“창피와 수모를 당하다니?”

“나 불감증 환자로 소문나 있어요. 맛없는 여자로 찍혀 있다구요. 몰라요?”

소은의 말에 진혁의 얼굴이 돌처럼 굳어졌다.

“맛이 없어?”

“과장 아니에요. 정말로 ‘맛없다’는 표현을 했으니까.”

“누가? 누구야?”

진혁이 낮지만 분노가 느껴지는 목소리로 물었다.

“최초로 누구의 입에서 시작됐는지 나도 알고 싶네요. 하여튼 만약에 정말로 서초동에서 아기를 가지라고 했다면…… 거참 희한하네요. 갑자기 왜 말을 바꾸셨는지.”

소은이 믿을 수 없다는 듯 고개를 가로젓다가 진혁을 똑바로 쳐다봤다.

“한 가지 알고 싶은 게 있는데…… 날 그렇게 악착같이 멀리한 게 계약 때문에 문제를 복잡하지 않게 하기 위해서였어요, 아니면 정말 내가 맛이 없어서예요?”

소은이 단도직입적으로 물었다.

“계약 때문이었어.”

진혁이 담백하게 대답했고 소은은 고개를 끄덕였다.

“믿기진 않지만…… 믿고 싶네요.”

“진심이야.”

“그나마 다행이네요.”

소은이 착잡한 어조로 말했다.

“그런데 어머닌 왜 몇 번이나 아기를 갖지 말라고 하셨을까요?”

“……띠가 좋지 않다고 하셨다면서.”

“나도 처음엔 그저 단순하게 그렇게 생각했는데…… 지금 갑자기 다른 이유가 있는 건 아닐까 하는…… 의구심이 드네요.”

“다른 이유라니?”

“혹시, 어머니께 우리 계약 얘기했어요?”

“아니. 비밀로 하기로 했잖아.”

“그렇다면…… 뭐라고 단정적으로는 말할 수 없지만…… 내가 모르는 다른 이유가 있는 것은 아닐까…… 이상하지 않아요? 아기 갖지 말라고 하셨다가 하루 만에 말을 바꾸신 거…… 갑자기 몹시 복잡해지네요.”

소은은 정말 복잡해진 표정으로 진혁을 바라보다가 돌아섰다.

갈피를 잡을 수 없는 표정으로 침실에서 나온 소은은 곧장 주방으로 가서 냉장고 문을 열고 우유팩을 꺼냈다. 우유를 가득 채운 머그컵을 전자레인지에 넣고 데움 버튼을 누른 소은은 둥근판 위에서 돌아가는 머그컵을 심각한 표정으로 쳐다보았다.

사실 심각하게 생각할 필요 없었다. 계약을 연장하려면 아기를 가지거나 아기가 싫으면 예정대로 석 달 후에 갈라서면 되니까. 편하고 합리적인 편을 선택하면 그만이었다. 그러나…….

편리하고 합리적인 편을 선택하는 것. 아주 쉬웠다. 정말 쉬웠다. 하지만 쉬운 선택권 안에 함정이 도사리고 있었다.

아기? 누구를 위해서 무엇을 위해서 아기를 갖는단 말인가. 단지 계약 연장을 위해 아기를 갖는다? 그것이야말로 골백번은 고쳐 생각해야 할 만큼 위험한 생각이었다.

고운 정은 물론이요 미운 정조차도 없는 사람과의 사이에서 아기가 태어난다면…… 3년 가까이 아내를 내팽개친 남편인데, 그래도 남편이고 부부니까 아기를 가져야 한다고? 아니, 그럴 수는 없었다. 그건 소은을 위해서도 아기를 위해서도 못할 짓이었다.

아기를 이렇게 비계획적으로 낳을 생각을 하고 부부라는 전제만을 깔아두고 아기를 원한다는 것 자체가 아기에게 그리고 소은 자신에게도 예의가 아니었다.

그리고 생각할수록 뭔가 석연치 않았다. 결혼식 전부터 시작해서 바로 어제까지만 해도 시어머니가 아기를 갖지 않도록 조심하라고 했었는데 오늘 진혁의 입에서 아기 얘기가 나오다니. 도대체 어떻게 해석해야 할까?

처음 시어머니의 입에서 아기 갖지 않도록 조심하라는 말이 나왔을 때만 하더라도 원래 어른들은 저렇게 손자 띠 걱정도 하시는구나 싶어서 그냥 곱고 순하게 받아들였었다. 또 솔직히 진혁과는 따로 비밀 계약을 맺은 상황이라 아기가 없는 편이 갈라설 때 편할 것 같았다. 그래서 한 점의 의혹도 없이 단순하게 생각하고 받아들였었는데 아무래도 단순하게 생각할 문제가 아닌 듯했다.

정말 서초동에서 아기를 가지라고 한 걸까?

어머니는 어째서 하루 만에 말씀을 번복하셨을까?

정말…… 아기를 갖지 말라고 한 것은 단순하게 띠 문제였을까?

만약 다른 이유가 있다면, 그 이유는 무엇일까?

의문점은 한두 가지가 아니었다.

"보기 안 좋으니까 아기를 갖자는 것도 뭔가 석연치 않아…… 계약 연장해 달라는 말에 싫어서 뚱하더니 아기를 갖자고? 남자가 생리를 하는 것도 아니니 호르몬 때문에 변덕을 부릴 리도 없고 그럼 연장하기 싫어서 강수를 둔 건가?"

후자일 가능성이 높았다.

"어쨌거나 아기는 안 돼…… 그냥 갈라서고 혼자 살게 도와달라고 할까?"

"성북동 아버님이 가만히 두실까?"

진혁의 목소리에 정신을 차리고 돌아보자 진혁이 주방 입구에 서 있었다.

귀신도 아니고 무슨 남자가 소리도 없이 나타나?

“아버진…… 상태가 많이 안 좋으세요. 이젠 날 구박도 못하시고 구속도 못하시는 지경이에요.”

소은의 말에 진혁이 놀란 표정으로 소은을 쳐다봤다.

“얼마나?”

“……스스로 하실 수 있는 게 아무것도 없어요.”

“하지만 내가 알기론…… 회복되고 있다고 하지 않았나?”

“그건 2년 전이고…… 더 나빠지셨어요.”

“…….”

“……아기는 안 되겠어요. 아기를 낳는다 하더라도 어차피 기간은 1년 연장하는 건데 아기만 낳아주고 난 나와야 하는 거잖아요. 그건 씨받이나 다름없지 않겠어요? 설령 아기를 낳는다 하더라도 당신이 나한테 아기를 줄 리도 없고.”

소은이 속이 상한 얼굴로 말하자 진혁이 굳은 표정으로 소은을 바라봤다.

“내가 아무리 양쪽 집안에서 인정받지 못하는 사람이라 하더라도 씨받이는 싫어요. 난 그냥 집안 어른들이 바라는 모습대로 살 수 없는 성격일 뿐이지 알고 보면 그렇게 형편없는 사람이 아니거든요.”

“알아.”

“모르잖아요.”

소은이 불쾌하게 뇌까린 후 전자레인지에서 머그컵을 꺼내 뜨겁게 데워진 우유에 인스턴트커피 두 스푼을 넣어 풀었다.

"정리 정돈을 잘 못하고 우아하고 세련된 척하는 데 소질이
없고 천재적인 학업성적을 내지 못했다 해서 쓸모없는 사람은
아니라구요."

"……."

"경영에 소질이 없으면 다른 걸 하면 되는 것 아니에요? 잘하
는 거. 내가 잘하는 거."

"그러면 돼. 다만 그룹에 별 도움이 되지 않는다는 게 문제
지."

"그렇죠. 그게 문제죠."

소은이 한숨을 푹 내쉬고는 우유 커피가 든 머그컵을 들고 다
시 침실로 들어가 책상에 앉았다.

"일할게요."

소은이 노트북을 켜며 말하자 진혁은 고개를 끄덕인 후 침대
에 누웠다.

"볼만한 책 없을까?"

오랫동안 아무 말도 하지 않고 생각에 잠겨 있던 진혁이 입을
열었다.

"별다른 거부감 없다면 내가 번역한 거 볼래요?"

"줘."

소은이 책꽂이에 꽂혀 있던 책을 꺼내 진혁에게 건넸다.

"책 보다가 잘게."

"잘 때 말해줘요. 스탠드 켤게요."

“음.”

진혁은 소은이 번역한 프랑스 작가의 책을 읽었고 소은은 어제 새로 시작한 소설을 번역하는 데 집중했다.

머리가 복잡하거나 속이 상하거나 기분이 나쁠 때는 일을 하는 것이 최고였다. 일에 집중하면 다른 것은 생각할 겨를이 없었기 때문이다.

예전엔 속상한 일이 있어도 달리 풀 곳이 없어 싸안은 채 몇 날 며칠을 끙끙 앓았지만 번역 일을 시작하고부터는 아까운 시간을 우울하게 보낼 필요가 없어져서 정말 행복했다. 그리고 일을 하는 순간에는 소은 스스로 굉장히 대단하고 대견스러운 사람으로 느낄 수 있어서 또 행복했다. 일을 할 때는 쓸모없다거나 어정쩡한 기분에서 벗어날 수 있었기 때문이다.

일을 갖는다는 것. 자기가 원하는 일을 하면서 산다는 것.

그것은 정말 마법 같은 일이었다. 소은에게 상상도 못할 만큼의 많은 변화가 생겼을 만큼.

정말 마법 같은 변화였다.

첫째, 소은은 비로소 자신이 쓸모없는 사람이라는 편견에서 벗어날 수 있었다.

그 편견은 소은 스스로 만들었을 수도 있고 주위에서 심어준 것일 수도 있었다.

부끄럽지만 대그룹의 첫째 딸인 소은은 초등학교부터 유학간 대학을 졸업할 때까지 한결같이 지지부진한 성적을 유지하며 정확하게 열여섯 명의 과외 선생님을 지치게 만들었었다.

열여섯 명의 과외 선생님이 스스로 혹은 강제로 소은의 과외 선생님 자격을 박탈당하는 동안 아버지는 물론이고 소은과 혈연관계에 있는 모든 이들이 소은 때문에 골머리를 앓았다.

뛰어난 두뇌를 타고나지 못해 공부를 못하면 조신하기라도 하든가 깔끔하기라도 해야 하는데 제 물건 제대로 챙기지 못하는 것은 물론이요, 정리 정돈에는 심각한 수준으로 젬병이지 혹독하게 앓았던 사춘기 덕분에 고분고분하지도 않았다.

무엇을 가르쳐도 남들보다 세 배는 느리고 무엇을 가르쳐도 재미를 못 느끼니 누가 소은을 어여뻐 했을까.

이건 때려죽일 수도 없고 내다 버릴 수도 없고 끼고 살자니 짜증나고 한마디로 미운 오리 새끼 중에서도 제일 미운 오리 새끼가 소은이었던 것이다.

그러다 보니 김소은은 쓸모가 없는 사람으로 고정됐고 언제부턴가 소은 자신도 그렇게 생각하게 됐다.

하지만 번역 일을 시작하면서부터 소은은 자신의 온몸과 온마음을 짓누르던 편견과 콤플렉스에서 완전히 벗어날 수 있었다. 자신도 자신이 원하는 일을 할 때에는 그 누구보다도 무서운 집중력과 잠재된 능력을 발휘할 수 있는 사람이라는 것을 발견하게 된 것이다.

둘째, 일을 시작하는 순간 외로움에서 벗어날 수 있었다.

마감 시간에 정확하게 맞추기 위해, 약속을 지키기 위해 집중하다 보니 외로울 틈이 없었다.

분명히 결혼을 해서 남편이 있는데 남편은 결혼한 지 한 달만에 머나먼 타국으로 떠나 가끔씩 생사만 확인할 뿐 있어도 그만 없어도 그만인, 남편도 친구도 아닌 맹물 같은 관계였다.

할 일 없이 넓디넓은 집에 혼자서 서성거리는 것도 못할 짓이었지만 일주일에 두세 번씩 서초동에 불려가서 어떻게 된 애가 잘하는 것이 한 가지도 없냐는 야단을 들어야 할 때는 정말 미칠 지경이었다.

미칠 지경이 지속되자 어느 날부턴가 잠을 잘 수도 없고, 밥도 먹히지 않고, 아무 일도 하지 않았는데도 중노동을 한 사람처럼 기운이 없어서 축축 늘어졌다.

의욕은 완전히 바닥나고 비가 오면 비 오는 것이 불만스럽고 해가 뜨면 해 뜬 것이 불만스러웠다.

웃지도 않고 울지도 않고 누가 말시키는 것도 싫고 말을 하고 싶지도 않고.

그러다 발작적으로 가슴을 짓누르는 듯한 갑갑증에 테라스 문을 열어젖혔을 때 까마득하게 보이는 땅바닥이 보였고 뛰어내리고 싶은 충동에 시달리게 된 것이다. 그런 증상이 굉장히 깊어졌을 때 소은은 우울증을 앓고 있다는 것을 알게 됐고 우울증에 치여 점점 더 깊은 나락으로 떨어지던 그때 마치 마법처럼 이상하고 우연한 계기로 일을 시작하게 된 것이다.

물론 전문의의 도움도 받았지만 소은이 번역한 책이 출간되던 그날 소은은 위험한 지경에 다다라 있었던 우울증에서 거짓말처럼 완전하게 벗어날 수 있었다.

셋째, 소은은 더 이상 자신의 본모습을 드러내는 것에 주저하지 않게 됐다.

소은이 원하지 않아도 어쩔 수 없이 대그룹의 딸이었기에 겉으로는 어떻게 하든 완벽한 척해야 했었다.

물론 지금도 서초동이나 성북동과 관계가 있는 자리에서는 가식적인 행동을 해야만 했지만 서초동과 성북동을 제외한 구역에서는 본연의 모습을 마음껏 드러냈다.

자신의 세련되지 않고 완벽하지 않은 본모습을 드러내는 것에 대해 부끄러워하지도 않았고 그들이 자신에 대해 어떤 평가를 내릴지에 대해서도 초연해졌다. 소은의 성격과 태도가 달라지는 순간 놀라운 일이 벌어졌다. 서초동과 성북동을 제외한 다른 구역에서는 김소은이라는 사람을 똑똑하고 명석하고 성격이 참 좋은 사람으로 인정하기 시작한 것이다.

'저걸 어쩌면 좋아' 가 아니라 '김소은이라면 믿는다' 가 된 것이다.

사람들로부터 인정을 받는다는 것. 그것은 세상 그 어떤 것보다도 흥분되고 행복한 일이었다.

넷째, 자신의 처지에 대해 더 이상 비관하지 않게 됐다.

아버지 때문에, 대그룹의 딸이라는 배경 때문에 사윗감 0순위였던 장진혁이라는 남자와 결혼은 할 수 있었지만 계약 결혼이라는 치욕을 당한 소은이었다.

신혼여행에서도 남편이 첫날밤을 치러주지 않아 소박맞은 새색시가 소은이었고, 결혼 한 달 만에 신랑이 미국으로 떠나 버려 혼자 남겨진 새색시도 소은이었다.

가끔씩 일 때문에 남편이 한국에 들어와도 회사 사람보다도 못한 취급을 받아 남편 얼굴 보는 일이 하늘의 별 따기만큼 어려웠던 아내가 소은이었다. 말하자면 치욕으로 점철된 3년을 보낸 것이다.

진혁이 소은과 함께 밤을 보내준 것은—보낸 것이 아니라 보내준 것이다—모두 합쳐 일곱 번? 그리고 일곱 번 모두 진혁은 엉망으로 취해 있었다. 그리고 취한 상태에서 함께 밤을 보내고 다음날, 진혁은 아내가 아닌 창녀와 잠자리를 가진 것처럼, 창녀와 잠자리를 가진 것이 부끄러운 듯 새벽같이 떠나 버렸다.

그건 정말…… 입에 올리기도 싫을 만큼 치욕적이었다.

무심하고 냉정하고 인정머리없는 진혁의 태도—진짜 재수없었다—가 소은을 시궁창 밑바닥에 가라앉아 있는 썩은 노폐물처럼 치욕적으로 만든 것이다.

좋았다고 말해주길 원한 것이 아니었다. 또 하고 싶다고 말해주길 원한 것이 결코 아니었다. 아주 조금, 아주 보잘것없는 관심만을 바랐던 것인데 진혁은 잘 지내라는 인사 한마디 남기지 않고 해가 뜨기 전에 소은이 깊은 잠에 빠져 있는 동안 떠나 버렸다.

한 번, 두 번 치욕을 당하다 보니 소은은 끝없이 자신에 대해 비관할 수밖에 없었는데 일을 하게 되면서 비관하는 시간마저도 사라졌고 진혁에 대한 생각과 기대 따위를 완전히 지우고 나자 인생이 즐거워졌다.

생각할 시간이 없으니 생각할 필요가 없었고 기대를 버리니 서운할 것도 없어진 것이다.

일을 즐기고, 시간을 즐기고, 인생을 즐기게 된 지금 소은은 그 어느 때보다도 행복했다. 누군가 이 행복을 깨뜨리려 한다면 서슴없이 그 사람을 밟아버리려고 덤빌 만큼 이 행복이 너무도 소중하고 살가웠다.

소은이 번역한 책을 읽고 있던 진혁은 고개를 들어 소은을 바라봤다.

책상에 앉은 지 1시간이 지나도록 꼼짝하지 않고 일에 집중하고 있는 소은이 퍽 달라 보였기 때문이다.

소은이 번역한 책을 읽는 기분도 새삼스레 새로웠다.

꽤 훌륭하게 번역이 되어 있었다. 훌륭하게 번역이 됐다는 뜻은 소은이 무척 잘 읽히고 재미나게 읽히게끔 번역을 해냈다는 뜻이었다. 그 말은 소은에게 번역의 기술이 있다는 뜻이었다. 번역을 얼마나 잘하느냐에 따라서 그 책이 재미있고 없고가 판가름나는데 소은이 번역한 책은 분명 재밌었다. 소설을 별로 읽지 않는 진혁조차도 재미를 느꼈을 만큼.

그리고 원고를 들여다보며 유창하게 원서를 읽어 내리는 소은의 모습도 꽤 신선했다.

미안한 얘기지만 3년 전, 진혁 역시 서초동이나 성북동 사람들처럼 소은을 별달리 쓸데가 없는 사람으로 생각하고 있었다.

프랑스에서 공부는 하지 않고 신나게 놀다 온 줄 알았고 8년이나 공부했는데도 학위를 못 받았다는 말에 속된 말로 꼴통인 줄 알았다. 그리고 소은의 추한 전적. 그래서 자신의 짝으로는 부족한 부분이 많은 사람이라고 생각했던 것이 사실이었다.

그 때문에 소은과의 혼사 얘기가 나왔을 때 소은 당사자가 아니라 소은의 배경 때문에 혼인을 받아들였고 받아들이는 대신 오래 살고 싶은 생각은 없었기에 계약 기간을 정해둔 것이었다.

계약 기간 3년이면 소은의 집안으로부터 필요한 것은 뽑아낼 수 있다는 계산이 섰기 때문이다. 어차피 정략결혼은 그런 거였

다. 서로의 이익을 위해 필요에 의해 맺는 협약. 철저하게 계산
적으로 생각했고 얻는 것이 있다면 포기하는 것도 있어야 한다
는 생각에 짝으로는 부족하지만 소은을 받아들였던 것이다.

그렇게 철저하게 계약 관계로 묶어두고 결코 거리를 좁히려
는 의지 없이 냉담하게 지내다가 어느 날 진혁은 서서히 변하기
시작했다. 그리고 다섯 달 전, 진혁은 비로소 소은의 과거를 잊
고 덮어버리겠다고 결심하게 된 것이다. 다섯 달 전은 바로 진
혁이 미국을 떠나 한국 본사 사장직을 맡기로 결정되었던 때였
다.

한국으로 돌아온다는 것 때문에 생각이 바뀐 것은 아니었다.
그리고 특별한 계기가 있었던 것도 그렇다고 무턱대고 어느 날
갑자기 생각이 바뀐 것도 아니었다.

소은을 두고 혼자 미국으로 떠나 타국에서 홀로 지낸 지 이
년쯤 되었을 무렵부터 오른쪽 가슴에서 왜 꼭 이래야만 하는가
라는 의문과 함께 무엇인가 대단히 잘못되었다는 것을 자각하
는 외침이 들려오기 시작했다. 그와 더불어 이제 그만 잊어야
지, 그래 지금부터라도 덮어버려야지 하는 결심이 솟구친 것이
다.

아마도 그것은 결코 그렇지 않은 척했음에도 불구하고 진혁
의 힘으로는 막을 수 없는 외로움과 쓸쓸함이 가장 크게 작용했
을 것이고 외로움과 쓸쓸함에 몹시 지쳤다는 것을 인정하는 순
간 거세게 흔들리기 시작했다.

생각해 보면 그것은 본능적으로 작동된 근원적 감정인 듯했다. 사람이 가장 약해졌을 때 바닥을 친 감정을 보호하기 위해 자동적으로 펼쳐지는 보호막과 같은 것. 보호막이 쳐지고 외롭고 고독한 세월의 흐름에 따라 오른쪽 가슴에는 그 결심이 더욱 견고하게 차곡차곡 쌓였다.

오른쪽 가슴이 부지런히 보호막을 만드는 동안 왼쪽 가슴으로는 언젠가는 잊혀지길, 언젠가는 덮어지길 하는 소망의 울타리를 만들었고 시간의 쳇바퀴에 감겨 왼쪽 가슴에는 두터운 소망의 타래가 만들어졌다. 그렇게 충분히 쌓인 결심과 두터운 타래가 합쳐지던 그 순간, 비로소 진혁은 소은의 과거를 모두 잊고 덮어버리겠다고 결심을 하게 됐고 실제로 훌훌 털어버렸다.

말하자면 시간이 모든 것을 잊게 해주었고 시간이 모든 것을 덮고 털어버리게 해준 것이다.

하지만 진혁이 정신을 차렸을 땐, 시간은 벌써 이만큼 달려와 소은과 함께 새롭게 만들어갈 날이 불과 5개월밖에 남아 있지 않았다.

시간은 진혁에게서 쓸데없고 부질없었던 생각들을 걷어내고 치워준 대신 너무도 야박한 시간만을 허락해 준 것이다.

소은에 대해, 아내에 대해 알아가고 서로 사랑할 시간은 매몰차게도 고작 5개월뿐이 남아 있지 않았던 것이다.

시간이 부족하다는 것을 알게 되자 진혁은 조급해졌고 그래서 하루라도 더 빨리 한국으로 돌아가고 싶어졌다.

　그리고 드디어 소은을 만났을 때, 소은은 진혁이 기억하고 있던 모습만 그대로일 뿐 완전하게 변해 있었다.

　진혁은 전혀 다른 사람이 되어 있는 소은의 모습에 신선함과 함께 낯섦을 동시에 느꼈고, 그리고 소은이 남편을 조금도 기다리지 않았고 조금도 그리워하지 않았다는 것을 알게 되는 순간 어리석은 분노와 함께 두려움이 생겨났다.

　못생긴 자존심 때문에 당신을 만나기 위해 한국으로 빨리 돌아오고 싶었다는 말은 차마 하지 못했지만, 앞으로 잘해보고 싶다는 말도 입이 떨어지지 않아 못했지만 소은이 계약 연장을 말했을 때는 심장을 관통하는 기쁨마저 느껴졌었다.

　하지만 그 기쁨을 오래 누리지 못하고 단 두 시간 만에 위태로워지고 있었다. 소은은 아기를 원하지 않았고 그렇다면 계약 연장을 철회할 수도 있기 때문이었다.

※ 다시 그와 그녀의 남은 시간 90일.

　진혁이 소은에 대한 판단이 지극히 개인적이었으며 상당 부분 왜곡되어 있다는 것을 깨닫기 시작한 것은 넉 달 전이었다.

　넉 달 전. 진혁이 미국 지사장으로 근무할 당시 상당히 중요한 클라이언트가 한국 대경그룹 본사를 방문하게 됐다며 공식적인 일정이 끝난 후 관광을 위해 가이드를 요청했었다. 진혁은 클라이언트의 요청을 당연히 무조건 받아들여야만 했고 고심

끝에 소은에게 가이드를 부탁했었다.

소은에게 가이드를 부탁하면서도 내심 크게 걱정을 했던 터였다. 그것은 순전히 소은에 대한 선입견 때문이었다. 소은의 과거를 털어버리기로 결심을 한 것과는 별개로 소은이 사회생활은 물론이고 대경그룹의 작은 안주인으로서 중요한 손님을 접대했던 경력이 전무한 상태였기 때문에 잘해낼 것이라는 믿음보다는 제대로 해내지 못할 것이라는 불신이 커서 일을 맡긴 직후부터 후회를 했었다.

그럼에도 불구하고 소은에게 맡길 수밖에 없었던 이유는 클라이언트가 정말 중요한 인물이었기 때문이다. 그런 사람에게 극진한 대접을 받고 있다는 것을 확신시키려면 한국본사의 비서실장이나 비서실장만큼이나 중책에 있는 사람보다는 진혁의 아내이자 대경그룹의 작은 안주인인 소은이 나서는 편이 모양새가 훨씬 좋을 뿐 아니라 확실한 신뢰감도 심어줄 수 있는 가장 빠르고 옳은 방법이었기 때문이다. 또 진혁이 소은에게 아주 중요한 일을 맡기면 한없이 멀기만 한 두 사람의 거리를 좁힐 수 있지 않을까 하는 희망적인 계산도 포함되어 있었다.

소은이 클라이언트 부부와 함께하는 순간부터 실시간으로 보고를 받던 진혁은 우려했던 대로 눈앞이 캄캄해지고 말았다. 소은은 최선을 다할 테니 걱정 말라고 큰소리를 쳤었는데 한국으로부터 들어오는 보고 내용은 진혁을 점점 더 갑갑하게 만들고 있었기 때문이다.

한국에서 가장 훌륭하고 근사한 것으로만 골라 대접하고 가장 자랑할 만한 장소를 구경시켜도 모자랄 판에 불타 버린 숭례문 현장에 끌고 가질 않나 그것도 모자라 일주일 내내 시골로 끌고 다니고 있다는 보고였기 때문이었다.

답답한 나머지 진혁이 전화를 걸어 무슨 짓이냐고 다그치면 소은은 되레 무슨 걱정이 그렇게 많냐며 큰소리쳤고 잔소리할 거면 전화하지 말라며 일방적으로 전화를 먼저 끊어버리거나 나중엔 아예 전화를 받지도 않았다. 그도 모자라 여행이 끝나려면 사흘이나 남았는데도 수행비서마저 쫓아버리고 말았다.

다른 방법이 없어 결국 서울 본사 회장실 비서실장을 보내 상황을 파악하라고 지시했을 때 돌아온 대답은 무척이나 의외였다.

"사모님을 믿고 맡기시는 게 좋겠습니다, 사장님."

정말 의외였다. 분명 큰일 났다고, 클라이언트의 화가 하늘을 찌를 듯하다는 보고가 들어올 줄 알았는데 걱정 말고 맡겨두라는 것이었다.

비서실장처럼 노련한 사람이 실언을 할 리는 없고 그렇다고 소은의 뒤통수를 치기 위해 엉망으로 만드는 것을 알면서도 내버려 둘 무책임한 사람도 아니었다.

다소 어안이 벙벙한 상태로 클라이언트가 한국 여행을 끝내고 미국으로 돌아오길 기다리던 진혁이 마침내 클라이언트를 만났을 때 깜짝 놀라고 말았다.

일주일 동안 소은에게 끌려다녔던 클라이언트 부부가 원망은 커녕 소은에게 극찬을 했던 것이다. 칭찬 정도가 아닌 분명 극찬이었다.

그들은 소은 때문에 내년에 반드시 한국을 다시 방문할 것이라고 말했고 평생 그토록 즐거웠던 순간은 없었다고까지 말했다. 또 마치 선물을 받은 듯한 여행이었다며 감사하다는 말을 열 번도 넘게 했다.

그뿐이 아니었다. 미시즈 맥길은─클라이언트의 부인이다─자신이 만났던 사람들 중에 영특하다고 느낀 사람은 다섯 손가락 안에 꼽을 정도인데 그중 첫 번째가 소은이라는 말도 했다.

외할머니가 프랑스 인이었던 터라 미시즈 맥길은 불어도 무척 유창했는데 미시즈 맥길의 외할머니가 프랑스 인이었다는 말을 들은 소은이 맥길 부인의 외할머니를 기리는 의미라며 하루 동안 불어로 가이드를 해서 더욱 감동받았다는 것이다.

소은을 향한 미시즈 맥길의 극찬은 빈말이 아니었다. 너무나 소중한 시간을 만들어준 소은에게 전해달라며 명품 귀걸이 한 쌍을 선물하기까지 했으니까 말이다.

아!

진혁은 침대에서 일어나 서류 가방에 넣어두었던 선물 상자를 꺼내 소은의 책상 위에 올려놓았다.

"뭐예요?"

소은이 상자를 쳐다보며 물었다.

"맥길 부인이 전해달래."

"선물이에요?"

"음."

소은이 활짝 웃으며 상자를 열더니 우와 하고 감탄사를 토해 냈다.

"귀걸이네요."

소은은 귀걸이를 들고 재빨리 화장대로 가서 귀에 걸어보았다.

"와, 예쁘다. 어때요?"

소은이 돌아서서 진혁에게 물었다.

"빨간 땡땡이 파자마하고 잘 어울리네."

"예쁘다는 뜻이죠?"

"응."

소은이 씩 웃으며 다시 거울 속에서 반짝거리는 귀걸이를 바라보고 있는데 진혁이 소은 곁으로 다가왔다.

"맥길 부부를 어디로 데려간 거야?"

"여러 군데요."

"시골로 데려갔다며."

"그게…… 맥길 부부가 한국에 도착하기 전에 나름대로 조사를 좀 했거든요. 그분들이 어떤 걸 좋아하고 취미는 무엇이고 뭐 그런 거요. 알아보니까 그 부부가 미식가이며 자연친화적인 것을 좋아한다는 걸 알게 돼서 우리나라 토종 음식 맛보게 해주려고 시골로 데려간 거였어요. 내가 얼마나 힘들었는지 알아요? 각 지방마다 종가집이 어딘지 알아내서 직접 찾아가기까지 했어요. 맥길 부부 모시고 오면 대대로 전해져 오는 그 지방의 토종음식으로 대접하게 해달라고 부탁하구요. 그뿐인 줄 알아요? 템플스테이도 참여하게 하고, 청학동에도 모시고 가고 아, 도자기 체험도 하게 해드렸어요. 얘기 들었어요? 맥길 부부가 직접 빚은 도자기 그릇 미국으로 가져갔는데."

"들었어."

"맥길 부부가 얼마나 재밌어했다구요."

"알아."

"그것도 모르고 시골로 끌고 다니면 어쩌냐고 나한테 고래고래 고함질러 댄 거 기억나요?"

"생각지도 못했던 접대였거든."

"난 한국에 오면 한국 고유의 문화를 접하게 해주는 것이 최고의 대접이라고 생각했던 거예요. 생각해 봐요. 맥길 씨 부부가 63빌딩을 보고 감탄할 리는 없잖아요. 미국엔 그보다 높은 빌딩이 줄을 섰으니까요. 놀이동산도 마찬가지구요. 그래서 맥길 씨가 미국이나 다른 나라에서는 절대 볼 수 없는 곳으로만 골라서 모셨어요. 숭례문에도 모시고 가서 복구공사하는 것을 보여주면서 솔직하게 말했죠. 국보 1호가 불타 버려서 온 국민이 비탄에 잠겼었다고. 복구공사가 완료돼서 우리나라의 국보 1호가 되살아나면 꼭 다시 와서 축하해 달라고. 맥길 부부가 무슨 일이 있어도 꼭 오겠다고 약속했어요."

소은이 으스대듯 말했다.

"아! 맥길 씨 말이에요. 떡갈비를 혼자서 10인분이나 먹었어요. 세상에서 이렇게 맛있는 고기 음식은 처음이라면서요. 아! 담양 한옥에서 하룻밤 자고 나서는 뭐랬는 줄 알아요? 미국에 가서 한옥으로 집 지어서 살아야겠다고 했어요."

"그래서 뭐라고 했어?"

"그냥 한국 와서 살라고 했어요."

소은의 말에 진혁이 픽 웃었다.

"날 믿지 않았죠?"

소은의 갑작스러운 물음에 진혁이 재빨리 대답을 하지 못하자 소은이 서운한 듯 씁쓸하게 미소 지었다.

"그래서 윤 실장님을 보냈던 거구요."

"난 당신이 잘해내고 있는지 궁금했을 뿐이야."

"솔직하지 못하네요. 이럴 땐 그냥 솔직하게 말하고 미안하다고 하는 게 궁색하지 않아요."

"미안하진 않은데?"

진혁의 대구에 소은의 얼굴에 실망의 빛이 스쳐 지나갔다.

"미안하지 않으면 말구요."

소은이 삐딱하게 중얼거리며 책상으로 가서 앉았고 진혁은 다시 침대로 올라갔다.

"아까 했던 말 말이야."

"무슨 말이요?"

"부부 관계 갖는 게 방귀 뀌는 것보다 큰 문제가 아니라고 했던 말."

"내가 그런 말을 했나요? 하여튼 그게 왜요?"

"정말 잠자리가 방귀 뀌는 것보다 큰 문제가 아니야?"

"우리가 한 번도 관계를 안 한 사람들은 아니잖아요."

"그럼 오늘 잘까? 어때?"

"좋지도 않던데 뭐 하러요."

소은의 시큰둥한 대답에 충격을 받은 진혁의 얼굴이 즉시 굳어졌다.

"무슨 뜻이야?"

"말 그대로예요. 좋지 않았다. 그런데 뭐 하러 하나."

"좋지 않았어?"

진혁이 물었고 소은은 고개를 돌려 참으로 어처구니없다는 표정으로 진혁을 쳐다봤다.

"어째서 내가 좋았을 거라고 생각해요?"

소은의 질문에 진혁이 잠깐 동안 아무 말도 못하고 있다가 가까스로 입을 열었다.

"어째서 좋지 않았다는 거야?"

"진혁 씨는 자기 몸을 주체하지 못할 정도로 만취 상태였어요. 100미터 밖에서도 술 냄새를 맡을 수 있을 만큼요. 그렇게 취한 상태에서 이렇다 저렇다 의견도 묻지 않고 꿋꿋하게 옷을 벗겼고…… 내가 좋았겠어요?”

소은이 몹시 불쾌하다는 표정으로 물었다.

“그건…….”

“반대로 내가 진혁 씨처럼 취해서 진혁 씨 의사와는 관계없이 꿋꿋하게 옷을 벗기고 덤볐다면 좋았겠어요?”

소은이 진혁의 말을 자르며 재차 다그쳤다.

“난…….”

“남자와 여자는 다르다는 말은 꺼내지도 말아요. 나한테는 안 통하니까.”

소은이 쓸데없는 말은 아예 하지 말라는 듯 쐐기를 박았다.

“무슨 생각을 한 거예요? 이제나저제나 나를 간택해 주길 학수고대하는 궁녀처럼 그저 하룻밤 저를 품어주신 것만으로도 크나큰 은혜를 입었다며 내려주신 승은에 감복할 거라고 생각했던 거예요?”

“그건 아니야. 난 단지 좋지 않았다는 말이 너무 쉽게 빨리 나와서…….”

“서운하다는 말은 하지 말아요. 서운한 것으로 치자면 내가 백배 더 크니까. 우린 3년 가까이 부부로 지내면서 다섯 번? 여섯 번? 일곱 번인가? 하여튼 열 손가락으로 꼽아도 남는 손가락이 있을 만큼만 부부 관계를 가졌고 그건 부부 관계라고 이름 붙일 수도 없는 일이었어요.”

“부부 관계가 아니라면?”

“그건…….”

“그건 뭐?”

“……상쾌하지 못한 대답이 될 테니까 그만 할게요.”

“아니. 이미 상쾌하지 못해. 그러니까 말해.”

“몹시 불쾌할지도 몰라요.”

“더 불쾌해질 것도 없어.”

진혁의 말에 소은이 잠깐 고민하다가 진혁을 쳐다봤다.

“난 분명히 불쾌해질 거니까 그만두자고 했어요. 나중에 딴소리 말아요.”

“안 해.”

“그건…… 부부 관계도 아니고 사랑도 아닌…… 배설이었어요.”

소은의 직설적인 말에 진혁의 얼굴이 돌처럼 굳어졌다.

“배설이라고? 무슨 말을 그따위로 해!”

진혁이 더는 못 참겠다는 얼굴로 벌떡 일어나 침대에서 내려왔다.

“이럴 줄 알고 미리 경고했잖아요.”

“배설이라니, 배설이라니! 사람을 어떻게 보고 그따위로 말하는 거야!”

진혁이 똥물이라도 뒤집어쓴 듯 화를 냈다.

하지만 소은은 여전히 의자에 앉아 있었고 장진혁이 화를 내거나 말거나 조금도 겁나지 않는단 얼굴로 당당하게 진혁을 쳐다보고 있었다.

“배설이 아니면 뭐라고 생각해요?”

“말 함부로 하지 마. 기분 더러워지고 있거든?”

진혁이 험악하게 구겨진 얼굴로 경고했다.

“배설한 쪽이 기분 더럽겠어요, 배설통이 된 사람이 기분 더럽겠어요?”

소은이 오히려 더욱 당당하게 정색을 하며 몰아붙였다.

“난 당신을 배설통이라고 생각한 적 없어.”

진혁 역시 정색을 하고 말했다.

“생각했을 거예요. 생각은 행동을 지배하는 법이니까.”

“그렇지 않아!”

“지금 와서 우긴다고 아닌 게 돼요? 이왕 말이 나왔으니 마저 할게요. 당신이 술 때문에 날 안았다 하더라도 다음날 행동이 달랐다면 난 결코 배설이라고 생각하지 않았을 거예요.”

“다음날 행동?”

“잘 생각해 봐요. 나는 사실 여자로서 너무 쪽팔려서 입에 올리기도 싫으니까 스스로 기억해 내요. 그리고 나하고 잠자리를 갖고 싶다면 날 배설통으로 생각하지 않을 자신이 있을 때 말해요. 더 이상은 쪽팔리기도 싫고 더러운 기분을 느끼고 싶지도 않으니까.”

“내 행동이 어땠다는 거야? 사람 억울하게 몰지 마!”

“맛없는 식빵 취급해 놓고 억울하긴 뭐가 억울해요!”

소은이 소리쳤다.

“혹시 김소은이 불감증 환자에 맛없는 여자라고 소문낸 거 진혁 씨 아니에요?”

“경고하는데 말조심해.”

“말조심시키고 싶으면 이제 나한테 말 걸지 말아요.”

소은이 차갑게 쏘아붙이고는 휙 돌아앉아 버렸고 진혁의 얼굴은 곧 폭발할 것처럼 벌겋게 달아오르기 시작했다.

“말을 많이 한 사람은 당신이야.”

“말을 많이 하게 만든 사람은 진혁 씨예요. 그러니까 말시키지 말라구요.”

소은이 지지 않고 쌀쌀맞게 대꾸했고 진혁은 험악한 얼굴로 소은의 뒤통수를 노려보다가 침대로 올라갔다.

“불 꺼.”

진혁의 신경질적인 억양에 소은은 아무 대꾸 없이 책상 위에 있는 스탠드를 꾹 눌러 껐다.

“불 끄라고.”

“팔만 뻗으면 리모컨 있거든요? 살포시 눌러주세요. 설마 갑자기 손가락이 삔 건 아니죠?”

소은의 비꼬는 말에 진혁이 씩씩거리며 소은을 노려보다가 고개를 돌리자 정말 팔만 뻗으면 있는 협탁 위에 리모컨이 있었다. 그리고 소은의 말대로 살포시 눌러주자 금방 불이 꺼졌다.

“그래도 밝잖아.”

진혁이 성질을 내자 소은이 고개를 돌려 진혁을 노려봤다.

“그래서요?”

“나가.”

진혁의 말에 소은이 살의를 띤 눈길로 진혁을 노려보다가 아무 대꾸 없이 노트북을 챙겨 들고 스탠드를 끈 다음 밖으로 나와 버렸다.

속에서 불쾌한 기운이 부글거리며 올라왔지만 한밤중에 머리채 휘어잡고 붙어 싸울 수는 없고 참아야 했다. 그냥 참고 일하는 것이 상수였다. 하지만 아무리 애를 써도 일에 집중이 안 되고 불쾌감도 쉽게 가라앉지가 않았다.

이 불쾌감을 없앨 방법은 딱 한 가지. 당장 침실로 달려들어가서 이불 뒤집어씌워 놓고 마구 때려주는 것. 하지만 그런 야만스러운 짓을 할 수는 없으니 어떻게든 조용히 삭여야 하는데 시간이 갈수록 점점 더 속이 꼬여 견딜 수가 없었다.

‘참을 수 있어.’

이까짓 것 참을 수 있었고 참아내야 했다. 이보다 더한 꼴도 당했는걸 뭐.

“후…….”

소은은 길고 뜨거운 한숨을 내뱉은 후 마음을 다잡았다.

일에 집중하기 위해 그리고 이불 뒤집어씌워 놓고 마구 밟아주고 싶은 격분한 욕망을 가라앉히기 위해.

❋ 그와 그녀의 89일.

이른 아침 거실로 나오던 진혁은 이불도 없이 소파에서 웅크리고 자고 있는 소은을 바라봤다.

어제 마지막으로 확인한 시간이 새벽 2시. 소은은 분명 진혁이 잠들기 전까지 노트북을 붙잡고 있었으니 2시 이후에 잠든 것이 틀림없었다. 2시에 잠들었다고 해도 지금 시간이 아침 7시니까 5시간밖에 자지 않았다는 뜻이었다. 분명 5시간도 못 잤을 것이 분명하지만.

잔뜩 웅크리고 자고 있는 소은을 바라보던 진혁은 조용히 다가가 소은에게 손을 뻗었다. 침실로 안아다 눕히기 위해서였다. 하지만 진혁의 손길이 닿자마자 소은이 번쩍 눈을 떴고 진혁과 눈이 마주치자마자 금세 표정이 구겨졌다.

"왜요?"

"밥 줘."

밥이 아니라 방에 눕혀주기 위해서였는데 소은의 찡그린 표정을 보자 괜히 성질이 나서 엉뚱하게 대답하고 말았다.

밥 달라는 진혁의 말에 소은이 밥이라는 말이 무슨 말인지 모르겠다는 얼굴로 진혁을 빤히 쳐다보다가 소파에서 일어났다. 빨간 땡땡이 파자마를 입은 채.

소은은 잠이 덜 깨서 부스스한 모습으로 주방으로 들어갔고 얼마나 시간이 지났을까 주방에서 지지고 볶는 소리가 들려오기 시작했다. 한참 동안 지지고 볶는 듯하더니 드디어 밥 먹으라는 소리가 들려왔다.

"밥 먹어요."

소은의 외침에 주방으로 가자 식탁 위에 꽤 구색을 맞춘 밑반찬과 된장찌개, 그리고 갓 지은 밥이 차려져 있었다.

"밥 달라는 말 한 지가 언젠데 이제야 줘?"

진혁이 쓸데없이 심통을 부리며 자리에 앉자 소은이 식탁에 놓인 젓가락으로 곧 찌를 듯한 얼굴로 진혁을 노려보다가 주방을 나가 버렸다.

"밥 안 먹어?"

“안 먹어요.”

소은이 이를 갈 듯 대꾸하고는 방으로 들어가 버렸고 진혁이 밥을 다 먹을 때까지도 나타나지 않았다.

진혁이 방에 들어갔을 때 자고 있을 줄 알았던 소은은 노트북을 들여다보고 있었다. 금방이라도 터져 버릴 듯 심통이 난 표정이었고 여전히 파자마 바람이었다.

“커피.”

진혁이 말했지만 소은은 귀가 먹은 듯 들은 척도 하지 않았다.

“커피.”

진혁이 다시 한 번 커피라고 말했을 때 욱하고 열이 치받친 소은이 벌떡 일어났다. 그리고 더는 못 참아서 제대로 퍼부어줄 생각으로 휙 돌아서는데 진혁이 손에 들고 있던 커피 잔을 내밀었다.

“마시라고.”

소은은 진혁의 손에 들려 있는 커피 잔을 내키지 않는 표정으로 쳐다보다가 마지못해 받아 들었다.

“되도록 아침은 먹도록 해.”

진혁이 말했지만 소은은 듣기 싫은 잔소리라는 듯 책상에 앉아버렸다.

“아주머니 몇 시에 오나?”

“오는 시간에 시계를 봐요.”

소은이 삐딱하게 대꾸하자 진혁이 어쭈 하는 표정으로 소은의 뒤통수를 쳐다봤다.

"어떻게 할 거야?"

"뭘요?"

"계약 연장 말이야."

"생각 중이에요."

"그만 화해하지."

진혁의 말에 소은이 고개를 돌려 싸늘한 눈으로 진혁을 노려봤다. 어떻게 양심도 없이 화해라는 단어를 그렇게 쉽게 내뱉느냐는 듯.

"화해를 하는 편이 편하지 않을까?"

"난 지금도 전혀 불편하지 않거든요?"

"대수롭지 않은 일에 오래 뿔낼 필요 없잖아?"

대수롭지 않은 일?

"대수로운 일이었고 난 뒤끝이 상당히 길거든요?"

소은이 더욱 싸늘해진 눈길로 진혁을 노려보며 말했다.

"화해하자고 할 때 하는 편이 좋을 거야."

"뭐가 아쉬워서요?"

소은이 콧방귀를 뀌자 진혁의 입가에 얄미운 미소가 걸렸다.

"아쉬운 게 없어? 잘됐네. 아주머니한테 옷 방 정리시키면 되겠네."

진혁의 말에 소은의 눈이 도끼눈이 됐다.

"날 물 먹이겠다는 거예요? 치사하게."

"치사하긴. 언제 날 잡을지 몰라서 그래. 옷 방에서 귀신 나올 것 같거든."

진혁이 느긋한 표정으로 대꾸했다.

"그 귀신 내가 잡아먹을 테니까 걱정 말아요."

"아쉬울 것 없다고 했으니까 나중에 딴소리 마."

"사과해요."

소은의 격한 어조에 진혁이 '무슨 사과?' 하고 물었다.

"자기 잘못은 인정하지 않고 심통 내면서 기어이 거실로 나가게 만든 것 사과하라구요."

"안 해."

"안 해요?"

"나도 아쉬운 거 없거든."

진혁의 대답에 소은은 진혁을 목을 조르는 상상을 하며 진혁을 쳐다봤다. 진혁이 목이 졸려 캑캑거리며 살려달라고 애원하는 상상.

소은은 치밀어 오르는 울화를 누르기 위해 천장을 올려다보며 격하게 심호흡을 하며 마음을 가다듬은 후 진혁을 똑바로 쳐다봤다.

"약점을 잡아서 좋아 죽겠군요."

"좋아."

진혁이 씩 웃으며 대꾸했고 소은은 1초라도 더 진혁의 얼굴을 보고 있으면 기필코 한 대 칠 것 같아 욕실로 들어갔다.

"화해하는 거지?"

진혁이 욕실 문턱에서 밉상 맞게 미소 지으며 물었다.

"좋아요. 화해해 드리지요. 하지만 절대 나한테 말시키지 말아요. 절대."

소은이 쐐기를 박듯 말하고는 욕실 문을 쾅 하고 닫아버렸다.

"으…… 으……."

거울을 들여다보며 독 오른 암컷 여우의 으르렁거림을 토해내던 소은은 순간 어떤 생각이 머리를 스치자 으르렁거림을 멈췄다. 어떤 생각이라는 것은 진혁이 계약을 연장하고 싶지 않아 일부러 저렇게 못되게 구는 것인지도 모른다는 생각이었다.

"맞아. 연장하고 싶지 않은 거야. 예정대로 석 달 후엔 갈라서고 싶은 거야. 조용하고 깔끔하게."

그런 뜻인 것이 틀림없는 것 같았다. 어쩌면 아기 얘기도 연장하고 싶지 않아 일부러 꺼낸 말일지도 몰랐다. 소은이 아기 소리에 기함할 줄 알고.

진혁은 원래 소은에게 다정하거나 친절한 사람은 아니었다. 결혼하고 처음 얼마 동안은 몰래 울기까지 했을 만큼 무심하고 차가운 사람이었다. 하루 이틀 무심했던 것도 아니고 무려 3년이다. 3년이나 무심했던 사람인데 무엇이 좋아서 연장을 해주겠는가.

결혼하고 꼭 한 달 진혁과 살았었다.

한 달 만에 미국지사장으로 발령이 났는데 원래 미국지사장 자리는 예정된 자리였고 결혼 후에 함께 미국으로 건너가기로 약속되어 있었다. 아니, 약속이 아니라 그렇게 할 줄 알고 있었다.

그런데 아니었다. 진혁은 혼자 미국으로 떠났고 어른들께 뭐라고 말했는지는 몰라도 새신랑 혼자 미국에 가고 새색시 혼자 한국에 남는 것에 대해서 그 누구도 이의를 제기하지 않았다.

새색시 소은은 혼자 이 큰집에 남겨졌고 진혁은 한국에 볼일이 있을 때마다 그러니까 짧으면 석 달, 길면 6개월에 한 번씩 한국에 들어올 때마다 소은과 점심이나 저녁을 함께 먹거나 취중에 소은과 잠자리를 갖는 것으로 남편의 도리를 끝냈다.

잠도 웬만하면 소은이 있는 집에서 자지 않고 서초동도 아닌 제3의 숙소에서 잤는데 소은은 그저 막연히 결혼 전부터 좋게 지내던 여자와 밤을 보내나 보다 그렇게 생각했다.

잘난 집안의 잘난 아드님들은 누구라고 할 것도 없이 모두 비밀 애인을 두고 있으니까 말이다.

하지만 그렇다고 해서 그 부분을 문제 삼거나 서운해하지는 않았다. 어차피 계약으로 이루어진 관계였고 계약 기간이 만료되면 3년이라는 결혼 생활 동안 두 사람 사이에 어떤 일이 있었는지 철저하게 함구하기로 약속이 되어 있었으니까. 또 진혁의 꽤 다채로웠던 연애 경력을 모르고 결혼한 것도 아니었고.

좀 우스운 얘기지만 계약 조건에는 소은이 남자친구를 만들

더라도 진혁 쪽에서 문제 삼지 않겠다는 조항도 있었다. 그 말
은 진혁이 다른 여자를 몇이나 만나고 관계를 하더라도 소은 쪽
에서 문제 삼지 말라는 말과도 같았다.

분명히 계약서에 명시가 되어 있는 조항이니 진혁이 오랜만
에 한국에 와서 아내가 아닌 다른 누구와 함께 밤을 보내건 소
은이 따따부따할 수는 없었다.

그 계약서라는 것.

계약서를 썼다는 것부터 좀 웃긴 얘기지만 사실대로 말하자
면 웃길 것도 없었다. 밖으로 드러나지 않을 뿐이지 명문가에서
는 특히 대그룹 패밀리들은 가장 중요한 몇 가지는 결혼식을 올
리기 전에 미리 합의를 보는 것이 그들만의 관례였기 때문이다.

가장 중요한 것 몇 가지는 가령 이런 것이다.

이혼을 하게 됐을 때 자녀는 무조건 남자 쪽에서 부양한다거
나 결혼 생활 중에 있었던 일은 절대 발설하지 않겠다는 약속이
나 위자료는 재산의 어느 정도를 지불할 것이라는 정도.

물론 비슷한 재력가끼리의 혼사에서는 조금 더 세밀하고 조
금이라도 서로 더 건질 것이 많은 쪽으로 계약서를 작성했고 비
슷한 처지가 아니라 한쪽이 기울면 기우는 편이 별수 없이 불공
평할 수밖에 없었다.

진혁과 소은의 관계는 그럭저럭 공평했다.

진혁의 편도 속된 말로 매우 빵빵했고 소은의 편도 못지않았
으니까. 물론 소은 자체 때문이 아니라 소은의 배경이 그랬다는

거지만.

소은과 진혁은 믿을 만한 변호사까지 배석시킨 자리에서 23조항이나 되는 조건을 만들어 계약서를 만들고 인감도장까지 찍었다.

엄밀히 따지면 그것은 비밀 계약이었다. 정식 계약서는 부모님들끼리 주고받았고 소은은 나중에 계약 내용을 통보만 받았다. 정식 계약은 아버지가 어련히 알아서 손해 보지 않게 하셨으니 상관할 필요는 없었고 중요한 것은 진혁과 맺은 비밀 계약이었다.

계약 기간은 3년이었고 간단하게 간추려 설명하자면 계약 기간 동안 최대한 서로에게 피해도 주지 말고 귀찮게도 하지 말고 조용히 문제없이 행복하게 사는 척하다가 조용히 흩어지자였다.

나쁠 것 없었다.

어차피 썩 쓸 만한 인재로 인정받지 못해 집안에서 이리 치이고 저리 치이는 상황에서 탈출구가 절실할 때였고 마침 혼사 얘기가 나와주었겠다 조건도 그만하면 만족할 만했기 때문이었다.

계약 조건대로만 생활하면 이혼 도장 찍을 때 부모님들끼리 약속한 위자료 말고 진혁이 따로 챙겨주겠다는 막대한 위자료도 보장이 되어 있었고.

그런데 막상 결혼을 해보니 정말 만만치가 않았다. 이만저만 힘든 게 아니었다.

어제 진혁이 서초동에 가자고 했을 때 단박에 표정이 일그러진 이유도 그 때문이었다. 진혁의 집안은 소은의 집안이 발치에도 따라가지 못할 만큼 엄격해서 소은은 서초동에 갈 때마다 수녀원에 강제로 끌려간 기분이었다.

소은을 제일 미치게 하는 것은 서초동에 들어가는 순간부터 나올 때까지 무릎을 꿇고 있어야 한다는 것이었다.

빈틈없이 거실을 채우고 있는 그 비싸고 훌륭한 소파는 뭐 하러 들여놓았는지 궁금해 미치도록 다과실이라 불리는 방에 들어가 몇 시간을 무릎을 꿇고 할머님의 가르침을 받들어 모셔야 했다. 할머님의 가르침이 끝나면 어머니의 가르침이 시작됐고 어머님의 가르침이 끝날 때쯤에는 하체에 감각이 사라져 일어설 수도 없을 지경이 되어버렸다.

아무리 생각해도 고귀한 가르침으로 받아들여지지 않고 지독한 고문으로 느껴지는 것은 무릎 꿇고 가르침 받들기가 보통 힘든 일이 아니기 때문이었다.

또, 원래 그러는 것인지 소은에게만 그러는 것인지 식사 때도 한자리에 앉아 먹지도 못하고 식탁 뒤에 서서 어르신들 식사가 끝날 때까지 침만 수백 번 삼키며 기다려야 했다. 어르신들 식사가 끝나면 삼킨 침 때문에 배가 불러 밥을 못 먹을 지경으로. 물론 침 때문이 아니라 괜히 서러워 밥맛이 떨어진 것이지만.

도대체 이렇게 지나치고 불필요할 만큼 엄격한 가르침 문화

와 식사 문화로 소은에게 무엇을 배우라는 것인지 모르겠지만—어른공경?—소은은 서초동에 가야 한다는 생각만 하면 두통부터 생겼고 지금은 죄없는 하체까지도 서초동 소리에 발작을 일으켜 서초동에 도착하기 전부터 이유없이 저리기까지 했다.

문제는 이런 사정과 하소연을 들어줄 사람이 단 한 사람도 없다는 것이다.

시댁 일을 고자질하며 흉을 봐서도 안 되지만 하소연할 곳이 없어서 못하기도 했다. 큰일 하시는 아버지 붙잡고 아버지가 짝지어주신 집안의 어른들이 생각할수록 괴상한 가르침을 주신다고 푸념할 수도 없고 인정머리없는 새어머니 진 여사에게 고자질하며 같이 흉봐달라고 할 수도 없고. 같이 흉봐주기는커녕 냉큼 서초동에 물어 나를 양반이었다.

언니도 없지, 오빠도 없지 있는 형제라고는 새어머니가 낳은 남동생 둘인데 자식들이 지엄마 닮아서 하나같이 싸가지들이라 말해도 들어주지도 않겠지만 입만 아플 짓이었다.

게다가 아버지가 몸져누운 후부터 자식들의 생겨먹지 못한 싸가지가 하늘을 찔러 예의상, 도리상 한 달에 두세 번 전화 통화로 안부를 묻는 것조차도 생략하고 있었다. 소은이 먼저 전화를 걸어도 마치 제 녀석들이 대한민국의 살림살이를 도맡아 하고 있는 것처럼 우습지도 않은 이유로 피하고 있었고.

괘씸하고 발칙 무도한 놈들!

물론 친구들은 넘치도록 있었지만 이상하게 친구 붙잡고 하소연하고 싶지는 않았다. 친구들은 남의 속도 모르고 재벌집 사모님인 것을 거품 물고 부러워하기만 하니까.

결국 고립인 채로 혼자 해결하고 혼자 다스려야 했는데 프랑스에서 함께 공부했던 친구가 번역 일을 제안하지 않았더라면 분명 우울증이 손댈 수 없을 만큼 심해져서 기어이 뛰어내려 생을 마감했을 것이다.

"아직 멀었어?"

그때 문밖에서 진혁의 목소리가 들려왔다.

소은이 욕실 문을 열자 진혁이 한쪽 눈을 찡그리며 소은을 쳐다봤다.

"안 씻고 뭐 한 거야?"

"생각요."

"생각? 그럼 또 유체이탈인지 멍 때리긴지를 하느라 40분 동안 욕실에 있었단 말이야?"

40분이나? 진짜 오래 있었네.

"밖에도 욕실 있잖아요."

"휴지가 없더라고."

"똥 누게요?"

소은의 물음에 진혁이 어떻게 여자가 똥이라는 단어를 그렇게 아무렇지도 않게 입에 올리냐는 듯 못마땅한 얼굴로 쳐다봤다.

"그런 말 막 하고 싶어?"

진혁의 떨떠름한 표정에 소은은 오히려 묘한 쾌감을 느꼈다.

"그거 모르죠?"

"뭘?"

"집안에서 암묵적으로 금지된 저렴한 단어를 마구 쓸 때의 그 희열을."

소은이 정말로 희열을 느끼는 듯한 표정을 짓자 진혁의 얼굴이 점점 더 구겨졌다.

"진혁 씨도 꼭 한 번 느껴보길 바라요. 그럼 똥 잘 싸요. 시원~하게."

소은이 활짝 웃어 보인 후 욕실 문을 닫아주었다.

소은이 즐거운 표정으로 빙글거리며 책상에 앉아 노트북을 켜는데 초인종이 울렸다. 반사적으로 고개를 돌려 시계를 보자 정각 9시. 서초동 아주머니가 온 것이 분명했다.

"벌써 아홉 시네."

소은이 문을 열어주지 않고 욕실 문 앞에서 발을 동동 구르고 있는데 비밀번호 누르는 소리가 들렸다.

"진혁 씨, 진혁 씨, 아직 멀었어요?"

"왜?"

"아줌마 왔어요."

"그런데?"

"옷 방 치우라는 말 안 할 거죠?"

"……"

"왜 대답 안 해요?"

"……."

묵묵부답인 진혁 때문에 소은의 속이 타 들어가는데 현관문 열리는 소리가 들렸다.

"어유 진짜, 똥 누다 구멍 찢어졌나. 왜 대답이 없어."

소은이 혼잣말로 구시렁거리며 침실에서 나가려고 하는데 욕실 문이 열리며 진혁이 나왔다.

"옷 방 놔둘 거죠? 우리 화해했잖아요."

"화해한 태도가 그래?"

진혁이 어림없다는 표정으로 물었다.

"화해한 것 아니었어요?"

"뭐? 똥 누다 구멍 찢어졌냐고?"

아이고, 들렸던 모양이네.

"대답이 없기에…… 오늘 날 잡을게요. 내가 치울게요. 그러니까 옷 방 놔두라고 해요."

"흥."

진혁이 콧방귀를 뀌더니 문을 열고 밖으로 나가 버렸다.

"저 치사한……."

소은이 씩씩거리다가 하는 수 없이 진혁을 따라 나가자 놀란 표정의 아주머니가 소은을 쳐다봤다.

아주머니가 놀란 것은 분명 소은이 입고 있는 빨간색 땡땡이 파자마 때문일 것이다. 채신머리없이 빨간색 땡땡이 파자마를 입고 있는 것도 놀라웠겠지만 이 시간까지 파자마 바람인 것도 아주머니를 놀라게 했을 것이다. 서초동에 달려가 고해바칠 거리도 생겼을 것이고.

"외출하신 줄 알고 열고 들어왔어요."

"네. 그런 것 같더라구요."

소은이 어색하게 웃으며 진혁을 쳐다봤지만 진혁은 본척만척이었다.

"아침 식사는 하셨어요, 사장님?"

"집사람이 차려주더라구요."

"그러셨어요."

아주머니가 못 미덥다는 표정으로 소은을 쳐다보자 소은은 아주머니에게 어색하게 웃어 보였다.

"설거지부터 하고 청소할게요."

아주머니가 주방으로 들어가는데 진혁이 '오늘 청소 말이에요' 하고 입을 열었다.

소은이 깜짝 놀라 진혁을 쳐다보자 진혁이 각오하라는 듯 비열한 웃음을 던지더니 주방 쪽으로 걸음을 옮겼다.

"네, 사장님."

아주머니가 어서 하달하라는 듯 쳐다보자 진혁이 울상이 된 소은을 흘낏 쳐다본 후 아주머니 쪽으로 고개를 돌렸다.

"오늘 청소는 안 하셔도 됩니다."

진혁의 말에 소은은 자신도 모르게 안도의 한숨을 내쉬었고 아주머니는 뜨악한 표정으로 진혁을 쳐다봤다.

"오랜만에 아내를 만났으니까 며칠은 아무에게도 방해받지 않고 쉬고 싶네요."

"아, 네…… 그럼 설거지만 하고 갈게요."

"아뇨. 설거지도 두세요. 오시느라 수고하셨는데 아주머니도 가서 쉬세요. 다시 오라고 할 때까지."

"그래도 될까요? 서초동 사모님이……."

"제가 말씀드릴게요."

"네, 알겠습니다. 그럼 가볼게요."

"예."

아주머니는 정말 가도 되는 것인지 불안하다는 표정으로 진혁과 소은에게 인사한 후 집을 나갔고 소은은 명치끝에 매달려 있던 돌덩이가 떨어져 나간 듯 후련함을 느꼈다.

"고맙다고 해야지."

"고마워요."

아슬아슬 속을 태우긴 했지만 고마운 것은 사실이었다.

"그런데 아까 아주머니가 매우 찜찜한 표정으로 내 파자마 보는 거 봤어요?"

"그러더군."

"오늘 서초동 간다고 했죠?"

"들러야 해."

"야단맞겠네요."

소은이 뚱한 얼굴로 침실로 가기 위해 돌아서다 다시 진혁을 쳐다봤다.

"집에서 내가 원하는 파자마 입고 잘 자유도 없다는 게 말이 돼요?"

"자유 누리고 있잖아."

"야단맞으면 자유를 누린다 할 수 없죠."

"야단맞아도 입을 거잖아."

"어떻게 알았어요?"

소은이 눈치 빠르네 하는 얼굴로 말한 후 침실로 들어왔다.

침대로 기어들어 간 소은이 대 자로 누우며 삭신이 쑤시는 듯한 표정을 짓는데 진혁이 침실로 따라 들어왔다.

"일어나."

진혁이 손가락을 까딱거리며 말했다.

"잘 거예요."

"일어나서 당장 옷 방 정리해."

"날 잡는다 했잖아요. 오늘은 그날이 아니에요."

"그래?"

진혁이 화장대 위에 있던 휴대폰을 집어 들더니 번호를 누르기 시작했다.

"어디다 거는 거예요?"

"아주머니한테. 도로 오라고."

"에이, 진짜."

소은이 부리나케 침대 밖으로 튀어나왔다.

"어제 잠을 못 잤다구요."

"그건 그쪽 사정이고."

진혁이 휴대폰을 접으며 말했다.

"1시간 주지. 빨리 정리해."

"1시간으로는 어림도 없어요."

소은이 펄쩍 뛰며 반항했지만 통하지 않았다.

"1시간이야. 1시간 뒤에 검사하러 올 거야."

진혁은 방을 나가 버렸고 소은은 콧구멍으로 뜨거운 김을 슉슉 내뿜다가 온몸을 비틀며 옷 방으로 들어왔다.

옷 방을 휘익 둘러보던 소은은 기가 차서 주저앉고 말았다.

소은 자신이 저질러 놓은 만행이긴 하지만 자신이 봐도 참 답이 안 나오는 상황이었기 때문이다. 그런데 이렇게 답이 안 나오도록 엉망진창인 옷 방을 한 시간 안에 정리를 하라니.

그건 저를 죽이는 일이십니다!

하지만 별수 없었다. 정리해야 했다.

진혁이 지정한 시간 내에 정리하지 않을 경우엔 서초동 아주머니를 부를 것이 틀림없고 소은은 그 후에 불어닥칠 후폭풍을 감당할 자신이 없었기 때문이다. 정리를 거부한다면 필시 서초동 어머니로부터 보름 밤낮에 걸쳐 옷 방 정리하는 법에 대해 가르침을 받아야 할 것이다.

"앓느니 죽지."

죽지 못한다면 정리를 하던가.

소은은 두 주먹을 불끈 틀어쥐며 옷 방 정리를 시작했다. 그리고 결심했다. 이왕 시작한 것 1시간 후 진혁이 검사하러 들어왔을 때 깜짝 놀라 1시간 동안 졸도해 있을 만큼 끝내주게 정리해 주겠노라고.

"일어나."

흔드는 손길에 눈을 뜨자 진혁이 소은을 내려다보고 있었다.

"정리 다 했어요. 조금만 잘게요."

"두 시간이나 잤어."

두 시간이나? 고작 2분쯤 잔 것 같은데.

"서초동 가야지."

"서초동 가서 정말 한 시간만 있다가 올 거죠?"

"하는 거 봐서."

또 시작이네.

"좋아요. 얼마를 있든 상관없으니까 대신 거기서 밥은 먹지 말아요."

소은은 몹시 피곤한 표정으로 몸을 일으켰다.

"왜?"

"다른 사람 밥 먹는데 옆에서 쳐다보고 있는 거 되게 힘들거든요."

소은이 잠을 쫓기 위해 눈을 비비며 말했다.

"다른 사람 밥 먹는데 옆에서 쳐다보고 있다니? 무슨 말이야?"

"무슨 말은 무슨 말이에요. 서초동 식구들 밥 먹는 동안 난 서서 구경하고 있다는 말이죠."

"식사를 같이 안 했다는 거야?"

진혁이 날이 선 목소리로 물었고 소은은 참 이상한 사람이다 하는 눈길로 진혁을 쳐다봤다.

"뭘 모른 척해요? 원래 그게 서초동 예법이라면서요."

"……그럼 당신은 밥을 안 먹었다는 거야?"

진혁의 목소리가 낮게 가라앉았다.

"나중에 아줌마들이랑 같이 먹었죠. 알면서 모른 척하기는."

웃기는 사람이야.

"그나저나 내가 약 2시간 15분 전에 발견했는데…… 왼쪽 엉덩이 정중앙에서 조금 위쪽으로 종기가 하나 생겨서 무릎을 꿇으면 발뒤꿈치가 종기에 닿거든요. 1시간 이상 무릎을 꿇고 있으면 툭 터질 것 같은데……."

소은의 종기에 대해서 말했지만 진혁은 다른 생각을 하고 있는 것처럼 한참 동안 굳은 표정으로 소은의 얼굴을 쳐다보고 있었다.

뭐야, 저 표정은.

"내 종기 어쩌냐구요."

소은이 목소리를 조금 높이자 그제야 진혁이 찡그린 표정으로 입을 열었다.

"일부러 그러는 거지?"

"뭘요?"

"조신하지 않게 얘기하는 거 일부러 그러는 것 아니냐고."

진혁의 말에 이번엔 소은이 눈살을 찌그리며 삐딱하게 진혁을 쳐다봤다.

"엉덩이에 종기가 나서 잘못하면 터질지도 모른다는 얘기를 조신하게는 어떻게 말해요?"

소은의 물음에 진혁이 잠깐 생각하다가 입을 열었다.

"보통 사람은 엉덩이에 난 종기에 대해서는 말을 안 하지 않나?"

"그래요? 내가 아는 보통 사람들은 다 하던데. 어쨌거나 절대 일부러 이러는 건 아니에요. 이게 원래 내 모습이에요."

소은이 옷 방을 나가면서 말했다.

"조신한 척하고, 우아한 척하고, 조용한 척하는 게 일부러 그러는 거고 원래 모습이 지금이에요. 그냥 하고 싶은 말 다 하고 편하게 행동하는 거."

소은의 말에 진혁의 미간에 주름이 잡혔다.

"무척 실망한 모양이네요. 하지만 어쩔 수 없어요. 내 본모습을 찾기까지 쉽지 않았으니까. 아주 비싼 값을 치렀으니까."

소은이 지극히 편한 표정으로 말한 후 욕실로 들어갔다.

아니나 다를까 우려했던 대로 서초동 시어머니는 소은을 보자마자 빨간 파자마를 문제 삼았다.

"잠옷이 없니? 사줘?"

시어머니가 찬바람이 일 정도로 차가운 얼굴로 비꼬았다.

"아뇨…… 그게……."

"무슨 소리야?"

대경그룹 회장님 시아버지가 또 무슨 문제를 일으켰냐는 듯이 물었다.

"아줌마 얘기 들어보니 아홉 시가 넘도록 도저히 봐줄 수 없는 옷을 입고 돌아다녔다는데 제정신이니?"

그놈의 제정신이니 소리 좀 그만 하시지. 멀쩡한 사람을 정신 나간 사람으로 만드는데 선수셨다.

"편하고…… 좋아서요."

"편해? 넌 어떻게 된 애가 그런 옷을 편하다고 하니? 당장 갖다 버려."

"저 어머니, 그 옷은요……."

"시끄러. 내가 잠옷 사서 아줌마 편에 보낼 테니까 갖다 버려라."

"그거 내가 사다 준 거예요."

진혁이 불쑥 끼어들자 시어머니가 놀란 표정으로 진혁을 쳐다봤다. 놀라긴 소은도 마찬가지였다.

"네가 사다 줬다고?"

“예뻐서 사다 줬어요. 도저히 봐줄 수 없는 옷이 아니고 예쁘고 귀여워요. 내가 준 선물을 버리라고 하니까 섭섭하네요, 어머니.”

“아니, 난 네가 사다 준 건 줄은 몰랐지. 그래도 얘, 얘 나이가 몇인데 예쁘고 귀엽다고 빨간색 파자마야.”

시어머니가 조금 전 소은을 몰아붙이던 것과는 달리 한풀 꺾여 아주 표가 나도록 나긋나긋한 목소리로 달래듯 말했다.

“그 사람 이제 서른밖에 안 됐어요. 아직은 예쁘고 귀여운 것 입어도 되는 나이예요.”

진혁의 말에 시어머니가 말도 안 된다는 표정으로 진혁을 쳐다봤다. 어디다 예쁘고 귀엽다는 단어를 갖다 붙이냐는 듯이. 그것이 아니라면 서른 살 먹은 다른 여자라면 몰라도 서른 살 먹은 소은에게는 절대로 허용될 수 없는 단어라는 뜻일지도 몰랐다.

“서른이면 한창이잖아요. 서른에 결혼 안 하는 여자들도 수두룩해요.”

“얘는 결혼한 여자고 남이 볼까 겁난다, 얘.”

시어머니는 어떻게 하든 진혁의 말을 부정하려고 애쓰셨다.

“잠옷 입고 있는 거 나 말고 누가 볼 거라고요?”

“어? 그거야 그렇지만…….”

시어머니가 금세 한풀 또 꺾였다.

“아니, 그래도 그렇지. 해가 중천에 뜰 때까지 파자마 바람으로 돌아다니는 게 말이 되니? 너 그런 천박한 행동 누구한테 배운 거니?"

"바깥도 아니고 집에서 파자마 입고 있는 게 뭐가 천박해요? 내가 입고 있으라 했어요."

진혁이 또다시 상황 정리에 들어가자 시어머니가 또 한 번 놀라셨다.

"왜 옷을 두고 파자마를 입고 있으라고 한 거니?"

"어제 내가 잠을 안 재웠거든요."

진혁이 어쩐지 깊고 진한 뜻이 가득 담긴 뉘앙스를 풍기며 말하자 시어머니가 말문이 막혔는지 멍한 표정으로 진혁과 소은을 번갈아 쳐다봤다.

"아니, 왜 잠을…… 안 재워?"

"아버지가 손주 보고 싶다 하셔서요. 벌써 서른인데 지금도 많이 늦었다 하시네요."

진혁의 말에 시어머니가 날카로운 시선으로 남편인 대경그룹 회장님을 노려봤다. 대체 무슨 생각으로 진혁에게 아기를 낳으라고 했느냐 하는 표정이었다.

진혁이 깊고 진한 뜻이 무엇인지 명확하게 하자 시어머니는 또다시 말문이 막혀 진혁의 얼굴만 쳐다봤다. 그러다 갑자기 소은을 노려봤다.

"얘, 너 나 좀 보자."

시어머니가 자리에서 일어났다. 다과실로 데려가는 것이 틀림없었다.

무슨 가르침을 내리시려 다과실로 끌고 가시는지는 모르겠지만 부디 진혁이 약속대로 1시간 안에 탈출시켜 주었으면 좋겠다고 생각하며 시어머니를 따라 일어나는데 진혁도 일어나며 소은의 손을 움켜잡았다.

"저녁 약속 있어서 지금 가봐야 해요."

"저녁 약속? 여기서 먹는 거 아니니? 준비하라고 했는데. 거의 다 됐을 거야."

"중요한 약속이에요. 다음에 먹을게요. 아버지, 나가봐야겠습니다."

"중요한 약속이라면 할 수 없지. 그래, 가보거라."

집안의 힘의 중심인 시아버님이 가라고 하셨으니 이제 막을 자는 아무도 없었다.

휴…… 생명의, 아니, 종기의 은인이신 진혁님.

소은은 조신하고 단정한 자세로 인사를 올린 후 저녁잠을 주무시는 시할머니께는 인사를 생략한 후 서초동 시댁을 나왔다. 진혁의 손을 꼭 잡고.

"정말 고마워요. 그리고 이제 손을 그만 놔도 돼요."

소은이 진혁의 손에서 자신의 손을 빼내며 말했다.

"얼마나 고마운데?"

"많이 고마워요. 이제 한 가지 문제만 해결하면 되네요."

"무슨 문제?"

"엉덩이에 난 종기를 내 손으로 직접 짜느냐 쪽팔림을 무릅쓰고 의사 선생님께 짜달라고 하느냐 그 문제요."

"여자가 쌍스럽게 쪽팔린다니."

진혁이 얼굴을 구기자 소은이 음흉하게 웃었다.

"진혁 씨도 한 번 해봐요. 입에 착착 달라붙어요."

소은이 다시 한 번 음흉하게 웃은 후 차에 올랐다.

"뭐 먹을까요?"

"회."

진혁이 간단하게 대답했고 두 사람은 곧장 횟집으로 향했다.

"그런데 정말 내 빨간 파자마가 귀여운 거예요?"

맛있는 것도 아니고 맛없는 것도 아닌 표정으로 회를 먹던 소은이 불쑥 물었다.

"나쁘지 않았어."

"실은 오렌지색도 있어요. 번갈아 입으려고 두 개 샀어요. 동대문에서."

소은이 자랑거리라도 되는 듯 으스대며 말하자 진혁은 그저 웃고 말았다.

"고마웠어요."

"뭐가?"

"다과실로 끌려갈 뻔한 것 구해줘서. 정말 고마워요. 난 다과실이 정말 싫어요. 지옥에 끌려가는 것 같거든요."

"어른들이 잘되라고 하는 소린데 뭐가 지옥 같다는 거야?"

진혁이 알지도 못하면서 나무라는 투로 말했다.

"그냥…… 의자에 앉게 해주시면 참 좋은데…… 무릎 꿇고 두 시간씩 세 시간씩…… 진혁 씨 미국으로 떠나고 며칠 후에 어머니 손님들이 오셔서 서초동에서 식사 준비를 거들었었는데 그때 내가 잘해내지 못했어요. 정말 잘하려고 했는데…… 뜻대로 안 되더라구요. 다른 사람이 못한다고 말하기 전에 이미 내가 뭔가 대단히 잘못하고 있다는 것을 알았기 때문에 얼마나 긴장하고 진땀이 났었는지 몰라요."

그때를 생각하자 괜스레 또 진땀이 나는 듯한 기분에 소은이 콧잔등을 살짝 찡그렸다.

"내가 할 수 있는 건 최선을 다하는 것밖에는 없었기 때문에 잘하지 못하는 와중에도 어쨌거나 최선을 다했는데…… 어머님 보시기엔 형편없었던 거죠. 어머님이 손님들 계신 데서 얼마나 무안을 주시는지……."

"잘못했으니까 혼났겠지. 어머니가 아무 잘못 없는데 억울하게 몰아세울 분은 아니야."

퉁명스런 진혁의 대답. 소은은 싱싱하던 회가 갑작스레 확 상해 버린 것 같은 맛을 느끼며 쓰게 웃었다.

팔은 안으로 굽는다더니 당신 모친 흉보는 소리는 듣기 싫은 모양이었다.

아이고 밉상. 안으로 굽는 팔을 바깥으로 확 꺾어버리고 싶었다.

"내가 서러웠던 건, 손님들 계신 곳에서 무안을 주신 게 아니에요. 손님이 모두 가신 후에 다과실에서 세 시간 동안 무릎을 꿇은 채 야단을 맞아야 했던 것도 아니에요. 그런데 세 시간 무릎 꿇고 있어봤어요?"

"아니. 난 잘못한 게 없거든."

진혁이 말했고, 소은은 허락만 해준다면 앞에 놓인 죽 그릇을 진혁의 얼굴에 던져 버렸으면 좋겠다고 생각했다.

"아무래도 종교를 가져야겠네요."

"종교? 왜?"

"나날이 격해지는 성질을 다스리기 위해서요."

"성질이 어떻게 격해지는데?"

"진혁 씨…… 불현듯 누군가를 막 패주고 싶은 기분 느낀 적 있어요?"

소은이 진혁의 얼굴을 집요하게 쳐다보며 물었고 진혁은 소은이 막 패주고 싶은 사람이 바로 자신이라는 것을 깨닫고 표정이 사나워졌다.

"종교가 아니라 치료를 받아야 하는 것 아닌가?"

진혁의 빈정거리는 대꾸에 소은은 자신도 모르게 주먹을 움켜잡았다.

"내가 의사라면 그냥 한 대 치라는 처방을 내리고 싶네요."

소은이 이를 갈며 낮게 쏘아붙였다.

"그래서, 다과실에서 어쨌다는 거야?"

진혁이 열받은 소은을 향해 비웃적거리는 미소를 던지며 물었다.

"정말 알고 싶어요?"

"들어보자고."

"아버님이 퇴근하셨고, 그래서 아버님께 인사드리러 달려가야 하는데 다리가 말을 안 듣더군요. 내 다리가 남의 다리 같은 기분 느껴본 적 없어요? 물론 없겠죠. 잘못한 게 없으니까."

소은이 말끄트머리에 냉소를 머금은 채 비꼬아주었다.

"다리에 감각이 없어서, 아니, 하체 전체에 감각이 없어서 일어날 수가 없는데…… 일어서다가 주저앉고 한 발짝 걷다가 주저앉고 몇 번을 주저앉다가 감각이 돌아오기 시작했는데 이번엔 발가락 하나 까딱 못할 정도로 저려서 미칠 것 같은데……."

얘기를 하다 보니 욱하고 원통함이 치밀어 소은은 부글거리는 가슴을 다스리기 위해 한숨을 푹 내쉬며 입을 다물어 버렸다.

"그만 하죠. 결국 쪽팔린 일인데."

소은이 쓸데없는 말을 괜히 시작했다고 생각하며 회를 한 점 집어 입에 넣었다. 그런데 초장을 잔뜩 묻힌 회가 새콤달콤한 것이 아니라 약을 씹는 것처럼 쓰게 느껴졌다.

"아버지 퇴근하셨는데 인사도 하지 않고 야단맞은 거 억울해 울었다는 얘기가 그 얘기야?"

진혁의 말에 소은이 고개를 들고 진혁을 쳐다봤다.

"언제 들었어요?"

"……다리가 저려서 못 일어나겠다고 얘기하지 그랬어?"

"했어요. 다섯 번쯤. 그런데 내 얘기가 안 들리셨나 봐요. 아니지, 어머님이나 아버님 역시 평생 잘못한 게 없어서 다리가 저려본 적이 없는 거겠죠."

소은이 비꼬아주자 진혁이 매서운 눈길로 소은을 노려보다가 앞에 놓인 사케를 마셨다.

"분명히 말하고 싶은 건, 야단맞은 게 억울해서 운 게 아니라 인사를 하지 않으면 또 무릎을 꿇고 야단맞을 텐데…… 그게 너무 무서운데 몸이 말을 들어주지 않으니까 서러워서 눈물이 났던 거예요. 난 내가 그렇게 눈물이 많은 줄 그날 처음 알았고 지금 생각해 보니 야단맞은 게 갑자기 억울하기도 하네요."

소은이 말하는 동안 뚫어져라 소은의 얼굴만 쳐다보고 있던 진혁은 한참 만에 시선을 거두며 다시 사케를 한 잔 마셨다.

"어쨌거나 내가 하고 싶은 말은 오늘만큼은 고마웠다는 말이에요. 그건 진심이에요."

소은이 진심이라는 단어까지 붙여 고맙다는 뜻을 전했지만 진혁은 어떤 대꾸도 하지 않았다.

소은은 자신이 시부모님에 대해 좋지 않은 말을 한 것 때문에 기분이 완전히 상한 모양이라고 생각하며 굳이 말을 더 시키지는 않았다.

하긴 자기 부모님 흉보는 것에 좋아라 할 사람이 어디 있겠는

가. 하지만 다과실이라고 이름 붙여진 그 공간이 얼마나 지독한 공간이며 더불어 시어머니의 만행에 가까운 가르침을 까발리며 불만을 드러낸 것에 대한 후회는 없었다.

서초동과 성북동 양쪽 가문의 평화를 위해 지금까지, 그리고 앞으로도 되도록 손해를 보는 한이 있어도 참으려고 노력할 것이고 참겠지만 이렇게 가끔은 날 잡아 쏟아낼 것이기 때문이었다.

진혁이 잘못 걸려든 것인데 어쩌겠는가. 석 달밖에 남지 않았지만 그래도 소은의 남편이고 굳이 석 달 동안 같이 살겠다며 집에 들어왔으니 무덤은 진혁이 판 것이다. 소은의 푸념이 싫다면 절대 붙잡지 않을 테니 다른 곳에서 살든가 나가지 않으려면 싫어도 들어야 했다.

진혁이 입을 연 것은 30분은 족히 지났을 때였다.

"새우 먹어."

진혁이 새우튀김 접시를 소은 앞으로 밀어주며 말했다.

"죽으라는 소리예요?"

소은의 되물음에 진혁이 얼굴을 찌푸리며 노려봤다.

"꼭 말을 그따위로 해야겠어? 새우 먹으라는데 죽으라는 소리냐니!"

진혁이 버럭 성을 냈다. 마치 드디어 꼬투리를 잡았다는 듯.

흥! 어림없지.

"나 새우 알레르기 있어요. 먹으면 숨구멍 막혀 죽는다구요.

몰라요?”

“……그랬어?”

“야, 진짜 하나도 모르는구나.”

소은이 이러고도 어떻게 부부라고 할 수 있는지 신기하다고 생각하며 진혁이 밀어준 새우튀김 접시를 다시 진혁의 앞으로 밀어주었다.

“다른 알레르기는?”

“없어요. 새우만 그래요.”

“회도 잘 안 먹는 것 같은데?”

“즐기진 않아요.”

“말을 하지 그랬어.”

“언제 물어봤어요? 하긴 내가 즐기지 않는다고 진혁 씨까지 안 먹을 건 없죠.”

“먹고 싶은 거 있으면 말해.”

진혁의 물음에 소은이 입술을 비죽거리며 진혁을 쳐다봤다.

방금 전에 버럭 성질을 내던 사람이 갑자기 친절한 척하는 것이 뇌꼴스러웠기 때문이었다.

“그렇게 쳐다볼 것 없어. 먹는 둥 마는 둥해서 제대로 먹으라고 한 소리야.”

친절을 고맙게 받아들여야 하는데 아무래도 고맙지가 않았다.

그래도 제대로 먹으라는 말에는 동의하는 바였다.

"여긴 매운탕 안 주겠죠?"

"달라고 할게."

"밥도 달라고 해줘요. 난 밥을 안 먹으면 아무리 먹어도 먹은 것 같지 않은 위를 가졌거든요."

"아침엔 안 먹었잖아."

"열받아서 안 먹었어요. 난 아침도 꼭 먹어요. 한 끼만 걸러도 눈이 돌아가거든요. 이렇게."

소은이 양쪽 눈알이 왼쪽으로 쏠린 표정을 짓자 진혁이 어이가 없다는 듯 웃으며 종업원을 호출해 새우 넣지 않은 매운탕과 밥을 주문했다.

"열받아서 아침도 안 먹은 사람한테 옷 방 정리를 시켰으니……."

"힘들어서 쓰러져 잔 게 아니라 배고파서 쓰러진 거야?"

"그래요."

"낮에 라면 몇 개 끓인 거야?"

"두 개요."

"라면 두 개를 혼자 다 먹고 밥까지 말아먹은 거야?"

진혁이 믿을 수 없다는 표정으로 물었다.

"왜 놀라요? 밥통이 소 밥통이냐 그러려구요?"

소은의 말에 진혁이 졌다는 듯 고개를 절레절레 저었다.

"정말 소 밥통이네. 그렇게 먹어대는데도 살이 안 찌니 신기하군."

진혁의 말에 소은이 뭘 그 정도 가지고 놀라나 하는 듯 픽 웃었다.

"매운탕을 찾는 걸 보니 얼큰한 음식을 좋아하는 모양이네."

"이제 한 가지 눈치 챘네요. 그런데 그냥 얼큰한 정도가 아니라 아주 매운 음식을 좋아해요. 매운 고추도 되게 좋아하고."

"우리 집 사람들은 매운 걸 잘 못 먹어."

"굉장히 싱겁구요."

"입에 안 맞겠군."

"건강식이니까 약이라고 생각하고 먹죠. 친정도 그래요. 매운 거 좋아하는 사람 아무도 없어요. 나만 그렇지."

"어떻게 혼자만 매운 걸 좋아하는 거야?"

"돌아가신 엄마가 매운 걸 좋아하셨대요."

"아, 그랬군. 그럼 매운 고추도 몇 개 달라고 할까?"

"급친절이네요. 감사히 받아먹을게요."

소은이 비꼼과 유쾌함의 경계를 아슬아슬하게 조절하며 말했고 진혁은 매운 고추도 따로 주문했다.

진혁이 주문한 매운탕과 밥, 그리고 매운 고추가 상에 차려지자 맛이 있는 것도 없는 것도 아닌 어중간한 표정이던 소은의 얼굴이 활짝 펴졌다.

"냄새 죽이네."

소은이 밥 한 숟갈을 입에 듬뿍 떠 넣고는 냄새만 맡아도 얼큰한 매운탕 국물을 맛있게도 떠먹었다.

"간이 잘 맞네요."

소은이 매운탕 국물을 칭찬한 후 새끼 손가락만 한 매운 고추 하나를 집어 한 입 베어 물었다.

"매워?"

매운 고추가 아니라 마치 싱싱한 오이를 씹는 듯한 소은은 진혁이 묻자 '괜찮아요' 하고 대답했다.

"밥 조금 먹지 그래요?"

"밥은 됐고 매운탕 국물이나 맛볼까?"

진혁이 매운탕 국물을 한 숟갈 떠먹었다.

"칼칼하네."

"옷 방 치운 거 만족해요?"

"귀신 나올 것 같진 않더군."

"완벽하지 않았어요?"

소은이 불만스럽게 되묻자 진혁이 완벽한 건 아니라고 대답했다.

"그 정도면 완벽하지 얼마나 더 잘 치우라구요."

소은이 항의하듯 말한 후 남은 매운 고추를 마저 입에 넣는데 진혁이 접시에 담겨 있던 매운 고추 하나를 집어 들었다.

"노력은 한 것 같더군."

어째 칭찬이 전혀 칭찬처럼 들리지 않는다고 생각하며 소은이 매운탕 국물을 한 숟갈 떠먹는데 갑자기 진혁의 입에서 낮은 괴성이 터져 나왔다.

이것이 무슨 해괴한 소리인가 소은이 놀라서 쳐다보자 진혁이 벌게진 얼굴로 세 번쯤 씹은 매운 고추를 티슈에 뱉어내고 허겁지겁 물을 마시고 있었다.

"이게 뭐가 괜찮다는 거야?"

물 한 컵을 다 마시고도 매운 것이 주체가 되지 않는지 진혁이 다시 물을 따라 마셨다.

"아주 매운 건 아닌데."

소은의 말에 진혁이 사람이 아닌 마치 동물을 보는 듯한 표정으로 소은에게 눈을 부라렸다.

"무슨 남자가 매운 걸 그렇게나 못 먹어요?"

소은이 실망했다는 듯 고개를 가볍게 저었다.

❋ 그와 그녀의 남은 시간 85일.

자는 줄 알았던 진혁이 자정이 넘은 시간에 나와서는 괜히 거실을 서성거리기 시작했다. 벌써 나흘째 자정마다 저랬다.

처음엔 물이나 혹은 다른 걸 마시기 위해 나온 줄 알았는데 일하는 사람 정신 사납게 이리 갔다 저리 갔다, 사흘째 밤 귀신 흉내를 내자 살짝 짜증이 났다.

"기다리는 사람 있어요?"

이유없이 10분 이상을 서성거리는 진혁을 보다 못한 소은이 묻자 진혁이 무슨 엉뚱한 소리냐는 듯 쳐다봤다.

“꼭 누굴 기다리는 사람처럼 왔다 갔다 하잖아요.”

“잠이 안 와서. 시차 때문인가 봐.”

아, 그럴 수 있겠다 싶었다. 한국 시간으로 치자면 3년 동안 낮에 자고 밤에 일하는 것이나 마찬가지였을 테니 지금 시간이면 잠을 못 이룰 만도 했다.

하지만 그래도 그렇지. 자기 잠 안 온다고 다른 사람까지 불편하게 만드는 것은 무슨 심보인지. 뻔히 일하는 것 알면서.

“계약 연장은 아직도 생각 중이야?”

“다각도로 고민을 하다 보니 길어지네요.”

소은이 노트북에서 눈을 떼지 않은 채 대꾸했다.

“방에서 일해도 돼.”

“언제부터 출근해요?”

진혁의 질문에는 대답없이 소은이 질문했다.

“왜?”

“너무 노는 것 같아서요.”

“보름 동안 휴가야.”

“보름이나요?!”

소은이 진혁의 긴 휴가가 싫다는 뜻을 역력히 드러내자 진혁은 서서히 기분이 나빠지기 시작했다.

“내가 내 집에 있는 게 그렇게 싫어?”

진혁 역시 기분이 나빠지기 시작한 것을 숨기지 않고 짜증스레 물었다.

그놈의 내 집, 내 집. 내 집 소리 듣기 싫어서라도 계약 연장을 관두던지 해야지.

"싫다기보다는……."

소은이 마음에 들지 않는다는 얼굴로 노트북을 쳐다보다가 다시 진혁에게 시선을 돌렸다.

"조금 불편하네요."

"불편하다고? 어떻게 남편을 불편해할 수 있지?"

어떻게 불편해할 수 있냐고? 오만 가지가 다 불편하다.

"진혁 씨도 아내인 날 불편해했잖아요. 아주 끔찍하게."

소은의 이유있는 반박에 진혁이 잠깐 움찔했다가 곧 평상시의 무덤덤한 표정으로 돌아왔다.

"대체 뭐가 불편하다는 거야? 겨우 닷새야. 닷새 동안 내가 당신을 뭘 불편하게 했다는 거야?"

진혁이 격해지기 시작한 억양으로 물었다.

진혁의 목소리가 격해지자 소은의 표정도 금세 구겨졌다.

"싸우고 싶지 않으니까 그만 들어가서 자요."

언쟁을 길게 해봤자 기분만 상할 뿐 좋을 것이 없었기에 소은은 최대한 불쾌감을 감추며 타이르듯 말했다.

"왜 말을 돌려? 내가 뭘 얼마나 당신을 불편하게 했는지 말하란 말이야."

진혁은 물러서지 않았다. 꼭 이유를 듣고 싶다기보다는 남편을 불편하게 여기는 소은에게 뿔이 났기 때문이었다.

그만 하자고 할 때 말 듣지, 미련하기는.

"사과할게요. 난 말싸움하고 싶지 않으니까 그만 하고 들어가서 자요."

소은은 한 번 더 후퇴했다. 너그러워서도 아니고 정말 사과하고 싶어서도 아니고 따끔한 반격을 위한 숨고르기였다.

"사과? 그렇게 얼렁뚱땅 넘어갈 생각 하지 마. 똑바로 말하라고."

진혁은 한 번 잡은 꼬투리를 놓을 생각이 없는 듯했고, 소은역시 더는 후회할 생각이 없었다. 괜히 물고 늘어졌다고 후회할 정도로 힘차게 받아쳐 줄 태세를 갖췄다.

"좋아요. 얼렁뚱땅 싫으면 제대로 가보죠. 생각해 봐요. 3년동안 주욱 혼자 지냈는데 갑자기 예고도 없이 끙기면 좋겠어요?"

소은의 목소리가 대번에 연마지처럼 까칠해졌다.

"끙긴다고?"

진혁이 어이가 없어지는 순간 화가 치밀어 소은을 노려봤지만 소은은 눈썹 하나 깜짝하지 않았다.

"끙긴다는 말 몰라요? 끙긴다는 말은……."

"알아!"

소은이 일부러 끙긴다는 사투리에 대해 성실하게 설명하려는데 진혁이 버럭 성을 내며 말허리를 잘랐다.

"어떻게 남편한테 끙긴다는 말을 해?"

못할 건 뭐야?

"진혁 씬 표준말에 길들여져서 비표준어에 대해 거부 반응이 있는 모양인데 비표준어라고 해서 절대 쌍스러운 말이 아니에요."

소은의 주장에 진혁은 점점 더 어이가 없고 점점 더 화가 나고 있었다.

다른 사람도 아닌 남편을 불청객 취급한 것 때문에 화가 난 것인데 소은은 비표준어 때문에 열을 내는 것으로 엉뚱하게 해석을 한 것이다.

사실 소은은 진혁의 생각처럼 엉뚱하게 해석한 것이 아니었다. 그건 고도의 기술적 골 올리기였다.

"눈치가 없는 거야, 둔한 거야? 정말 황당해서 신경질이 날 지경이군."

진혁이 열이 올라 벌게지기 시작한 얼굴로 화를 냈다.

눈치 없고 둔한 것이 이런 기술을 쓰겠습니까!

"그렇게 둔하니까 멍청하다는 말을 듣는 거야."

진혁의 격한 어조에 소은의 낯빛이 달라졌다.

이 자식이, 참자 참자 하니까 어따 대고 멍청하다는 거야!

"내가 지금 표준말 비표준말 얘기하는 게 아니잖아. 난 지금 당신이 날 불청객 취급한 것 때문에 화가 난 거야. 머리가 그렇게 안 돌아가? 둔한 줄은 알고 있었지만 이 정도인 줄은 몰랐군. 그러니까 8년을 공부하고도 학위를 못 받았지!"

진혁이 고함을 쳤고 소은의 얼굴은 관악산 정상의 바위만큼 굳어버렸다.

인신공격을 하시겠다…… 고상한 척은 혼자 다하시는 장진혁 께서 감히 김소은에게 인신공격을 했겠다.

"대. 가. 리.에 기름칠하는 걸 잊었네요."

소은이 얼음장처럼 차가운 눈길로 진혁을 노려보며 뇌까렸 다.

"말장난하는 거야?"

"인신공격 당하고도 장난치는 얼빠진 인간 봤어요?"

소은이 이를 갈 듯이 말했다.

"우리가 처음부터 같이 산 사람들도 아니고 헤어져 살더라도 죽고 못살게 그리워했던 것도 아니고 당신은 당신 인생을 살고 난 내 인생을 살았어요. 가끔씩 한국에 들어와도 당신이 언제 날 깍듯하게 마누라 취급해 준 적 있어요? 내 전화는 직통으로 받지도 않고 세 사람 네 사람을 거쳐야 가까스로 통화가 되고, 통화가 되더라도 3분 이상 말을 섞어주지도 않던 사람이 장진혁 이라는 사람이에요. 무늬만 대경그룹 미국지사장 마누라지 인 턴사원보다도 못한 취급을 했던 사람도 장진혁이라는 사람이에 요. 얼마나 비싸고 귀한 몸뗑이라고 한국에 와도 악착같이 다른 잠자리 찾아 사라졌지 이 집에서는 단 하루도 묵지 않았던 사람 이 갑자기 자기 집이라며 밀고 들어왔는데 그게 끼어든 거지 아 니면 뭐예요? 멍청한 나를 이해시키기 위해 천재적으로 설명을 해보시죠."

소은이 그렇게나 긴 대사를 토씨 하나 틀리지 않고 속사포처럼 쏘아댔다.

"명색이 마누란데 무늬뿐이더라도 엄연히 호적에 올라가 있는 마누라인데 본사 사장 자리에 내정됐다는 것도 모르고 언제 온다는 것도 몰랐어요. 첩년도 이보다는 대접 잘받아요. 서초동 어른들도 참 너무하시네요. 당신 아들만 금테 두르고 태어나고 난 똥 뒤집어쓰고 태어났대요? 뭐가 그렇게 대단한 비밀이라고 며느리한테 아들이 한국 들어온다는 애길 쉬쉬하셨대요? 뭘 바랐어요? 갑자기든 뜬금없이든 밀고 들어오면 수령님의 은혜에 발작난 인민들처럼 꽃 들고 날뛰며 환영할 줄 알았어요? 기꺼이 기쁨조가 돼서 발가벗고 춤판이라도 벌일 줄 알았어요?"

소은이 틈을 주지 않고 더욱 강도 높게 몰아붙였다.

"미치거나 살치지 않고서는 환영할 이유가 없게 만들어놨으면서 어쩌라구요. 미친 척해달라구요? 살친 척하라구요? 분명히 말하는데, 안 해요. 쓸모없고 멍청한 인간이라 쓸모없고 멍청한 짓을 할 줄 알았던 모양인데, 안 해요. 기대하지 말아요."

소은이 찢어 죽이고 발라 죽일 듯 노려보며 쏘아붙이고는 노트북으로 시선을 돌렸다. 그러다 곧 다시 진혁을 노려봤다.

"그거 모르죠? 모든 기대를 내려놓을 때 인생이 얼마나 즐거워지는지. 그러고 보니 당신이 내 인생의 은인이네요. 기대를 내려놓고 인생을 즐기게 해줬으니까."

소은이 소름이 돋을 만큼 차가운 미소를 던진 후 진혁에게서 시선을 거두었다.

진혁이 계속 노려보고 있다는 것을 알면서도 소은은 진혁의 시선을 철저하게 무시해 버렸고 잠시 후 진혁은 안방으로 들어가며 부서지도록 격하게 방문을 닫아버렸다.

소은의 입가에 실소가 걸렸다.

"멍청이한테 말싸움에서도 지면서 잘난 척은. 흥."

소은은 이상하게 속이 후련하다고 생각하며 번역 일에 신경을 집중시켰다.

❋ 그와 그녀의 남은 시간 84일 아침.

진혁이 주방으로 들어오는 순간에 딱 맞춰 소은이 방금 끓여낸 된장찌개 뚝배기를 식탁에 올려놓았다. 밥을 비롯해 나머지 밑반찬들은 이미 세팅이 되어 있었다.

소은은 물 한 잔을 식탁에 내려놓는 것을 끝으로 둥근 스테인리스 볼을 들고는 주방을 나가 버렸다.

"아침 안 먹어?"

진혁이 물었지만 소은에게서 돌아온 대답은 한참 만에 꽤 멀리서 들려온 방문 닫히는 소리였다.

진혁이 고개를 돌려 거실 테이블을 쳐다보자 어젯밤에 놓여 있던 노트북이 사라지고 없었다.

말을 섞지도 함께 밥을 먹고 싶지도 않은 모양이라고 생각하며 별수 없이 혼자 아침을 먹고 침실로 갔을 때 소은이 없었다. 옷 방도 찾아보고 욕실도 들여다봤지만 역시 소은은 없었다. 문 닫히는 소리가 들렸기에 침실로 들어온 줄 알았는데 다른 방이었던 모양이다.

침실에서 나온 진혁은 이 집 안에 방이라고 이름 붙여진 곳들의 문을 하나씩 열어보기 시작했다. 복층 형태의 큰집이고, 넓은 집이기 때문에 방이 많다는 것은 알고 있었지만 막상 소은을 찾기 위해 방문을 열어보다 보니 정말 불필요하게 방이 많다는 생각이 들었다. 1층의 서재와 침실을 제외하면 남은 두 개의 방은 손님방이었는데 누군가 묵은 흔적은 없었다.

1층을 뒤지다가 문 닫히는 소리가 꽤 멀리서 들려왔다는 것을 떠올린 진혁이 2층으로 올라와 서로 마주 보고 있는 두 개의 방문을 하나씩 두드렸지만 아무런 반응이 없었다. 하지만 어느 방에 소은이 있는지는 금방 알 수 있었다. 한쪽은 문이 열리는데 남은 한쪽의 문은 굳게 잠겨 있었기 때문이었다.

진혁이 잠긴 방의 문을 여러 번 두드렸지만 안에서는 끝까지 답이 없었다. 진혁이 잠깐 얘기 좀 하자고까지 했지만 그래도 답이 없었다.

소은은 진혁이 자존심도 상하고 기분도 상해 1층으로 내려온 후 한참 뒤에야 주방에서 들고 나갔던 스테인리스 볼을 들고 아래층으로 내려왔고 거실 소파에서 신문을 읽고 있던 진혁은 본

체만체하고 주방으로 들어가 설거지할 그릇들을 식기세척기에 넣고 작동시켰다.

"잠깐 얘기 좀 하지."

진혁이 몸소 주방까지 가서 소은에게 말을 시켰지만 소은은 입을 꾹 다물고 있었다. 단 한 마디도 하고 싶지 않다는 뜻이었다.

"날마다 싸울 수는 없으니 잠깐 얘기를 해서 오해가 있다면……."

진혁이 차근차근 대화로 풀어보려고 노력하는 순간 소은은 주방을 나가 곧바로 2층으로 사라졌다.

"제기랄."

소은이 뒤끝이 길다고 했을 때 농담인 줄 알았는데 농담이 아니었던 모양이다.

소은은 정말 놀랍도록 결단력있고 냉정하게 행동하고 있었다. 정말 상상도 못했던 태도였다.

오랜 시간 떨어져 지냈기에 굉장히 껄끄럽고 불편할 줄은 알았다. 진혁 자신조차도 분명 불편할 것이라 생각했기 때문에 어제 소은이 불편하다고 말했을 때 사실 어떻게 남편을 불편해할 수 있냐고 몰아붙인 것은 낯 뜨거운 짓이었다. 하지만 굳이 변명을 하자면 하나부터 끝까지 온통 불편할 것이라 생각했던 것과는 달리 아주 사소한 것 몇 가지를 제외하면 불편한 것이 없었다.

사소한 것 몇 가지라는 것은 지금 당장 산발한 귀신이 뛰쳐나올 것 같은 옷 방이나 입고 있던 옷을 아무 곳에나 던져 놓는 행동이나 태어나서 텔레비전 속에서가 아니면 실제로 본 적이 없는 빨간색 땡땡이 파자마 같은 것이었다. 아니, 파자마는 불편하다기보다는 처음엔 조금 놀라웠고 익숙해지자 오히려 신선해서 나쁘지 않았다.

아니다. 저런 사소한 것들은 억지로 갖다 붙이다 보니 만들어진 목록이고 가장 불편한 점은 늘 혼자 지내다가 누군가와 함께 지내야 한다는 것이었고 그 누군가가 바로 아내라는 점이었다. 그래서 아주 불편할 것이라고 생각했다.

그러나 막상 부딪혀 보니 그다지 불편하지가 않았다. 물론 함께 지낸 날이 불과 나흘뿐이지만 지나치게 걱정했던 것과는 달리 불편하기보다는 오히려 재밌기까지 했다.

재밌다는 것은 뭐랄까 진혁이 알고 있던 사람이 아닌 전혀 새로운 사람을 만난 것 같은 기분? 정말 그랬다. 소은은 진혁이 기억하고 있던 사람이 아니었다. 전혀 새롭고 전혀 낯선 사람이었다.

거침없고 정화되지 않은 단어와 말투 때문에 약간의 거부감이 들고 적응이 안 되었던 것도 사실이었지만 가만히 곱씹을수록 재미있고 생각할수록 웃긴, 웃긴다는 것이 비하하는 뜻의 웃김이 아니라 즐거움의 뜻의 웃김이었다.

정말 상상도 못했던 반전이었다. 소은과 함께 있으면서 재밌고 즐거울 것이라고는 생각지도 못했기 때문이다.

재미있고 즐거운 와중에도 아주 묘하게 진혁을 괴롭히는 무엇인가가 있었다. 처음엔 그것이 무엇인지 알 수 없었는데 어젯밤 명백하고도 확연하게 느낄 수 있었다. 그것은 바로 적대감이었다. 남편 장진혁을 향한 김소은의 적대감. 서초동 시어른을 향한 며느리 김소은의 적대감. 그리고 김소은은 장진혁이라는 사람에게 완전무결하게 무관심하다는 것.

무관심. 적대감도 신경 쓰였지만 지금껏 단 한 번도, 그 누구에게도 무관심의 대상이었던 적이 없었던 진혁이었기에 아내인 소은의 무관심은 정말 충격적이었다.

이기적이게도 진혁은 어제 소은이 쏘아붙였던 것처럼 자신의 등장에 발작난 인민들처럼 환영해 줄 것이라고 생각했었기 때문이다.

당연히 그럴 것이고 그래야 한다고 생각했다. 대체 어떻게 그렇게 자신했었는지는 알 수 없지만 정말 그럴 것이라고 생각했다.

소은이 남편 없이도 자유롭고도 즐겁게 생활하고 있을 줄은 상상도 못했었기 때문일지도 몰랐다. 소은이 일을 갖고 있을 줄도 몰랐고 인생을 즐기고 있을 줄도 몰랐기 때문일지도 몰랐다.

그저 해바라기처럼 남편을 기다리고 있을 줄 알았다. 지독하게 무심한 남편이더라도 돌아오길 학수고대하고 있을 줄 알았다.

그것이 얼마나 어리석은 생각이었고 어리벙벙한 기대였는지를 알아차린 순간 그 좌절감은 사활이 걸린 굉장히 중요한 협상이 결렬됐을 때보다도 더 컸다.

어떤 협상에서도 소심해진 적이 없고 늘 이길 카드를 쥐고 있던 진혁이었는데 이번만큼은 의기소침해져서 손에 쥔 카드가 보이지 않았다. 아주 간단하게 석 달 후에 끝내 버리면 되는 관계인데도 말이다.

2층으로 사라졌던 소은이 아래층에 모습을 드러낸 것은 1시간 후였고 곧바로 침실로 들어가더니 20분 후 외출복 차림으로 나왔다.

"어디 가?"

진혁이 물었지만 소은은 마치 소리가 들리지 않는 사람처럼 무시하더니 그대로 나가 버렸다. 소은은 그야말로 철저하게 진혁을 없는 사람 취급을 한 것이다.

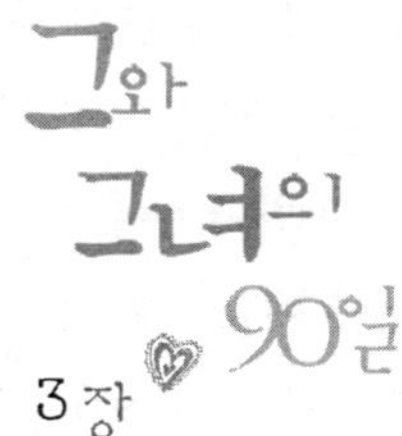

소은은 30분째 잠들어 있는 아버지의 얼굴을 바라보고 있었다.

아버지는 시간이 갈수록 깨어나 있는 시간보다 잠들어 있는 시간이 길어졌고, 그 때문에 아버지와 인사를 나누는 날보다 인사를 못 나누고 돌아가야 하는 날이 더 많아졌다.

아버지가 뇌출혈로 쓰러진 건 2년 반 전.

수술은 성공적이었다. 그래서 반년 정도는 정상인에 가까운 생활을 하셨지만 두 번째 뇌출혈을 일으키면서 상태가 위중해졌다.

첫 번째도 그랬지만 두 번째 뇌출혈은 전혀 예상치 못했던 상황이었기에 몹시 충격적이었고 수술마저도 성공적이지 못했던 터라 걱정은 첫 번째보다 몇 배나 더 깊어졌다.

두 번째 수술이 성공적이지 못했던 것은 의료진의 기술 부족이나 여타 다른 문제가 있었기 때문이 아니라 수술하기 참으로 까다로운 부분에 출혈이 있었던 탓이었다.

수술은 성공적이지 못했지만 다행히 아버지는 깨어났다. 그러나 깨어났다고 해서 회복을 기대할 수는 없었다.

몸을 정확하게 양쪽으로 반 등분했을 때 왼쪽에 붙은 수족은 전혀 쓸 수가 없었기 때문이었다. 그토록 맑고 선명했던 정신도 흐릿해졌고 딱딱 부러지던 발음도 어떨 땐 도저히 알아들을 수 없을 만큼 어눌해졌다. 그리고 깨어 있는 시간보다 잠든 시간이 더욱 길어지기 시작한 것이다.

아버지가 병원 특실에 꼼짝없이 누워 지내게 되면서 소은은 일주일에 두 번 아버지를 보기 위해 들렀다. 매주 같은 요일은 아니었지만 매주 두 번 들르는 건 틀림없이 지켰다.

운이 좋으면 아버지와 손을 잡고 꽤 오랫동안 시선을 맞추기도 했지만 대부분은 이렇게 깨어나길 기다리며 지켜보다 그냥 돌아가야 했다.

오늘은 운이 좋지 않을 모양인지 아버진 깨어나지 않았다.

"오셨습니까?"

진 여사를 대신해 아버지를 돌보는 황 집사가 소은에게 인사를 했다.

“고생 많으시죠?”

“별말씀을요.”

“오래 주무시네요.”

“주무신 지 얼마 되지 않았습니다. 오전에 재활 치료를 받으셨는데 고단하셨던 모양입니다.”

“재활 치료요?”

소은이 놀라서 묻자 황 집사가 가만히 미소를 지었다.

“지난 금요일부터 재활 치료를 시작하셨습니다. 아직은 회장님 스스로 움직일 수는 없지만 회장님께서 의욕적으로 시작하신 일이라 다행으로 생각하고 있습니다.”

“성북동 어머니도 아세요?”

“회장님께서 아직 말하지 말라고 하셨습니다.”

황 집사의 대답에 잠깐 동안 생각에 잠겨 있던 소은이 황 집사와 함께 조용히 별실로 나왔다.

“아버지께서 왜 갑자기 재활 치료를 받겠다고 하신 거예요? 무슨 이유가 있을 것 같은데.”

“……지난 목요일에 임 변호사님이 다녀가신 후 재활 치료를 받겠다고 하셨습니다.”

“변호사님하고 무슨 얘기를 나누었는지는 못 들으셨어요?”

“…….”

소은의 물음에 황 집사는 몹시 난처한 표정으로 소은의 눈치를 봤다.

"말씀해 주세요."

"……성북동 사모님과 큰 도련님께서 회장님의 유언장을 고치자고 하셨던 모양입니다."

"아버지…… 유언장요?"

"제가 알기로는 회장님께서 최근에 유언장을 수정하셨던 모양인데 사모님이 알게 되신 것 같습니다."

"아버지가 유언장을 수정하셨어요? 갑자기 왜요?"

"그건 저도…….."

황 집사는 아버지가 유언장을 고친 이유를 알면서도 모르는 척 말끝을 흐렸다.

"……아버지가 유언장을 수정하셨는데 고친 유언장을 또 고치자구요? 어떻게요?"

"유산 배분에 대해 불만족스러운 부분이 있었던 듯합니다."

"뭐가 어떻게 불만스럽다구요?"

소은이 캐묻자 황 집사는 몹시 곤란한 얼굴로 우물거리다 어렵게 입을 열었다.

"……회장님께서 변호사님께 더 이상은 절대 내용을 고치지 말라고 하셨습니다. 아가씨께선 걱정하지 마십시오."

"나한테 걱정 말라고 말씀하시는 걸 보니…… 성북동 어머니가 나한테 올 유산을 가로채려고 했던 모양이군요?"

소은의 물음에 황 집사가 난처한 표정을 지었다가 억지로 미소 지었다.

"······걱정 마십시오, 아가씨. 회장님께서 그렇게 못하도록 조치를 취하셨습니다."

황 집사가 소은을 안심시키려고 애를 썼지만 소은은 너무나 황망해서 웃음이 터지려고 했다.

성북동 진 여사. 참 무서운 사람이었다.

아버지가 이 지경인데, 아버지를 돌볼 생각은 하지 않고 재산 차지할 궁리만 하고 있다니.

언제 어떻게 될지 모르니 최고의 의료진들이 신속하게 대처할 수 있는 병원이 가장 안전하다며 특실에 모셔놓을 때 그 시커먼 속이 빤히 들여다보였음에도 반박하지 못했던 것은 진 여사가 들이댄 이유가 합당했기 때문이었다.

날마다 아픈 사람 병수발 들다간 미쳐 버릴 것 같아 병원에 처박아두려는 것인 줄 알았지만 정말 아버지는 언제 어떻게 될지 모르는 상황이었기에 따지지 못했던 것이다.

그러나 얼마 가지 않아 진 여사의 속셈은 드러나고 말았다.

아버지가 병원 특실을 차고 누운 지 한 달 만에 진 여사는 어쩌다 가끔씩 들렀고 진 여사가 낳은 두 아들도 마찬가지였다.

핑계는 늘 같았다. 병원에 가봤자 얼굴 맞대고 대화하기 힘들고 또 일하느라 너무 바쁘기 때문이라는 이유.

귀찮다는데 어쩌겠는가. 아픈 사람만 불쌍하지. 그래도 그냥 귀찮아하기만 하는 줄 알았는데 유언장을 고치면서까지 재산을 빼돌릴 작전을 짜고 있었다니. 치사하고 더러워서 환멸이 느껴질 지경이었다.

"아버지 일어나시면 다녀갔다고 전해주세요. 그리고 저한테 변호사님 만난 얘기했다는 말씀은 하지 마세요."

"예, 아가씨."

"아버지 좋아하시는 낙지죽 사왔어요. 일어나시면 먹여 드리세요."

"예, 아가씨."

"이번엔 내가 만들지 못하고 사왔어요. 집에서 죽을 끓일 상황이 아니었거든요. 혹시 아버지, 사온 것 눈치 채시면 봐달라고 해주세요."

소은의 말에 황 집사가 푸근하게 웃으며 걱정 말라고 했다.

"아저씨 좋아하시는 호박죽도 사왔으니까 잊지 말고 드시구요."

"고맙습니다, 아가씨."

"다음엔 샤브샤브 사드릴게요. 오늘은 약속 있어요."

"전 신경 안 쓰셔서 됩니다, 아가씨."

"아저씨 아니면 우리 아버지 돌봐줄 사람이 없잖아요. 나 아저씨한테 잘 보여야 해요."

소은의 말에 황 집사가 고마운 미소를 전했다.

병원을 나온 소은은 아무 생각도 할 수 없을 만큼 심란해서 운전석에 앉은 채로 연거푸 한숨만 내쉬고 있었다.

정말 아픈 사람만 불쌍하다고, 세상에 무서울 것이 없을 만큼

풍족함과 권력을 손에 쥐고 흔들던 아버지도 병이 나서 수족을 제대로 못 쓰는 지경이 되자 부인과 아들들이 아버지 재산을 안전하게 수중에 넣을 연구나 하고 있으니.

물론 갑작스레 돌아가실 것을 대비해 미리 대책을 세워놓은 것이 나쁘다고 할 수는 없었다. 두 번씩이나 뇌출혈을 일으켰고 두 번째에는 회복이 어렵다는 판정까지 받았으니 완벽하게 대비를 해놓는 것이 더 옳았다. 하지만 어련히 알아서 하셨을까. 아버지처럼 꼼꼼하신 양반이, 열 손가락 안에 드는 대그룹을 경영하신 분이 어련히 알아서 대비하셨을까. 처음 작성하신 유언장을 수정하기까지 하셨다면 철저하게 대책을 세웠다는 뜻인데 아버지의 병을 이용해 수정한 유언장에 손을 대려 했다니.

"망할."

마녀. 못된 마녀.

"아버지가 고치지 말라고 하셨다니까…… 걱정할 필요 없어."

소은은 애써 걱정을 털어냈다. 하지만 걱정과 불안감은 털어내는 즉시 또다시 솟아나며 소은의 가슴을 압박했다. 아버지의 친구이자 고문 변호사인 임 변호사가 바로 진 여사와 인척 관계였기 때문이다. 진 여사의 이종사촌 오빠.

"믿을 수 있을까……."

그건 아무도 알 수 없었다.

약속 장소에 5분 일찍 도착한 소은이 늦지 않아서 다행이라
고 생각하며 카페로 들어갔을 때 창가 자리에서 소은보다 더 먼
저 와서 기다리고 있던 지호가 소은에게 손을 들어 보였다.

소은이 테이블로 다가오자 지호가 자리에서 일어나 손을 내
밀었고 소은은 자연스럽게 지호의 손을 잡고 악수를 한 후 자리
에 앉았다.

"내가 일찍 온 줄 알았더니."

"난 누구 기다리게 하는 거 질색이거든."

지호가 누군가의 표현처럼 녹아내릴 듯 감미로운 음성으로
말했다.

"나도."

"뭐 마실까?"

"아이스티 복숭아."

지호가 아이스티와 커피를 주문한 후 소파에 내려놓았던 책
을 들어 내밀었다. 소은이 번역한 책이었다.

"사인해 줘."

지호의 말에 소은이 눈을 흘겼다.

"놀려?"

"진심이야."

"원작자한테 받아야지 번역가한테 사인은 무슨."

소은이 하얀 피부에 윤기 흐르는 머리카락, 딱 순정만화에
나오는 귀공자 분위기를 물씬 풍기는 지호에게 또다시 눈을 흘

겼다.

"원작자도 훌륭하지만 훌륭한 원작이라는 걸 한국 사람들에게 알린 사람은 번역가잖아. 나한테는 원작자보다 네가 더 위대해."

어쩜, 엄지호가 날려주시는 멘트는 그가 갖춘 용모와 음성만큼이나 수려했다.

"네가 생각해 낸 말 아니지?"

"아버지가 그러셨어."

지호의 대답에 소은이 웃음을 터뜨렸다.

"사인해 줘. 가보로 간직할게."

"쑥스럽게. 나 사인 한 번도 안 해봤단 말이야."

"내가 최초야?"

지호가 들뜬 얼굴로 물었다.

"아니, 네 아버지."

"아버지한테 선수를 뺏기다니."

지호가 분하다는 표정을 지어 보인 후 소은의 손에 펜까지 쥐어주었다.

소은은 쑥스러워서 어쩔 줄 모르는 표정으로 책을 내려다보다가 늘 고맙다는 한 줄의 글과 함께 사인을 휘갈긴 후 지호에게 돌려주었다.

"진짜 쑥스럽네."

"영광이야."

"고마워."

점보 사이즈 유리잔에 얼음을 띄운 아이스티와 매혹적인 향기의 커피가 앞에 놓이자 두 사람은 일단 한 모금씩 마셔 목을 축였다.

"일은 재밌어?"

"응. 재밌어 죽겠어. 아니, 죽겠다는 말로는 부족하고…… 뒤지겠어."

소은의 말에 지호가 1%의 거부감도 없이 호탕하게 웃음을 터뜨렸다.

"그래도 뒤지면 안 되지."

지호가 웃음을 그치지 못하고 말했다.

"그래서 김소은이 좋다니까. 얼마든지 고귀를 떨면서 상대방 피곤하게 해도 될 사람이 털털하게 구니까."

"너한테 아니면 뒤진다는 말도 못해."

"얼마든지 들어줄게. 편하게 해."

"고마워."

소은이 씩 웃었다.

"너한테 이실직고할 게 있어."

지호가 조금 심각해진 표정으로 말했다.

"뭔데 급심각?"

"그게…… 아버지께 네가 어느 집안 사람인지 말씀드렸어."

지호의 말에 소은이 기겁한 얼굴로 쳐다봤다.

"왜?"

"사연이 있냐고 하시더라고. 몇몇 부분에서 마음에 걸린 게 있으셨대. 점심 식사는 문제가 없는데 저녁 식사는 한사코 거절하고 또 소설가들은 더러 있지만 번역가들 중에서 가명을 쓰는 사람이 흔하지 않고 유쾌한 듯하면서도 밖에 나와 있는 걸 많이 초조해하고 결정적으로 통화하는 게 제일 이상하셨던 것 같아. 아주 반갑게 받아주던가 쫓기는 사람처럼 급하게 끊던가. 집 전화번호를 절대 알려주지 않는 점도 수상했고."

"이상한 쪽으로 오해하셨겠다."

"오해라기보다는 혹시 널 불편하게 하는 건 아닌지 마음에 걸리셨던 것 같아."

"불편하게 하다니, 말도 안 돼."

"그래서 절대로 너의 정체에 대해 발설하지 않겠다던 약속을 깨고 말씀드렸어. 하지만 걱정 마. 아버지는 나보다 오십 배는 더 입이 무거우시니까."

"이제 아버님이 날 불편해하시겠다."

지호의 아버님은 출판사 사장이었고 소은이 번역한 작품을 출판한 곳도 바로 지호의 아버님이 운영하는 출판사였다.

"그렇지 않아. 단지 놀라시기만 했고 앞으로 조금 더 배려해야겠다고만 말씀하셨어."

"그게 불편하게 해드리는 거지."

소은이 풀 죽은 얼굴로 말하자 지호가 미안한 표정을 지었다.

"미안하다."

"아니야. 어쩔 수 없었네. 괜찮아. 영원히 숨길 수 있다고 생각하진 않았거든."

지호가 더 이상 미안해하지 않게 하기 위해 소은이 밝게 웃었다.

"다시 한 번 정중하게 사과할게."

"좋아. 통과!"

소은이 유쾌하게 사과를 받아들였다.

"새 작품 시작했다며?"

"응. 이번에도 굉장히 좋은 작품이야. 네 아버님 정말 안목있으셔."

"아버지 기대하고 계시더라고."

"기대에 못 미치면 어쩌지?"

"아버진 그런 걱정 아예 안 하셔. 출간 즉시 베스트셀러로 만들 자신이 있다고 하시더라고. 미국에서 영화로도 제작한다며."

"그렇대. 영화가 성공하면 책도 더 잘 팔리겠지. 물론 내가 잘 팔리도록 번역을 해야 하고. 아! 그러지 말고 내 원고 한 번 읽어봐 줄래? 삼분의 일쯤 진행됐는데 제대로 하고 있는지."

"좋아."

"떨린다. 번역을 뭐 이따위로 했냐고 욕먹을까 봐."

"감히 누굴 욕하겠어."

지호와 소은은 서로를 향해 씩 웃은 후 아이스티와 커피를 한 모금씩 마셨다.

"프랑스엔 언제 돌아가?"

"두 달 후에."

"이번에 가면 언제 와?"

"글쎄, 머리가 둔해서 아무리 공부를 해도 끝이 없네."

"네 머리가 둔하다면 난 뭐니? 난 학위도 못 받았는데."

소은이 스스로를 탓하는 어조로 말하자 지호가 고개를 저었다.

"네가 좋아하는 분야를 전공했다면 최고 성적으로 학위를 받았을 거야."

"난 좋아하는 분야가 없잖아. 뭘 해도 못 따라가고."

"뭘 해도 못 따라가는 사람이 번역해 달라는 원고가 줄을 서?"

"과장은."

"과장 아니야. 아버지 그러시더라, 열 개쯤 선계약 해놓고 싶다고. 아무리 친해도 다른 출판사에는 소개하기 싫대. 뺏길까 봐."

지호의 말에 소은이 웃었다.

"빈말이라도 행복하네."

"아버지 빈말하시는 분 아니야. 알잖아."

"난 여전히 멍청하다는 소리 들어."

"그런 멍청한 소리를 하는 사람이 누구야?"

"남편."

소은의 대답에 지호가 깜짝 놀라며 재빨리 사과할게 하고 말했다.

"실수했다."

"백번도 용서해 줄게."

"그런데 미국에 있는 사람이 뭣 때문에 멍청하다고 한 거야?"

"들어왔어, 아주. 이틀 됐어."

"그랬구나. 그런데 왜 너한테 그런 나쁜 소릴 했어?"

"나쁜 소리지?"

"누구에게든."

지호가 편을 들어주자 조금은 분이 풀리는 것 같았다.

"말귀 못 알아듣는다고."

"말귀를 못 알아듣는다고 멍청하대? 대놓고?"

"응."

소은의 대답에 지호가 언짢다는 듯 낯을 찌푸렸지만 친구의 남편에 대해 함부로 욕을 하지는 않았다.

"동의 못해."

지호의 말에 소은이 나도 하고 강력한 어조로 말했다.

"그나저나 너 보면 참 신기해. 어떻게 다른 좋은 것들을 다 놔두고 공부를 재밌어하는지. 난 세상에서 공부하는 게 제일 싫던데."

"불어 공부하는 건 제일 좋아했잖아. 내가 알기로 프랑스 유학 와서 너처럼 불어를 빨리 배운 사람은 없었어. 들은 얘긴데 교수님들이 굉장히 놀라워하셨대. 보통 프랑스 사람들도 잘 쓰지 않는 전문용어까지 완벽하게 구사한다고. 그것도 단시간 내에.”

“어쨌거나 난 학위를 못 받았고 재도전하기 전에 결혼했어. 있지…… 결혼하라고 했을 때 더 이상 학위나 논문 때문에 모자란 머리 닦달하지 않게 된 게 너무 좋은 거 있지. 공부 안 하고 놀다 왔다는 소리 듣게 될 줄은 모르고 말이야. 보통 프랑스 사람들까지 잘 쓰지 않는 전문용어까지 완벽하게 구사했지만 조금도 창의적이지 못했던 거지.”

“넌 머리가 모자라지도 않고 매우 창의적이야. 내 확신이기도 하지만 아버지도 확신하셔. 지금까지 출간된 프랑스 번역본 중에 네가 번역한 작품만큼 다채로운 어휘와 한국적인 번역본이 없대.”

“좌절감 느껴질 때마다 널 만나야겠다.”

소은의 말에 지호가 빈말이 아니야 하고 다시 한 번 확고한 어조로 말했다.

“지호야, 저기 내가 만약…… 늦었지만 공부를 다시 시작한다면 뭘 전공하면 좋을까?”

“공부하는 것에 늦은 때는 없어. 늦었다고 생각할 때가 가장 빠른 때라는 말도 있잖아.”

“그렇지…… 맞아, 네 말이. 그런데 또 시작만 해놓고 끝을 못

볼까 봐 걱정되거든. 내가 뭘 전공하면 진짜 뽀다구 확 나게 끝장을 볼까?”

“음…… 네가 학교 다닐 때 학점이 제일 높았던 과목이 뭐였어?”

“문학. 문학은 처음부터 끝까지 A+였어.”

“그럼 문학 전공해. 뽀다구 확 나게 끝장 볼 수 있을 거야. 정말 너한테 딱이네.”

“문학…….”

“어쩌면 네가 처음부터 문학을 전공했더라면 가장 높은 점수로 학위를 땄을 거야.”

“정말 그렇게 생각해?”

지호가 너무 극찬을 했기에 믿어지지 않아서 묻자 지호가 ‘진심이야’ 하고 대답했다.

지호의 말을 듣고 보니 정말 그랬다. 정말 전공하기에 딱인 과목이었다.

번역 일을 하는 동안 내가 문학 과목 하나만큼은 끝내줬었는데 하는 생각을 종종 했었다. 그런데도 문학을 다시 공부해 볼 생각은 왜 하지 못했을까.

“공부 다시 시작하려고?”

“여러 가지 고민 중이야. 아버지가 편찮으시니까 쉽게 결정을 못 내리고 있는데…… 아버지 언제 어떻게 되실지 모르잖아.”

“그렇지 참…… 남편은 뭐라고 해?”

“말 안 했어.”

“내 생각엔…… 공부 다시 시작하는 것 좋은 생각인 것 같아. 어차피 너 번역 일 계속하고 싶다고 했잖아. 가능하다면 네 창작 작품도 출간하고 싶다고 했고.”

“응.”

“그렇다면 공부 다시 시작하는 거 정말 좋은 생각이야. 당장은 아버지 때문에 힘들겠지만.”

“응원해 줘서 고마워. 결론이 나면 너한테 도움 청해도 되지?”

“물론이지. 언제든지, 얼마든지.”

지호의 대답에 소은이 감사의 미소를 건넸다.

“저녁 못하지?”

지호의 물음에 소은이 ‘응’ 하고 미안해하며 대답했다.

“미안해.”

“천만에. 남편 왔으니까 남편하고 저녁 먹어야지.”

“멍청하다고 말하는 남편하고.”

소은의 말에 지호는 그저 희미하게 미소 짓고 말았다. 그런데 지호의 그 미소는 어쩐지 불쾌해 보였다.

지호와 헤어진 후 집에 돌아가기 위해 차에 올랐던 소은은 급히 오늘 남은 하루의 시간표를 대폭 수정하기로 작정했다.

지금 집에 돌아가 봤자 재밌는 일이 있을 것도 없고 자칫하면 진혁과 또 얼굴을 붉히며 싫은 소리를 주고받게 될지도 몰랐기 때문이다. 그리고 지금은 집에 들어갈 것이 아니라 진지하게 생각할 시간이 필요했다.

해결되지 않은 계약 연장 문제에 진 여사의 재산 빼돌리기 작전까지, 지금 소은의 어깨를 무겁게 짓누르는 두 가지 문제에 대해 생각할 시간이 절실했다.

진지한 생각을 하려면 혼자 있을 공간이 필요한데 아무래도 집은 마음껏 생각하기에는 무리가 있는 공간이었다.

"연락이라도 하고 왔으면 좋았잖아."

예전처럼 잠깐 들렀다가 며칠 만에 다시 미국으로 돌아가는 것도 아니고 아예 건너오는 일인데 그 중요한 일에 일언반구도 없었다니. 생각할수록 괘씸했다. 서운한 것보다도 정말 괘씸했다. 그렇게 갑자기 돌아와 버리는 바람에 소은의 생활이 뒤죽박죽이 되어버렸으니까.

진혁이 돌아오기 전에는 나날이 행복하고 즐거웠는데 진혁이 돌아오는 날부터 오늘까지 이상하게 웃을 일 없이 불쾌해지기만 했다. 그것도 시간이 갈수록 점점 더.

그 때문에라도 소은은 지금 당장 집에 돌아가는 것이 아니라 생각도 할 겸 오랜만의 외출을 한껏 즐기기로 했다.

"영화, 그래 영화 보자."

영화 본 지도 오래됐고 요즘 재밌는 영화도 많은 것 같고, 김소은 양의 기분전환과 정신건강을 위해 재밌는 영화 한 편 관람해 주는 것도 아주 좋은 선물일 것 같았다.

소은은 3분 간격으로 웃음보를 빵빵 터뜨려 준다는 영화를 골라 우선 예매해 놓고 극장 근처에 있는 카페로 들어갔다.

소은은 아이스커피 한 잔과 함께 영화 상영 시간까지 남은 1시간 5분 동안 오늘 나누었던 대화를 차근차근 되짚어보았다.

먼저 황 집사와 나눈 대화.

성북동 진 여사, 소은의 새어머니가 소은에게 배당된 유산을 빼돌리려고 하는 문제는 해결 방법을 강구하기 전에 먼저 분노가 치밀어 올랐다.

아버지는 틀림없이 공정하게 배분하셨을 것이다. 소은이 큰딸이라고 해서 진 여사나 두 남동생이 경악할 만큼 말도 안 되게 많은 재산을 떼어줄 리가 없었다.

아버지는 회사를 100년이 지나도록 건실하고 탄탄하게 발전 유지시킬 자식에게 가장 많은 재산을 물려주시려고 할 것이었다. 이미 두 남동생에게 넘겨준 재산도 상당했다. 소은은 다소 불만스럽긴 했지만 부당한 대우라고 생각하진 않았다. 자신이 그룹에 도움이 되지 못한다는 것을 알고 있었기 때문이었다.

아버지는 아마도 살면서 부족하다고 느끼지 않을 만큼 또 시댁에 굽실거리지 않아도 될 만큼 남겨주실 것이고 소은은 그 정도에서 욕심내지 않고 순순히 받아들이기로 작정하고 있던 터였다.

그런데 그마저도 빼앗으려 하다니.

새 발에 피밖에 안 될 양식마저도 탐을 내다니.

황 집사 말대로 아버지는 충분할 만큼 대비를 하셨겠지만 그렇다고 마음 놓고 있을 수는 없었다. 최악의 경우엔 정말 푼돈만 받고 찍소리 한 번 못 내게 될지도 몰랐다.

왜냐하면 유언장이라는 것은 돌아가시기 직전까지는 누구에게도 발설해서는 안 될 만큼 철저한 비밀을 요구하는 부분인데 진 여사가 수정된 유언장을 또 수정하자고 했다면 유언장 내용을 알고 있다는 뜻이었고 그건 바로 임 변호사가 진 여사에게 내용을 흘렸다는 뜻이었기 때문이다.

'내가 뭘 할 수 있을까?'

소은은 이 상황에서 자신이 할 수 있는 일을 생각해 봤다.

결론은 아무것도 없다였다.

'싸워서 이길 수 있을까?'

결론은 그 역시 없다였다.

임 변호사나 성북동 진 여사를 만나 누구 마음대로 유언장을 수정하자는 것이냐고 따질 수 없었다. 따진다고 해서 혼자서 그들을 이겨낼 자신이 없었기 때문이다. 그렇다고 언제 어떻게 될지 모르는 아버지를 붙잡고 하소연할 수도 없었다. 그래서 결론은 아무것도 할 일이 없고 싸워 이길 수도 없었다. 무기력하게 그저 아버지가 돌아가시지 않길 기도하는 수밖에 없었다.

다음으로 지호와 나눈 공부 문제.

출판사 사장님인 아버지께 했다는 소은이 어느 집안의 딸이고 어느 집안의 며느리인지 따위의 얘기는 완전히 건너뛰고 진로에 대한 얘기에 집중해서 되짚어보았다.

'어쩌면 네가 처음부터 문학을 전공했더라면 가장 높은 점수로 학위를 땄을 거야.'

지호가 했던 말. 무척 의미로운 말이긴 했지만 너무 매달려서도 안 될 말이었고 그렇다고 흘려들어서도 안 될 말이라는 생각이 들었다.

'문학을 전공했더라면……'

그래, 어쩌면 얼토당토하지 않게 경영학을 전공하지 않고 문학을 전공했더라면 가장 높은 점수는 아니더라도 무난하게 박사 학위를 땄을지도 모를 일이었다.

그땐 왜, 아버지가 경영학을 지목하셨을 때 싫다는 소리를 하지 못했던 것일까.

열여덟. 그때는 지금처럼 당당하거나 긍정적으로 되바라지지 못하고 주눅 들고 기가 죽어 있었기 때문이었다.

못한다는 소리를 귀에 인이 박히도록 들었고 아버지의 기대에 부응하지 못하는 못난 딸이었기에 죄스럽고 부끄러워 싫다는 소리를 못했던 것이다.

경영학 학위를 따기 위해 미국도 아니고 영국도 아니고 프랑스로 유학을 간 이유는 미국이나 영국엔 공부 잘하는 재벌 2, 3세들이 너무나 많았기 때문이었다.

그 말은 아버지도 알고 소은도 아는—알고 싶지 않아도 알 수밖에 없는—명석한 두뇌의 재벌 2, 3세들이 미국이나 영국의 유명한 대학에서 눈에 불을 켜고 공부를 하고 있을 때였다. 물론 지금도 그렇겠지만.

천재 혹은 영재 혹은 수재 소리를 듣는 그들의 틈바구니에 소은이 끼어들면 얼마 못 가 어느 그룹 첫째 딸은 공부를 징그럽게 못한다는 것이 들통날 테고 아버지는 그것이 우려스러워 미국도 영국도 아닌 프랑스로 유학을 보낸 것이었다. 프랑스엔 그나마 아는 재벌 2, 3세가 적었으니까.

'경영학을 전공하게 한 것은 내가 실수한 것인지도 모르겠구나.'

언젠가 아버지가 그러셨었다. 차라리 다른 분야를 전공했더라면 좋았을 텐데 하고. 하지만 후회하셨을 때는 이미 늦었을 때였다. 박사 학위를 포기하고 결혼하기 위해 한국으로 돌아왔을 때였으니까.

어쨌거나 다시 현재로 돌아와서 소은은 어쩌면 이번이 새로운 시작일지도 모르겠다고 생각했다.

번역 일을 막 시작하게 됐을 때만 하더라도 공부를 다시 시작하고 싶다는 생각은 그저 어렴풋이 정도였다. 조금만 더 열심히 했더라면 조금만 더 파고들었더라면 하는 후회와 비슷한 정도.

책이 한 권 출판되고 두 번째 일을 시작하게 됐을 때 어렴풋했던 생각은 조금씩 더 강해지기 시작했고, 두 번째 책이 마무리될 즈음엔 공부를 다시 시작하는 것에 대해 진지하게 고민하기 시작했다.

결혼 계약 기간이 얼마 남지 않았기 때문이기도 했고 본격적으로 번역 일을 업으로 삼으려면 스스로 경쟁력을 더 키워야 한다는 생각도 들었기 때문이었다.

하지만 그때까지만 하더라도 결론을 내리지 못했었다. 아버지가 오늘 갑자기 돌아가셔도 놀랍지 않을 만큼 위중한 상태였기 때문이었다. 그리고 여전히 위중하시고.

계약이 완료되어서 진혁과 법적으로 정리를 했을 경우도 생각해 봤었다.

분명 성북동 진 여사는 와병 중인 아버지를 대신해 반품된 소은을 회수하러 올 터였다. 분명 진 여사는 이혼당한 의붓딸이 낯부끄러워 한동안은 바깥출입을 못하도록 통제할 것이고 얼마 가지 않아 삶아먹지 못해 안달할 것이다.

오늘 생각해 보니 어쩌면 프랑스로의 유학을 두 팔 걷어붙이고 환영할지도 몰랐다. 소은을 멀찌감치 떼어놓고 아버지의 재산을 독식하기 위해서.

어쨌거나 아버지 때문에 유학은 무리였고 그래서 생각해 낸 묘안이 계약 연장이었다. 계약 연장을 한다고 해서 당장에 공부를 하러 떠날 수는 없지만 번역 일은 계속할 수 있었기 때문이다.

그런데 어제 진혁이 한 말을 되짚어보자 계약 연장은 스스로 지옥불에 걸어 들어가는 것이나 다름없을 것 같았다.

아내를 바보 멍청이로 알고 있는 남편과 한집에서 살아야 한다는 것은 보통 큰일이 아니었다.

가슴 밑바닥에 '내 아내는 무식쟁이'라는 전제가 깔려 있는 사람과의 생활? 그건 곤란했다. 아무리 궁해도 그 정도로 자존심없는 짓은 하고 싶지 않았다.

'연장은 관두자. 직접 부딪쳐 보는 거야. 이혼하고 창피 좀 당하면 어때. 시간이 지나면 다 잊혀질 거야. 잊혀지지 않아도 상관없어.'

직접 부딪치고, 맞서고, 정면승부를 하는 것이 가장 바람직하고 지혜로운 방법인 것 같았다. 조금 편하자고 돌아가고 불편한 상황 피해보자고 샛길을 선택했다가 큰코다치느니 차라리 처음에 어느 정도의 출혈을 감수하더라도 정석대로 가는 편이 나중을 위해 좋으리라.

'걱정할 것 없어. 난 지금까지 잘해왔어. 최선을 다했어. 최선을 다했다면 그건 정말 잘한 거야. 누구도 날 나무랄 수 없어. 가장 중요한 건 난 절대 멍청이가 아니야.'

소은은 스스로에게 점수를 매겨보았다.

얼마나 잘했으며 하늘을 우러러 한 점 부끄러움이 없는지 양심적인 잣대를 밑바닥에 깔아두고.

차근차근 점수를 매겨보자 그만하면 100점 만점에 90점 이상이었다.

남편도 없는데 정기적으로 시댁에 불려가 온갖 싫은 소리 참

아내며 가르침을 받았고 시어른들을 만족시키지는 못했지만 나름대로 시어른들이 기대하는 부분까지 올라가기 위해 안간힘도 썼다.

남편인 진혁은 결혼 기간 중에 남자친구를 사귀어도 문제 삼지 않겠다고 했지만 남자친구도 사귀지 않았다.

남자친구? 웃긴다. 남자친구 사귈 환경이 되어야 사귀지.

행복한 결혼 생활이지 못했지만 그렇다고 불행해하지도 않았고—우울증 때문에 고생했던 때를 제외하고—서초동이나 성북동에서 부끄러워할 만한 일도 절대 하지 않았으며 사건도 일으키지 않았다.

그저 조용히 집에 있으면서 조신하기 이를 데 없는 재벌집 며느리 노릇을 충실하게 했다.

'그만큼 했으면 됐지 어떻게 더 하라고?'

소은은 심술이 나버렸다. 생각할수록 너무들 한다는 생각이 들었기 때문이다.

그렇게 완벽한 며느리를 원하면 로봇을 하나 사다 부리던지.

반드시 배우지 않으면 큰일이라도 나는 것처럼 해서 양식, 중식, 한식 온갖 요리도 다 배우러 다녔다. 결혼 전에 미리 배워오지 않은 것 때문에 트집이 잡혀 시달리긴 했지만 어쨌거나 배우라고 해서 배웠다.

그런데 불만족스럽단다. 데커레이션한 것도 마음에 안 들고 음식 맛도 마음에 안 들고 재료를 보는 안목도 떨어진다나 어쩐다나.

재료 구해다 준 사람이 서초동 아주머닌데 탓을 하려면 아주머니를 탓해야지 어째서 소은을 닦달하는 것인지.

프랑스 현지에 있을 때 사귄 프랑스 친구들을 100% 황홀경에 빠지게 했던, 요즘 말로 떡실신시켰던 프랑스 요리를 선보였더니 살다가 이렇게 이상한 맛은 처음 봤다며 기를 팍 죽였다.

아이고, 천지신명님. 차라리 머리 깎고 도를 닦고 살지.

그 때문에, 뒤늦은 반항으로 말투나 어휘력이 점점 더, 좋게 말해 날것의 느낌으로 변했는지도 몰랐다.

세상에서 가장 고상하고 고급스러워야 한다는 윽박에 질리고 질려 일부러 더 날것의 단어를 찾아 쓴 것인지도. 그러다 보니 어느 날 고상하게 포장하거나 가공하지 않은 그 날것의 매력에 매료되어 버린 것일지도.

그리고 한 가지 더 짚고 넘어가자면, 시어머니, 당신 자식들도 별 볼일 없기는 마찬가지더만 남의 집 자식의 티는 어쩌면 그렇게도 잘 잡아내시는지.

진혁에게는 여동생이 두 명 있었는데 두 명 다 소은만큼이나 굵은 집안의 굵은 신랑감을 잡아 결혼했다. 물론 소은처럼 정략 결혼 티가 물씬 풍기는 결혼이었다.

중요한 것은 진혁의 여동생들도 소은만큼이나 행복한 결혼 생활을 누리지 못한다는 것에 있었다.

큰 여동생의 남편은 애첩이 둘이었고, 둘째 여동생의 남편 역시 애첩 때문에 한바탕 난리굿이 났었다.

이 바닥이 다 그렇지, 남편한테 정부 하나쯤 있는 게 뭐가 그렇게 대수라고 울고불고 소란을 피우냐는 둘째 시누이 시어머니더러 그렇게 교양머리 없고 예의없는 여자는 처음 봤다고 저런 여자가 어떻게 재벌집 사모님 노릇을 하고 있냐고 욕하셨다는 소릴 듣고 소은은 한바탕 배를 잡고 웃었었다.

지금 누가 누굴 욕을 할 수 있단 말인가! 하면서.

물론 소은에게는 딸들에게 그런 게저분한 일이 있다는 것을 철저하게 숨기고 그저 행복해서 꼴딱 숨이 넘어갈 지경인 것처럼 포장하셨다. 그러나 쉬쉬하며 숨긴다고 모를까. 서초동 사모님께서 숨기면 성북동 사모님께서 신나게 알려주시는 것을.

아, 이런 얘기 다 필요없다. 어차피 밖에 떠들지 않기로 협약하고 인감도장까지 찍은 부분이니까.

"이혼하고 혼자 맞서는 거야!"

결론은 그것이었다. 당당한 이혼녀로 사는 것.

소은은 비로소 온몸으로 행복감을 느끼며 경쾌한 발걸음으로 극장으로 향했다. 아주 커다란 팝콘 컵을 들고.

소파에 앉아 텔레비전을 보고 있던 진혁은 문 열리는 소리에 입가에 느긋한 미소를 머금고 소은이 나타나길 기다렸다. 소은을 한 방 먹일 무기를 갖고 있었기 때문이다. 아마 소은은 깜짝 놀랄 것이다. 깜짝 놀라서 허겁지겁 도움을 요청할 것이다.

진혁은 소은이 쩔쩔맬 것을 생각하자 은근히 즐거워져서 입가에 걸려 있던 미소가 점점 더 얄미워졌다.

드디어 소은이 모습을 드러내자 진혁은 밉살스러운 미소를 잔뜩 머금은 채 소은을 쳐다봤다. 하지만 소은은 진혁이 꽤 쓸 만한 무기를 손에 쥐고 밉살맞은 미소를 머금고 있다는 것을 알아차리지 못했다. 진혁의 얼굴을 쳐다보지도 않았기 때문이다.

소은은 진혁을 투명인간 취급하며 그대로 침실로 사라졌고 잠시 후 애용하는 빨간색 파자마를 입고 나오더니 곧바로 2층으로 올라가 버렸다.

진혁은 순간 당황했다. 무슨 이런 어처구니없는 경우가 다 있는지 욱하고 성질이 올라왔다. 사람을 사람 취급하지 않다니. 감히 남편을!

소파에 앉아 있다는 것을 알면서도 어떻게 못 본 체할 수 있는 것인지 괘씸하기 짝이 없었다.

진혁은 일단 허둥지둥 소은을 쫓아 뛰어갔다. 자칫하면 문이 잠겨 무기를 써먹지도 못할 것이기 때문이었다.

"서초동 어머니 다녀가셨어."

소은이 방으로 들어가기 직전 진혁이 손에 쥐고 있던 무기를 힘껏 던져 주었다. 소은에게는 쥐약이나 다름없는 서초동 시어머니라는 무기. 이보다 더 최강인 무기는 없으리라.

그런데 서초동 어머니라는 소리를 들은 소은의 반응이 무엇인가 아주 이상했다. 폭발한 무기에 부상당한 표정을 지을 줄 알았는데 부상은커녕 그런데 어쩌라고? 하는 시건방진 표정으로 쳐다볼 뿐이었기 때문이다.

어허, 이것 봐라.

진혁은 오기가 생겼다.

"어머니가 굉장히 괘씸해하시더군. 며느리가 아들 점심 저녁도 챙겨주지 않고 외출한 것 때문에 말이야."

진혁은 포기하지 않고 폭발의 잔여물을 끌어모아 다시 한 번 던졌다.

"당신 어머니 성깔 고약한 것 광고하는 거예요?"

소은이 눈도 깜짝하지 않고 되물었다. 그리고 곧 도저히 이해가 안 된다는 얼굴로 진혁을 쳐다봤다.

"당신 어머니 성깔 고약한 게 뭐가 자랑스럽다고 광고예요?"

소은은 참 딱해서 봐줄 수가 없다는 듯 비아냥거렸고 진혁의 얼굴은 붉으락푸르락 정말로 봐줄 수 없는 꼴로 변하고 있었다.

"꼭 며느리가 끼니끼니 차려 바쳐야 한대요? 그렇게 안쓰러우면 펄펄 뛰지 말고 직접 차려 먹이시지 그러셨대요?"

소은의 비아냥거림은 거기서 멈추지 않았다.

"아, 하긴 어머니 음식 솜씨도 유명하니까. 맛없기로."

소은이 입술까지 비죽거리며 비꼬았다.

"뭐?"

진혁은 너무도 어처구니가 없어 할 말을 잃고 말았다.

감히 시어머니를 향해 성깔이 고약하다니. 이것이 며느리가 할 소리인가 싶었기 때문이다.

"내가 틀린 말 했어요? 당신한테는 고약하게 하지 않아서 마냥 좋고 고마운 모친이겠지만 난 아니거든요. 서초동 어머니 고약한 것 어느 정도 증명된 건데 아직도 몰랐나 봐요? 당신 어머니 고약해요. 대단히."

소은이 쐐기를 박았다.

"지금 내 앞에서 내 어머니 흉보는 거야?"

"그럼 당신 앞에서 당신 어머니 흉보지 당신을 낳은 적도 없는 친정 아버지 두 번째 부인인 진 여사를 흉보겠어요, 내 기억에서조차도 희미한 돌아가신 친어머니 흉을 보겠어요?"

소은이 무슨 그런 바보 같은 말이 다 있냐는 듯 쏘아붙였다.

"뭐야, 그 태도는. 이제 시어머니고 뭐고 눈에 보이는 게 없다는 거야?"

"시어머니 흉을 잡으면 눈에 뵈는 게 없는 거예요? 어째서요? 당신이며 당신 가족들은 하나밖에 없는 며느리 처음부터 끝까지 흉잡는 걸로 재미 보시는 분들인데 그럼 그분들은 눈에 뵈는 게 없어서 흉을 잡는 거예요? 아무리 머저리 같더라도 명색이 현산그룹 김 회장님의 맏딸인데, 감히!"

소은의 목소리가 거칠어졌다.

"감히라고?"

"당신들 심심하면 날 두고 회사에 도움도 안 되는 자식이라고 거품 무는데 내가 회사에 도움을 준 적도 없지만 피해를 준 적도 없어요. 그리고 솔직히 당신 나하고 결혼해서 건진 거 많잖아요.”

소은이 정곡을 찔렀다.

“당신들? 이제 막 나가겠다는 거야?”

진혁이 험악한 표정으로 물었다.

“겨우 이 정도 가지고 막 나가긴…….”

소은이 콧방귀를 꼈다.

“서초동 어머니가 집에 돌아오면 곧장 전화하라고 하더군.”

진혁이 대단히 큰 겁이라도 주는 것처럼 말했다.

“왜요? 나하고 싸워서 못 이길 것 같으니까 어머니한테 미루려구요? 전화 안 할 거예요.”

“안 하다니?”

“한국 말 못 알아들어요? 안 한다구요.”

“어머니를 무시하겠다는 거야?!”

“그깟 고부 관계도 석 달밖에 안 남았는데 뭐. 석 달 땡겨서 청산하죠.”

소은의 비꼬는 듯한 말에 진혁의 미간이 일그러졌다.

“그 말은 계약을 연장하지 않겠다는 건가?”

진혁이 눈살을 찌푸리며 물었다.

“철회할게요. 대단히 큰 실수를 했어요. 유통기한이 임박해 상하기 직전인 관계 싸안고 있어봤자 초파리만 꼬일 테고 예정대로 석 달 후에 찢어지죠. 혹 법적으로 문제가 생길지 모르니 변호사 선임할게요. 변호사 끼울 필요 없이 깔끔하게 처리해 주면 고맙구요.”

소은이 방으로 들어가려는데 진혁이 재빨리 소은의 팔을 움켜잡았다.

"후회하지 않겠어?"

진혁이 분명히 후회할 것이라는 듯 물었다. 하지만 소은은 아랑곳하지 않았다.

"설마 이보다 더 나쁘겠어요?"

소은의 되물음에 진혁은 말문이 막히고 말았다.

"내 입으로 서초동 어머니께 관계 청산에 대해 말씀드릴까요, 진혁 씨가 말씀드릴래요?"

소은이 진혁의 손을 털어내며 물었다.

"갑자기 뭐가 이렇게 당당한 거지?"

"그러게요. 석 달 후에 내가 무엇을 할 것이다라고 정확하게 목표가 생기니 겁날 게 없네요."

"뭘 할 건데?"

"석 달 후면 찢어질 남자에게 내가 왜 남은 내 인생에 대해서 말하겠어요? 뭐 좋은 의논 상대라고."

소은이 얼굴을 찌푸렸다.

"어쨌거나 휴대폰은 꺼버렸고 집으로 걸려오는 전화는 안 받을 거예요. 혹시 서초동 어머니가 전화를 하시면 아직 안 들어왔다고 하든가 아예 영원히 안 들어올 거라고 하든가 하세요."

"그럴 거면 굳이 석 달 동안 여기서 함께 살 필요 없잖아?"

"내가 나갈까요? 당신이 나갈래요?"

소은이 그 질문을 손꼽아 기다렸다는 듯 되받아쳤다. 조금도 위축됨이 없이 아주 당당하게.

"당.신. 집이니까 당연히 내가 나가야겠죠? 며칠만 시간 줘요. 집 알아볼 테니까. 아! 계약 끝날 때 주기로 했던 위자료 미리 줄 수 있죠? 집 구하려면 돈 필요한데."

"성북동으로 들어가는 것 아닌가?"

"서초동만큼이나 날 잡아먹지 못해 안달인 지옥에 내가 왜 들어가겠어요? 멍.청.이.도 아니고."

소은이 얼음장처럼 차가운 어조로 말했다.

"그건…… 사과할게. 실수로 나온 말이야."

진혁의 말에 소은이 어머 웬일이셔? 하는 얼굴로 진혁을 쳐다봤다. 하지만 진혁의 사과가 조금도 고맙지 않았다.

"무슨 말이요?"

"멍청하다는 말. 실수였어."

"아, 그러세요? 실수였어요? 하지만 당신 사과 안 받아줘요."

소은이 단번에 거절하자 진혁이 당황해서 소은을 쳐다봤다.

"사과하잖아."

"거짓말이잖아요."

"난 분명히 사과를 하는 거야. 뭐가 거짓말이라는 거야?"

"실수라는 말 말이에요. 실수로 한 말이 아니잖아요. 진심이었지. 그래서 안 받아줘요. 당신 머릿속에 김소은은 멍청하다는 공식이 콱 박혀 있다는 걸 내가 잘 아니까. 그깟 사과 받아줘 봤자 당신 머리에서 멍청이 공식이 사라지는 것도 아니고. 그냥 평생 김소은은 멍청한 여자였다고 믿고 살아요. 그래서 이혼한 거라고.”

소은이 사과하지 않았을 때보다 더 기분 나쁘다는 표정으로 말했다.

“사과를 하는데 받아주지 않아? 그렇게 옹졸한 여자야?”

“당신의 사과를 덥석 받아주지 않으면 옹졸한 여자가 되는 거예요? 그렇다면 난 울트라 캡짱 옹졸녀로 살고프네요. 아, 그리고 참, 당신이 서초동 어머니 팔면 내가 쫄 줄 알았어요? 나 그렇게 만만한 사람 아니에요.”

소은이 굳은 결심을 한 어조로 말한 후 갑자기 읍 하는 기합과 함께 주먹을 불끈 쥐어 보인 후 문을 닫아버렸고 닫히는 즉시 잠겨 버렸다.

진혁은 잠깐 동안 멍한 얼굴로 굳게 닫혀 버린 방문을 바라보고 있었다.

울트라 캡짱 옹졸녀로 살고 싶다는 말도 어처구니가 없었지만 읍 하는 기합과 함께 주먹을 불끈 틀어쥔 그 행위는 대체 무엇인지 꼭 무엇인가에 홀린 기분이었기 때문이다.

갈수록 생각지도 못했던 행동을 하는 사람이 소은이었다. 빨간 파자마 때부터 뭔가 좀 특이하다 했지만 갈수록 희한해지고 있었다. 계약 연장 철회도 그렇고.

아! 계약 연장 철회.

정말 생각지도 못했던 반격이었다.

연장을 먼저 요구했던 사람이 소은이었기 때문에 소은을 조종할 수 있는 좋은 건수를 잡았다고 생각했는데 못된 마음을 먹었던 것이 잘못인지 진혁이 생각했던 방향으로 흘러가는 것이 한 가지도 없게 됐다.

정말 그랬다.

오늘 소은이 단 한 마디도 걸쳐 주지 않고 쌩하니 밖으로 나가 버리고 나서 예고도 없이 서초동 어머니가 오셨을 때만 하더라도 진혁은 사악한 반전을 꿈꾸며 흐뭇하게 미소 짓고 있었다.

소은이 서초동 어머니라는 말만 들어도 벌벌 떨며 도움을 청할 것이라 생각했기 때문이다. 하지만 벌벌 떨기는커녕 대놓고 시어머니의 고약한 성격을 공격하질 않나 전화는 하지도 않고 받지도 않겠다며 고부 관계도 미리 청산해 치우자 했다.

정말 생각지도, 상상도 못했던 상황이 된 것이다.

그래, 아쉬울 것 없었다. 석 달 후 예정대로 그만두면, 소은의 표현대로 찢어지면 그만이었다. 어차피 서로 살가워한 적 없던 사람이니 헤어진다고 해서 아쉬울 것도 미련이 남을 것도 없었다.

그런데 이 표현할 수 없는 찜찜함은 대체 무엇일까. 왜 이렇게 화가 나고 왜 이렇게 자존심이 상하는 것일까.

여자가, 소은이 매달리지 않고 언제든 떠나줄 수 있다고 말하는 것이 진혁의 마음을 사정없이 긁어놓고 있었다. 장진혁이라면 얼마든지 버릴 수 있다는 태도. 장진혁이기 때문에 얼마든지 지금 당장이라도 버릴 수 있다는 태도.

매달리지 않아줘서 고맙다고 해야 정상인데 고맙기는커녕 이 장진혁이 김소은에게는 그토록 하찮은 존재라는 것이, 그토록 보잘것없는 존재라는 것이 진혁의 기분을 길거리에 뱉어진 껌 딱지처럼 짓뭉개 놓고 있었다.

아래층으로 내려온 진혁은 마치 패닉 상태에 빠진 것처럼 멍하게 소파에 앉아 있었다. 분명 머릿속에는 수십 가지의 생각들이 가지치기를 하고 있는데 뚜렷하게 결론이 나거나 선명하게 정리가 되는 것은 한 가지도 없이 뒤죽박죽 엉망진창 혼란스럽기만 했다.

'계약 연장을 하지 않겠다?'

계약 연장을 하지 않는다면 남은 시간은 불과 석 달. 불과 84일.

소은과 부부로서 지낼 수 있는 시간이 딱 석 달 남은 것이다.

'겨우 석 달?'

아직도 석 달이나 남았어?가 아니라 겨우 석 달밖에 남지 않았다니…….

'나와 아내 사이에 남은 시간은 84일…….'

진혁은 점점 더 극심한 패닉 상태에 빠져들며 깊은 한숨을 내쉬었다.

❋ 그와 그녀의 남은 시간 69일.

정확하게 새벽 5시에 일어난 진혁은 샤워를 한 후 가운을 걸쳐 입고 옷 방으로 들어갔다.

속옷을 챙겨 입기 위해 서랍을 열었던 진혁은 휑하니 빈 서랍장을 멍하게 쳐다봤다. 속옷이 없다니. 남편의 속옷을 준비해 놓지 않다니.

진혁은 소은의 속옷 서랍을 열어보았다. 꽉 차 있었다. 넘치는 팬티와 브래지어 때문에 서랍장이 터질 정도로 꽉 차 있었다. 남편 서랍 속은 먼지만 쌓이게 만들어놓고 김소은 서랍장만 미어지게 채워놓은 것이다.

남편에 대해 성의도 없고 예의도 없는 마눌님 같으니라고!

소은의 서랍장을 닫으려던 진혁은 눈에 거슬리는 물건을 발견하고 시선을 고정시켰다. 아무리 봐도 여자의 속옷으로 보이지 않는 물건. 아무리 좋게 봐줘도 틀림없이 남자의 속옷으로 보이는 물건.

진혁은 잔뜩 굳은 표정으로 그 물건을 노려보다가 천천히 들어 올려 펼쳐 보았다.

분명, 남자 속옷이었다. 남성용 사각 트렁크 팬티.

소은의 속옷 서랍 속에는 남성용 트렁크 팬티가 한 개도 아니고 무려 다섯 개나 들어 있었다.

진혁의 눈에서 불꽃이 튀었다. 분노의 불꽃이 새빨갛게 튀어 오르기 시작했다.

진혁은 트렁크 팬티 다섯 개를 뭉쳐 쥐고는 옷 방을 나와 침실을 가로질러 거실로 나갔다. 곧바로 2층에 있는 소은의 방으로 올라가려던 진혁은 주방 쪽에서 들려오는 달그락거리는 소리에 몸을 돌려 주방으로 향했다.

주방에는 소은이 있었고 그리고 꽤 고소한 냄새가 풍겨 나오고 있었다. 하지만 지금은 고소한 냄새 따위는 문제가 아니었다. 남편이 있는데, 남편이 있는 집에 버젓이 남의 남자의 속옷을 전시해 놓은 괘씸한 마누라를 응징해 주어야 했다.

인기척을 느꼈는지 소은이 진혁을 쳐다봤고 진혁은 그 순간을 놓치지 않고 손에 들고 있던 트렁크 팬티 뭉치를 바닥에 집어 던져 버렸다.

소은은 진혁이 내던진 트렁크 팬티들을 물끄러미 내려다보다가 인상을 구기며 집어 들었고 새벽 댓바람부터 뭐 하는 짓이냐는 듯 진혁을 노려봤다.

"남자친구를 사귀어도 문제 삼지 않겠다고 했지만 그렇다고 이 집에 끌어들여도 된다는 말은 아니었어."

"그런데요?"

"그따위 물건이 어째서 내 집 안에 있는 거지?"

진혁이 바위처럼 굳은 표정으로 몰아붙였다.

"이따위 물건을 내가 쓰거든요."

"뭐?"

진혁이 눈살을 찌푸리며 소은을 쳐다봤다.

“예쁘게 개켜놓은 걸 왜 다 뭉쳐서 이 난리예요?”

소은이 혀를 차며 항의했다.

“그게 당신 물건이라고? 당신이 남자 속옷을 입는단 말이야?”

진혁이 말이 되는 소리를 하라는 듯 다그쳤다. 변명도 변명 같은 변명을 해야 통하는 법이라는 듯이.

“변태 보듯 하지 말아요. 변태는 남자가 여자 브래지어 하고 다니는 거니까.”

“여자가 남자 트렁크 팬티 입는 건 뭔데?”

“내 잠옷이에요.”

“잠옷?”

“편하고 시원하고 환기도 잘되고…….”

“환기…… 가 잘된다고?”

진혁이 한쪽 눈을 치켜뜬 채 소은을 쳐다보며 되물었다.

“여자도 가끔은 환기가 필요한 구조를 가졌거든요. 생리학적으로.”

소은이 찢을 듯이 눈을 흘기고는 가스레인지 불을 끈 다음 트렁크 팬티들을 들고 주방을 나갔다.

진혁이 소은을 쫓아 옷 방으로 가자 소은은 진혁이 흐트러뜨려 놓은 팬티들을 잘 개켜 다시 서랍에 넣고 있었다.

“그게 당신 물건이라는 걸 어떻게 증명할 거야?”

“꼭 증명해야 해요?”

소은이 서랍을 쾅 닫으며 반항조로 대꾸했다.

"당신 같으면 믿겠어?"

"믿기 싫으면 믿지 말아요."

소은이 흥 하고 콧방귀를 뀌며 옷 방을 나가려는데 진혁이 소은의 손목을 잡아챘다.

"잊었나? 계약 조건을 한 가지라도 어길 경우에 위자료는 한 푼도 없다는 걸?"

진혁이 싸늘한 어조로 계약 조건을 상기시켜 주자 소은의 표정에 오기가 서리기 시작했다.

"계약 조건에 내가 남자 팬티 입으면 안 된다는 조항도 있었어요?"

"당신 물건인지 당신 남자친구의 물건인지 증명되지 않았잖아?"

"그럼 내 물건이 아니라는 증거 있어요?"

"누구라도 당신 물건이라고 생각하지도 않고 믿어주지도 않을 거야."

진혁의 말에 소은이 씩씩거리며 진혁을 노려보다가 자신의 손목을 움켜잡고 있는 진혁의 손을 거칠게 털어낸 후 세 걸음 물러섰다.

"증거를 보여줄 테니까 자알 봐요!"

소은이 진혁을 마지막으로 째려본 후 등을 보이며 획 돌아서서는 입고 있던 빨간색 파자마를 쑥 끌어 내렸다.

“봐요, 봐!”

소은이 소리쳤고 파자마 속에는 정말로 트렁크 팬티가 있었다.

진혁은 어처구니가 없으면서도 정말로 소은의 물건이었다는 것에 이상한 안도감을 느끼며 픽 하고 웃고 말았다.

“됐죠?”

소은이 파자마를 끌어 올린 후 씩씩거리며 진혁을 노려봤다.

“대체 남자 속옷을 왜 입는 거야?”

“말했잖아요. 여자도 가끔은 환기가 필요한 구조를 가졌다고!”

소은이 진혁을 지나쳐 옷 방을 나가려다가 걸음을 멈추고 진혁을 노려봤다.

“사이즈 보면 몰라요? 90이에요, 90. 남자 중에 90 입는 남자가 어딨다고. 있다고 쳐도 난 그렇게 비쩍 마른 남자는 싫거든요? 무슨 남자가 위자료를 떼먹으려고 하냐, 흥!”

소은이 콧방귀를 날리고는 옷 방을 나가 버렸다.

“내 속옷은 왜 하나도 없어? 노팬티로 출근하라는 거야?”

진혁이 소은을 따라 나가며 물었다.

“진혁 씨도 이참에 환기 좀 시키던지요.”

소은이 주방으로 가며 이기죽거렸다.

“농담할 시간 없거든?”

“소파 위에 다 있으니까 챙겨 입어요.”

소은이 귀찮다는 듯이 말한 후 알맞게 식은 견과류를 넣고 끓인 죽을 그릇에 덜어 상을 차리기 시작했다.

소은이 말한 대로 소파 위에 진혁이 입을 속옷이 준비되어 있었다. 그럼 준비해 두었다고 말을 할 것이지.

"왜 내 속옷은 텅 비어 있는 거야? 내가 준 생활비로 당신 속옷만 사재기한 이유가 뭐야?"

"여기서 안 살았잖아요. 살지도 않은 사람 속옷을 뭐 하러 사재기해요?"

소은이 퉁명스럽게 반박했다.

"나 여기 온 지 꽤 됐거든?"

"시비 그만 걸고 밥 먹어요. 밤 새워서 피곤해 죽겠으니까."

진혁이 식탁에 앉자 소은이 수저를 놓아주었다.

"투명인간한테 밥은 먹여주네."

진혁이 빈정거리듯 말하며 샌드위치를 집어 들자 소은이 입술을 비죽거렸다.

"마누라 노릇 한 가지도 한 게 없어서 이혼당했다는 누명은 쓰기 싫어서요. 그런데 왜 슬그머니 말시켜요? 진혁 씨하고 말하기 싫거든요?"

소은 역시 빈정거리며 대꾸한 후 주방을 나가려는데 진혁이 '거기 서' 하고 명령했다.

"또 왜요?"

"남편이 식사하시는데 나가는 못된 버릇은 누구한테 배운 거야?"

"잘나신 진 여사한테 배웠는데 가서 따져요. 뭐 이따위로 가르쳐 놨냐고."

"참 잘 가르쳤군."

진혁의 대꾸에 소은은 뱃속 깊은 곳에서 뜨거운 것이 부글부글 끓어오르는 것을 느끼며 진혁을 노려봤다. 같은 말을 해도 어쩌면 저렇게 싸가지없게 해주시는지. 열흘 만에 대화의 문을 열었는데 대화의 문을 열자마자 또 시비였다.

"다 먹을 때까지 꼼짝 마."

"다 먹을 때까지 뭐 하라구요?"

"같이 먹든지 서 있든지."

"싫다면요?"

"아내로서 도리를 다하지 않았으니 위자료는 없는 거지."

으이그, 진짜 이걸 확!

아니다. 참자. 참을 인 세 번 외치고 위자료 받자.

소은은 끓어 넘치려는 화를 꾹 눌러 가라앉히며 진혁이 앉은 자리에서 오른쪽으로 꺾이는 자리로 가서 꼿꼿하게 선 채로 땅콩죽을 떠먹는 진혁을 빤히 쳐다보기 시작했다.

"죽은 좋은데 샌드위치는 별로야. 내일은 밥 준비해."

진혁이 제법 큼지막한 샌드위치를 눈 깜짝할 사이에 먹어치웠으면서도 샌드위치가 별로라고 트집을 잡았다. 별로면 먹지나 말던지.

"샐러드는 어떠신지요?"

"먹을 만해. 그래도 내일은 밥해."

첫째 숟갈, 둘째 숟갈, 셋째 숟갈까지 소은을 의식하지 않으려고 애쓰며 거만한 표정으로 죽을 떠먹던 진혁은 집요한 소은의 시선에 점점 더 불편해지는 것을 느끼며 낮게 헛기침을 했다.

"앉지그래?"

"감히 남편님 식사하시는데 자리에 앉는 못된 짓을 할 수는 없죠."

소은이 잔뜩 비꼬자 진혁이 천천히 고개를 들어 소은을 노려봤다.

"왜요? 싱거우세요? 맛소금이나 미원 좀 넣어드릴까요, 위자료 주기 싫어 안달난 남편님?"

"그만 하지."

"그럼 그만 물러가 볼까요?"

"안 돼. 계속 서 있어!"

진혁이 으르렁거리듯 말한 후 일부러 뭉그적거리며 죽을 떠먹었다. 그냥 마셔도 될 죽을 일부러 꼭꼭 씹어가며 시간을 끈 것이다. 소은이 약 오르라고, 김소은 골탕 먹이려고.

진혁이 죽과 남은 샐러드를 다 먹을 동안 소은은 열다섯 번이나 하품을 했다. 그리고 자꾸만 내려앉는 눈꺼풀을 끌어 올리느라 무진 애를 써야 했다. 그냥 자게 해주지. 좀 남겨도 되겠구만 새벽부터 뭐 하러 꾸역꾸역 다 먹는지.

드디어 오랜 시간에 걸쳐 죽 먹기를 끝낸 진혁이 자리에서 일어났을 때 소은의 눈은 이미 반쯤 감겨 있었다. 끌어 올리려는 노력조차도 할 수 없을 만큼 몰려드는 잠을 주체하지 못할 상태였다.

지난 일주일 내내 서너 시간밖에 못 잤고 어제는 한숨도 자지 않고 꼬박 새운 탓인지 누적된 피로가 한꺼번에 몰려들어 서 있는 것도 힘들 지경이었다.

"옷 갈아입고 나올 때까지 꼼짝 말고 대기해."

진혁이 주방을 나가며 명령했지만 소은은 노여워할 기운도 없었다.

진혁이 소파에 올려둔 속옷을 챙겨 들고 침실로 들어가자 소은은 슬그머니 소파에 앉아 등받이에 등을 기댔다. 그리고 아주 잠깐 눈만 감고 있을 것이라고 생각하며 눈을 감았다. 자는 게 아니라 눈만 감고 있는 것이라고. 진혁이 방에서 나오면 그때 눈을 뜨고 일어나면 된다고. 배웅하는 시간이야 2, 3분이면 될 테고 그 후에는 늘어지게 잘 수 있다고.

하지만 진혁이 옷을 챙겨 입고 거실로 나왔을 때 소은은 마치 구겨진 듯한 자세로 소파에 누워 이미 깊이 잠들어 있었다. 등을 기댔다가 그대로 옆으로 쓰러진 듯 두 다리는 소파 밑으로 내려와 있었다.

진혁은 황당하면서도 재밌다는 표정으로 소은을 쳐다보다가

방에서 베개를 들고 나와 조심스레 소은에게 받쳐 주고 소파 밑
에 내려와 있던 다리도 올려준 후 조금 더 편한 자세로 고쳐 주
었다.

얼마나 피곤했으면 소은은 진혁이 베개를 받쳐 주고 자세를
고쳐 주는 것도 모른 채 세상모르게 자고 있었다.

진혁은 이불을 가져 나와 소은에게 덮어주다가 소은의 빨간
파자마를 보며 웃음을 터뜨리고 말았다. 파자마 속에 입고 있는
트렁크 팬티가 생각났기 때문이었다.

"환기라니……."

진혁은 정말 못 말릴 사람이라고 생각하며 조용히 집을 나왔
다.

집 앞에는 비서와 운전기사가 기다리고 있다가 진혁에게 깍
듯하게 인사한 후 차 문을 열어주었고 진혁은 차에 오르자마자
휴대폰을 꺼내 전화를 걸었다.

"여보세요? 접니다, 어머니. 오늘 아주머니 집에 안 보내셔도
됩니다."

그와 그녀의 90일

4장

❀ 그와 그녀의 남은 시간 64일.

진혁이 퇴근하는 시간에 맞춰 소은이 현관문 앞에서 기다리고 있었다. 오늘따라 아주 반가워하는 표정까지 지어 보였다. 현관문 앞에서 맞이하면서 반가운 표정을 지은 것이 오늘이 처음이었기 때문에 고마운 기분이 들 정도였다.

"수고하셨어요. 안녕히 돌아가세요."

소은은 비서인 박 실장에게 친절하게 인사까지 건넸다.

박 실장이 깍듯하게 인사하고 돌아간 후 침실로 향하는 진혁을 소은이 따라붙었다.

현관에 마중 나와 반가워한 것도 처음이었지만 퇴근한 진혁을 침실까지 따라온 것도 오늘이 처음이었다.

20일 동안 진혁과 소은은 한집에서 별거 같은 생활을 했고, 20일 동안 소은은 진혁을 철저하게 절대 친하지 않은 적을 대하듯 했으며 그 모든 것을 눈치 챈 서초동 아주머니가 어머니에게 고해바치는 바람에 당장에 달려오시겠다는 어머니를 주저앉히느라 진혁은 은근히 골치가 아팠었다.

진혁이 나름대로 뒷수습을 하느라 골머리를 앓는 동안에 소은은 아주 마음껏 하고 싶은 대로 생활하며 지낸 것이다.

말 한마디 먼저 건네는 법도 없었고 같이 식사를 하는 법도 없었다. 꼬박꼬박 새벽밥을 지어 바치면서도 절대 한자리에서는 먹지 않았다. 친하지 않은 사람과 밥 먹으면 체하기라도 하는 것처럼.

뒤끝이 길어도 저렇게 긴 여자는 처음 본다 싶을 만큼 지독하게 굴던 소은이 오늘은 정말 웬일인가 싶었다.

"할 얘기 있어?"

진혁이 넥타이를 끄르며 묻자 소은이 '있어요' 하고 대답했다.

"나 돈 줘요."

돈을 달라는 소리에 진혁이 동작을 멈추고 소은을 쳐다봤다.

"집 구했어요."

소은이 돈을 달라고 한 이유에 대해 말했다.

“다행히 비어 있는 집이라 돈만 주면 바로 들어갈 수 있대요. 물론 전세예요. 전세금하고 당장에 필요한 물건들 살 돈만 줘요. 몇 달치 생활비도 주면 고맙고.”

“기다려.”

“언제 줄 건데요?”

“기다려.”

“그러니까 얼마나 기다리면 되냐구요.”

“계약 기간 끝나고 법적으로 정리되면.”

“오늘 계약금 걸고 왔단 말이에요!”

소은이 짜증스럽게 내뱉었다.

“그건 당신 사정이고.”

진혁의 대꾸에 소은의 표정이 험악해졌다. 금방이라도 콧구멍에서 김이 숙숙 뿜어져 나올 것처럼.

진혁은 소은이 더는 돈 얘기를 꺼내지 못하게 하기 위해 사각 트렁크 팬티만 남겨두고 모두 벗어버렸지만 소은은 눈도 깜짝하지 않고 진혁을 노려보고 있었다.

“그럼 진혁 씨가 나가요.”

“내가 왜 나가? 난 안 나가.”

진혁은 꿈도 꾸지 말라는 투로 말하고는 욕실로 들어가 버렸다.

“이 나쁜 놈!”

소은이 으드득 이를 갈았다.

이 꼴 저 꼴 보기 싫어서, 청산할 거면 되도록 청산해 치우자 싶어 귀찮은 것 무릅쓰고 며칠을 돌아다녀 집을 구했는데 기다리라니. 골탕 먹으라고 똥침 놓는 것도 아니고 치사하기가 짝이 없었다.

"못 참아!"

소은은 욕실 문을 벌컥 열고 들어갔다.

불투명한 유리벽 안에서 모락모락 김이 피어오르는 따끈한 물에 느긋하게 샤워를 하고 있는 알몸의 진혁이 보였다.

소은은 전의를 불태우며 유리문을 벌컥 열어젖혔다.

"돈 줘요!"

소은이 버럭 소리를 지르자 깜짝 놀란 진혁이 마치 유령을 보는 듯한 표정으로 소은을 돌아봤다. 욕실까지 쫓아와 돈 내놓으라고 할 줄은 생각지도 못했기 때문이다.

"당장 줘요!"

소은은 진혁이 알몸이라는 것이 조금도 신경 쓰이지 않는 척 소리쳤다.

"기다리라고 했잖아."

"못 기다려요!"

"그럼 기다리지 마."

진혁의 대꾸에 소은이 당장이라도 달려들어 할퀼 듯이 씩씩거리는데 진혁은 불을 뿜든지 말든지 샴푸 거품을 내며 머리에 문지르기 시작했다.

소은은 부들부들 떨며 진혁을 노려보다가 칸막이 안으로 들어가 문을 잠가 버렸다.

"뭐 하는 짓이야."

"돈 줘요."

"빨리 물 틀어."

"돈 준다고 해요. 당장."

"눈 따갑다고!"

진혁이 얼굴로 흘러내리는 거품을 손으로 닦아내며 소리쳤지만 거품 묻은 손으로 거품을 닦아내는 바람에 더 따갑기만 했다.

"따가워. 빨리 물 틀어!"

"그러니까 달라고!"

"에이 씨!"

진혁이 소은을 밀쳐 내고 물을 틀어 재빨리 거품을 닦아냈다.

"뭐 하는 거야!"

진혁이 버럭 소리를 질렀지만 소은은 흥 하고 콧방귀만 꼈다.

"정말 안 줄 거예요?"

"안 줘!"

진혁이 아직도 따가운 눈을 비비며 소리쳤다.

"좀생이!"

"뭐?!"

"있는 척이나 말던지!"

“혼날래?”

진혁이 씩씩거리며 소은에게 다가왔다. 마귀처럼 일그러진 얼굴을 하고.

“밴댕이!”

“김소은!”

진혁이 버럭 고함을 지르는데 소은이 발가벗은 진혁의 몸을 아래위로 훑어봤다.

“몸은 좋네.”

“뭐? 허!”

진혁이 소은의 뻔뻔함에 어처구니가 없어 쳐다보는데 소은이 입술을 비죽거리며 마지막으로 일갈했다.

“몸이 아깝네, 몸이 아까워. 흥!”

소은은 강한 콧방귀를 날려주고 욕실을 나와 버렸다.

“몸만 좋으면 뭐 하니? 소가지는 밴댕인데.”

소은은 쿵쾅거리며 주방으로 가서 냉장고에서 작은 맥주 한 병을 꺼내 뚜껑을 따고는 시청각실로 꾸며놓은 방으로 들어와 버렸다.

벌컥벌컥 맥주를 들이켠 소은은 씩씩거리다가 DVD를 뒤져 다이어트 댄스 DVD를 찾아낸 후 DVD 플레이어에 집어넣고 작동시켰다. 잠시 후 LED 텔레비전에 한 몸매 하는 외국 아가씨들이 떼로 몰려나와 신나게 춤을 추기 시작했고 소은은 맥주병을 내려놓고 아가씨들을 따라 춤을 흉내 내기 시작했다. 분명

흉내 내기였다. 똑같이 추기에는 난이도가 너무 높은 춤이었기 때문이었다.

이렇게 주체할 수 없이 약이 오를 때는 맥주 한 병 마시고 신나게 몸을 흔들면 놀라울 정도로 스트레스가 빨리 풀렸다.

예전엔 명색이 누구네 집 딸인데 누구네 집 며느리인데 하는 것 때문에 남우세스러워 감히 이런 행동을 할 꿈도 꾸지 못했었지만 한 번, 두 번 몰래몰래 하다 보니 맛을 들이게 됐고 그 맛은 정말 끝내줬다.

제대로 추고 못 추고는 아무런 문제도 되지 않았다. 화면 속의 여자들처럼 섹시하지 못해도 상관없었다. 닥치는 대로 흔들고 닥치는 대로 비틀며 쌓인 스트레스를 털어내고 짜냈다.

그렇게 잔뜩 흥에 겨워 흔들어대던 소은은 황당무계하기 그지없는 얼굴로 쳐다보고 있는 진혁과 눈이 마주쳤다.

젠장! 언제 들어온 거야!

신나던 소은의 춤사위는 진혁과 눈이 마주치는 순간 급격하게 소극적으로 오그라들었고 이내 춤은 완전히 멈췄다.

소은은 민망하기 짝이 없는 얼굴로 리모컨을 들고 DVD를 끈 후 여전히 민망한 얼굴로 이마에 배어 나온 땀을 닦아냈다.

"재밌어?"

진혁의 말에 소은은 그의 시선을 피하며 '운동한 거예요' 하고 대답했다.

"운동…… 격하게 하네."

"내가 모든 면에 좀 격한 사람이라……."

소은의 대답에 진혁이 웃음을 터뜨렸다.

"남편 샤워하는데 쳐들어와서 돈 내놓으라고 악을 쓰고는 춤을 추고 있다니……."

진혁이 정말 못 말릴 사람이라는 듯이 말했다.

소은은 진혁의 말을 못 들은 척하고는 아직 두 모금 정도 남아 있는 맥주병을 들고 거실로 나왔다.

"혼자 맥주 마시니까 좋아?"

"꿀맛이네요."

"나도 한 병 줘."

"갖다 드시지요. 내가 서빙하는 여잔 줄 알아요?"

소은이 반항적으로 대꾸하자 진혁이 치사하다는 듯 소은을 쳐다보다가 직접 주방으로 가서 맥주를 들고 나왔다.

소은은 병에 남아 있던 맥주를 한번에 털어 넣고는 맥주병을 거실 테이블 위에 올려놓고 2층을 향해 몸을 돌렸다.

"현관까지 나와서 마중해 주기에 웬일인가 했지. 돈 때문이었군."

"주기 싫으면 말아요. 나도 돈 있으니까."

"돈 있으면서 왜 달라고 해?"

"받을 돈이니까요."

"이십 일 만에 친한 척하더니 결국 또 싸웠군."

"이제 싸울 일 없을 거예요. 이번 주 내로 사라져 줄 테니까.

내가 꼭 피곤하게 했던 건 아니지만 어쨌거나 그동안 고생했어
요."

소은이 대화를 그만 끝내기 위해 2층으로 향하는데 진혁이
'할 얘기 있어' 하고 말했다.

"웬일이에요? 나한테 할 얘기도 있으시고."

소은이 이죽거리며 말했다.

"비꼬지 말고 들어줘."

"비꼬는 말 듣기 싫음 말구요."

"좀 앉아."

"후딱 해요. 땀나서 씻어야 해요."

"후…… 그…… 후딱 할 얘기 아니야."

진혁이 말했고 소은이 거드름을 피우며 소파에 앉자 진혁도
맞은편 소파에 앉았다.

"매년 분기마다 사내에서 발행하는 회보가 있어."

"알아요."

"올해가 70주년 되는 해야."

"것도 알아요. 70주년 파티도 한다면서요."

"맞아."

"그런데요?"

"회보에 우리 부부를 싣기로 결정했어."

진혁의 말에 소은이 기겁한 얼굴로 진혁을 쳐다봤다.

"우리 부부를 싣다뇨? 가령?"

"집 안도 몇 컷 들어갈 것이고, 우리 부부 사진은 당연히 들어갈 것이고."

진혁의 말에 소은이 기가 막힌 듯 진혁을 쳐다봤다.

"무슨, 뭐 하는, 왜 이러세요?"

소은이 제정신이냐는 얼굴로 진혁을 쳐다봤다.

"내가 결정했다기보다는 직원들의 의견과 이사회의 의견을 수렴해서 아버지가 제안을 하셨고 난 어쩔 수 없이 받아들인 거야. 70주년 기념회보라는 것도 중요하게 차지했고."

"그러니까 왜 받아들였냐구요. 우린 두 달짜리 부분데."

"3년짜리 부부야."

진혁의 반박에 소은이 계산하는 듯한 표정으로 진혁을 쳐다보다가 '그렇군요' 하고 수긍했다.

"하지만 두 달밖에 안 남았잖아요. 우린 유통기한이 두 달밖에 안 남은 폐기처분 직전의 부부예요."

"표현 한번 생동감 넘치는군."

"이래 봬도 작가거든요."

"어쨌건 부부인 건 분명하잖아. 아직까지는."

"회보가 언제 나오는데요?"

"6월에."

"갈라서기 직전이네요."

"날짜로 치면 그렇지."

진혁의 말에 소은이 어처구니없다는 듯 웃었다.

“회사 사람들이 뭐라고 하겠어요? 우릴 얼마나 가증스럽게 보겠냐구요. 회보에는 아주 친한 척하는 사진만 실릴 텐데 한 달 후 이혼 쾅! 누구 놀려요?”

“이혼은…… 나중에 알려지도록 하는 방법도 있어.”

“아주 훌륭한 방법이네요.”

소은이 비꼬았다.

“그래도 난 동의할 수 없어요. 회보가 나오고 한 달 후에 이혼한 것이 곧장 밝혀지건 나중에 밝혀지건 회보에 실린 사진은 영원히 남을 것이고 그럼 사람들이 김소은을 두고 뭐라고 말하겠어요? 곧 이혼당할지도 모르고 저렇게 웃는구나, 저것이 속이 없는 여자였구나…… 불쌍하고 측은하구나…… 내 이혼당할 줄 알았지…… 등등등.”

소은이 정말 말도 안 되는 소리라는 듯 진혁을 노려봤다.

“2년 안에 경영권을 물려받게 될 거야. 회보에 가정사를 싣는 것도 경영권을 물려받는 절차 중 하나야.”

“아주 작은 절차겠죠. 해도 그만 안 해도 그만인.”

소은이 쉽게 넘어가지 않자 진혁의 미간에 잔주름이 잡혔다.

“힘든 건 시키지 않을게. 사진만 몇 장 찍으면 돼.”

“안 돼요.”

“앞으로 서초동 아주머니 오지 말라고 하고 다른 아주머니 쓰게 해줄게.”

“그냥 두 달 더 견딜게요.”

소은은 절대 호락호락하지 않았다. 그깟 서초동 아주머니 견
디는 것쯤 이젠 우습지도 않다는 듯.

"회보만 찍어주면 다음날 약속한 위자료 전액 통장에 입금시
킬게."

"일단 내 돈으로 이사 나갈게요."

목욕하는 곳까지 쫓아들었던 소은인데 이젠 돈도 먹히지 않
았다.

"부탁할게."

"부탁하지 말아요. 안 들어줄 거니까."

소은이 벌떡 일어나서 2층으로 가려는데 진혁이 소은의 손을
잡았다.

"들어줘, 소은아. 진심으로 부탁할게."

진혁의 말에 소은이 갑자기 퍽 낯설다는 표정으로 진혁을 올
려다봤다.

"왜 그렇게 봐? 내가 부탁하는 게 어울리지 않아서 그런가?"

"아뇨. 썩 잘 어울리네요."

"그런데 표정이 왜 그래?"

"결혼하고 처음으로 내 이름 부른 거 알아요?"

소은의 질문에 진혁이 순간 당황했다.

"난 진혁 씨가 내 이름 모르는 줄 알았어요. 감격스럽네요."

소은의 말에 진혁이 조금 미안한 듯 웃었다.

"와이프 이름 모르는 사람이 어딨어."

"……그건 그렇고. 내가 진혁 씨 부탁을 왜 들어줘야 해요?"

"그건…… 당신이 내 부탁을 들어주면 나도 당신 부탁을 들어줄게."

"그건 이유가 아니라 조건이잖아요."

"이유는 설명했잖아. 당신한테 안 통했고. 그러니 조건을 내걸 수밖에."

소은은 재빨리 머리를 굴리기 시작했다.

진혁이 내건 조건이 상당히 매력있었기 때문이었다.

어째서 매력적인지는 나중에 얘기하기로 하고.

"내 부탁 들어준다는 말 정말이에요?"

"정말이야."

"맹세할 수 있어요?"

"맹세할게."

"각서 쓰고 인감도장 찍을 수 있어요?"

"각서에 인감까지?"

"못해요?"

"해, 해줄게. 단, 나도 조건이 하나 있어."

"무슨 조건이 있어요? 말도 안 돼."

"계약 기간이 끝나는 날까지 서초동에 지금까지 해왔던 대로 해줘. 서초동에서 당신을 불편하게 했다는 거 알아. 알지만, 내게 반기를 든 것처럼 서초동엔 그렇게 하지 마. 대신 남은 시간 동안에 내가 최대한 막아줄게."

"……뭘 어떻게 막아준다는 거예요?"

"지금까지처럼 힘들게 하진 않을 거야."

"……정말이에요?"

"정말이야."

진혁이 신뢰가 가는 어조로 말했고 소은은 믿을 만하다고 생각했다. 지난번 서초동에서 시어머니가 파자마로 트집을 잡으려 했을 때 진혁이 나섰던 것을 상기하면 말이다. 또 진혁이 각서에 인감도장까지 찍어주겠다고 했으니 소은은 까짓것 한번 희생하자 싶었다. 어쩌면 후유증이 클지도 모르겠지만.

"서초동 아주머니 내쫓는 것하고 위자료 얘기도 유효하죠?"

"알뜰하게 챙기는군. 좋아."

"좋아요."

소은이 의미심장하게 웃으며 진혁을 향해 손을 내밀었다.

"무슨 뜻이야?"

"무사히 합의점을 찾은 것에 대한 악수?"

소은의 말에 진혁이 낮은 웃음을 터뜨리며 소은의 손을 잡았다.

"약속했으니까 당일에 촬영진들 왔을 때 산통 깨뜨리면 안 돼."

"걱정 말아요. 날마다 회보 촬영하고 싶게 만들어줄 테니."

소은이 자신있게 말했다.

"그럼 화해하는 건가?"

"휴전이죠."

"좋아, 휴전. 회보 촬영하는 날까지는 싸우지 않기야."

“진혁 씨가 조심하면 싸울 일은 없어요.”

소은이 끝까지 한마디도 지지 않고 되받아친 후 진혁의 손을 놓으려는데 진혁이 소은의 손을 더욱 꽉 붙들었다.

“한 가지 확인할 게 있는데.”

“뭔데요?”

“계약서에 부부 관계에 관한 조항이 들어 있다는 것 기억하고 있나?”

“물론 기억하죠. 뚜렷한 이유 없이 관계를 거부할 수 없다였던가요?”

“기억하고 있군.”

진혁의 눈가에 미묘한 미소가 걸렸다.

“그렇다면 욕실에서…… 내 몸 좋다고 했던 말도 진심인가?”

“진심이에요.”

소은이 무덤덤하게 대꾸했다.

“그래서?”

“그래서 뭐요?”

“기분이 어땠어?”

“기분이…… 남달라야 해요?”

소은이 어째서 기분에 대해 묻느냐는 듯 되물었다.

“남편의 벗은 몸을 봤는데 아무렇지도 않았단 말이야?”

진혁의 물음에 그제야 말귀를 알아들은 소은이 콧방귀를 뀌며 진혁의 손을 털어냈다.

"생전 처음 본 것도 아닌데 뭘 새삼스럽게. 그럼 뭐 내가 흥분이라도 할 줄 알았어요?"

소은의 말에 진혁이 기가 막힌다는 얼굴로 소은을 노려봤다.

"흥분이 돼야 정상 아니야?"

"이거 왜 이러세요? 내가 3년 밤낮을 치밀어 오르는 욕정을 풀지 못해 대바늘로 허벅지 쑤셔대는 과부도 아니고…… 위자료 떼먹으려고 작정한 남자 때문에 욕정이 아니라 욕이 치밀어 오르는데 그 와중에 흥분이 되겠어요?"

"뭐? 욕이 치밀어 올라?!"

진혁이 버럭 고함을 질렀다.

"어쨌거나 욕은 안 했잖아요."

"좀생이라고 했잖아!"

"언제부터 좀생이가 욕이 됐데요?"

"말장난하지 마!"

진혁이 눈을 부라렸다.

"알았어요. 그만 하죠. 잘 자요."

소은이 돌아서는데 진혁이 다시 붙잡았다.

"침실로 따라와."

진혁이 소은의 손을 잡아끄는데 소은이 따라가지 않고 버텼다.

"왜 따라오라고 하는지 이유도 말씀을 해주시지요?"

"뚜렷한 이유 없이 부부 관계를 거부할 수 없다."

진혁이 따라오라고 한 이유를 계약서에 명시된 조항으로 대

신하자 소은이 순간 고개를 갸우뚱하며 걱정스런 표정을 지었
다.

"하도 오랜만이라 잘 있는지 모르겠어요."

소은은 배설통이라는 단어를 다시 꺼내려다가 참았다. 그 단
어는 단 한 번만 써야 할 단어였고 한번으로 진혁에게 충분히
충격을 주었기 때문이었다. 그리고 극적으로 전환된 화해모드
를 굳이 경색시킬 필요는 없었다. 우회적으로 거절할 방법도 얼
마든지 있으니까.

"뭐? 무슨 소리야? 누가 잘 있어?"

"아랫동네에 사는 옥문(玉門) 양 말이에요."

"아랫동네에 사는 옥문 양……."

아랫동네에 사는 옥문 양이 누군지 알아차리는 순간 진혁이
웃음을 터뜨렸다. 그러나 소은은 여전히 걱정스런 표정이었다.

"하도 오래전에 연락을 끊어서 잘살고 있는지 어떤지……."

소은은 천연덕스럽게 농을 했고 진혁은 소은의 농이 천박하
다기보다는 기발하다고 생각하며 웃음을 멈추지 않았다.

"옥문 양이 잘 지내는지 같이 들러보자고."

진혁이 소은을 데리고 방으로 가려는데 소은이 진혁의 손을
가볍게 털어냈다.

"거절해요."

"거절? 옥문 양의 무고가 이유가 될 수는 없어."

진혁의 말에 소은이 씨익 웃었다.

“물론이죠.”

“거절하는 다른 이유가 있다는 거야?”

“당근.”

“뭐야?”

“내가 진혁 씨가 필요할 때, 내가 자고 싶을 때 거부했잖아요.”

“내가 언제?”

“3년 내내. 기억나죠?”

소은이 얄미울 정도로 활짝 웃으며 물었다.

“일하고 있었어. 게다가 우린 어쩔 수 없이 별거 중이었어.”

“나도 마찬가지예요. 난 일하는 중이고 우린 지금도 별거 중이에요.”

소은이 진혁의 손을 야무지게 떼어냈다.

“일하느라 3년 동안 날 기다리게 했으니 진혁 씨도 일하느라 바쁜 날 기다려 봐요. 꽤 재밌고 꽤 이 갈려요.”

소은이 장난스럽게 말했지만 말속에는 날카로운 날이 서 있었다.

“지금 약 올리는 거야?”

“천만에요, 그럴 리가. 내 말은…… 진혁 씨 연애 못해봤죠?”

“무슨 말이야?”

“남자는 피 터지게 싸우다가도 발가벗은 여자 몸을 보면 불끈하는지 몰라도 여잔 아니에요. 물론 발가벗은 남자 몸을 보며 흐뭇해하긴 하지만 그렇다고 불끈하진 않아요.”

소은이 실망한 얼굴로 진혁을 쳐다보고는 2층으로 올라가는데 진혁이 ‘여자나 남자나 다 똑같지 뭐가 다르다는 거야?’ 하고 반박했다.

계단을 오르던 소은은 걸음을 멈추고 진혁을 돌아봤다.

“여자는 여기가 불끈해야 하거든요.”

소은이 손바닥을 가슴에 대고 말했다.

“여자는 여기를 뜨겁게 해주는 남자를 만났을 때 비로소 흥분해요. 그런데 그거 되게 쉬운데…… 정말 쉬운데…… 남자는 그걸 모르더라구요.”

소은이 무척 안타깝다는 듯 말하고는 몸을 돌려 올라갔고 진혁은 한참 동안 소은이 사라진 2층 계단을 바라보고 있었다. 그리고 깨달았다. 소은의 말이 무슨 말인지, 그 말이 무엇을 뜻하는지. 그리고 어느새 진혁은 자신의 가슴에 손을 대고 있었다.

※ 그와 그녀의 남은 시간 61일.

노크 소리와 함께 문이 열리더니 진혁이 안으로 들어왔다.

소은은 잠깐 고개를 돌렸다가 이내 불어사전으로 다시 시선을 돌렸고 ‘먹고 해’ 하는 말이 들렸을 때야 진혁이 간식을 들고 왔다는 것을 알았다.

진혁이 준비해 준 간식은 과일이었다. 파인애플, 체리, 골드

키위, 방울토마토가 몇 조각씩 아기자기 예쁘게도 담겨 있었다.

웬일이실까. 간식까지 챙겨주시다니.

"먹고 해. 과일 많이 먹어야 한다잖아."

"회보 촬영에 동의했다고 너무 잘해주는 것 아니에요?"

"회보 촬영 때문이 아니야. 몸에 좋은 거니까 가져온 거야."

"뭔가…… 달리 바라는 게 또 있는 건 아니죠?"

소은이 과일 접시를 어쩐지 미심쩍은 표정으로 쳐다보며 물었다.

"바라는 게 또 있냐니? 그런 것 없는데? 왜 그런 걸 묻는 거야?"

"갑자기 친절해지시니…… 바라는 게 있나 해서요."

"바라는 거 없고 나 원래 친절한 사람이야."

진혁의 대꾸에 소은이 참 퍽이나 친절한 사람이네 하는 삐딱한 얼굴로 진혁을 쳐다봤다.

"밤늦게까지 일하는 아내를 위해 간식을 준비하는 남편인데 그럼 친절하지 않다는 거야?"

"원래 친절한 건 아니죠. 난 처음으로 간식이라는 걸 받아봤으니까."

소은이 계속 깐죽거리자 진혁의 표정이 사나워졌다.

"군소리 말고 감사히 받아먹을 순 없는 거야?"

"계속 군소리가 나오네요."

소은이 포크로 골드키위 한 조각을 콕 찍으며 계속 깐죽거리는 듯 말하는데 진혁이 과일 접시를 번쩍 들어 올렸다.

"먹지 마."

심통난 진혁이 뒤도 돌아보지 않고 과일 접시를 들고 나가 버렸다.

"줬다 뺏는 게 어딨어요!"

소은이 항의하며 뒤쫓아 나갔을 때 진혁은 벌써 아래층으로 내려가고 있었다.

"체리 한 개만 줘요!"

소은이 후닥닥 계단을 뛰어 내려가자 진혁은 과일 접시를 든 채 침실로 들어가 버렸다.

"체리 한 개만 달라구요!"

소은이 침실로 쫓아 들어가며 소리치자 진혁이 침대에 드러누운 채 과일 접시를 배 위에 올려놓고 한 조각씩 꾹꾹 씹어 먹고 있었다. 부드럽고 달콤한 과일이 아니라 딱딱한 누룽지를 씹는 표정으로.

"깐죽거린다고 줬다 뺏는 게 어딨어요?"

"감사히 받을 준비가 안 된 사람은 먹을 자격이 없어."

"흥! 자기도 감사히 받아먹지 않고 트집 잡아놓구선!"

소은이 진혁에게 양껏 눈을 흘긴 후 체리를 집으려는데 진혁이 배 위에 있던 접시를 재빨리 옆으로 치워 버렸다.

"치사하게 이럴 거예요?"

"치사하면 먹지 마. 나 같으면 치사해서 안 먹겠다."

"난 열받아서 끝까지 먹어야겠네요!"

소은이 신속하게 팔을 뻗어 체리 하나를 집으려는 찰나 진혁이 또다시 자신의 머리 쪽으로 접시를 치워 버렸고 휘청하는 순간 소은이 진혁의 몸 위로 엎어져 버렸다. 두 사람은 마치 벌어진 가위 모양으로 겹쳐졌고, 소은이 진혁의 몸 위로 엎어지는 순간의 반동 때문에 접시에 담겨 있던 과일 몇 조각이 진혁의 이마와 눈 위에 떨어지고 말았다.

소은은 얼굴에 과일 조각을 붙인 채 이를 가는 진혁을 쳐다보다가 진혁의 몸 위에서 꼼지락꼼지락 움직여 벌어진 가위 모양에서 다물어진 가위 모양으로 자세를 바꾼 후 먼저 눈두덩이 위에 떨어져 있던 파인애플 조각을 집어먹었다.

진혁이 입술을 실룩거리며 소은을 노려봤지만 소은은 파인애플을 야금야금 씹어 먹는 것으로도 모자라 이마에 붙어 있던 키위 조각도 떼어먹었다.

"맛있어?"

진혁이 이를 갈 듯 물었다.

"좀 짜네. 세수 좀 하지 그랬어요?"

"했거든?"

"아이고, 여기 체리가 나뒹굴고 있네. 너 거기서 뭐 하니?"

소은이 진혁의 목에서 가슴으로 이어지는 경계선에 떨어져 있는 새빨갛게 잘 익은 체리를 발견하고 손을 쓰지 않은 채 그대로 입술로 콕 집어먹었다.

“지금 뭐 하는 짓인지 알고 있는 거야?”

진혁이 접시를 내려놓으며 물었다.

“체리 집어먹는 짓이에요.”

소은이 표정 하나 바뀌지 않은 채 대답했다.

“아유, 더 맛나네.”

“계속 이런 식으로 하면 곤란해질 텐데.”

“글쎄 난 별로 곤란할 게 없는데 진혁 씨가 꽤 곤란한 모양이에요.”

소은이 허벅지로 불끈 분노한 남성을 꾸욱 눌러주며 대꾸하자 진혁의 입에서 낮은 신음이 흘러나왔다.

“왜 그래요? 어디 아파요?”

“안 아파!”

진혁이 이를 꽉 문 채 대꾸했다.

“불편한 건 아니죠?”

소은이 아까보다 더욱 세게 분노한 남성을 누르자 진혁의 입에서 또다시 신음이 터져 나왔고 소은의 입가에는 승리의 미소가 걸렸다.

“어디 결리는 데라도 있는 거예요? 여기 담이 붙은 것 같은데.”

소은이 허벅지에 힘을 더욱 실어 남성을 강하게 압박하며 말했다.

“안티푸라민이라도 발라야 하는 것 아니에요?”

"날 죽일 작정이야?"

진혁이 으르렁거렸다.

소은이 킥킥거리고 웃으며 일어나려는데 진혁이 소은의 허리를 꽉 붙들었다.

"어딜 가려고?"

"간식 먹었으니까 일하러 가야죠."

"가만히 있는 사람 담 들게 해놓고 일하러 간다고?"

"그래서 내가 안티푸라민 바르라 했잖아요."

"장난칠 생각 하지 마. 담이 들게 했으면 풀어주고 가야지."

진혁이 소은의 허리를 더욱 단단히 붙들었다.

"웬만하면 풀어주고 싶은데 안 되겠네요."

소은이 자신의 허리에 단단히 감겨 있던 진혁의 팔을 억지로 풀어내고 자리에서 일어났다.

"왜, 뭐가 안 되겠다는 거야?"

진혁이 재빨리 소은의 손을 잡았다.

"아직도 여기가 불끈하지 않아서요."

소은이 가슴을 톡톡 두드렸다.

"여기가 빨리 불끈해야 할 텐데…… 언제나 불끈불끈 치솟으려나."

그때 소은의 시선이 여전히 담이 들어 딱딱하게 굳은 진혁의 아랫동네로 향했다.

"욕본다."

소은은 기가 막힌 표정으로 누워 있는 진혁에게 가볍게 손을 흔들어주며 '간식 고마워요' 하고 말한 후 침실을 나왔다.

2층 자신의 방으로 올라오던 소은은 우뚝 멈춰 서며 갑자기 심각한 표정이 됐다.

"굳은살이 박혔나? 마비가 된 거야? 어째서 아무 느낌도 없지?"

소은이 자신의 가슴을 쓰다듬으며 중얼거렸다.

"괘씸한 남자. 날 불감증 환자로 만들어놓다니!"

소은은 뒤쫓아온 진혁이 자신의 중얼거림을 듣고 충격을 받았다는 것을 전혀 모른 채 낮은 한숨을 내쉬며 방으로 들어가 버렸다.

진혁은 계단 중간에 굳어버린 듯 우뚝 멈춰 선 채 오랫동안 충격에 빠져 있었다.

※ 그와 그녀의 남은 시간 59일.

노크도 없이 벌컥 문이 열리더니 소은이 오렌지색 땡땡이 파자마를 입고 '진혁 씨' 하고 소리치며 서재로 뛰어들어 왔다.

"깜짝이야."

진혁이 놀란 얼굴로 쳐다보자 소은이 수상하다는 눈빛으로 진혁의 앞에 놓인 노트북을 흘끗거렸다.

"왜 놀라요? 몰래 뭘 했기에?"

"몰래 하긴 뭘 해. 노크도 없이 들어오니까 놀라지."

"설마 19금 보다가……."

소은의 의심스러워하는 말투에 진혁이 눈살을 찌푸리며 노려봤다. 이 장진혁이 어른들 몰래 야동이나 보는 사춘기 청소년인 줄 아느냐는 듯이.

"왜 노려봐요? 사지 멀쩡한 성인 남자가 19금 보는 건 당연하지. 사지 멀쩡한 성인 여자도 즐겨 보는 세상인데."

소은의 반박에 진혁이 눈을 가늘게 뜨고 소은을 쳐다봤다.

"19금을 즐겨본다는 사지 멀쩡한 성인 여자는 누굴 두고 하는 말이야?"

진혁의 물음에 소은이 진혁을 향해 묘한 미소를 흘렸다.

"멀리서 찾을 필요 없어요. 진혁 씨도 아는 사람이니까."

소은의 대구에 진혁이 그만 웃음을 터뜨리고 말았다.

"그런데 뭐가 그렇게 급해?"

"메뉴 봐줘요."

소은이 A4 용지를 책상 위에 올려놓았다.

"그날 손님들께 대접할 음식들이에요. 괜찮은지 봐줘요."

"음식을 직접 하려고?"

"그럼요?"

"요리사 부르면 되잖아."

"그래야 해요?"

"그러는 게 편하지 않겠어?"

"편하긴 하지만…… 예의없어 보이잖아요."

"예의없다고 할 사람 아무도 없어. 누가 감히 예의를 따지겠어?"

듣고 보니 그랬다. 일류 요리사가 만든 요리를 먹여줄 텐데 감사하다고 하면 모를까 절대 예의를 따질 리는 없었다. 더구나 식당도 아니고 대경그룹 장진혁 사장님 댁에 방문해서 말이다.

그래도 어쩐지 요리사를 부르기보다는 직접 요리를 해서 대접하고 싶었다. 그래야 더 정성스러울 것 같았기 때문이다.

사진 찍고 간단하게 인터뷰를 하고 나면 금방 돌아갈 사람들이라 하더라도 이왕이면 최고의 접대를 받았다는 생각을 품고 돌아가게 만들고 싶었다.

"당신이 한 음식 때문에 오히려 예의를 따지려고 들지 않을까?"

진혁의 말에 소은이 발끈하며 쳐다봤다.

"어째서요?"

"먹어줄 수 없는 음식일 수도 있으니까."

"지금 내 음식을 비하하고 있는 거죠?"

"비하라니. 모험했다가 후회하지 말고 안전한 길을 택하라는 거지."

"모험하고 싶어요."

소은이 고집스럽게 말하자 진혁이 픽 웃으며 소은이 만든 메뉴를 들여다봤다.

소은은 메뉴가 적힌 종이를 들여다보고 있는 진혁을 걱정스레 쳐다보다가 낮게 한숨을 내쉬었다. 진혁의 말대로 모험했다가 후회할지도 모른다는 생각이 들었기 때문이었다. 서로를 위해 안전한 길을 택하는 것이 가장 바람직하지만 그래도 포기해 버리자니 어쩐지 서운했다.

"정말 내가 직접 음식을 하면…… 망칠까요?"

소은이 소심하게 묻자 진혁이 다시 웃었다.

"하고 싶으면 해봐. 대놓고 맛없다고 하진 못할 테니까."

용기를 주기 위해 한 말일지도 모르지만 소은에겐 용기가 아니라 더욱 큰 소심증을 불러일으키는 말이었다.

"그냥 요리사를 부를게요……."

소은은 포기하고 말았다.

"괜히 덤볐다가 당신까지 쪽팔리게 만들면 안 되니까."

소은이 잔뜩 실망한 채로 A4 용지를 들고 나가자 진혁은 피식 웃고 말았다.

처음 회보에 사진을 싣기로 했다는 말을 했을 때만 하더라도 중죄를 저지른 사람 대하듯 펄쩍 뛰어대던 사람이 직접 요리를 할 마음을 먹었다니, 정말 엉뚱한 사람이었다. 날이 갈수록 더욱 엉뚱하고 날이 갈수록 어디로 튈지 종잡을 수 없는 사람.

그런데…… 그 종잡을 수 없는 엉뚱함이 왜 이렇게 재밌는 걸까?

진혁이 30분 후에 2층으로 올라갔을 때 소은은 2층 자신의 방 책상에 앉아 뭔가를 열심히 끄적이고 있었다. 소은은 진혁이 노크도 하지 않고 들어갔지만 전혀 놀라지도 않았고 왜 들어왔냐고 묻지도 않은 채 썼다 지웠다를 반복하고 있었다.

"뭐 해?"

"그냥 진혁 씨가 한 번 쪽팔려 줘요."

소은이 심각한 표정으로 말했고 진혁은 웃음을 터뜨렸다.

직접 요리를 해서 대접하는 것에 대해 미련을 버리지 못했다는 것을 알았기 때문이었다.

"알았어. 그렇게 해."

진혁의 말에 심각하던 소은의 얼굴이 금방 환하게 밝아졌다.

"도우미를 두 명 정도 불러야 하는데…… 누구한테 물어봐야 해요? 매우 은밀하게 진행하고 싶은데."

"비서실에 말해둘게."

"고마워요, 친절한 진혁 씨. 아! 옷! 나 뭐 입죠?"

소은이 벌떡 일어나더니 후닥닥 아래층으로 뛰어 내려갔다.

진혁이 소은을 찾아 아래층으로 내려와 침실을 거쳐 옷 방으로 갔을 때 소은은 옷장 문을 모조리 열어놓고 옷을 고르고 있었다.

"우아한 척해야 하죠?"

"편하게 입어."

"그럼 파자마도 돼요?"

소은의 물음에 진혁이 낯을 찡그리자 소은이 '농담이에요'

하고 말한 후 다시 옷을 살펴봤다.

"이거 어때요?"

소은이 투피스를 꺼내 진혁에게 보였다.

"괜찮아."

"이건요?"

이번엔 또 다른 투피스를 꺼내 보였고 진혁은 역시나 괜찮다고 대답했다.

"이건요?"

이번엔 원피스.

"그것도 괜찮아. 그런데 아직 이주일이나 남았어."

"내가 원래 준비성이 철저하지 못한 사람이라서요…… 미리 찜해놓지 않으면 정말 파자마를 입고 손님을 맞이할 수도 있거든요. 그나저나 서초동 아주머니도 이제 안 오겠다 방 좀 바꿔주면 안 돼요? 왔다 갔다 하기 되게 불편한데."

소은이 원피스를 몸에 대놓고 거울을 들여다보며 말했다.

"괜찮아 보여요?"

"새로 사던지."

"옷장 안에 있는 옷들 거의 한 번, 아니면 두 번밖에 안 입은 것들이에요. 아예 한 번도 안 입은 것도 있고. 거의 어머니가 고르셔서 반강제로 입게 된 옷들인데 내 취향이 아니라서 정이 안 붙어요. 여기서 나갈 때 싹 팔아치울 거예요. 이걸로 할래요."

소은이 원피스로 낙점을 하고는 다른 자리에 곱게 걸어놓았다.

“요리도 선정했고, 옷도 골라뒀고, 도우미 아줌마만 오면 되겠구나. 됐어.”

소은이 편안해진 표정으로 급히 옷 방을 나가려는데 진혁이 문을 막고 비켜주지 않았다.

“비켜요.”

“싫어.”

진혁의 대꾸에 소은이 처음엔 이상하다는 듯이 쳐다보다가 나중에 묘하게 미소 지었다.

“어머니가 사주신 옷들 싹 팔아치운다는 말에 열받았군요?”

“전혀.”

“그런데 왜 안 비켜요?”

“알아서 지나가라고.”

진혁이 장난스런 미소를 머금고 말했다.

진혁의 얼굴을 가만히 쳐다보고 있던 소은이 재빨리 오른쪽 공간으로 빠져나가려는데 진혁이 더 먼저 몸으로 공간을 막아버렸다.

소은이 반대쪽 공간을 흘끗거리며 말하자 진혁의 얼굴에 더욱 짙은 미소가 걸렸다.

“혹시…….”

“혹시 뭐?”

“나한테 관심있어요?”

소은의 물음에 진혁이 말도 안 된다는 듯 비웃었다.

"이런 행동을 하는 건 보통 두 종류잖아요. 관심있는 여자에게 괜히 집적거리는 풋내기 총각과……."

"풋내기 총각?"

진혁이 눈을 부라렸다.

"남편한테 풋내기 총각이라니."

"아니면 돈 뺏으려는 양아치?"

"뭐? 양아치?!"

진혁이 소은에게 한 걸음 다가서며 두 눈을 부릅떴다.

"점점 양아치 쪽으로 기울고 있는……."

소은이 전혀 주눅이 들지 않고 진혁을 놀렸다.

"감히 남편한테 양아치라고?"

"어쩌죠? 지금은 돈이 없는데요?"

소은이 놀리는 척하면서 번개처럼 빠져나가려고 하는데 진혁이 소은보다 더 빨리 문을 막아버렸고, 그 바람에 진혁의 가슴팍에 부딪치고 말았다.

"오, 단단하네요. 거의 방탄복 수준?"

소은의 말에 진혁이 웃음을 터뜨렸다.

"장난 그만 하고 비켜요. 나가야 해요."

"재주껏 나가라니까."

"아 진짜…… 급해요."

"뭐가?"

“그런 게 있어요. 빨리 비켜요.”

“말해. 뭐가 급한데?”

“아우, 나 지금 오줌 마렵단 말이에요.”

소은이 몸을 비틀며 말했고 진혁은 못 말리겠다는 듯 결국 길을 터주었다.

소은은 쏜살같이 욕실을 향해 내달렸고 진혁은 웃음을 터뜨리며 침대로 올라가 누웠다.

진혁이 침대에 비스듬하게 누워 책을 읽고 있는데 소은이 욕실에서 나왔다.

“시원한가?”

진혁의 물음에 소은이 눈을 흘기고는 방을 나가 버렸다.

방문이 닫히는 소리에 진혁이 책 너머로 방문을 쳐다봤다. 그리고 생각했다. 잘 자라는 인사말 하나도 남길 줄 모르는 센스 없는 여자가 김소은이라고.

예정보다 일찍 집에 돌아온 진혁은 소은의 그림자를 찾기 위해 집 안을 두리번거렸다. 두리번거리는 것은 귀국하면서 생긴 새로운 버릇이었다.

미국에서 혼자 지낼 때는 기다리는 사람이 없었기 때문에 당연히 아무도 찾을 생각을 하지 않았지만 한국으로 돌아와 소은과 함께 살게 되면서부터는 소은이 현관문 앞에 마중 나와 있지 않으면 이유없이 서운하거나 기분이 나빠지면서 두리번거리게 됐다. 소은이 마중 나와 있다 하더라도 딱히 서로 친한 척하지 않았을 것이 분명했지만.

회보 때문에 극적으로 휴전하기 직전까지 뻔히 내다보지 않는다는 걸 알면서도 쓸데없이 소은의 그림자를 찾아 두리번거리며 혼자 서운해하고 혼자 궁금해했었는데 휴전 후부터 소은은 꼬박꼬박 현관 앞에서 배웅을 하고 마중을 나와 있었다. 비록 배웅하고 마중 나온 지 일주일밖에 되지 않았지만.

오늘이 겨우 일주일째인데 벌써 군기가 빠진 것인지 거실에도 주방에도 소은은 없었다. 물론 예정보다 일찍 들어온 탓도 있지만 설마 남편이 들어오기 전에 잠이 들었다면 몹시 서운할 것이고 깨워서라도 인사를 받을 작정으로 진혁은 옷도 벗지 않고 2층으로 올라갔다.

당연히 노크를 생략하고 방으로 들어갔을 때 소은은 없었다.

두 사람이 살기엔 분명 지나치게 넓은 집이긴 했지만 거실에도 주방에도 없고 방에도 없다면 어디에 있는 것일까. 설마하니 몇 년째 비어 있는 게스트 룸에 있을 리도 없고 남은 방은 침실과 옷 방이었다.

침실에 있었다면 들어오는 소리를 못 들었을 리가 없고 어쩌면 시청각실에서 다이어트 DVD를 틀어놓고 춤을 추고 있을지도 모르겠다고 생각하며 문 쪽으로 걸음을 옮기던 진혁은 책상

위에 놓여 있던 노트북에서 메일이 도착했다는 알림음이 울리
자 걸음을 멈추고 노트북을 돌아봤다.

소은의 노트북이니 소은에게 온 메일이 틀림없을 테고 소은
에게 도착한 메일은 소은의 프라이버시니 간섭하거나 훔쳐보거
나 해서는 안 되는 줄 알면서도 진혁은 어느새 노트북 앞에 서
있었고 어느새 마우스로 조작해 메일을 열고 있었다.

발신자는 엄지호였고 수신자는 당연히 소은이었다. 그리고
분명한 것은 무작위로 발송되는 스팸 메일이 아니라는 것.

[다 읽었어.]

라는 제목 아래에 꽤 친근한 어투로 쓰인 편지가 담겨 있었
다.

[생각보다 빨리 읽었지? 소설 장르를 즐기지 않는 나조차도 무
척 재밌었거든.

늦은 시간이라 전화 통화가 불편할 것 같아 메일로 보낸다.

결론부터 말하자면 제대로 번역이 되고 있는지에 대한 걱정은
안 해도 돼.

분명히 제대로 번역이 되고 있고 더 분명한 건 훌륭하게 임무
수행을 하고 있다는 거야.

처음엔 잘못된 부분을 짚어내기 위해 눈에 불을 켰는데 어느

순간 완전히 몰입해 버려서 나중에는 이 원고를 읽는 진짜 이유를 잊고 말았어.

너무 절묘한 부분에서 끝나 버리는 바람에 원서를 구해서 읽고 싶은 충동까지 느꼈을 정도야.

당장 아버지께 번역본을 보여 드리고 싶었지만 꾹 눌러 참았어. 네가 완성본을 직접 보여 드리고 싶어할 것 같아서.

다시 한 번 결론을 말하자면 김소은 훌륭해!

공부를 다시 시작하겠다던 생각은 어떻게 됐어? 긍정적인 방향으로 진행되고 있겠지?

난 너의 생각을 존중하고 너의 결정을 응원해. 늦었다고 생각하지 말고 언제든 다시 시작해.

내가 프랑스에 먼저 가서 터 닦아놓고 목 빠지게 기다리고 있을게.

시간이 늦었네. 잘 자라. 연락하자.]

진혁은 길지도 짧지도 않은 메일에서 눈을 떼지 못하고 있었다.

'공부를 다시 시작하겠다던 생각'과 '내가 프랑스에 먼저 가서 터 닦아놓고 목 빠지게 기다리고 있을게'라는 대목을 다섯 번째 반복해서 읽고 있었다.

진혁은 소은이 공부를 다시 할 생각을 하고 있었다는 것도 전혀 모르고 있었고 공부를 하려는 곳이 프랑스라는 것도 오늘에야 처음 알았다. 그리고 프랑스에서 소은을 기다려 줄 사람이 있다는 것도.

"언제 왔어요?"

갑자기 들려오는 소은의 목소리에 고개를 돌리자 소은이 머리에 수건을 감고 목욕 가운을 걸친 채 진혁을 쳐다보고 있었다.

"메일이 왔군."

진혁이 착잡하게 가라앉은 목소리로 말했다.

"그래요?"

소은이 진혁 곁으로 다가와 선 채로 열려 있는 메일을 재빨리 읽었다.

"휴, 다행이다."

기분이 좋은지 소은이 밝게 웃었고 진혁은 소은이 어째서 다행이라고 말했는지 알 수 있을 것 같았다. 번역이 훌륭하다는 칭찬에 다행이라고 말했을 터였다. 그런데 이상하게도 칭찬 때문이 아니라 프랑스에서 기다리고 있겠다는 말 때문에 다행이라는 말을 내뱉은 것만 같아 머릿속이 몹시 복잡해졌다.

"봤죠?"

"봤어."

"훌륭하다고 한 것도 봤죠?"

"봤어."

“난 훌륭한 사람이에요.”

소은이 뻐기듯이 말한 후 메일을 닫고 아예 노트북까지 꺼버렸다.

그런데 이상하게도 까칠한 소은이 진혁이 허락도 받지 않고 메일을 열어본 것에 대해서는 어떤 트집도 잡지 않았다. 왜 마음대로 메일을 열어봤냐고 몰아붙일 것이라 예상했고 그래서 가볍든 무겁든 말싸움에 대비하고 있었는데 의외였다.

“누구야?”

“친구예요. 프랑스에서 같이 공부했던 친구.”

“얼마나 친한데?”

“음…… 아주 친해요. 그런데 빨리 왔네요. 자정 넘어서 들어올 거라고 했잖아요.”

“일찍 끝났어.”

“샤워하느라 들어오는 소리 못 들었어요. 진혁 씨 욕실 썼어요. 옷 갈아입기가 편해서.”

소은이 머리에 감아두었던 수건을 끌러 젖은 머리를 문질러 닦으며 말했다.

“만나는 사람인가?”

진혁의 물음에 소은이 동작을 멈추고 진혁을 쳐다봤다.

“무슨 뜻이에요? 혹시 사귀는 사람이냐고 묻는 거예요?”

“사귀는 사람인가?”

“안 사귀는 사람이에요.”

소은이 간단하게 대답하고는 다시 머리를 문질러 닦았다.

"그런데 어째서 프랑스에서 기다리겠다는 거지? 두 사람 프랑스에서 재회하기로 한 거야?"

진혁이 물었지만 소은은 아무 대답도 하지 않고 진혁을 쳐다보며 머리만 문질렀다.

"왜 대답이 없지?"

"설마, 나한테 남자친구가 있는 게 거슬리는 거예요?"

소은의 허를 찌르는 질문에 진혁은 아무 대답도 하지 못했다.

"결혼 계약서를 쓰면서 서로의 사생활에 간섭하지 않기로 했고 남자친구를 사귀어도 문제 삼지 않겠다며 얼마든지 남자를 사귈 자유를 준 사람은 진혁 씨예요."

"맞아."

"그런데 왜 신경을 써요? 진혁 씨도 갖기 싫지만 남 주기도 싫다는 거예요?"

"사귀지 않는다는 말은 거짓말인가?"

"안 사귀어요."

소은이 다시 한 번 명확한 어조로 말했다.

"프랑스에서 기다리겠다는 이유는?"

"왜 궁금해해요? 진혁 씨, 그런 식으로 캐물으면 나 오해해요. 진혁 씨가 정말로 나한테 관심있는 줄 알고. 관심있어요? 갑자기 법적인 아내일 뿐이었던 나한테 다른 관심이 생긴 거예요?"

"생겼다면?"

"그럴 줄 알았다니까. 어째 수상하다고 했어."

소은이 거드름을 피우며 말했고 진혁은 조금 전 관심이 생겼으면? 했던 말을 당장 취소하고 싶어졌다.

"내가 알고 보면 꽤 매력이 있다니까."

소은의 계속된 잘난 척에 진혁이 눈살을 찌푸렸다.

"프랑스에서 기다리겠다고 한 이유에 대해서 아직 말 안 했어."

"메일 봤으면서 뭘 물어요."

"공부 다시 시작할 생각이야?"

"그러고 싶어요. 지금 당장은 아버지 때문에 힘들지만 언젠가는요. 하지만 성북동엔 비밀로 해줘요."

"공부를 왜 다시 시작하겠다는 거야?"

"내가 왜 학위를 못 받았는지 알았거든요. 내가 좋아하는 과목이 아니었기 때문에 못 받았던 거예요. 그리고 내가 문학 과목에 특별한 관심과 함께 소질도 있었다는 것을 기억해 냈고. 그래서 다시 시작하려고요. 내가 제일 잘할 수 있는 과목이니까 학위도 받을 자신이 있고 그럼 돌대가리라는 소리도 안 들을 테고…… . 아 참, 목요일 오후에 나 좀 불러내 줄래요?"

"왜?"

"어머님이 서초동에서 싸모님들 모임 있다고 오라고 하셔서요. 아무리 생각해도 내가 꼭 있을 필요는 없는 모임인데 굳이 오라고 하시니까 나 좀 구조해 줘요. 요리 연습도 해야 하고 목요일부터는 슬슬 장도 봐야 하거든요. 그냥 전화만 해줘요. 그럼 진혁 씨가 당장 오라고 하네요, 하면서 도망친 후에 장 볼게요."

"부탁하는 거야?"

"부탁이에요."

"회보 촬영 대신 부탁 한 가지만 들어주기로 했잖아. 이번에 쓸 거야?"

진혁의 말에 소은이 이게 무슨 큰일 날 소리냐며 손을 저었다.

"퉁 칠 게 따로 있지."

"그럼 알아서 해."

진혁이 딱 잘라 말하고는 소은의 방을 나오자 소은이 진혁을 따라붙었다.

"촬영하는 날 며칠 안 남았어요. 내일부터 준비를 해야 한다구요. 어머니한테 불려 나가면 하루 종일 붙들려 있어야 하는데 너무 바쁘단 말이에요. 그리고 회보 촬영 협상할 때 서초동에서 불편하게 하는 것 최대한 막아주겠다고 했잖아요."

"그 정도는 감수할 수 있는 일 아니야? 내 생각엔 크게 불편할 것 같지 않은데?"

"불편하단 말이에요!"

"그러니까 당신 표현대로 퉁 치자고."

"그게 말이 돼요! 좋아요. 회보 촬영 나도 안 할 거예요! 없던 일로 해요!"

소은이 소리치자 진혁이 날카로운 눈길로 소은을 노려봤다.

"당신이 직접 회사에 전화해서 회보 촬영 안 하겠다고 해. 좋겠군. 남편 우스운 사람 만들어서. 하기 싫으면 하지 마."

진혁이 차가운 어조로 말하고는 아래층으로 내려와 버렸다.

옷을 벗고 욕실로 들어온 진혁은 샤워를 하는 내내 가슴에 무거운 추를 달아놓은 듯한 갑갑함을 느끼고 있었다.

가슴이 갑갑한 이유가 무엇인지 알고 있었지만 결코 인정하고 싶지 않은, 인정하고 싶지 않으면서도 지울 수 없는 불쾌감에 사로잡혀 있는 중이었다.

진혁은 티끌만큼이라도 남아 있는 미련을 모두 씻어내려는 듯 온몸을 구석구석 닦아냈다. 물에 씻겨 사라지는 비누 거품처럼 갑갑함과 불쾌감도 함께 씻겨 나가길 바라면서.

흠뻑 젖은 채 샤워부스에서 나오던 진혁은 정면으로 마주 보이는 곳에 서서 두 눈을 샛별처럼 반짝이며 자신의 나체를 바라보고 있는 소은을 발견하고 순간 깜짝 놀랐다. 언제 들어왔는지 기척도 없이 들어와서 진혁이 나오길 기다리고 있었던 모양이었다.

소은은 진혁이 타월로 젖은 몸을 닦는 동안 눈썹 한 올 깜짝하지 않고 진혁의 나체를 감상하고 있었다. 꽤 하릇한 표정으로.

"뭐 하는 거야?"

“실물 나체 감상 중이에요.”

“만족해?”

“눈이 호강하네요.”

소은의 대답에 진혁이 낮게 웃었다.

“도발하는 거야?”

“원래 발가벗은 쪽이 도발하는 것 아니에요?”

오렌지색 땡땡이 파자마를 입은 소은의 말에 진혁이 한 걸음 다가섰다.

“할 얘기 있어? 회보 촬영 가지고 또 협상하려고?”

진혁이 애써 벗은 몸을 가리려 하지 않고 물었다.

“아뇨.”

“그럼 왜 들어왔어?”

“머리 말리려구요.”

소은이 드라이어를 켜더니 머리를 말리기 시작했다. 여전히 진혁의 벗은 몸을 집요하게 감상하며.

“계속 쳐다보기만 할 거야?”

“그럼…… 못 먹는 감 찔러나 볼까요?”

소은의 대꾸에 진혁이 다시 웃음을 터뜨리는데 뒤편에 놓여 있던 팬티를 내밀었다.

“샀어요. 속옷 때문에 빈정 상한 것 같아서 이참에 대량 구입 했어요.”

“몇 개나 샀는데 대량 구입이라는 거야?”

진혁이 팬티를 받아 들며 물었다.

"속옷 서랍 꽉 채울 만큼. 좀 질렀어요. 그런데 마음에 안 들지도 몰라요."

소은의 말에 진혁이 수상하다는 듯이 쳐다보다가 팬티를 껴입기 시작했다.

"왜 마음에 들지 않을 거라는 거야?"

"꽤 급진적이라서……."

소은이 중얼거리며 거울에서 비켜섰고 진혁은 거울 속에 비치는 팬티를 보고 깜짝 놀라고 말았다. 타이트한 사각 스판덱스 팬티 정중앙 가장 핵심이 되는 그곳에 온몸에 금칠을 한 용 한 마리가 용트림을 하고 있었기 때문이었다. 아주 성질이 사나워 보이는 용이었다.

"이게 뭐야?"

진혁이 경악하며 묻자 소은이 '용이에요' 하고 대답했다.

"용인 줄 몰라서 물어? 이걸 어떻게 입고 다녀?"

"왜 못 입어요? 설마 회사에서 빤스만 입고 일해요?"

"장난치지 마."

장난치지 말라고 윽박지르면서도 진혁은 썩 만족스러운 눈길로 거울 속에 비치는 팬티 차림의 모습을 쳐다보고 있었다.

"무슨 이런 팬티를 사왔어?"

"그래서 미리 말했잖아요. 급진적이라 마음에 안 들지도 모른다고."

“설마 오늘 대량 구입했다는 팬티들이 다 이런 건 아니겠지?”

“어, 그게……”

“미치겠군.”

소은의 대답이 수상하자 진혁이 급히 옷장으로 달려가 서랍장을 열어젖혔다.

아니나 다를까, 급진적이라는 표현에 딱 들어맞는 형형색색의 팬티들이 서랍 안에 빈틈없이 꽉 채워져 있었다.

“전부 용이야?”

“가끔 호랑이도 있어요.”

소은의 대꾸에 기가 찬 얼굴로 소은을 노려보던 진혁이 팬티들을 살펴보다 또 한 번 경악하며 팬티 하나를 집어 들었다.

“이걸 나더러 입으라고?”

진혁의 손에 들린 팬티는 검은색 망사 팬티였다. 역시나 가장 민감한 부위에 정성 들여 수놓아진 용이 범상치 않게 포효하고 있었고.

“이걸 어떻게 입어?”

“나도 땀이 차면 가려울 것 같아서 약간 신경이 쓰이긴 했는데 신기하잖아요. 남자팬티도 망사가 있다는 게. 그래서 샀어요.”

“미치겠네. 가서 다 바꿔.”

“라벨을 다 떼버려서 못 바꿔요.”

“버려. 다시 사.”

진혁이 서랍을 닫아버리고는 옷 방을 나가 버렸다.

"내가 얼마나 고민하면서 고른 건데, 마음에 안 들어도 그렇지 어떻게 버리라는 말을 해요?"

소은이 진혁을 따라 나가며 소리쳤다.

"입을 수 있는 걸 사왔어야지."

"왜 못 입어요? 보여줄 것도 아니고 착용감만 좋으면 되잖아요."

"안 입어!"

"입어요!"

"싫어, 버려!"

"돈이 덤비나? 버리긴 왜 버려요?"

"무조건 버려!"

진혁이 가운을 걸쳐 입으며 소리치자 폭발하기 일보 직전이 된 소은이 두 주먹을 불끈 틀어쥐었다.

"알았으니까 당장 벗어요!"

소은이 주먹을 틀어쥔 채 버럭 소리를 내질렀다.

"입고 있는 빤스도 당장 벗어요. 확 찢어서 쓰레기통에 버려버릴 테니까!"

소은이 빽 소리를 지르고는 쿵쾅거리며 파우더 룸으로 들어와 머리를 숙이고 드라이어로 머리를 마저 말리기 시작했다.

"안 사주면 안 사준다고 난리고, 사주면 마음에 안 든다고 난리고. 요즘은 빤스도 패션이라는 걸 모르나? 예쁘고 섹시하기만

하구만 촌발 날리긴. 왜? 몰래 짱박아둔 애인이 내가 사준 팬티 입은 거 보면 지랄할까 봐 겁나나 부지?”

분통을 터뜨리며 숙였던 머리를 똑바로 세우던 소은은 바로 코앞에 서 있는 진혁을 보고 움찔 놀랐다.

“촌발 날려? 짱박아둔 애인이 지랄을 해?”

“……벗었어요?”

소은이 입술을 실룩거렸다.

“확 찢는다며. 직접 찢어.”

진혁이 소은에게 한 걸음 다가서며 가운을 열어젖혔다.

소은은 울룩불룩한 가슴 근육에서부터 천천히 시선을 내려 잔근육이 촘촘하게 짜여진 명치와 아랫배를 지나 팬티를 내려 다봤다. 정말 누가 디자인했는지 생각할수록 절묘했다. 얼마나 멋진가. 사내의 상징을 용으로 표현한 기발함이!

“기다려요. 가위 가져올 테니.”

“가위는 왜? 무슨 짓 하려고?”

진혁이 기겁한 얼굴로 물었다.

“용만 오려내서 내 빤스에 붙이려구요. 흥! 입기 싫으면 입지 말라지.”

소은의 말에 진혁이 낮은 목소리로 ‘미치겠네’ 하고 중얼거렸다.

“날마다 용트림하라는 뜻에서 샀는데 그 깊은 뜻을 몰라주다니.”

소은이 한탄하자 진혁이 큰소리로 웃음을 터뜨리고 말았다.

"날마다 용트림해서 뭐 하라고?"

"힘쓰라는 거죠."

"한방에서 자는 것도 싫다고 각방 쓰면서 누구한테 힘쓰라고?"

"그럼…… 힘쓸 사람 있으면 입을 거예요?"

소은이 은밀한 시선을 던지며 물었다.

"왜? 힘쓸 사람 구해주려고?"

진혁이 다시 한 걸음 다가서자 두 사람의 사이에는 겨우 10센티미터의 거리만 남았다.

"힘 한 번 쓸까?"

진혁이 소은의 허리를 안아 끌어당겼다.

"어떻게 쓸 건데요?"

소은이 진혁의 근육질 가슴을 훑어보며 야릇한 어조로 물었다.

"어떻게 써줄까?"

진혁의 두 손이 가느다란 소은의 목을 감쌌다.

"음…… 물소처럼 힘차고 승냥이처럼 거칠게?"

소은의 대답에 진혁이 음욕과 의외가 뒤섞인 눈길로 소은을 내려다봤다. 소은의 입에서 힘차고 거칠게라는 단어가 나올 줄도 몰랐을 뿐 아니라 물소와 승냥이를 연상하는 순간 더욱 흥분해 버렸기 때문이었다.

“옥문 양한테 연락해서 힘 한 번 써준다고 해. 힘차고, 거칠게.”

금방이라도 키스를 할 듯이 진혁의 입술이 소은의 입술 가까이 다가왔다.

그 순간 소은은 아랫배에 닿는 크고 딱딱하고 묵직한 진혁의 남성을 느낄 수 있었다. 팬티에 새겨진 용처럼 우악스럽게 용트림할 준비가 된 것이다.

즉각 반응.

“지금…… 옥경(玉莖) 군 힘차고 거칠게 분노 중?”

소은의 낮은 중얼거림에 진혁이 푸하 하고 웃음을 터뜨렸다.

정말 못 말릴 아내 소은이었다. 이렇게 재미나고 사랑스럽고 귀엽게 까진 여자라는 것을 왜 진작 몰랐을까. 아니, 왜 진작 알아보려고 하지 않았을까.

진혁은 소은의 작고 마른 몸이 으스러지도록 껴안으며 웃음을 그칠 줄 몰랐다.

‘걸려들었어.’

소은은 마음속으로 쾌재를 부르고 있었다.

진혁의 몸이 소은 앞에서 즉각 반응을 일으킨 것은 매우 고무적인 현상이었다. 사내가, 남편이 아내를 여자로 보지 않고 집에서 부리는 식모때기나 들판에 굴러다니는 돌멩이 보듯 하면 이보다 비참할 데가 또 있으랴.

그러나! 3년을 독수공방시키고 이건 마누라도 원수도 아닌

물건 취급하던 사내에게 나를 취하시오 하며 귀한 몸 덥석 내어
줄 만큼 얼빠진 소은이 아니니 어림없다.

남녀 관계에서 가장 순도 높은 기술이 있었으니 이름하여 치
고 빠지기라. 결정적인 순간에 싹 빠져주는 것이 기술 중에서도
으뜸이라 하지 않았던가.

"진혁 씨."

"응?"

"……그만 하죠."

소은이 진혁을 밀어냈다.

"그만 자요. 팬티는 새로 사다 줄게요."

소은이 자신의 허리에 감겨 있던 진혁의 팔을 풀고 파우더 룸
을 나오려는데 진혁이 소은의 손목을 움켜잡았다.

"왜 도망가?"

진혁은 결코 순순히 놓아줄 수가 없었다. 쉽게 얻은 기회가
아니었기 때문이다. 소은과 잠자리를 할 수 있는 기회가 아닌
부부라는 것을 확인할 수 있는 기회가.

"……늦었어요. 1시가 넘었네요. 피곤하겠어요. 어서 자요."

소은이 아무렇지도 않은 듯 애쓰며 말했다.

"왜 도망가냐고 묻잖아. 내가 그렇게 싫어?"

"좋을 것도 없지만…… 옥경 군한테 미안도 하지만…… 걱정
이 돼서요."

소은이 정말 걱정스러운 얼굴로 중얼거렸다.

“뭐가?”

“……정들까 봐요. 갑자기 문득 걱정되네요. 정들 것 같아서.”

소은이 씁쓸한 미소를 던지며 중얼거린 후 진혁의 손을 놓고 파우더 룸을 빠져나갔다.

소은의 방 앞에 선 진혁은 자신도 모르게 심호흡을 했다. 이
상하게 긴장되고 이상하게 초조했기 때문이었다.
아직도 그날 소은의 중얼거림이 사라지지 않고 있었다.

"괘씸한 남자. 날 불감증 환자로 만들어놓다니!"

소은의 입에서 그런 말이 튀어나올 줄은 정말 상상도 못했던
일이었다.

소은을, 아내를 불감증 환자로 만들다니.

남편을 보고 조금도 가슴이 동하지 않는 여자. 그래, 소은은 정말 불감증 환자가 되어버린 것이다. 그 책임은 분명 진혁 자신에게 있었다.

아내를 3년 동안이나 방치한 책임. 그래서 흥분한 남편에게서 그 어떤 자극도 받지 않는 나무토막으로 만들어 버린 책임.

"여자는 여기를 뜨겁게 해주는 남자를 만났을 때 비로소 흥분해요. 그런데 그거 되게 쉬운데…… 정말 쉬운데…… 남자는 그걸 모르더라구요."

여자는 가슴을 뜨겁게 해주는 남자를 만났을 때 흥분한다…… 쉬운 일인데 남자는 모르고 있다던 말…… 진혁은 긴 숨을 내쉬며 어느새 손바닥에 배어 나온 땀을 바지에 문질러 닦았다.

가슴을 뜨겁게 해주는 남자.

'소은의 가슴을 뜨겁게 해야 해. 뜨겁게 만들어야 한다고.'

진혁은 아까보다 더욱 초조해진 기분으로 조심스레 소은의 방문을 두드린 후 문을 열고 안으로 들어갔다.

"안 잤어요?"

소은이 노트북 앞에 앉아 물었다.

"잘됐네요. 나 파스 좀 붙여줘요. 어깨가 막 쑤셔요."

소은이 책상 서랍에서 붙이는 파스를 꺼내며 부탁했다.

"너무 무리하는 거 아니야?"

"무리까지는 아니고…… 너무 오래 앉아 있었나 봐요. 어깨도 쑤시고 허리도 아프네요."

"내가 주물러 줄게."

진혁이 소은의 어깨에 손을 올려놓으며 말했다.

"그냥 파스나 붙여줘요."

"가만히 있어."

진혁이 소은의 어깨를 천천히 주무르기 시작했다.

"많이 굳었네."

"시원하네요."

소은이 진혁에게 어깨를 맡긴 채 눈을 감으며 중얼거렸다.

"계속 일했던 거야?"

"잠깐 쉬던 참이었어요."

"뭐 하고 쉬었어? 좀 누워 있지 그랬어."

"축복받은 유전자들을 감상하며 쉬었어요."

"축복받은 유전자들? 그게 뭐야?"

"이거요."

소은이 마우스를 살짝 건드리는 순간 노트북 화면에 백인 남성의 사진이 떠올랐다.

"누구야?"

"요즘 잘나가는 남자 모델들이에요."

소은이 계속해서 마우스를 건드리자 수십 장의 남자 모델들―인종을 가리지 않는―의 사진이 빠르게 넘어갔다.

"그러니까 남자들 사진 보면서 쉬고 있었다는 거야?"

진혁의 목소리가 질투로 격해지기 시작했다.

"좋잖아요. 눈도 즐겁고 기분도 즐겁고."

"뭐 이따위 것들을 보면서 눈이 즐겁고 기분이 즐거워!"

진혁이 소은의 어깨에서 손을 떼며 버럭 소리를 질렀다.

"왜 갑자기 성질을 내고 그래요? 당신도 볼 것 아니에요. 예쁘고 섹시한 여자 모델들."

"난 안 봐!"

"어떻게 안 볼 수가 있어요?"

소은이 이해하지 못하겠다는 얼굴로 되물었다.

"어떻게 안 볼 수가 있냐니? 난 보고 싶지 않아서 안 보는 거야."

"특이하네요. 예쁘고 근사한 것에 시선이 가는 것은 지극히 상식적이고 정상적인 반응이잖아요."

"난 비상식적이고 비정상이야. 그래서 안 봐!"

"그럼…… 지금부터라도 봐요."

"안 봐! 당신도 보지 마!"

"난 볼 거예요."

소은이 천연덕스럽게 대꾸했다.

"보지 말라고 했어."

진혁이 으르렁거렸다.

“볼 거예요. 왜 나의 건전한 취미 생활을 막는 거예요?”

“남자 모델들 누드 사진 보는 게 건전한 취미 생활이야?”

“누드 사진은 몇백 장 중에 열 몇 장에 불과하고 그나마도 결정적인 건 가려서 열받는다구요.”

소은의 항변에 진혁이 혈압이 꼭대기까지 올라 벌게진 얼굴로 소은을 노려봤다.

“완전히 까졌군. 대체 왜 이렇게 된 거야?”

진혁은 소은의 가슴을 뜨겁게 만들겠다는 목표는 순식간에 잊어버린 채 자신의 머리에 뜨겁게 열이 차는 바람에 화를 내고 말았다.

“내 나이가 몇인데 까졌다는 거예요? 그리고 당신은 마치 날 타락한 여자로 취급하는데 난 타락하지 않았어요. 난 단지 남자 모델 사진을 보면서 흐뭇해한 거예요. 그게 전부라구요.”

“타락했어!”

“그래요? 그럼 뭐…… 타락한 채로 살게요.”

소은이 아무렇지도 않은 듯 대꾸했다.

그러나 그런 소은 때문에 진혁은 더욱 화가 나고 말았다.

“세상에, 남자들 사진을 보고 있다니. 말도 안 돼. 있을 수 없는 일이야.”

진혁이 화를 주체하지 못해 씩씩거렸다.

“그런데 그거 화내는 거예요, 질투하는 거예요?”

“질투라고? 내가 왜 그따위 자식들 때문에 질투를 하겠어!”

진혁이 지나칠 정도로 화를 냈다.

“강하게 부정하니까 더 의심스럽네요.”

“그만둬! 대경그룹 사모님이 이런 사진이나 보고 있는 게 부끄럽지도 않아?”

대경그룹 사모님?

“부끄럽지 않아요!”

소은도 소리치고 말았다.

“내가 애네들하고 돌아가며 사귄 것도 아닌데 뭐가 부끄러워요? 그리고! 난 누가 뭐래도 지금의 내가 좋아 죽겠으니까 맘대로 생각해요.”

“남자 사진 보면서 휴식 취하는 당신이 좋아 죽겠다고? 퍽이나 좋아 죽겠군.”

“물론이죠.”

“참 별게 다 좋군.”

진혁이 비아냥거렸다.

“되게 웃긴 모양인데요, 난 요만큼도 웃기지 않고 진심으로 난 내가 좋아 죽겠어요. 난 내가 날 사랑해 주지 않으면 아무도 날 사랑해 주는 사람이 없거든요. 난 필사적으로 나를 사랑할 거예요.”

소은이 진혁에게 싸늘하게 눈을 흘긴 후 노트북 남자 모델들의 사진으로 시선을 고정했다.

"오~ 훌륭한 녀석들!"

"두고 봐. 내가 그 노트북 부셔 버릴 거야."

진혁이 씩씩거리며 소리쳤다.

"부수기만 해봐요. 고소당할 테니까."

소은이 맞받아치자 진혁이 정말 부술 듯한 눈으로 노트북을 노려보다가 노트북이 아닌 문이 부서지도록 닫고 나가 버렸다.

"이상한 사람이야, 정말."

소은은 닫힌 문을 노려보며 씩씩거린 후 축복받은 유전자들을 흐뭇하게 바라봤다.

"얼마나 훌륭해."

소은이 마우스를 건드려 다른 사진으로 넘기는데 갑자기 벌컥 문이 열리더니 진혁이 다시 들어왔다. 손에 망치만 들지 않았을 뿐 다 때려 부술 기세로.

"왜 당신을 사랑해 줄 사람이 당신밖에 없다고 생각하는 거야?"

"누가 또 있어요?"

누가 또 있냐는 소은의 물음에 진혁은 갑자기 명치끝이 꽉 막히는 통증을 느끼며 아무 말도 못했다.

"아무도 없잖아요."

소은은 진혁에게서 대답을 기다렸지만 갑자기 벙어리가 되어버린 듯 진혁의 입술은 열릴 기미가 보이지 않았다.

"혹시라도 생각나면 말해줘요."

진혁은 결국 아무 말도 못하고 소은의 방을 나오고 말았다.

정말 바보 같은 짓이었다는 걸 알고 있었지만 차마 내가 당신을 사랑해 주면 될 것 아니냐는 말은 할 수가 없었다. 가식적으로 받아들여질 것이 분명했기 때문이었다. 진혁 자신조차도 가식적으로 느껴지는데 받아들이는 소은은 오죽할까.

하지만 진혁은 알고 있었다. 소은을 사랑해 주고 싶은 자신의 마음이 진심이라는 것을. 진심으로 소은을 사랑하고 아껴주고 싶다는 것을. 그러나 그 진심이 소은의 마음에 닿기까지가 쉽지 않다는 것을.

✳ 그와 그녀의 남은 시간 52일.

자정이 넘었다는 것을 확인하고 그만 잠자리에 들기 위해 리모컨으로 불을 껐던 진혁은 문밖에서 들려오는 인기척 소리에 귀를 기울였다. 처음엔 단순하게 집 안 곳곳에서 자연스럽게 들려오는 백색소음이라 생각했는데 자연스러운 백색소음이 아닌 사람이 일으키는 소음이었다.

사람이라면 틀림없이 소은일 것이었다. 이 시간에 집에 있는 사람은 진혁을 제외하면 소은밖에 없으니까. 그런데 이 밤중에 무엇을 하기에 달그락거리는 것일까.

크게 거슬릴 것까지는 없었지만 자는 것도 일하는 것도 아니고 오밤중에 돌아다닌다고 생각하자 괜히 궁금해졌다.

진혁은 침대에서 내려와 조용히 방을 나갔다.

집 안의 모든 불이 꺼져 있는 상태에서 주방에서 불빛이 새어 나오고 있었다.

진혁은 일부러 발소리도 내지 않고 조용히 주방으로 다가갔고 식탁에서 열심히 뭔가를 먹고 있는 소은의 뒷모습을 발견했다.

"뭐 먹어?"

진혁의 물음에 소은이 기겁할 듯 놀라며 고개를 돌렸다. 볼살이 터져 나가도록 입안 가득 음식을 문 채로. 동그랗게 오그라든 입술 사이로 열무김치 줄기가 삐죽이 튀어나온 채로.

소은은 입술 사이로 삐져나온 열무김치를 손가락으로 꾹 눌러 집어넣으며 보고 있기 안쓰러울 만큼 힘들게 씹기 시작했다.

진혁이 조금 더 다가가서 들여다보자 꽤 큼지막한 스테인리스 볼에 도저히 1인분으로는 보이지 않는 열무비빔밥이 맛깔스럽게 비벼져 있었다. 쳐다보기만 해도 침이 꿀꺽 넘어갈 만큼 참으로 맛나 보이는 열무비빔밥이었다.

"이 시간에 밥을 먹어?"

"배가 고파서……."

소은이 볼이 미어지도록 우겨 넣은 비빔밥을 꾹꾹 씹으며 대답했다.

"야식이 건강에 안 좋다는 것 모르나?"

"건강 챙기기 전에 굶어 죽을 것 같아서……."

"이 정도 양이면 굶어 죽기보다는 배 터져 죽을 걱정을 해야
할 것 같은데?"

"……."

"설마 이 많은 걸 혼자 다 먹을 생각은 아니지?"

"비비다 보니까 조절을 못해서 많아졌는데…… 남길 수도 없
고…… 걱정이긴 해요."

"소도 아니고 이걸 다 먹으면……."

진혁의 잔소리에 소은이 진혁의 눈치를 살피다 '소는 열무비
빔밥 안 먹을걸요' 하고 대꾸한 후 한 숟갈 떠서 다시 입에 집어
넣었다.

진혁은 참 복스럽게도 먹는 소은을 쳐다보다가 문득 골려주
고 싶은 생각이 들었다.

"여자가 갑자기 먹어댈 때에는 특별한 이유가 있기 때문이 아
닌가?"

"무슨 특별한 이유요?"

"내가 알기론 임신한 여자들이 식탐이 많아진다던데."

진혁의 말에 소은이 깜짝 놀라며 진혁을 쳐다봤다. 자신도 미
처 생각지 못했다는 듯, 아니, 큰 비밀을 들킨 사람처럼.

소은이 놀라자 진혁 역시 놀랐다. 그저 가볍게 골려주려던 말
이었는데 소은이 이렇게까지 놀랄 줄은 몰랐기 때문이었다.

만약 소은이 정말 임신을 한 것이라면 문제는 굉장히 복잡해
졌다. 아니, 복잡해지는 것이 아니라 매우 단순하게 해결할 수

있었다. 뒤도 돌아볼 필요 없이 즉시 내쫓으면 그만이니까. 위자료 한 푼도 주지 않고. 그러나 이것은 있을 수 없는 일이었다. 장진혁의 아내가 임신을 했다는 것은 천지가 개벽을 해도 있을 수 없는 일이었다. 소은이 임신한 아이는 장진혁의 아이일 리가 없기 때문이었다.

진혁은 자신도 모르게 주먹을 틀어쥐며 심각해진 표정으로 소은을 노려봤다. 그리고 드디어 소은이 입을 열었다. 역시나 심각한 표정으로.

"그럼 내가…… 성모마리아예요?"

소은이 너무 심각하게 묻는 바람에 진혁은 잠깐 동안 소은이 한 말이 무슨 뜻인지 금방 알아듣지 못해 완전히 정지된 상태로 소은을 쳐다봤고 10초쯤 후 뜻을 알아차리는 순간 웃음이 터지고 말았다.

"세상에…… 내가 예수를 낳게 되다니."

소은이 믿을 수 없다는 얼굴로 중얼거린 후 비빔밥을 국자만큼 떠서 입에 넣었다. 진혁이 소은을 골린 것이 아니라 소은이 진혁을 골린 것이 된 것이다. 소은의 순발력은 정말 탁월했다.

"맛있어?"

진혁이 묻자 소은이 고개를 끄덕였다.

"그러지 말고 한 숟갈 같이 찌끄릴래요?"

소은의 말에 진혁이 픽 웃었다.

"찌끄리라는 건…… 먹으라는 말이지?"

“맞아요…… 건강 때문에 안 먹겠다면…….”

“찌끄리게 숟가락 줘봐.”

진혁의 말에 소은이 웬일이냐는 얼굴로 재빨리 숟가락을 가져다주었고 진혁은 소은이 비빈 열무비빔밥을 한 숟갈 떠서 입에 넣었다.

“맛있죠?”

소은도 한 숟갈 떠먹으며 묻자 진혁이 고개를 끄덕였다.

“맛은 있는데 이 시간에 밥을 먹는 건, 그것도 이렇게 많이 먹는 건 건강에 안 좋아.”

“알아요, 나도. 하지만 앞으로 두세 시간은 일을 해야 하는데 배가 고파서 견딜 수가 있어야죠. 혼자 있을 땐 눈치 볼 필요 없었는데…… 진혁 씨 오니까 눈치가 뵈네요.”

“낮에 일하고 밤엔 자면 되잖아.”

“그건 진혁 씨가 몰라서 하는 말이에요. 낮엔 나도 은근히 스케줄이 빡세다고요. 어머니께서 잡아놓으신 모임에, 얼굴 비춰야 하는 행사에, 가끔 성북동에서도 모임 자리를 만들지 봉사활동도 해야 하지…… 낮 시간을 내 마음대로 쓸 수 없기 때문에 밤에 일을 하는 거예요.”

“일을 왜 하는 거야?”

진혁의 물음에 소은이 고개를 들고 진혁을 쳐다봤다.

“무슨…… 뜻이에요?”

“말 그대로야.”

“내가 하는 일을…… 우습게 생각하는 거예요?”

“아니야. 오해하지 마.”

진혁이 정색을 하며 말했다.

“일이 당신에게 어떤 의미인지 그게 궁금해서 물어본 거야.”

“……존재감을 느낄 수 있거든요.”

“존재감을 느끼다니? 그동안엔 존재감이 없었다는 거야?”

“있긴 있었겠죠. 하지만 나 스스로 존재감을 느낀 건 일을 시작하면서부터예요. 전엔 사실…… 질적으로는 존재감을 못 느꼈거든요. 날 예뻐해 주는 사람도 없고, 응원해 주는 사람도 없고…… 왜 태어났을까…… 왜 하필 재벌집 딸로 태어났을까…… 그냥 평범한 집에 태어났더라면 나한테 거는 기대가 크지 않았을 텐데…… 꼭 다른 사람 자리에 잘못 끼어든 것 같은…… 배가 불러 터지는 소리죠.”

소은이 씁쓸하게 웃었다.

“아버진 왜 날 싫어하실까요? 아버진 한 번도 나한테 따뜻하게 웃어주신 적이 없어요. 늘 그것밖에 못하냐고 나무라시기만 하고. 아버지뿐만 아니라 시어머니, 시아버지, 시할머니, 시누들, 그리고 진혁 씨까지. 왜 내가 그렇게 싫은 거죠? 대표로 설명 좀 해줄래요? 늘 궁금했거든요. 나의 어떤 부분이 못마땅하고 어떤 부분이 미운 거예요? 못생겨서요?”

“못생기지 않았어.”

아주 빼어나게 예쁜 것은 아니지만 그렇다고 못생긴 건 절대 아니었다. 그만하면 열 명 중 여섯 일곱은 예쁘다고 답할 만큼 꽤 괜찮은 용모를 갖고 있었다. 사실 소은은 단지 예쁘다고 하기보다는 묘한 분위기를 갖고 있다고 하는 것이 더 옳은 표현이었다.

눈에 번쩍 띌 정도로 미인은 아니었지만 소은이 갖고 있는 묘한 분위기, 지적이면서도 순간 장난스럽고, 장난스럽다가도 금방 정숙해지고, 정숙하다가도 어느 순간 독해지는 눈빛. 그래서 더욱 여운이 남고 그래서 더욱 기억에 남는 분위기와 매력을 가진 사람이 소은이었다.

솔직히 소은에게 이런 묘한 매력이 있다는 것은 결혼하고 3년 만에 발견한 것이다. 진혁이 나 홀로 미국 생활을 청산하고 한국으로 들어왔을 때, 그러니까 불과 한 달 전에야 알게 된 것이다.

결혼하고 함께 생활한 시간은 불과 한 달. 그땐 소은에게 남다른 매력이 있다는 것을 알아차리지 못했었다. 아니, 소은에게도 매력이 있다는 것을 인정하지 않았기 때문일 수도 있었다. 김소은에게 매력이 있을 리가 없다고 아무리 빼어난 매력이 있어도 장진혁의 마음을 녹일 수는 없다고 마음과 눈을 굳게 닫아버린 채 홀로 미국으로 떠났었다.

"그럼 인상이 나빠요? 왜 있잖아요. 얼굴만 봐도 그냥 재수가 없어지는. 그런 거예요?"

"아니."

진혁이 고개를 저었다.

첫눈에 저 사람은 성격이 아주 고약할 것이다, 혹은 아주 싹싹하고 밝을 것이다, 혹은 왜 저렇게 기가 죽었을까, 혹은 최악의 경우로 진짜 밥맛 떨어지네 하는 정도의 가늠은 하기 마련이다.

진혁은 소은과의 결혼이 결정되고 소은과 처음 만났을 때를 떠올려 보았다.

소은은 성격이 아주 고약할 것이다라는 선입견을 가질 만큼 인상이 나쁘지도 않았고 그렇다고 아주 싹싹하거나 밝지도 않았다. 물론 밥맛이 떨어질 만큼 재수없지도 않았고.

소은의 첫인상은…… 무척 주눅이 들어 있었다. 잔뜩 주눅이 든 채로 진혁과 시선도 제대로 맞추지 않은 채 묻는 말에만 간단하게 대답했었다. 진혁은 그때 소은이 주눅 든 것은 죄인이니 당연하다고 생각했었고 그나마 양심이 있어 뻔뻔하지 않아 다행이라 생각했던, 그 정도였다.

"못생기지도 않고 인상도 나쁘지 않은데 그럼 내가 왜 그렇게 싫은 거예요?"

소은이 너무 직접적으로 물었기 때문에 진혁은 즉답을 피했다.

소은은 현재형으로 묻고 있었지만 진혁의 대답은 현재형이 아닌 과거형에 가까웠기 때문이다.

싫었었다. 얼굴 때문도 아니고 인상 때문도 아니고 무작정 싫은 것도 아닌 구체적이고 분명한 이유가 있었다. 3년짜리 시한부 계약서를 작성했을 만큼. 분명한 이유가 있었음에도 소은과 결혼하기로 결정한 이상 입 밖으로 내뱉지 않고 삼켰었다.

“그냥 싫은 거군요.”

진혁이 대답을 하지 않자 소은이 착잡한 표정으로 대신 답을 찾아주었다.

“그런데 그냥 싫다는 건 좀 이기적이지 않아요? 그 사람을 겪어보지도 않고 싫어하는 것 말이에요. 하긴…… 누군가의 표현대로 그렇게 돈을 처바르면 강아지도 박사 만들 텐데…… 강아지보다도 못한 인간이니 싫을 만도 하겠죠.”

소은의 말에 진혁의 얼굴이 불쾌하게 구겨졌다.

“누가 그따위를 소리를 지껄였어?”

진혁이 벌컥 성이 난 어조로 묻자 소은이 갑자기 어울리지 않게 웬 편들어주는 척을 하나 싶어 픽 웃음이 났다.

“모르는 게 나을걸요?”

“누구야?”

진혁이 다시 신경질적으로 물었고 소은은 ‘장주영 씨요’ 하고 대답했다. 장주영은 진혁의 막내 여동생이었다.

“더 정확하게는 강아지가 아니라 개라고 했어요. 뒤에 새끼까지 붙여서. 그러니까 나한테만 쌍스럽다고 하지 말아요. 난 표현이 거칠 뿐이지 욕은 안 해요.”

“사실이야?”

진혁이 돌처럼 굳은 얼굴로 소은을 바라보며 물었다.

"장지영 씨하고 어머니도 동참한 대화니까 사실이 아닐 리가 없죠. 날 앉혀놓고 면상에 대고 면박을 준 얘긴데 내가 어떻게 잊겠어요? 아, 그리고 내가 아가씨들한테 이름 부르는 것에 대해서 잔소리하지 말아요. 아가씨들도 내 이름을 부르니까. 소은 씨 하고. 지금까지 단 한 번도 올케언니라고 부르지 않더군요. 갑자기 밥맛이 뚝 떨어지네."

소은은 정말로 밥맛이 떨어져서 숟가락을 내려놓고 말았다.

"사람이 머리가 나쁠 수도 있지 세상 사람이 다 천재면 어느 누가 천재 취급을 받겠어요? 그리고 경영 못하면 머리 나쁜 거예요? 그럼 세상 사람들 다 돌이게요?"

"경영 못해서 머리 나쁘다는 게 아니라 당신은 초등학교 때부터 주욱 성적이 나쁘지 않았나?"

깐죽 대왕 장진혁.

"……깨우쳐 주시어 감사하군요."

소은은 기분이 완전히 잡쳐 버려 자리에서 일어나 정수기에서 물을 따라 마시려고 하는데 진혁도 수저를 놓고 일어나며 꽤 조심스럽게 입을 열었다.

"그냥 묻어놓고 말하지 않으려고 했는데…… 이젠 다 덮어버렸기 때문에……."

"뭘요?"

진혁이 쓸데없이 말을 질질 끌자 소은이 냉큼 잘라내며 다그쳤다.

“뭘 묻어놓고 뭘 덮어요?”

“당신…… 과거.”

진혁이 고민하는 빛이 역력한 얼굴로 말했다.

“과거? 무슨, 어떤 과거요?”

이건 또 무슨 소린지. 소은은 당최 감이 잡히질 않았다. 과거? 도대체 무슨 과거를 말하는 걸까.

“배기준…… 말이야.”

“배기준? 그 약쟁이 배기준요?”

소은이 대번에 눈살을 찌푸렸다.

“음.”

“배기준이 왜요? 배기준이 어쨌다구요.”

“…….”

“말해요. 질질 끌지 말고. 누가 김소은이 배기준이 등쳐 먹었다고 그래요? 아니면 김소은이 배기준 약 공급책이라도 된대요? 빨리 말해요.”

“배기준이하고…… 잤잖아.”

진혁의 말에 물을 마시던 소은이 사레가 걸려 캑캑거리다가 진혁을 돌아봤다.

“뭐라구요?”

“배기준이. 배기준뿐 아니라 같이 어울리던 패거리들까지.”

진혁의 표정은 무척 심각했고 절대 농담으로 던진 말이 아니었다.

"그러니까 내가 그 약쟁이 배기준을 포함해서 약쟁이하고 같이 어울리던 패거리들하고 다 잤다 그거예요?"

"파다하게 퍼진 얘기야."

진혁의 말에 소은은 경악하고 말았다. 도대체가 말도 안 되는 얘기가 파다하게 퍼지다니. 대체 누가, 어떤 몹쓸 사람이 이런 짓을 저질렀을까.

"아니, 이게 무슨 소똥 밟고 낑낑거리던 똥강아지가 소 뒷발에 채여 뻗는 소리예요?"

기가 막혀서…… 환장하는 꼴 보려고 작정을 했나!

"내가 언제 배기준하고 잤다는 거예요?"

"결혼 전에. 듣기론 프랑스에서 공부하다가 한국에 잠깐 다니러 왔던 때라고 하더군."

"돌겠네. 파다하게 퍼졌다고요? 미치고 팔짝 뛰겠네. 누가 그래요? 배기준이 그래요? 아니면 배기준이 패거리들이? 이것들 다 뒈졌어!"

소은이 정말로 팔짝 뛸 듯이 화가 나서 소리쳤다.

"신중하게 처신해. 증인이 꽤 많으니까."

"그 증인이라는 것들 꼬치에 꿰서 모조리 끌고 와요. 그리고 나한테도 증인이 있으니까 함부로 모함하지 말아요. 한 가지 더! 내가 끌어다 댈 증인은 당신을 비롯해서 서초동 성북동을 발칵 뒤집어놓을 만큼 엄청난 사람이니까 진혁 씨도 신중하게 말해요."

소은이 분노가 극에 달해 펄펄 뛰며 소리쳤다.

"내가 직접 확인도 했어."

"확인? 무슨 확인요? 어떻게 뭘 확인했는데요?"

소은의 눈에서 살기가 뿜어져 나오기 시작했다.

"사진 봤어. 배기준하고 같이 찍은 사진. 물론 내가 모조리 다 찾아서 폐기했고. 소문 돌게 하지 않으려고 꽤 애썼어."

"쓸데없는 애를 썼네요."

소은이 부들부들 떨며 말했다.

"그런데 사진?"

소은은 재빨리 머릿속 아주 깊은 곳에 저장되어 있는 기억들을 헤집기 시작했다.

사진이라…… 배기준과 사진을 찍은 적이 있었던가?

하지만 아무리 기억창고를 뒤집어도 생각나지 않았다.

"양쪽 집을 발칵 뒤집어놓을 만큼 엄청난 사람이라고? 누군데?"

진혁의 물음에 기억창고를 발칵 뒤집고 있던 소은이 정신을 차리며 진혁을 쳐다봤다.

"우선 진혁 씨요."

"뭐? 나?"

진혁이 어이없다는 표정으로 소은을 쳐다봤다.

"왜 어이없어해요?"

"내가 증인이라고?"

"아니에요, 그럼?"

소은이 새파란 불꽃이 이글거리는 눈길로 진혁을 노려보며 소리쳤다.

"영국, 프랑스, 독일, 찍고 네덜란드에서야 비로소 뭐가 그렇게 억울한 게 많은지 낮 2시에 이미 만땅이 되도록 취해서 시뻘건 대낮에 준비할 틈도 주지 않고 내 처녀막을 갈기갈기 찢어놓고 증인이 아니라구요?!"

소은이 바락바락 소리쳤고, 진혁은 무쇠로 만든 방망이에 뒤통수를 얻어맞은 것 같은 얼굴로 소은을 쳐다보고 있었다.

"만약에 기억이 안 난다고 말한다면…… 오늘 당신 죽고, 나 죽고예요."

소은이 어금니를 틀어 물고 으르렁거렸다.

"그건…… 기억이 안 나."

진혁은 솔직하게 대답할 수밖에 없었다. 너 죽고 나 죽는다 협박했지만 할 수 없었다. 소은의 표현대로 처녀막을 갈기갈기 찢은 기억이 전혀 없었다.

이번엔 소은이 무쇠로 만든 방망이에 뒤통수를 얻어맞은 얼굴로 진혁을 쳐다봤다.

"난 진혁 씨가 매번 술에 취했을 때만 날 안아서…… 가끔씩 서울에 와서도 나와 지내지 않고 다른 곳으로 가기에 혹시 내가 여자로서…… 너무 재미가 없는 건가…… 매력이 없나…… 누구 말처럼 정말 맛이 없나…… 그렇게만 생각했었는데…… 나를 안을 수가 없었던 거군요. 맨 정신으로는 날 안을 수가 없었던 거예요. 날 문란하고 지저분한 여자로 생각했기 때문에…….”

“…….”

“왜 처음부터 말하지 않았어요? 처음부터 말을 했더라면 내가 그토록 오랜 시간을 이유도 모른 채 왕따를 당하진 않았을 것 아니에요.”

소은이 두 주먹을 틀어쥐고 소리를 내질렀다.

“난, 난 멍청하게도 학위를 못 따고 멍청해서 당신들보다 수준이 떨어져서 구박을 받는다고 생각했단 말이에요. 내가 왜 이렇게까지 못난이 취급을 받아야 하는지 억울해하면서도 사방에 잘난 사람들만 널려 있어서 그래서 난 내가 정말 형편없는 인간인 줄 알았단 말이에요!”

“입에 올리고 싶지 않았어.”

진혁이 가라앉은 목소리로 대답했다.

진혁의 대답은 충분히 납득할 수 있는 대답이기도 했고 정말 미치도록 무책임한 대답이기도 했다.

소은의 조작된 과거는 다른 삼자는 몰라도 진혁의 입장에서는 자신의 입은 물론이고 그 누구의 입에도 오르내려서는 안 될, 영원히 봉인되어야 할 일이긴 했다.

자신의 아내가 한때 하룻밤에 서너 명의 남자와 동시에 잠자

리를 가진 쓰레기 같은 과거가 있다는 것을 어느 남편인들 입에
올리고 싶으며 기억하고 싶을까. 더구나 소은이 상대했다는 서
너 명의 남자들은 하나같이 시궁창에 빠져 허우적거리는 벌레
들이 아닌가.

진혁의 입장에서는 할 수만 있다면 과거로 돌아가 아내의 비
뚤어진 일탈의 흔적을 지워 버리고 싶었을 것이다. 과거로 돌아
갈 능력이 없으니 깊은 토굴 속에 파묻어놓거나 도려내서 우주
밖으로 던져 버리고 싶었을 것이다.

입에 올리고 싶지 않았다는 말 납득할 수 있었다. 생각조차도
하기 싫고 어쩌다 불현듯 떠오르면 곡괭이질로 파내고 싶을 만
큼 치욕적이었을 것이다. 그러나 소은에게 미리 확인을 했더라
면, 아니, 확인을 했어야 했다. 확인이 싫으면 추궁이라도 했어
야 했다. 그것을 건너뛰는 바람에 그 피해는 고스란히 소은 혼
자 감당해야 했고 그리고 죄없이 너무도 엄청난 대가를 치러야
했다.

눈물 없이는 들어줄 수 없는 폭력!

"배기준!"

소은이 분노가 폭발해서 소리쳤다.

"배기준을 아는 모든 사람들이 그 치가 약에 절은 걸레라는
걸 아는데 당신 같으면 걸레로 몸 닦고 싶겠어요? 배기준이 약
사고 친 것 틀어막느라 그 집안에서 수억 원을 뿌린 걸 나도 알
고 있는데 그런 자식하고 어울려 놀고 싶겠냐구요. 그리고 내가

배기준과 그 패거리 파티에 갔던 이유는 성북동 진 여사가 그런 사교 모임에 가야 한다고 떠밀어서 갔던 것이고, 아니나 다를까 학위 못 받은 것 때문에 닭대가리 취급받아서 30분 만에 나왔어요. 아! 물론 경고도 받았죠. 배기준이가 주는 건 술이든 음료수든 물이든 아무것도 먹지 말라는 경고. 아! 사진!"

순간 기억에서 지워진 줄 알았던 그날의 장면이 명확하게 떠올랐다.

"배기준이 제법 취한 상태에서 억지로 샴페인을 떠안겼어요. 내가 샴페인 잔을 받아 드는 순간에 배기준이 내 어깨를 감싸 안았고 아마 내 얼굴에 입도 맞췄을 거예요. 그리고 기다렸다는 듯이 패거리들 중 하나가 사진을 찍더군요. 하지만 그날 배기준하고 사진 찍은 사람은 나 혼자가 아니에요. 거기 왔던 모든 여자들이 그런 식으로 사진을 찍었다구요. 사진을 찍고 난 직후에 배기준이 건배를 청하며 원샷을 외쳤지만 난 한 모금도 마시지 않았고 배기준이 뭐라고 했더라? 김샌다 했던가? 하여튼 불만스럽게 뭐라고 지껄였는데…… 그때…… 그 자식이 준 술 먹고 피 본 여자 많다며 마시지 말라고 경고해 준 사람이…… 막내 고숙이에요."

소은의 말에 진혁의 얼굴에 서서히 경악의 빛이 감돌기 시작했다.

"주영이…… 남편이라고?"

"맞아요. 막내 고숙이에요. 그리고 난 막내 고숙의 배려로 그 사람 차 타고 다음 약속 장소까지 이동했었어요. 내가 차를 가져가지 않았거든요."

"주영이 남편이 태워다 줬다고?"

"아뇨. 그 사람 기사가요."

"그런데 어째서…… 그렇게 소문이 났지?"

진혁의 표정은 그 어느 때보다 심각해져 있었다.

"나도 알고 싶네요. 그런 헛소문을 퍼뜨린 자식이 누군지. 당신이 확인했다는 사람 배기준이에요? 이 미친 약쟁이! 두고 봐요. 나한테 그따위 더러운 누명을 씌운 사람이 누군지 알게 되면 기필코 능지처참을……."

화가 나서 부들부들 떨며 소리치던 소은이 갑자기 무엇인가 생각난 듯 말끝을 흐렸다. 마치 자신에게 누명을 씌운 사람이 누군지 알아차린 것처럼.

"능지처참을 할 사람이 누군지 아는군."

진혁의 얼굴에도 긴장감이 감돌았다.

"……."

"말해. 누구야? 능지처참을 하겠다는 사람이 서초동과 성북동을 발칵 뒤집어놓을 것이라던 사람과 동일 인물인가? 설마 주영이 남편?"

"……."

소은은 쉽게 입을 열지 않았다.

"말해. 누구야?"

"그러니까 진혁 씨와 서초동에서 날 그토록 미워했던 게 배기준 때문이었어요? 내가 배기준과 또 그 패거리들과 돌아가며 잤다는 말도 안 되는 소문 때문에?"

소은은 너무나 기가 막혀 기절할 지경이었다.

"그 소문은 꽤 믿을 만한 정보통에서 흘러나온 거야. 아까도 말했지만 난 충분히 확인을 했고, 확인한 것보다 더 공을 들여 그 소문을 잠재웠어. 당신에 대한 악질적인 소문이 돌기 시작한 것은 우리 결혼이 결정된 직후부터였고 이미 신문을 비롯한 언론매체에 대경그룹과 현산그룹이 사돈이 된다는 내용의 보도자료를 뿌린 후였어. 당신도 알다시피 보도자료까지 뿌린 상황에서 결혼을 엎을 수는 없었어. 소문은 걷잡을 수 없을 만큼 퍼져가고 있었고 그 와중에 파혼까지 한다면 소문에 날개를 달아주는 꼴이 돼서 대경과 현산에 미칠 후폭풍을 가늠하기 어려울 지경이었기 때문이야. 그래서 그때 내가 할 수 있는 일은 당신에 대한 소문을 틀어막는 것밖에는 없었어. 나뿐만 아니라 서초동과 성북동 모두."

"아버지도…… 그 말도 안 되는 얘길 믿으셨단 말이에요?"

"진 여사가…… 거들었거든."

진혁의 대답이 끝나는 순간 소은은 자신도 모르게 으드득 이를 갈았다.

"아버지까지…… 어쩌면 그것 때문에 그 말도 안 되는 악의적인 소문 때문에 멀쩡하고 건강하시던 아버지가 쓰러진 건지도 모르겠군요."

소은이 아득한 얼굴로 중얼거리다가 두 눈을 치켜뜨고 진혁을 노려봤다.

"드라마나 영화를 보면 보통 이런 경우 여자가 입을 꾹 다물더군요. 누가 무슨 상을 줄 거라고 온갖 핍박과 구박에도 가정의 평화를 지킬 수 있다면 기꺼이 누명을 쓴 채 눈물로 희생하죠. 그런 여자들은 믿을 수 없을 만큼 입도 무겁고 심지가 굳더라구요."

"그래서 입을 꾹 다물겠다고?"

"아뇨. 난 믿을 수 없을 만큼 입이 가볍고 심지도 굳지 않아서 말할게요. 하지만 미리 경고하는데 심장 마비와 혈압을 조심해요."

"말해."

"그날 그 파티에서 배기준과 그의 패거리들이 권하는 술과 음료수를 철저하게 거절하고 막내 고숙의 충고를 받아들여 30분 만에 파티가 열렸던 호텔을 나오는 걸 막내 고숙과 주영 씨도 봤어요. 못 봤다고는 말 못 할 거예요. 내가 나간 줄 알고 주영 씨가 나에 대해 악담을 했었으니까. 정확하게 기억나진 않지만 베르사체 옷을 시장표로 만들어놓는 재주가 있다고 했던가? 비슷한 얘길 했었어요."

"주영이가 증인이라는 거야? 그런데 그게 뭘 어쨌다고 심장 마비와 혈압을 조심하라는 거야?"

"재킷을 두고 왔다는 걸 다음날 알게 됐어요. 혼자 가기 싫어서 친구와 함께 갔었구요."

"그리고?"

"주영 씨가 있더군요."

"……누구와?"

"배기준하고…… 패거리들. 물론 고숙은 없었어요."

소은은 진혁의 턱 근육이 격하게 실룩거리는 것을 쳐다보고 있었다.

"감히 내 동생에게 누명을 씌우는 거라면……."

"주영 씨도 날 봤어요."

소은이 분노에 떠는 진혁의 말을 중간에서 잘라냈다.

"그날 주영 씨의 모습이 어느 정도로 망가져 있었는지 설명해 줘요?"

"……."

진혁은 대답 대신 이를 갈았다.

"소문을 낸 사람이 주영 씨였군요. 그때까지만 해도 난…… 주영 씨하고 배기준이 그랬을 거라곤 생각하지 못했는데…… 다른 여자애들도 몇 명 있었거든요. 이제 알겠네요. 냄새나는 사람들하고 어울려 놀다 나한테 들키니까 되레 나한테 모조리 덮어씌운 거예요. 내가 진혁 씨하고 결혼하게 될 줄 모르고 말이에요. 결혼 후에는 나한테 덮어씌운 걸 들킬까 봐 일부러 더 악독하게 군 거구요. 진혁 씨가 그랬죠? 나에 대한 소문이 돌기 시작한 게 우리 결혼이 결정되고 난 직후라고. 틀림없네요. 주영 씨예요.”

“지금 내 동생을 쓰레기로 만들고 있다는 것 알아?”

진혁이 험악한 얼굴로 다그쳤다.

“날 쓰레기로 만든 건 어쩌구요!”

소은이 악을 썼다.

“말해요. 진혁 씬 누구한테 그 얘길 들었어요? 주영 씨죠? 아니면 어머니? 믿을 만한 정보통이 누구예요? 모두 주영 씨와 어머니가 관계된 사람이죠?”

“지금 나한테 한 얘기가 다 사실이야?”

진혁의 물음에 소은의 표정이 격해졌다.

“사실이죠! 좋아요. 그런 지저분하고 치욕적인 누명을 쓰고도 참으면 사람이 아니죠. 배기준부터 그 패거리들 전부 만나서 확인할 거예요. 고숙한테도 물론 확인 부탁할 거구요. 내가 누명을 썼다는 걸 명확하게 증명해 보일 테니까 기대해요. 두고 봐요. 내 누명이 벗겨지는 날 서초동 어른들부터 시작해서 당신의 그 싸가지없는 동생들까지 모조리 내가 치켜든 따발총에 벌벌 떨게 될 테니까. 가서 다들 각오하라고 해요. 지뢰밭에 떨어졌다고. 밟을 때마다 뻥뻥 터질 거라고!”

소은이 전의를 불태우며 경고한 후 휙 돌아서서 방으로 들어와 버렸다.

“이 못된 것, 악독한 것!”

장주영 이 찢어 죽일 것!

쓰레기 같은 배기준 패거리와 밤새 뒹군 사람이 누군데, 배기준과 그의 패거리들이 얼마나 질이 나빴으면 소은이 있는 프랑스까지 소문이 나서 소은도 빤하게 알고 있었다.

생각할수록 기가 막혔다. 그때가 언젠데…… 지금에서야 억울하게 누명 쓴 것을 알게 되다니.

진혁과 결혼 얘기가 나오기 전이니까 4년 전쯤이었다. 방학을 틈타 한국에 들어왔다가 성북동 싸모님의 지나치게 적극적인 권유로 배기준이 불을 밝힌 파티에 갔었다.

그러고 보니 뭔가 수상한 기억이 떠올랐다.

소은은 30분 만에 파티가 열렸던 호텔 별채 룸을 빠져나와 박 서방—막내 고숙—의 차를 얻어 타고 다른 장소로 이동해 지호를 포함한 몇몇 친구들을 만나 맥주 한두 잔을 놓고 믿어지지 않을 만큼 건전하게 놀았었다. 그리고 자정 즈음 집에 돌아갔을 때 그때까지 잠이 들지 않았던 성북동 싸모님의 태도, 소은이 파티에는 잠깐 참석했다가 다른 친구들과 놀았다는 말에 이유 없이 짜증스러워하던 태도.

그때 알아차렸어야 했는데…… 원래 새어머니와는 사이가 좋지 않았기 때문에 이유없이 싫어하는 것이라 생각했었지 다른 뜻이 있는 줄은 몰랐었다.

사악하다!

만약 새어머니가 소은을 시궁창에 빠뜨릴 계획으로 배기준의 파티에 떠민 것이라면 그래서 의붓딸에 대한 악질적인 소문이 퍼졌을 때 막아주기는커녕 거든 것이라면 새어머니도 절대 결코 용서 못할 지옥불에 빠져 죽을 사람이었다.

소은은 살이 떨리도록 분한 기분이 어떤 기분인지 절절하게 느끼고 있는데, 그때 문이 열리며 진혁이 들어왔다.

"얘기 좀 해."

얘기? 얘기라…….

"부탁이 있어."

진혁의 말에 소은이 진혁을 노려봤다.

"당분간은 아무 말 말아줘. 내가 확인할 때까지."

확인?

"확인할 때까지라는 건 내 말을 믿지 못하겠다는 거군요? 싫어요. 아무 말이든 할 거예요. 나한테 누명 씌운 인간부터 시작해서!"

소은이 딱 잘라 거절했다.

"내가 해결할게."

"당신을 어떻게 믿어요? 내가 적을 믿을 정도로 바보 줄 알아요? 그쪽하고 한패잖아요. 팔이 안으로 굽지 밖으로 꺾이는 것 봤어요? 다 싸잡아 박살 내줄 거예요."

"말 들어."

"안 들어요. 절대 그냥 넘어갈 수 없으니까 더 이상 말하지 말아요."

“내가 해결해. 나한테 맡겨.”

“당신 못 믿는다구요.”

“당신이 해봤자 승산없어. 어차피 당신은 이래저래 안 좋은 쪽으로 몰려 평이 안 좋아. 당신이 나선다고 달라지지 않아. 더 억울하게 몰릴 수도 있어.”

진혁의 말은 꽤 설득력있었고 소은은 진혁의 말이 억지가 아니라는 것을 알았기 때문에 반박하지 않고 입술을 꼭 다문 채 분한 표정으로 진혁을 쳐다보다가 천천히 입을 열었다.

“내가 엄청난 출혈을 감수하고서라도 끝장을 낸다면요? 어차피 우린 조금 있으면 완전히 끝나요. 당신 가족의 사정을 봐줄 이유가 없어요.”

“서초동을 시궁창에 빠뜨리려다 성북동까지 끌고 들어갈 수도 있어. 그래도 상관없어? 장인어른 위중한 상태야. 충격받으셔도 상관없다는 거야?”

진혁이 싸늘한 눈길로 소은을 쳐다보며 물었다. 아니, 그걸 물은 것이 아니라 경고였다. 까불다가 다친다는 경고. 친정아버지까지 끌어들여 경고를 하고 있었다. 나쁜 자식.

하지만 경고를 받았다고 해서 금세 물러날 소은이 아니었다.

이봐요, 장진혁 씨. 김소은 그렇게 녹록한 여자가 아니랍니다.

“내가 왜 성북동을 배려해야 해요? 성북동에서도 날 배려한 적 없어요. 그런데 내가 뭣 때문에 성북동을 걱정하겠어요? 내가 말했죠? 뒤끝이 엄청나게 길다고. 내가 뒤끝의 끝장을 보여 주겠어요."

"난 얼마든지…… 상황을 역전시킬 수 있어."

진혁이 냉정하게 말했고 소은의 눈빛이 날카로워졌다.

"무슨 뜻이에요?"

"당신이 기어이 들쑤셔 놓는다면 모든 상황을 당신이 불리하게 엎어놓을 수 있어. 당신을 사장시켜 버릴 수도 있다고. 그럴 능력도 있고. 내 능력을 의심하는 건 아니겠지?"

이쯤 되면 경고가 아니라 협박이었다. 무시무시한 협박.

"지금 협박하는 거예요?"

소은이 이를 갈았다.

"아무리 억울해도 닥치고 꺼지라는 거예요?"

"이성적으로 해결하자는 거야."

"당신하고 서초동에 피해 가지 않게 내가 입 다무는 게 이성적인 해결이에요? 언제까지 나만 피해를 보란 말이에요? 왜 나만 참아야 해요!"

소은이 주먹을 움켜쥔 채 분에 받쳐 소리쳤다.

"내가 해결해."

"뭘 해결해요? 뭘 할 건데요?"

"누명 벗겨줄게."

분에 치받친 소은과는 달리 진혁은 더없이 침착하게 말했다.

"입 다물고 있겠다면 당신이 만족할 만큼 해결할게."

“…….”

소은은 아무 말도 하지 않고 부들부들 떨릴 만큼 주먹을 틀어쥔 채 침대로 가서 앉았다.

“확인할 게 있어요. 솔직하게 대답해 줘요.”

“말해.”

“결혼이 결정된 직후에 소문이 돌았다고 했죠?”

“그랬어.”

“아버진…… 대경 쪽에서 파혼을 선언할 수도 있다고 생각하셨을 거예요. 그래서 파혼만큼은 막기 위해…… 다른 무엇인가를 제시하셨을 거예요.”

“……맞아.”

진혁의 대답에 소은이 굳은 표정으로 진혁을 쳐다봤다.

“뭘…… 얼마나 내놓으신 거예요?”

“돌려줄게. 약속해.”

진혁은 두말도 하지 않고 단번에 돌려주겠다고 말했고 약속한다는 말까지 덧붙였다. 그 말은 허물 많은 여자를 며느리로 받아들이는 대신에 덤을, 덤치고는 과한 지참금을 받아 챙겼다는 뜻이었다.

하지만 진혁이 가타부타 구차하게 군소리를 늘어놓지 않고 돌려주겠다고 하자 소은은 더는 따져 물을 수 없었다.

“이제 알겠네요. 어머니가 왜 그렇게까지 아기를 갖지 말라고 하셨는지. 어머닌…… 장주영 씨의 거짓말 때문에 날 깨끗하지

못한 며느리라고 생각하신 거고 그래서 내 몸에서 손자가 태어
나는 걸 원하지 않았던 거예요."

"그건……."

"우릴 이혼시킬 생각이셨군요."

소은이 단정적으로 말했다.

"억측이야."

"사실일 거예요……."

소은이 허탈함에 비참함이 뒤섞인 미소를 지은 채 말했다.

"할머니께서 어머니한테 그러셨어요. 집안 대대로 맏며느리
한테 물려주시는 장신구를 어째서 아직 나한테 물려주지 않고
싸안고 있는 거냐고. 그러자 어머니가 대답하시더군요. 내가 듣
고 있는 줄 모르고…… 내가 당신 며느리로 오래 있지 않을 수
도 있다고…… 다른 며느리가 들어올 수도 있다고…… 그리고
어느 순간 할머니마저도 장신구에 대한 얘기를 꺼내지 않으셨
구요. 난 그때 어머니가 우릴 이혼시킬 생각을 하고 있는 줄은
전혀 모르고 어쩌면 비밀 계약을 알고 계신지도 모르겠다고 생
각했어요. 어떻게 그걸 모를 수가 있지? 정말 멍청이네요. 멍청
이예요."

소은이 웃음을 터뜨렸지만 얼굴은 웃음이 아니라 금방이라도
울음이 터질 것만 같았다.

"이리저리 동네 축구공처럼 뻥뻥 차였는데 입 다물고 있으라
는 거죠? 그런데 그걸 부탁이라고 하는 거예요?"

“……경고야.”

진혁이 정색을 하고 말했고 소은은 믿을 수 없다는 얼굴로 진혁을 노려봤다.

“경고…… 라고요?”

정말 나쁜 놈.

“내 경고를 무시하지 않는 게 좋을 거야.”

진혁이 마지막으로 낮게 뇌까린 후 방을 나가 버렸다.

“허.”

소은은 웃음을 터뜨리고 말았다.

처음엔 부탁이라고 하더니 이젠 경고라고? 단 몇 초 만에 말을 바꾼 사람을 믿으라고?

‘당신이 기어이 들쑤셔 놓는다면 모든 상황을 당신과 성북동이 불리하게 엎어놓을 수도 있어. 그럴 능력도 있고. 내 능력을 의심하는 건 아니겠지?’

어찌 의심할 수 있겠는가, 어찌!

장진혁은 빌어먹을 만큼 강한 힘을 가진 것을…….

‘내 경고를 무시하지 않는 게 좋을 거야.’

무시하지 않는 게 좋을 것이라는 말은 무시했다간 결딴이 날 것이라는 뜻일 것이다.

“낚였네.”

소은이 실소를 터뜨리며 중얼거렸다.

부탁이 아니었던 것이다. 처음부터 닥치라는 경고를 한 것인데 부탁한다는 말에 어리석게도 낚인 것이다.

“어디서 투명 방망이 하나 안 생기나?”

자고 있을 때 들어가 마구 때려주게.

소은의 눈에서 자신도 모르는 사이 눈물이 흘러내리고 있었다.

소은이 방 안에서 아무도 몰래 울고 있을 때 진혁은 소은의 방 앞에서 주먹을 틀어쥔 채 분노에 치를 떨고 있었다.

여동생 주영 때문에, 어머니 때문에. 그리고 자신과 피를 나눈 가족이 부끄러워 도저히 고개를 못 들 추악한 짓을 했음에도 불구하고 소은에게 떠들지 말라고 경고를 해서라도 쓸어 담고 끌어안을 수밖에 없는 자신 때문에 치가 떨릴 정도로 화가 나고 부끄러웠다. 그러나…… 정말 어쩔 수가 없었다. 장차 아버지의 뒤를 이어 대경그룹을 끌고 나가야 하는 진혁이었기에 다른 해결 방법은 없었던 것이다.

❋ 그와 그녀의 남은 시간 50일.

“적어도 한 시간 전에는 오라고 했잖니. 뭐 하느라 이제야 나타난 거니?”

시어머니의 앙칼진 목소리에도 소은은 덤덤하면서도 약간 굳은 표정으로 ‘늦었습니다’ 하고 대꾸할 뿐이었다.

예전에는 소금물에 열댓 시간씩 절인 배추처럼 기가 죽어 눈도 제대로 맞추지 못했었지만 오늘은 달랐다.

그 이유는 첫째, 소은이 스스로 얼마나 소중한 존재인가를 깨달았기 때문이고, 둘째, 여시 같은 막내딸의 세 치 혀에 놀아나 죄없는 며느리를 달달 볶아댄 시어머니에 대한 강력한 반감일 수도 있었다.

소은은 시어머니를 바라봤다. 최대한 전지적 시점에서 판단하려고 애를 쓰면서.

사람이 아닌 신이 가진 위대하고 너른 아량의 마음자리로 바라보자면 이 모든 사건의 숙주는 장주영이었고 어쩌면 나머지 사람들은 한데 묶어 모두 피해자라고 볼 수도 있었다.

장주영의 거짓말을 한 치의 의심도 없이 순진하게 믿어버렸기에 생긴 일. 의심을 하기엔 장주영이라는 사람의 위치도 그녀의 입술도 믿을 만했기 때문에 그래서 믿을 수밖에 없었던 것이다.

또 이 사건이 장주영의 입에서 시작되었다 하더라도 반드시 장주영 혼자서 저질렀을 리는 없다. 그렇다면 악마의 불이 붙은 장주영의 입술에 부채질을 해준 사람이, 장주영만큼이나 단박에 신뢰를 얻을 수 있는 사람이 있었을 것이 틀림없었다. 그 사람들 중 한 사람이 진 여사였고.

원래 소문이라는 것은, 호의적인 소문은 늦게 퍼지면서도 신용과 수명이 짧은 대신 악의적인 소문은 눈 깜짝할 사이에 퍼져나가는 동시에 신용과 수명 역시 기네스에 오를 만큼 길고 질기지 않은가.

사람은 희한하게도 호의적인 것보다는 악의적인 것에 더욱 솔깃하고 더욱 강하게 끌리는 습성을 가졌다고 하니 이론에 적용하자면 앞서 말한 대로 장주영을 제외한 모든 사람이 피해자였다.

그래서 시어머니를 비롯해 피의자로 엮인 피해자들을 용서하겠냐고 묻는다면 천만에였다.

소은은 전지전능한 신의 관대함을 가지지 못했고 갖고 싶지도 않았다. 관대함을 가지지 못한 것이 조금도 부끄럽지 않음은 말할 것도 없다.

그들은 소은에게 온전히 적이었다. 그 이상도 이하도 아닌 적.

앞에 있는 마나님의 딸이 사람으로서는 못할 짓을 했다는 것을 알게 된 그 순간부터 창자가 열댓 바퀴는 꼬여 버렸다.

적을 곱게 쳐다볼 수 있는 사람이 몇이나 될까. 소은이 만약 적마저도 곱게 쳐다보며 끌어안을 수 있는 1%의 희귀인 모임 안에 든다고 하더라도 그렇게 하고 싶지 않았다. 그리고 고부 관계도 이제 두 달밖에 남아 있지 않았다. 말도 안 되는 악설을 믿고 자신을 괴롭힌 사람. 그토록 소은을 힘겹게 했던 시어머니. 필요 이상 저자세일 필요가 없었다.

소은은 정말로 손에 수류탄을 쥐고 있는 기분이었다. 결정적인 순간, 주저없이 안전핀을 뽑아 터뜨릴 것처럼. 그리고 소은의 두 눈에는 열댓 바퀴 꼬여 버린 창자처럼 적대감이 가득 차 있었다.

시어머니가 소은의 옷차림을 훑어봤다. 그다지 마음에 들지 않는다는 눈길로.

"다른 옷 없니?"

"왜 옷이 없겠어요. 그런데 진혁 씨가 이 옷이 예쁘다고 해서요."

소은은 콕 찍어낼 수는 없지만 왠지 모를 비틀림이 느껴지는 뉘앙스를 풍기며 진혁을 팔았고 매우 손쉽게 시어머니의 입에서 쏟아져 나올 잔소리들을 차단했다.

"회보 촬영이 있다지?"

"네."

"그런데 어째서 아줌마를 오지 말라고 했니?"

"다른 도우미 불렀어요."

"그러니까 왜?"

"제가 편하고 싶어서요."

소은의 대답에 시어머니가 날카로운 눈초리로 소은을 쳐다봤다.

"네가 편하고 싶다니? 아줌마가 널 불편하게 하니?"

"네."

"뭘 불편하게 한다는 거야?"

"저희 집에서 있었던 일을 시시콜콜 어머니께 말씀드려서요."

소은이 악의를 드러내지 않으려고 담백한 표정과 억양으로 말했지만 시어머니의 표정은 점점 더 사나워지고 있었다.

"아줌마가 뭘 시시콜콜 나한테 말한다는 거니?"

"진혁 씨가 사준 파자마 때문이에요."

"파자마가 왜?"

"저희 집에서 제가 그 옷 입고 있는 걸 본 사람은 아줌마밖에 없는데 어머니가 파자마를 지적하셨잖아요."

소은이 냉랭함이 느껴지는 음성으로 대답했다.

"그거야 아줌마 눈에도 흉측하게 보이니까 한 얘기지."

시어머니가 정나미 뚝 떨어지게 쇳소리로 반박하는데 마침 서초동 아주머니가 주방에서 나왔고 소은은 그때를 놓치지 않고 재빨리 입을 열었다.

"진혁 씨한테 말할게요. 진혁 씨가 사준 파자마를 아줌마가 흉측하다고 말했다고."

소은의 말에 도우미 아주머니가 흠칫 놀라며 소은을 쳐다봤다.

"바쁜 애 붙잡고 뭐 하러 그런 쓸데없는 소리를 하니?"

"진혁 씨와 관계된 일이잖아요."

"이렇게 둔해서야. 할 얘기가 있고 안 할 얘기가 있지. 넌 그런 것도 구분 못하니?"

"머리가 둔해서요."

소은이 시어머니를 똑바로 쳐다보며 대꾸하자 시어머니의 눈에서 새빨간 불꽃이 일기 시작했다.

"얘, 너 오늘 왜 이러니? 어디서 얘가……."

드디어 기다렸다는 듯이 시어머니의 공격이 시작되는데 소은은 과감하게, 놀랍도록 과감하게 시어머니의 말을 중간에서 잡아채 버렸다. 다른 때 같으면 감히 꿈도 못 꿀 짓을 한 것이다.

"진혁 씨가 몹시 불쾌해해요."

"뭘 말이니?"

"서초동 아주머니, 어머니께서 감시자로 심어놓은 것 같다구요."

"감시자라니?"

시어머니도 펄쩍 뛰고 아주머니도 놀란 표정으로 소은을 쳐다봤다.

"진혁 씨, 사생활 노출되는 거 극도로 싫어하는 성격인 것 어머니도 잘 아시잖아요. 아무리 가족이라도 정확하게 선을 긋고 선 넘어오는 것 질색하는 사람이고. 그래서 어머니도 아가씨들도 진혁 씨 힘들어하시잖아요. 아주머니 저희 집 다녀가고 난 후에 어머니 저 보시자마자 파자마 말씀하셔서 진혁 씨한테 그날 저 죄없이 시달리다 한바탕 싸웠어요. 그리고 아주머니."

몸을 돌려 주방으로 들어가려는 아주머니를 소은이 불러 세웠다.

"네……."

“앞으로는 집에 올 필요 없어요. 그리고 만약 올 일이 있더라도 저희 집에서 본 것 들은 건 현관문 열기 전에 모두 내려놓고 가세요.”

“얘가 정말…….”

“진혁 씨가…… 분명하게 지시하라고 하더군요. 같은 말 두 번 하지 않게요.”

소은의 말에 아주머니는 소은의 눈치를 보다가 서둘러 주방으로 사라졌고 시어머니는 따질 수도 없고 가만히 있자니 속이 꼬여 죽을 지경이고 그래서 소리라도 지르려는 듯 입술을 들썩거리다가 차마 말을 못하고 꾹 삼켰다.

“그리고 다른 도우미 부르는 것도 진혁 씨가 결정한 일이에요. 전 진혁 씨가 시키는 대로 했어요. 도우미 문제로 또 한바탕 싸웠어요. 더는 싸우고 싶지 않습니다.”

소은이 이번에도 진혁을 팔았고 이번 역시 효과가 대단히 좋았다.

“……그래서 앞으로는 다른 도우미를 쓴다고?”

시어머니가 스팀다리미처럼 뜨거운 콧김을 숙숙 내뿜으며 물었다.

“일 잘해요. 말도 없고.”

‘말도 없고’라는 말은 의도적으로 한 말이었다. 시어머니와 아주머니 들으라고.

“그런데 어쩌자고 밖에서 힘들게 일하는 애 붙잡고 싸움을 거니?"

"제가 건 게 아니라 진혁 씨가 걸었어요. 힘이 남아돌더라구
요."

소은이 비꼬았고 시어머니가 이번엔 그냥 넘어가지 않았다.

"뭐? 얘, 내가 오늘 참자 참자 하니까 더는 못 참겠구나. 너
지금 나한테 덤비는 거니? 어디서 그렇게 배배 꼬여서 말대꾸하
는 거야?"

"물으셔서 대답한 거예요. 물으시는데 대답 안 하면 안 한다
고 다그치실 것 아니에요. 서초동 아주머니와 도우미 문제로 저
희 대단히 시끄럽게 싸웠다는 걸 어머니도 아셔야 할 것 같아서
요. 한번에 제대로 말씀드려야 어머니 다른 오해 안 하실 것 아
니에요."

"아주…… 얘가 웃기네. 내가 한마디 하면 넌 열 마디 스무 마
디를 하며 덤비네."

"간략하게 간추릴 능력이 없어서요."

소은은 비꼼의 미학을 포기하지 않았다.

"이것 봐. 한마디를 안 지고. 너 뭐 하는 짓이야!"

"노여우셨다면, 죄송합니다."

"그게 죄송하다는 태도니?"

"네."

"뭐, 뭐?!"

"죄송합니다, 어머니."

소은은 죄송하다는 말을 조금도 죄송하지 않은 투로 말했고 시어머니는 버르장머리없는 며느리를 꽉 틀어잡고 빨래 짜듯 비틀어서 벌벌 떨게 만들고 싶은데도 죄송해하는 태도라 우기며 다시 한 번 죄송하다는 말을 하자 이걸 죽일 수도 없고 살릴 수도 없고 약이 올라 미칠 지경이 됐다.

"뭐 하느라 늦었니?"

도우미 문제나 말대답하는 것으로는 강하게 몰아붙일 수 없다는 것을 안 시어머니가 늦게 나타난 것으로 주제를 재빨리 바꿨다. 감히 시어머니가 정해준 시간을 어긴 것이니 그 정도면 꼬투리 잡기에 충분하다고 생각한 것이다.

"회보 촬영이 임박해서 준비할 게 많네요. 여기 오느라 준비를 다 못 끝내고 왔어요. 진혁 씨가 처음으로 사생활을 노출하게 된 일이니만큼 손님 대접에 소홀함이 없도록 하라고 했는데…… 그러다 보니 늦었어요."

소은이 아직도 준비할 것이 많다는 뜻으로 말했지만 시어머니는 같잖다는 표정으로 콧방귀를 꼈다.

"네가 무슨 준비를 할 수 있는데? 망신살 뻗치지 않게 하려면 설치지 말고 있어. 받어."

시어머니가 명함을 건넸다.

"전화해서 내 얘기하면 돼. 호텔 수석 주방장이야."

"요리사 안 부르려구요."

소은은 명함을 받아 들지 않았다.

“안 부르면? 네가 뭘 할 수 있는데?”

시어머니가 같잖다는 듯 콧방귀까지 뀌며 말했다.

“제가 알아서 하겠습니다.”

소은은 꿋꿋하게 물러나지 않았다.

“그러니까 네까짓 게 뭘 알아서 하냐고! 네가 할 줄 아는 게 뭐가 있는데?”

“집에 오신 손님들 굶겨 보내지 않을 정도는 할 줄 알아요.”

“굶기지만 않으면 할 줄 아는 건 줄 아니? 욕을 안 먹게 해야 할 것 아니니! 너 때문에 우리 집안 전체가 욕을 먹을 수 있어! 뭘 알고나 까불어.”

시어머니가 꼬투리를 잡았다고 생각했는지 얼씨구나 인신공격을 서슴지 않는데 소은의 휴대폰 벨이 울렸다.

소은이 가방에서 휴대폰을 꺼내 발신자를 확인하는데 시어머니가 ‘받지 마라’ 하고 명령했다.

“진혁 씨네요.”

소은이 말했고 시어머니가 받지 말라고 했던 말을 번복하는 듯 한발 물러서며 시선을 돌렸다.

“여보세요?”

소은의 입가에 비틀린 미소가 걸렸다.

오늘 아침 출근하기 직전 진혁이 던진 경고가 생각났기 때문이었다.

“입 다물라는 말 잊지 마.”

경고를 하고도 전화를 건 것을 보면 불안했던 모양이었다. 소은이 안전핀을 뽑아 들었을까 봐.

[어디야?]

도대체 뻔히 아는 것을 묻는 것은 무슨 의도일까.

“서초동이에요.”

소은이 건조한 음성으로 대답했다.

[어머닌?]

“옆에 계세요. 바꿀까요?”

[아니.]

“왜 전화했어요?”

[어떻게 해줄까?]

“뭘요?”

[1번 구해줄까, 2번 죽일까?]

진혁의 목소리는 꽤 재미난 게임을 하는 듯 즐거웠다.

소은은 괴로운데 소은을 괴롭게 했던 사람들 중 한 사람인 진혁은 즐거운 것이다. 망할.

“…….”

[대답 안 해?]

“마음대로 하십시오.”

소은의 목소리가 곱지 않다는 것을 알아차렸는지 시어머니가 소은을 쳐다봤다. 두 눈 가득 어디서 감히 남편의 전화를 저따 위로 버릇없이 받느냐는 꾸짖음을 가득 담고.

[정말 마음대로 해?]

"그러세요."

[후회하지 않겠어?]

진혁이 이 와중에 앞뒤 못 가리고 약을 올리자 열댓 바퀴 꼬여 있던 소은의 창자가 다섯 바퀴 더 꼬여 버렸다.

"진혁 씨."

[왜?]

"또 싸우자는 거예요?"

그제야 진혁은 소은이 안전핀을 뽑기 일보 직전이라는 것을 알아차렸다.

[옆에 어머니 계시다고 하지 않았나?]

진혁의 목소리가 순식간에 차가워졌다.

"그랬죠. 지금도 그렇구요."

[아침에 내가 한 경고 잊었나?]

"어찌 잊겠습니까."

[잊지 않고 있다니 다행이군. 그래서 선택은 몇 번이야?]

"두 번째요."

소은이 낮고 건조한 목소리로 대답했다.

[죽겠다고?]

"같이요. 혼자는 안 되죠."

소은이 냉정하게 받아치자 휴대폰 너머에서 잠깐 동안 침묵이 이어졌다.

[난 절대 빈말하지 않아. 내 경고를 무시해서는 안 될 거야.]

"……그래요? 무섭네요."

소은이 냉소를 머금은 채 비아냥거렸다.

[기어이 한번 해보겠다는 거야?]

진혁이 낮게 으르렁거렸다.

"어머니 말씀 중이세요. 중요한 얘기 아니면 밤에 해요."

이런 쓸데없는 대화는 더 하고 싶지 않았다. 지금 당장에 터뜨릴 자신도 없었고.

"끊을게요."

[어머니 바꿔.]

진혁이 소은이 끊기 전에 급하게 말했다.

소은은 10초 정도 말없이 휴대폰을 들고 있다가 어머니에게 휴대폰을 내밀었다.

"바꿔달라고 하네요."

소은의 말에 시어머니가 소은을 노려보다가 휴대폰을 받아 들었다.

"얘, 니들 싸웠니? 쟤가 뭐라고 하면서 널 괴롭힌 거야? 아유 세상에, 살아주는 것만으로도 절을 해야 할 판에……."

시어머니는 다짜고짜 소은이 당신의 아들을 괴롭힌 것으로 몰고 갔다.

살아주는 것만으로도 절을 해?

소은은 어찌나 어이가 없는지 하마터면 웃음을 터뜨릴 뻔했다.

[어머니, 그런 식으로 말씀하지 마세요. 그리고 제가 괴롭혔어요. 제가 소은이한테 큰 실수를 했어요.]

"뭐? 네가 무슨 실수를 했다는 거야? 실수는 무슨, 남편이 하루 종일 일하고 들어왔는데 안사람이라는 게……."

[저희 일에 상관 마세요.]

진혁이 딱 잘라 말했다.

[어머니가 참견하실 일 아니에요. 지금 소은이 회사로 보내세요.]

"참견할 일이 아니라니. 얘……."

[소은이 보내시라고요.]

"아니, 얘…… 오늘 모임 있어. 손님들 오실 거야. 얘는 손님들 대접해야 하니까 점심은 다음에 해라. 내가 오늘 얘한테 할 얘기가 많아. 얘 오늘 나한테 얼마나 웃기게 군 줄 아니?"

시어머니라는 양반이 며느리를 옆에 앉혀두고 아들에게 험담이라니.

"내가 살다 살다 이렇게 돼먹지 못한 애는 처음 봤다."

[어머니, 우리 집안에 돼먹지 못한 며느리가 들어올 수 있다고 생각하세요?]

"너도 알잖니, 얘가 예전에 우리 집안을 얼마나 낯부끄럽게……."

[그만 하세요!]

진혁이 버럭 고함을 쳤고 진혁의 고함 소리는 휴대폰을 통해 그대로 소은에게까지 들렸다.

시어머니는 소은을 흘낏 쳐다보며 눈치를 보다가 재빨리 표정을 가다듬었다.

"그래, 그 얘기는 하지 말자꾸나."

시어머니가 소은을 흘낏거리며 재빨리 입을 닫았다. 하지만 서둘러 입을 다물었다고 해서 아무것도 모를 소은이 아니었다. 소은은 이미 모든 것을 다 알고 있었다.

예전에 낯부끄럽게라는 말은 배기준과 있었다는 일을 두고 하는 말일 것이다. 그리고 이쪽 사람들은 소은의 조작되고 날조된 과거에 대해 입에 올리지 않기로 합의를 했던 모양인데 순간적으로 시어머니가 그 합의를 깨뜨렸고 진혁은 어머니가 깨뜨린 약속을 서둘러 수습한 것이다.

"그건 그렇고 얘, 도대체가 생각이 있는 거니 없는 거니? 얘가 손님들을 어떻게 치를 거라고 얘한테 맡기겠다는 거야?"

시어머니가 재빨리 방향을 틀었다.

[그 일은 소은이가 알아서 할 테니 어머닌 신경 쓰지 마세요.]

"얘가 뭘 할 줄 안다고 알아서 해? 부하 직원들이라고 만만하게 봤다간 큰코다친다. 너 이제 사장 취임했어. 취임하자마자 우스운 꼴 당할 거야? 입소문이라는 게 얼마나 무서운 건데 나중에 무슨 소리를 들으려고. 아줌마 데려다 해야 탈도 없고 말도 없어. 맡길 만한 사람한테 맡겨야지. 내가 요리사 구했다. 내가 다 말해뒀으니 부르기만 하면 돼."

[소은이가 알아서 할 거예요. 어머닌 관여하지 마세요.]

진혁의 목소리가 얼음장처럼 싸늘하자 시어머니의 표정도 당황함에 무안해졌다.

[그리고 어머니, 손님 대접은 어머니가 하세요. 아주머니들 있잖아요.]

"귀한 손님들이야. 일하는 아줌마들하고 며느리하고 같니? 며느리가 인사를 하고 대접을 해야지. 엄마 체면도 있고…….""

쏘아붙이는 처음과는 달리 시어머니의 목소리가 꺾이기 시작하자 소은은 진혁이 어머니에게 싫은 소리를 했다는 것을 짐작할 수 있었다.

[소은이 보내세요.]

"애가 왜 이래? 오늘 오시는 손님들이 어떤 분들인데 이러니? 경진그룹 이 사모님하고 호서그룹 임 사모님하고…….""

[30분 내로 소은이 회사에 도착하게 하세요. 그리고 소은이한테 한마디도 하지 마세요. 아셨습니까, 어머니? 어떤 말도, 단한 마디도 하지 마세요. 끊습니다.]

진혁이 일방적으로 전화를 끊어버리자 시어머니가 새빨갛게 달아오른 얼굴로 입술을 꼭 깨문 채 소은을 노려보다가 휴대폰을 소은에게 던지듯 건넸다.

“가봐라.”

화를 참느라 턱 근육이 부들부들 떨리는 시어머니를 쳐다보
던 소은은 지체하지 않고 휴대폰을 가방에 챙겨 넣은 후 자리에
서 일어났다.

“가보겠습니다.”

소은은 시어머니의 자존심 무너져 내린 비참한 표정을 뒤로
하고 가보겠다는 말만 남긴 후 재빨리 서초동 저택을 나왔다.

너른 잔디밭 정원을 가로지르며 소은은 마음속으로 자신이
알고 있는 모든 욕을 다 퍼부었다. 진혁을 향해, 시어머니를 향
해, 그리고 서초동 사람 모두를 향해. 하지만 아무리 욕을 퍼부
어도 풀리지 않았다. 꽉 막혀 쑤시고 아픈 가슴이 조금도 나아
지지 않았던 것이다.

이것으로는 부족하니까. 턱없이 부족하니까.

저택 앞에서 기다리고 있던 기사가 소은에게 인사를 하며 얼
른 차 문을 열어주었고 소은은 백화점으로 가자고 말한 후 차에
오르자마자 진혁에게 전화를 걸었다.

[여보세요?]

“혹시 구타유발자라는 말 들어봤어요?”

소은이 바득바득 이를 갈며 쏘아붙였다.

[구해준 사람한테 구타유발자라니?]

“구해줘? 더 이상 한마디도 하고 싶지 않으니까 그만 끊죠.”

[싫으면 말해.]

"그런 소갈머리로 대경그룹 사장 자리에 앉아 있는 걸 창피한
줄 알아요!"

[말조심해. 도로 끌려 들어가게 해줄까?]

"그렇게 해보시지요. 정말 터뜨려 버릴 테니까!"

소은이 소리친 후 전화를 끊어버리자 기사가 백미러로 소은
을 흘낏거렸다.

기사의 눈길을 무시하며 미쳐 버릴 것 같은 기분을 다스리느
라 심호흡을 하고 있는데 다시 휴대폰이 울렸다. 진혁이었다.

소은은 일부러 받지 않았다. 스무 번 정도 울렸던 전화는 잠
깐 끊어졌다가 다시 울렸고, 소은은 앞에 앉아 죄없이 불편해하
는 기사 때문에 하는 수 없이 전화를 받았다.

[빨리 와.]

"거길 왜 가요? 속에서 열불이 치밀어서…… 후…… 당신 볼
일 없어요. 나 장 보러 갈 거예요. 끊어요."

소은은 다시 전화를 확 끊어버렸다.

"정말로…… 종교를 가져야 해…… 이러다 무슨 짓을 할지 몰
라……."

소은이 부글부글 끓고 있는 속을 가라앉히려고 심호흡을 하
면서 중얼거리는데 휴대폰이 울렸다. 또 진혁이었다.

생고무처럼 질긴 인간.

"여보세요."

[여기 오라고 했어.]

"장 봐야 한다구요. 나 바빠요."

소은이 어금니를 꽉 틀어 물고 대꾸했다.

[와.]

진혁은 오라는 말만 남기고 전화를 끊어버렸다.

야~~~!!

하고 있는 양껏, 자동차가 뒤집어지도록 고함을 지르고 싶었지만 참아야 했다. 최소한의 교양은 지켜야 하니까. 빌어먹을, 똥통에 처박아 버릴 교양 같으니라고.

소은은 혈압이 꼭대기까지 치솟는 것을 느끼며 시계를 들여다봤다. 11시 20분. 회사에 잠깐 들렀다가 장을 봐도 아주 늦지는 않을 것 같았다.

그래, 가자. 가서 뺨이라도 한 대 갈겨주자. 기필코 갈겨주자.

"차 돌려주세요. 회사로 가요."

"예, 사모님."

기사는 즉시 회사로 차를 돌렸고 소은은 12시가 되기 전에 회사에 도착할 수 있었다.

"금방 나올 거예요. 기다려 주세요."

"예, 사모님."

소은은 기사를 대동하지 않고 대경그룹 사옥으로 들어와 엘리베이터를 향해 씩씩하게 로비를 가로질렀다.

'내가 오늘 뺨을 때리지 못하면 머리털이라도 잡고 흔들고, 것도 안 되면 꼬집기라도 할 거야. 시퍼렇게 멍들게.'

전의를 불태우며 걷던 소은은 우뚝 멈춰 서고 말았다. 생각해 보니 진혁의 사무실이 몇 층인지 모르고 있었기 때문이었다.

몸을 돌려 중앙 스테이션으로 가던 소은은 또다시 걸음을 멈추고 말았다. 스테이션 경비에게 사장 사모님이 사장실이 어디냐고 묻는 것도 참 우습다는 생각이 들었기 때문이었다.

대경그룹 사장 사모님이 남편의 방이 어디에 있는지 모르고 있다니. 경비도 황당하겠지만 소은 자신도 참 황당했다.

밖에서 대기하고 있는 기사에게 물으려던 소은은 휴대폰을 꺼내 곧바로 진혁에게 전화를 걸었다. 남편에게 물어보는 것이 가장 빠르고 안전할 것 같았기 때문이었다. 그런데 진혁이 전화를 받지 않았다. 25분 전에 통화한 사람인데 그새 어딜 갔는지 벨이 그토록 오래 울리도록 전화를 받지 않았다.

"왜 안 받는 거야?"

전화를 끊었다가 다시 걸었지만 역시나 받지 않았다.

"일부러 안 받는 거야. 로비 한가운데서 혈압 올라 죽게 하려고 일부러 작당을 하는 거라고."

신경질적으로 휴대폰을 접은 소은은 로비 한가운데서 혈압 올라 쓰러지기 전에 로비 한쪽에 마련되어 있는 휴게실로 가서 앉았다.

뭐 하는 짓인지.

'당장 회사로 오라더니 2, 30분 만에 전화를 씹어? 사람 골탕 먹이는데 도가 텄구나. 웃긴다, 진짜.'

웃긴 일이 이뿐이겠는가. 사장 사모님이 남편 방이 어디 있는지도 모르고 창피해서 경비한테 물어볼 수도 없고 남편이 전화를 걸어줄 때까지 휴게실에 앉아 기다려야 하는 것도 너무 웃겨서 창자가 끊어질 만한 일이었다.

그리고 보니 남편의 휴대폰 전화 외에 직통으로 연결되는 전화번호도 모르고 있었다. 물론 소은이 번호를 챙겨놓지 않은 탓도 있었지만 미리 알려주지 않은 진혁에게도 책임이 있었다.

"어머, 소은 씨. 여기 웬일이에요?"

귀에 익은 목소리에 고개를 들자 막내 아가씨 장주영이 소은을 내려다보고 있었다.

아니, 얘가 여긴 왜 온 거야? 아주 오늘 세트로 내 혈압을 올리는구나. 그리고 뭐, 소은 씨? 개싸가지하고는.

"오빠 만나러 왔어요."

"그래요? 그럼 올라가지 왜 여기 있어요?"

"그러게요. 여기 있네요."

"왜요? 오빠가 안 만나준대요?"

말하는 싹퉁머리하고는.

"그러게요. 만나주지 않을 모양이네요."

소은의 삐딱한 대꾸에 장주영이 낮게 콧방귀를 꼈다. 한심해 죽겠다는 듯이.

"직접 올라가지 그래요?"

"그랬으면 좋겠는데 방이 어딘지 몰라서요."

“어머, 아직 오빠 방이 어딘지도 몰라요?”

장주영의 입가에 깔보는 듯한 미소가 걸려 있었고, 소은은 당장에 저 얄미운 주둥이를 확 꼬집어 비틀고 싶다고 생각하며 장주영을 노려보는데 휴대폰이 울렸다. 진혁이었다.

[어디야?]

“1층 로비 휴게실이에요.”

[왜 거기 있어? 올라와.]

“몇 층 몇 호인지 몰라요.”

[몰라?]

“안 가르쳐 줬잖아요. 그리고 나 지금 막내 아가씨 만났어요. 막내 아가씨하고 할 얘기가 있으니 나중에 내가 전화할게요.”

소은은 어디 한번 똥줄이 타보라는 듯 일방적으로 전화를 끊어버렸다.

통화를 끝낸 후 소은이 돌아보자 장주영이 여전히 한심하다는 눈길로 소은을 쳐다보고 있었다.

“정말 오빠가 불러서 왔어요?”

“네.”

“오빠가 웬일이래요?”

장주영이 깐족거렸다. 정말 얄밉게.

오, 주여. 제발 앞에 있는 년의 얼굴에 핏물 오선을 그릴 수 있도록 허락해 주소서!

“그러게 웬일일까요? 나도 궁금하네요.”

소은이 주영을 향해 날카로운 미소를 던졌다.

"회보 촬영한다면서요?"

"네."

"소은 씨가 서초동 아줌마 잘랐다면서요?"

"그랬어요."

"대체 무슨 생각으로 아줌마를 자른 거예요? 엄마 펄쩍 뛰시던데. 엄마 화 돋워서 좋을 것 없을 텐데."

네가 나를 한계까지 밀고 가는구나.

"고숙은 안녕하시죠?"

"그럼요."

"지난번에 고숙하고 대판 싸웠다면서요?"

"누가 그래요?"

장주영의 입가에 걸려 있던 재수없던 미소가 싹 사라지며 갑자기 마녀의 얼굴로 변했다.

"파다하던데. 의외네요. 어머니께서 막내 아가씨 부부 금실이 좋다는 말씀을 하도 많이 하셔서 절대 안 싸울 줄 알았는데. 왜 싸웠어요? 되게 시끄러웠다면서요?"

"시끄럽긴 뭐가 시끄러워요? 그리고 우리가 왜 싸웠는지 소은 씨가 무슨 상관이에요! 주제도 모르고 끼어들긴."

"너 지금 뭐라고 했어?"

갑자기 진혁의 목소리가 들려 고개를 돌리자 진혁이 험악하게 일그러진 얼굴로 비서실장과 경비들을 곶감처럼 꿰어서 대동하고 곁에 서 있었다.

우와, 빛의 속도로 쫓아 내려온 모양이었다. 소은이 주영에게 따발총을 쏴대기 전에 총알받이 역할을 하기 위해.

"오빠……."

주영이 당황하며 얼른 입을 다물었다.

"너 이 사람한테 뭐라고 불렀어?"

진혁의 불을 뿜는 공격이 시작됐다. 주변에 소은을 비롯해 직원들까지 세워둔 채로.

"아니, 오빠 그게요……."

"호칭도 못 배웠어? 유학까지 다녀왔으면서 그 정도야? 어디서 배워먹지 못한 행동이야? 어디서 올케한테 감히 이름을 불러!"

진혁이 본사 사옥 로비라는 것을 잊은 듯 거칠게 고함쳤다.

정말 믿을 수 없는 일이 벌어진 것이다. 체면에 살고 체면에 죽는 장진혁이 다른 곳도 아니고 로비에서 여동생에게 공개적으로 면박을 주고 쥐 잡듯 하다니.

통쾌했다. 후련했다. 소은이 장주영이라면 당장에 죽고 싶을 만큼 통쾌하고 후련해서 울음이 터질 것 같았다.

"주제도 모르고 끼어들다니. 어디서 그따위 썩어빠진 말버릇을 배웠어! 그게 올케한테 할 소리야!"

진혁은 그쯤에서 멈추지 않고 계속해서 주영을 압박했다.

"아니, 올케가…… 올케 언니가…… 남의 가정사에 끼어들어서……."

"남이라니!"

진혁의 얼굴이 더욱 험악하게 구겨졌다.

"너 지금까지 계속 언니한테 이따위로 시건방지게 군 거야?"

"그건 오빠, 갑자기 화가 나서……."

"네 화를 왜 올케한테 풀어?"

"오빠, 내 말 좀 들어봐요……."

"시끄러. 입 다물어!"

진혁이 불이 뿜어져 나오는 눈길로 노려보자 주영이 겁을 먹고 입을 다물었다.

얼마나 창피할까. 소은 앞에서 욕을 먹었으니. 직원들까지 있는 곳에서 공개적으로 망신을 당했으니.

주영은 모멸감에 금방이라도 울음을 터뜨릴 듯했다.

하지만, 장주영은 충분히 망신을 당할 만한 짓을 저지른 사람이었다.

소은에게 차마 입에 담지 못할 오명을 씌우고도 언제까지 행복하고 즐거울 줄 알았다면 지구상에서 사람만이 가졌다는 양심이 단 1%도 없다는 뜻일 것이다.

"곧장 집에 가서 내 전화 기다려. 너한테 확인할 게 있다."

"뭘…… 확인해요?"

"꼼짝 말고 내 전화 기다려."

"무슨 얘긴데 그래요?"

"배기준이 얘기야."

진혁의 입에서 배기준의 이름이 나오는 순간 장주영의 얼굴에서 핏기가 가셨다.

"오빠…… 그게 무슨…… 배기준이 왜……."

"당장 돌아가!"

진혁이 낮지만 거역할 수 없는 목소리로 명령했고 장주영은 당혹감과 모멸감에 홍당무처럼 빨개진 채 입을 다물었다.

새빨개졌던 주영의 얼굴은 어느새 하얗게 질려 있었고 소은은 금방이라도 쓰러질 것처럼 하얗게 질린 채 자신을 쳐다보는 장주영을 향해 사악한 미소를 흘려주었다.

소은은 자신의 미소가 주영에게 어떻게 비춰질지 알고 있었다. 악마처럼 보일 것이다. 지옥에서 방금 튀어나온 새빨간 악마. 소은은 새빨간 악마의 낯을 하고 시커먼 이빨을 드러내며 주영을 향해 끝없이 사악한 미소를 흘려주고 있었다.

주영은 도저히 표현할 수 없는 눈길로 소은을 쳐다보다가 도망치듯 사옥을 나가 버렸다.

"사모님, 나오셨습니까."

주영이 사라진 후 민망한 표정으로 서 있던 박 실장이 소은에게 서둘러 깍듯하게 인사하자 경비들도 오늘 처음으로 만나게 된 소은에게 머리가 땅에 닿도록 인사를 했다.

"안녕하세요, 실장님."

"박 실장, 내 방 번호하고 방 위치를 어째서 아내가 아직까지 모르고 있었던 건가?"

진혁이 박 실장을 향해 강압적인 태도로 묻자 박 실장이 어쩔 줄 몰라 하며 진혁과 소은에게 연신 고개를 조아렸다. 불똥은 직원들에게까지 튀어버린 것이다.

"큰 실수를 했습니다. 죄송합니다, 사장님. 죄송합니다, 사모님."

"아니에요……."

진혁이 이럴 줄은 몰랐기에 소은도 당황해서 어쩔 줄 몰라 하는데 진혁은 거기에서 그치지 않았다.

"오 대리 어디 갔나? 무슨 생각으로 이 사람을 휴게실에 세워둔 거야?"

오 대리는 소은의 수행 기사였다.

"내가 금방 나갈 거라고 밖에서 기다리라고 했어요."

소은이 재빨리 오해를 풀려고 했지만 소용없었다.

"박 실장."

"예, 사장님."

"오 대리 데려와."

"예, 사장님."

박 실장이 부리나케 밖으로 나갔다.

"진혁 씨……."

소은이 상황이 이런 식으로 돌아갈 줄은 생각지도 못했기에 몹시 당황하며 진혁을 말리려는데 진혁이 소은의 손을 잡고 엘리베이터로 향했다. 진혁과 소은은 곧 경비가 확보해 준 엘리베이터에 올랐고 드디어 두 사람만 남게 됐다.

"왜 전화 안 받았어요?"

"짧은 회의가 있었어."

"내려오지 않았으면 날 물먹이려고 일부러 안 받는 줄 알았을 거예요."

"물먹일 생각 없었어."

"어쨌거나…… 칭찬받을 생각은 없었겠지만 퍽 훌륭했어요."

"뭐가?"

"주영 씨한테 한 행동이요."

소은의 말에 진혁은 아무 대꾸도 하지 않았다.

"의외네요. 체면 많은 진혁 씨가 직원들 세워두고 주영 씨한테 그렇게까지 했다는 게."

농담이 아니었다. 정말 의외의 행동이었다.

이건 정말 보통 큰일이 아니었다. 장주영은 창피해서 변기통에 코 박고 죽고 싶은 일이었고 소은은 통쾌해서 오르가즘이 느껴질 일이었다. 극한의 오르가즘이.

엘리베이터가 멈춰 선 후 문이 열리자 진혁이 먼저 내렸다. 그러나 소은은 내리지 않았다.

"돌아갈게요. 이 흥분과 통쾌함을 혼자 오래오래 곱씹고 싶네요."

"내려."

"장 봐야 해요. 서두르지 않으면 아무것도 못해요."

소은이 닫힌 버튼을 누르려는데 진혁이 밖에서 열림 버튼을
꾹 누른 채 엘리베이터 안으로 반쯤 들어와 소은의 손을 잡았
다.

"사무실 들렀다 가."

"안 들러도 돼요. 앞으로 여기 올 일도 없잖아요."

소은이 진혁의 손을 털어냈다.

"들어가자."

"바쁘다고……."

"빨리 나와."

진혁이 고집을 피웠다.

"왜요? 이번엔 직원들 있는데서 날 쪽팔리게 하려고 그래
요?"

"나…… 노력 중이야, 소은아."

진혁이 진심 어린 표정으로 말했다.

"뭘 노력해요?"

"당신한테…… 잘 보이려고."

진혁의 말에 소은이 어이가 없어 웃음을 터뜨렸다.

"주영 씨 쪽팔리게 한 거 나한테 잘 보이려고 한 거예요?"

"음…… 부족해?"

"당연하죠."

그럼 그것으로 모두 다 털어낼 줄 알았단 말인가!

"난 당신 식구들한테 돌아가며 3년을 당했어요. 당신부터 전

부 합동으로 날 쌩깠다구요.”

“쌩깠다고?”

진혁이 못 알아들었다가 금방 그 말의 의미를 알아차린 듯 눈살을 찌푸렸다.

“그 단어는 쓰지 말자. 정말 별로네.”

진혁이 꾸짖는 것이 아니라 합의를 보고 타이르는 듯한 말투로 말했고 소은은 달라진 진혁의 태도에 발끈하지도 받아치지도 않았다.

“꽤 재밌는데…… 그러죠, 안 쓸게요. 그건 그렇고 나한테 잘 보이려고 노력 중인 사람이 전화해서 그렇게 약을 올려요?”

“장난인 거 알아차릴 줄 알았어.”

“처음부터 그런 분위기 아니었어요. 어머닌 날 어떤 식으로 잡아 잡술지 방법 연구하고 계신 중이었어요. 난 교묘히 피하며 어머니 약 올리고 있었고. 장난 주고받을 분위기 아니었어요. 그리고 출근길에 입조심하라는 경고를 받았는데 어떻게 장난으로 받아들이겠어요?”

소은이 입술을 비죽거렸다.

“……나 노력 중이야. 아는 척 좀 해줘.”

아는 척. 그래, 동생 주영이한테 한 걸 보면 정말 놀랍도록 노력을 하는 중이었다. 인정해 줘야 했다.

“그래요. 아는 척할게요…… 굉장히 의외였고 고마워요.”

“얼마나?”

"음…… 오르가즘 느낄 만큼?"

소은의 대구에 진혁이 흠칫 놀라며 얼른 주변을 살폈다. 지나가며 듣는 사람이 없는지 하고. 말했지 않은가. 체면이 많은 장진혁이라고.

진혁은 소은의 입에서 오르가즘이라는 단어가 불쑥 튀어나올 줄은 몰랐기 때문에 적잖게 당황했다.

"여기선 절대 그쪽 단어 쓰지 마."

"내가 번역한 책에 나오는 표현인데…… 놀랐어요? 걱정 말아요. 여기 다시 안 올 거니까."

소은이 당황한 진혁에게 씩 웃어주었다.

"같이 차 한잔 해."

진혁이 살며시 소은의 손을 잡으며 애원 조로 말했다.

잘 보이려고 꽤 노력했는데 까짓것 차 한잔 못 마셔주랴. 잘 보이는 동시에 입도 봉하고 싶어 노력하는 중이겠지만.

"그러죠 뭐. 이왕 왔으니까 얼마나 뽀다구 나는 사무실에서 일하는지 구경이나 하자구요."

소은이 진혁의 손을 털어내고 엘리베이터에서 나와 왼편으로 걸어가는데 진혁이 이쪽이야 하고 반대편을 가리켰고 소은은 얼른 방향을 바꿨다.

"초행길이라……."

소은이 일부러 빈정거리듯 중얼거렸다.

진혁과 소은이 사무실로 들어서자 비서실에 있던 더없이 예쁘고 단정한 여비서 두 명이 재빨리 자리에서 일어나며 허리가 꺾이도록 인사를 했다.

"안녕하십니까, 사모님."

그에 소은도 여비서들에게 미소로 화답을 했다.

"오 대리 올라오면 대기하라고 해."

"네, 사장님."

"준비는 다 됐나?"

"기다리고 있습니다."

"알았어."

진혁은 직접 자신의 사무실 문을 열어주었고 소은은 여비서들에게 미소를 지어 보인 후 사무실로 들어왔다.

"훌륭하네요."

사무실에 들어선 소은은 훌륭하다는 말 외에 다른 말이 필요 없을 만큼 잘 꾸며져 있는 사무실을 휘익 둘러봤다.

"그런데 아까 박 실장님한테 갑자기 왜 그랬어요? 당황스럽잖아요. 괜히 박 실장하고 오 대리만 피 봤어요."

"당연히 해야 할 일을 하지 않은 것에 대해 지적한 거야."

"박 실장님 얼마나 무안했겠어요? 나도 당황스러워 혼났잖아요."

"비서실에서 당연히 당신에게 보고를 했어야 할 일이야. 앉아."

"……당연히는 무슨."

소은이 입술을 비죽이며 자리에 앉았다.

“왜 빈정거려?”

“당연히라는 말 웃기잖아요. 잊었어요?”

“뭘?”

“당신 미국으로 떠나고 나서 두 번째 한국에 왔을 때 갈아입을 와이셔츠 챙겨다 주려고 왔다가 다섯 시간이나 기다린 거? 다섯 시간 기다리고 3분 만에 쫓겨난 거. 다섯 시간 의자에 앉아 있다가 짝궁댕이 될 뻔했어요. 그땐 무슨 뜨내기 장사꾼 취급하듯 와이셔츠 받자마자 쫓아내더니 오늘은 왜 그래요?”

“그땐 바빴어.”

“그때만 바빴나?”

소은이 또다시 빈정거렸다.

“뭐야, 그 태도?”

“뭐긴 뭐예요? 깐죽거리는 거지.”

깐죽거리면서도 한편 은근히 기분이 좋았다.

주영을 향해 작렬하던 진혁의 그 카리스마!

“근데 막내 아가씨한테 정말 배기준이 일 확인할 거예요?”

“할 거야. 왜? 하지 마?”

“아뇨. 해요. 꼭 해요.”

소은이 힘주어 말했다.

“아, 좋아라.”

“뭐가 좋아?”

“막내 아가씨가 머리 싸매고 있을 걸 생각하니 행복하네요.”

“그렇게 좋아?”

진혁이 찌푸린 얼굴로 물었고 소은은 진혁의 표정과는 정반
대로 흐뭇함을 감추지 않고 씨익 웃었다.

“좋아 죽겠어요.”

그럼 천사처럼 너그럽게 용서할 줄 알았나? 어림없지. 장주
영에게 너그러움 따위는 필요없었다. 지금까지 당한 게 얼만데.

“일어나.”

“쫓아내는 거예요? 기꺼이 쫓겨날게요.”

소은이 조금도 불쾌하지 않은 표정으로 일어나 문을 열고 밖
으로 나가자 비서실에서 대기하고 있던 박 실장과 오 대리가 긴
장한 얼굴로 소은을 쳐다봤다.

“죄송합니다, 사모님. 죄송합니다.”

오 대리가 죄인처럼 쩔쩔매며 말했다.

“아니에요. 내가 밖에서 기다리라고 했잖아요. 괜찮아요. 그
렇죠, 진혁 씨?”

소은이 진혁에게 제발 아무 말도 하지 말라는 듯 눈짓을 하자
진혁이 오 대리를 쳐다봤다.

“앞으론 실수 없도록 해.”

“예, 사장님. 죄송합니다.”

“오 대리, 나 지금 가요.”

“예, 사모님.”

소은이 비서실 사람들에게 인사를 하고 나가려는데 진혁이

소은의 손을 잡았다.

"이리 와."

진혁이 비서실 정문이 아닌 다른 쪽으로 소은을 이끌었다.

"어디 가요?"

"밥 먹으러."

진혁이 소은을 데리고 간 곳은 진혁의 사무실 옆에 마련된 작은 다과실 겸 식당이었다.

다과실에는 바로 식사할 수 있도록 테이블 세팅이 되어 있었고 테이블 중앙에는 노란색 장미꽃도 장식되어 있었다.

"장미 좋아해요?"

소은이 묻자 진혁이 의자를 빼주며 '당신이 좋아할 것 같아서'라고 대답했다.

"예쁘네요. 그런데 우리 뭐 먹어요?"

"당신 좋아하는 거."

진혁이 입구에 서 있는 비서에게 손짓을 하자 곧바로 요리들이 나오기 시작했는데 테이블 중앙에 있던 꽃 장식이 치워지고 그 자리에 커다란 전골냄비가 놓인 후 뚜껑이 열리는 순간 콧속을 파고드는 매콤한 냄새에 소은의 눈에서 빛이 나기 시작했다.

"뭐예요?"

"매운 갈비찜."

"우와!"

"당신 매운 거 좋아하잖아."

진혁의 말에 소은이 침을 꼴깍 삼키는데 음식을 준비한 요리사가 '바로 드셔도 됩니다' 하고 말했다.

"고맙습니다."

소은이 싱글벙글 웃으며 인사했다.

메인 요리인 매운 갈비찜에 밥, 밑반찬까지 세팅이 끝나자 진혁이 비서실 직원들을 비롯해 요리사까지 모두 다과실에서 내보냈다.

"진혁 씬 매운 것 잘 못 먹잖아요."

"이 정도는 괜찮아. 그때 그 고추는 지나치게 매웠어."

"그렇긴 해요."

소은이 국자를 들고 개인 그릇에 덜어 담으려고 하는데 진혁이 소은에게서 국자를 뺏어가더니 갈비와 야채 국물까지 골고루 뜨더니 소은에게 건넸다.

"물어볼 게 있는데."

"뭐?"

"주영 씨도 그렇고 갈비찜도 그렇고 정말 나한테 잘 보이려고 노력하는 중이에요, 아니면 내 입을 틀어막으려고 안간힘을 쓰는 거예요?"

"어떤 것 같아?"

"글쎄…… 아까 서초동에 있을 때 통화한 상황을 두고 보자면 전혀 노력하는 것 같지 않고 주영 씨한테 한 걸 보면 처절한 노력을 하는 것 같고……."

"잘 보이려고 하는 거야."

"그보다는…… 다른 뜻이 있는 것 같은데."

"뭐?"

"유종의 미를 거두자? 우리 두 사람 시간이 얼마 남지 않았으니까……."

"얼마 안 남았으니, 그래서?"

"끝내기 전에 한 번 자려고?"

소은의 말에 진혁이 어처구니없다는 표정으로 소은을 쳐다보다가 픽 웃었다.

"유종의 미를 거둘 겸 한 번 자자."

"매운 갈비찜에 싹트는 흥분."

소은이 갈비를 뜯으며 말했고 진혁은 웃음을 터뜨리고 말았다.

"갈비 정말 맛있네요."

소은이 야들야들 씹는 것도 잊을 만큼 부드러운 고기를 씹으며 말했다.

"갈비 먹여주니까 한 번 자자."

진혁의 말에 소은이 픽 웃었다. 하지만 좋다는 대답은 하지 않았다.

"왜 대답 안 해?"

"내가 그렇게 쉬운 여잔 줄 알아요? 꽃잠을 기억도 못하면서."

소은이 콧방귀를 꼈다.

"꽃잠?"

"첫날밤 말이에요."

소은이 눈을 흘겼다.

"꽃잠…… 참 예쁜 말이네."

"참 예쁜 꽃잠을 기억 못한다는 게 문제죠."

"그건…… 무조건 미안해. 당신 말대로…… 당신 과거가 걸려서…… 못할 짓을 했어…… 정말……."

진혁은 자신이 얼마나 못난 짓을 했는지 알기에 소은과 제대로 눈도 마주치지 못했고 또 미안함에 말을 잇지 못했다.

"왜, 옥경 군이 맨 정신으로는 분노를 못하겠대요?"

소은의 물음에 진혁이 푹 하고 웃음을 터뜨렸다.

진혁은 웃음 안에 고마움을 담고 소은을 바라봤다. 생각해 보니 참 영특한 여자였기 때문이다. 얼마든지 물고 늘어질 수 있는 말꼬투리를 우스갯소리에 담아 기분 상하지 않게 돌릴 줄 아는 여자. 이렇게 영특한 여자라는 것을 왜 몰랐을까. 아니지. 몰랐던 것이 아니라 알려고 하지도 않았었다. 불결하고 머리 나쁜 여자라고 단정 지었었으니까.

물론 김소은이라는 여자, 작정하고 걸고넘어질 때는 솔직히 그 순간 정나미가 떨어지도록 지독했다. 지나치게 직설적이고 드세서 상종하고 싶지 않을 정도로. 그러나 그런 모습까지도 소은의 한 부분이라는 것을 인정해야 했다.

진혁은 아직도 소은이 했던 말을 잊지 않고 있었다.

'하지만 어쩔 수 없어요. 내 본모습을 찾기까지 쉽지 않았으니까. 아주 비싼 값을 치렀으니까.'

진혁은 이제는 소은의 말뜻을 이해할 수 있었다. 본모습을 찾기까지 쉽지 않았다는 말 그리고 아주 비싼 값을 치렀다는 말.

보통 사람은 절대 참아내지 못할 인신공격과 인간적 모멸을 3년이나 버텨낸 여자였다. 정말 억울하게 정말 원통하게. 소은에게 못할 짓을 한 주영에게 창피를 주는 것으로는 절대 갚을 수 없을 만큼, 갈비찜을 매일 매끼 백 년 동안 먹인다 해도 소용없을 만큼.

그래서 겁났다. 정말로 소은을 놓칠 것 같아서. 정말로 소은이 떠날 것 같아서.

"어떻게 할까?"

"뭘요?"

"어떻게 하면 한 번 자줄래?"

진혁의 물음에 소은이 웃음을 터뜨렸다.

"구걸하는 거예요?"

"구걸이라니!"

진혁이 눈을 부라렸다.

"그럼 애원?"

"애원이라는 단어까지 써야 할까?"

"나하고 자고 싶어서 목맨 것도 아니네 뭐. 못 자요. 나 비싸고 바빠요."

소은이 튕기자 진혁이 소은을 노려봤다.

"어떻게 하면 자줄래?"

소은을 노려보던 진혁이 살짝 이를 갈며 물었고 소은은 갈비뼈를 쪽쪽 핥으며 진혁을 거만하게 쳐다봤다.

"최선을 다해서 요청해 봐요. 또 알아요? 그 정성에 감복해서 옥문 양이 문을 열고 은혜를 베풀어줄지."

소은이 끝까지 거만스럽게 굴자 진혁이 입술을 실룩거리며 소은을 노려봤다.

"은혜?"

"싫음 말구요."

"……좋아. 한 번 자자."

"이 악물고 자자고 하는 게 최선을 다하는 거예요? 안 자주면 죽인다는 거지? 장미꽃이라도 입에 물면 몰라."

소은의 말에 진혁이 치사해서 관둔다는 표정으로 소은을 노려보다가 갑자기 벌떡 일어서서 소은의 곁으로 왔다. 그리고 재빨리 다과실 입구를 살펴본 후 꽃병에 꽂혀 있던 장미꽃 하나를 뽑아 입에 물었다.

"자자."

진혁이 장미꽃 줄기를 물어뜯을 듯 악물고 말했고 소은은 진혁이 정말로 장미꽃을 입에 물었다는 것에 놀라 멍하게 진혁을 올려다보고 있었다.

“하라는 대로 했으니까 자자고.”

진혁이 이를 갈며 말했다. 아니, 명령했다.

“나하고 정말 자고 싶군요?”

“작게 얘기해.”

진혁이 소은에게 눈을 부라렸다.

“콜!”

소은이 콜을 외치자 진혁이 장미꽃을 도로 꽃병에 꽂아놓고 자리로 돌아가 앉았다. 치사하게 이런 짓까지 해야 하나 하는 얼굴로.

“대신 조건이 있어요.”

“뭔데?”

“임신하고 싶지 않아요. 절대.”

소은이 힘주어 말하자 진혁이 소은을 뚫어져라 쳐다보다가 천천히 입을 열었다.

“임신시키지 않을게. 절대.”

“그렇다면…… 빨리 장 보고 목욕하고 옥문 양한테 전보 쳐놓을게요. 문 활짝 열어두라고.”

소은이 갈비뼈를 든 채로 은밀하게 속삭이자 진혁이 웃음이 터질 듯 말 듯한 표정으로 농담인지 진담인지를 알아내려는 듯 소은의 표정을 살폈다.

“나중에 딴소리 안 할 거지?”

“물론이에요. 더러운 줄 알았던 아내가 실은 꽤 청결한 사람이었다는 걸 알게 된 남편에게 실체를 확인할 기회는 줘야 하지 않겠어요? 적어도 한 번은. 당신이 내다 버리라고 한 용 문양 망사 팬티 입고.”

소은의 말에 웃던 진혁의 얼굴에서 서서히 웃음이 걷히더니 퍽 진지해졌다.

“미안해. 주영이 일…… 정식으로 사과하고 싶었어.”

“매운 갈비찜 먹으면서 말이죠?”

“고민 많이 했어. 어떻게 사과하면 당신이 받아들일지.”

“……노력 많이 하는 건 알겠지만 주영 씨한테 그렇게 한 것으로 없던 일로 할 수는 없어요. 맺힌 게 너무 많거든요. 그리고…… 그런 누명을 씌우는 건 너무 악질적이에요. 내가 사람을 죽였다고 하는 것과 같은 무게일 만큼.”

“…….”

진혁은 부정도 긍정도 하지 않는 표정으로 무거운 숨만 내쉬었다.

“유종의 미를 거두고 싶지 않아졌어요?”

“……아니. 할 건 해야지.”

진혁이 픽 웃으면서 말했다.

“용 문양 망사 팬티 입어줄 수 있어요? 막 흥분할 것 같은데.”

소은의 말에 진혁이 소은에게 눈을 부라렸다. 장난치지 말라는 듯.

“찢어버릴 거야.”

“으음……”

소은이 갈비뼈에 붙어 있던 고기를 야무지게 뜯어내며 장난스레 신음을 흘리자 진혁이 밖으로 소리가 새어나갈까 봐 소은에게 눈을 부라렸다.

“조용히 해.”

“스릴있잖아요.”

소은이 콧소리가 섞인 목소리로 속삭인 후 본격적으로 갈비를 뜯기 시작했다.

6장

❀ 그와 그녀의 남은 시간 50일. 그날 밤.

"어딨어?"

목욕하고 기다리겠다던 소은이 보이지 않아 진혁이 거실 한가운데 서서 외치자 소은이 침실에서 나타났다. 나이트가운을 입은 채로.

"남편이 들어오는데 왜 나와 있지도 않아?"

진혁이 소은에게 가방을 건네며 말하자 소은이 묘한 웃음을 흘렸다.

"오늘은 일찍 왔네요. 집에서 할 일 있나 봐요?"

"기다리고 있었던 것 아니야?"

"기다리고 있었죠."

"옥문 양한테 기별은 해뒀나?"

"아유…… 목 빠지게 기다리고 있더라구요."

소은의 대구에 진혁이 낮게 웃음을 터뜨렸다.

"방에서 뭐 했어?"

"준비요."

소은이 침실로 들어가며 대답했다.

"무슨 준비?"

하고 물으며 침실로 들어서던 진혁은 소은이 했다는 준비를 확인하는 순간 웃음을 터뜨리고 말았다.

침실 곳곳에 아로마 향초가 은은한 케모마일 향기를 풍기며 피워져 있었기 때문이었다.

"마음에 들어요?"

향초 빛에 유난히 더 예뻐 보이는 소은이 은밀한 눈길을 던지며 물었다.

"와인 한잔할까?"

"절대 안 돼요!"

소은이 어림없다는 듯 힘주어 말했다.

"한 방울이라도 입에 댔다간 불날 줄 알아요."

소은이 으름장을 놓은 후 욕실 문을 활짝 열어주었다.

"깨끗하게 씻고 나오셔요. 순결한 아내를 품게 된 것을 영광으로 알고.”

소은의 말에 진혁이 넥타이를 풀며 또다시 웃음을 터뜨렸다.

“너무 오래 기다리게 하진 마셔요. 뒤끝 긴 옥문 양 문 닫아요~”

소은은 진혁에게 윙크를 날리며 침대에 누웠고 진혁은 오래 기다리게 할 생각이 조금도 없다고 화답하며 서둘러 옷을 벗고 욕실로 들어갔다.

5분 후.

진혁이 급한 마음에 머리도 말리지 않고 욕실을 나왔지만 소은은 침대에 없었다. 술을 한 방울이라도 입에 댔다간 불을 내겠다고까지 한 사람이 설마 분위기를 돋우기 위해 술을 준비할 리는 없고 숨어버린 소은을 찾기 위해 거실로 나왔던 진혁은 소파에 앉아 있는 사람을 발견하는 순간 순식간에 표정이 굳고 말았다.

“어머니, 이 시간에 웬일이세요?”

진혁이 물었지만 소은도 시어머니도 진혁의 목소리가 들리지 않는 듯 독약을 삼킨 표정으로 서로를 노려보고 있었다.

“당장 도장 찍어. 한마디라도 신소리 지껄였다간 내 손에 요절이 날 줄 알아라.”

시어머니의 협박에도 소은은 눈 하나 깜짝하지 않았다.

“이게 뭡니까?”

진혁이 어머니가 내민 서류를 낚아채서 읽다가 그 자리에서 찢어버렸다.

"뭐 하는 짓이야!"

어머니가 톱니처럼 날이 선 목소리로 소리쳤다.

"무엇 때문에 이혼 서류에 도장을 찍으라는 말씀이세요?"

"몰라서 묻니? 괘씸한 년 같으니라고. 감히 어디서 주영이한 테 누명을 씌워!"

시어머니가 벌떡 일어나며 소은을 향해 고함을 내질렀다.

"함부로 굴린 더러운 몸뚱이를 우리 집안에 들여놓은 것도 창 피해서 견딜 수가 없는데 어디 감히 내 딸한테 그 더러운 누명 을 씌우냔 말이야!"

"그만 하세요."

진혁은 소은이 폭발하기 전에 재빨리 어머니를 향해 한 걸음 다가섰다.

"이 더럽고 못된 년! 머리가 나쁘면 몸이라도 조신하게 굴리 던가!"

시어머니가 소은의 머리채라도 잡으려는 듯 다가서는데 진혁 이 소은을 몸 뒤로 숨기며 어머니를 막아섰다.

"그만 돌아가세요."

"가라니, 가라니! 저 못된 년 버르장머리를 고쳐 놓고 가야지. 나 절대 그냥은 못 넘어간다. 당장 이혼해! 저년을 당장 우리 집 안에서 내쫓아!"

"누구더러 못된 년이라는 말씀이세요!"

진혁이 고함을 내질렀다.

"누명은 무슨 누명이에요. 더럽고 못된 짓 한 사람은 소은이가 아니라 주영이에요. 주영이가 이 사람한테 누명을 씌운 거란 말입니다!"

"제정신이니? 제정신으로 저 미친년 말을 믿는 거야? 네 동생이야, 네가 네 동생을 몰라서 저년 말을 믿어!"

"말씀 가려 하십시오, 어머니!"

진혁이 집 전체가 들썩거릴 정도로 고함을 쳤고 시어머니가 움찔 놀라며 한 걸음 물러섰다.

"이 사람한테 욕지거리하지 마십시오."

진혁이 분노에 휩싸인 채 어머니를 향해 위협적으로 경고했다.

"너 지금 이 어미 앞에서 네 안사람을 싸고도는 거니?"

어머니가 배신감으로 일그러진 얼굴로 진혁을 노려보며 물었다.

"창피해서 고개를 들 수가 없습니다."

"그래, 나도 창피해서 고개를 들 수가 없다. 이 모두가 바로 재 때문이란 말이야!"

"주영입니다. 주영이란 말입니다!"

진혁이 주먹을 틀어쥔 채 소리쳤다.

"주영이도 내게 실토했고 그날 그 자리에 있었던 놈들한테 이미 다 확인했습니다. 박 서방도 알고 있고 아버지도 알고 계시

단 말입니다."

"뭐, 뭐?"

어머니의 얼굴이 경악으로 일그러졌다.

"박 서방이…… 아버지? 그럴 리가 없어. 우리 주영이가 어떤 앤데 절대 그럴 리가 없어!"

시어머니가 세차게 고개를 저었다. 믿을 수가 없는 것이 아니라 결코 믿고 싶지가 않아서.

"주영이한테 입 꽉 다물고 있으라고 했는데 기어이 일을 벌였군요. 좋습니다. 주영이, 박 서방, 다 불러 모아서 확인시켜 드리지요."

진혁이 움직이려는데 어머니가 진혁을 붙잡았다.

"뭘 하려는 거니?"

"확인시켜 드린다고 하지 않았습니까. 원하시는 대로 끝장을 볼 테니 기다리세요."

"그만둬!"

어머니가 소리친 후 현기증이 이는 듯 소파에 주저앉았다.

"주영이가 이 사람한테 누명을 씌운 거고 우린 모두 주영이한테 속은 겁니다. 주영이 농간에 지금까지 이 사람을 괴롭힌 것으로도 모자라 이 시간에 이혼 서류 들고 오셨습니까?"

"……."

"부끄러운 줄 아십시오. 더럽고 못된 짓을 한 사람은 이 사람이 아니라 주영입니다. 우리 집안에 똥물을 끼얹은 건 주영이란 말입니다. 이 사람에게 누명을 씌운 사람도 바로 주영입니다. 아시겠습니까, 어머니!"

진혁이 쐐기를 박듯 윽박지르자 어머니는 핏기가 가신 창백한 얼굴로 망연자실 숨만 몰아쉬고 있었다.

소은은 진혁과 시어머니의 모습을 냉정한 눈길로 바라보다가 돌아섰다. 지지든 볶든 상관하고 싶지 않았다. 아니, 단 1초도 더는 두 사람과 함께 있고 싶지 않았다.

소은이 아주 신물이 난 얼굴로 2층으로 올라가는 계단으로 걸어가는데 시어머니가 소은을 급히 불렀다.

"애."

소은이 돌아보자 시어머니는 도저히 말로는 표현할 수 없는, 복잡하게 일그러진 표정으로 소은을 바라보고 있었다.

"너는…… 너는…… 조용히 있도록 해라. 아무 말 하지 말고."

시어머니의 말에 소은은 자신도 모르게 실소를 터뜨리고 말았다. 지금 장난하냐는 듯이. 내가 그렇게까지 만만하냐는 듯이.

그렇게는 못하지. 아니, 안 하지!

숨길 것이 없어진 마당에 무엇 때문에 조용히 있어야 한단 말인가. 죄 까발려졌는데 대체 무엇 때문에 착하고 순한 척을 해야 한단 말인가.

천만에. 사람 잘못 보셨습니다, 사모님.

"맨입으로 되겠어요?"

소은의 대구에 시어머니와 진혁이 동시에 소은을 쳐다봤다.

"왜 그렇게 쳐다보세요? 정말 맨입으로 될 줄 아셨나 보네요."

"너, 너, 지금……."

소은의 태도에 시어머니가 금방이라도 혈압이 올라 쓰러질 듯한 표정으로 소은을 노려봤다. 하지만 소은은 그런 시어머니의 표정에 비웃음으로 화답했다. 이제 겁날 것이 조금도 없었으니까.

"오해에서 비롯된 일이야!"

눈이 뒤집히기 직전의 시어머니가 소리쳤다.

그러나 소은은 끄떡없었다. 오히려 시어머니의 눈이 뒤집히는 꼴이 보고 싶을 정도로 격분의 시동이 걸려 버렸으니까.

"오해였으니…… 입 다물라…… 왜 그래야 해요?"

소은이 어림없는 소리 말라는 뜻을 담고 되물었다.

"너 한 번 해보자는 거냐!"

시어머니가 버럭 소리를 질렀다.

"네."

소은이 확고한 어조로 대답했다.

"저한테 어떻게 하셨는지 설마 잊어버리신 건 아니죠? 때린 사람은 발 뻗고 못 자고 맞은 사람은 발 뻗고 잔다는데…… 전 맞은 쪽인데도 발 못 뻗고 잤거든요? 분하고 억울해서요."

"그래서, 그래서 어쩌자는 거야? 내가 너 하나 처리 못할까

봐 그러니? 까불지 마라. 감히 내 딸을 두고 함부로 까불었다
간…….”

“어머니!”

진혁이 눈에서 불을 뿜어내며 모친의 말을 잘랐다.

“너 쟤 하는 짓을 보고도 그러니? 지금 쟤가 날 협박하는 걸
보고도 그래?”

시어머니가 아들에게 소은이 아니라 되레 자신이 피해자인
척 도움을 요청하는 어조로 말했다.

“저 사람 입에서 저런 말 나오게 하셨지 않습니까! 두 시간,
세 시간 무릎 꿇려놓는 건 예사고 같은 상에서 밥도 못 먹게 하
셨다면서요. 저 본사에 사장 발령 결정됐을 때 이 사람한테 알
리지 말라고 비서실에 지시 내린 사람도 어머니라면서요. 딸들
하고 편먹어 그렇게 돈을 처바르면 개새끼도 박사 만들 거라는
말씀까지 하셨다면서요. 제가 어머니한테 얼마나 실망했는지
아십니까? 대경그룹 회장 사모님께서 겨우 그 정도밖에 안 되십
니까! 왜 그러셨습니까! 대체 왜요!”

진혁의 외침에 소은은 쇠방망이로 뒤통수를 얻어맞은 듯 멍
하게 시어머니를 쳐다보다가 웃음을 터뜨리고 말았다. 비서실
에 그런 지시를 내렸다니…… 믿을 수 없으면서도 어처구니가
없었기 때문이었다.

소은이 웃어대자 시어머니와 진혁이 미친 사람 쳐다보듯 소
은을 쳐다봤다. 하긴 이런 상황에 웃어댈 수 있는 사람이 소은

말고 또 있을까. 하지만 소은은 웃음이 터졌다. 터져 버린 웃음을 멈출 수 없을 만큼 우습고 참 아니꼬웠다.

"그러니까…… 당신이 한국에 들어온다는 걸 감쪽같이 몰랐던 것도 어머니 때문이었다는 거죠? 참…… 대단하시네요. 훌륭하시네요."

소은의 입가가 비틀어지기 시작했고 그래서 웃음 역시 한껏 비틀어져 버렸다.

"어차피 진혁 씨하고 한 달 반 후에는 갈라서요. 어머니가 도장 찍으라고 협박하지 않아도 갈라서기로 결정되어 있다구요. 난 조금도 아쉬울 게 없는데 왜 입을 다물겠어요?"

소은의 반격에 시어머니가 당황한 표정으로 진혁을 쳐다봤다.

"이게 무슨 소리니? 한 달 반 후에 갈라서다니?"

"왜 모른 척하세요? 진혁 씨하고 오래 살게 하지 않으려고 악착같이 임신하지 말라고 하셨던 것 아니에요?"

소은의 공격은 계속됐다.

"기쁘시겠어요. 원하시던 대로 아들 내외 갈라서게 돼서. 하지만 내 입은 이혼하는 것만큼 쉽게 봉해지지는 않을 거예요. 어머니는 다 잊으셨는지 몰라도 전 한 가지도 잊지 않고 있거든요. 어머니가 저를 어떻게 고문했는지. 장주영 씨가 나한테 어떤 누명을 씌웠는지."

소은의 얼굴이 얼음처럼 차가워졌다.

"내가 받았던 수모…… 받은 만큼 똑같이 되갚아줄 거거든요. 주영 씨가 얼마나 더럽고 추하게 놀았는지 죄 까발릴 거예요. 딸 때문에, 여동생 때문에 살이 떨리도록 부끄럽게 만들어 드릴 게요. 우리 아버지 쓰러지신 데는 분명 주영 씨가 씌운 누명도 한몫했을 거예요. 아버지한테 열렬하게 사랑받던 딸은 아니었 지만 아버지 병나서 쓰러지게 했던 딸도 아니에요. 내 속에 얼 마나 아픈 게 많이 맺혀 있는지 상상도 못할 거예요. 아파서 발 작이 날 지경이에요!"

소은이 주먹을 틀어쥔 채 소리쳤다.

"기필코…… 갚아줄 거예요. 머리가 좋으면 다섯 배쯤 되갚아 줄 텐데 머리가 나빠서 받은 만큼만 되갚아 드릴게요. 분명히 말씀드리는데…… 전 현산그룹 김 회장님 맏딸이에요. 김소은 의 이름을 걸고는 싸워 이길 수 없을 테니 현산그룹 김 회장님 맏딸 자리를 걸죠. 절대 맨입으로는 제 입을 틀어막을 수 없을 겁니다."

소은이 싸늘한 어조로 내뱉고는 2층으로 올라와 버렸다.

소은은 일부러 문을 잠그지 않았다. 진혁이 올라올 거라는 것 을 알고 있었기 때문이었다.

소은은 일부러 경쾌한 곡을 골라 오디오를 켜놓고 느긋하게 침대에 누워 있었다. 누운 채로 마음을 가다듬고 있었다. 제2라 운드 격투를 대비해서.

하지만 진혁은 2차전을 벌일 생각은 없는 것 같았다.

곧 뒤따라 올라온 진혁은 한동안 아무 말도 없이 소은을 바라보고 있었고 그 눈에서 적의를 찾아볼 수는 없었다.

진혁의 두 눈동자에는 안쓰러움과 측은함만이 가득 담겨 있었다.

"할 얘기 있어서 올라온 것 아니에요?"

"……괜찮은지 보려고."

"……."

소은은 그저 소리없이 한숨만 내쉬었다.

괜찮은지 보러 왔다는 진혁의 말을 듣는 순간 2차전에 대비해 잔뜩 끌어올렸던 전의가 가라앉으며 기운이 쭉 빠져 버렸기 때문이었다.

"혹시 알고 있어요?"

"뭘?"

"오늘 내 생일이에요."

소은의 말에 진혁의 이마와 미간에 주름이 잡혔다.

"진 여사가 도일이 낳는 순간부터 실종된 내 생일을 오늘도 못 찾았네요. 결혼하고 지금껏 그 누구도 아는 척 안 해줬던 내 탄생일에 미친년 소리까지 듣고……."

"소은아."

"매운 갈비찜이라도 먹여줘서 고마워요. 낮에 먹은 매운 갈비찜이 지금 치밀어 오르네요."

소은이 어금니를 틀어 물고 뇌까렸다.

“……미안해.”

진혁이 미안하다는 말을 했지만 소은은 미안하다는 말이 조금도 고맙지 않았고 뒤틀려 버린 속이 풀어지지도 않았다.

소은이 침대에서 내려와 밖으로 나가기 위해 진혁의 곁을 지나치는데 진혁이 소은의 손을 붙잡았다.

“미안해.”

진혁이 사과했지만 소은은 아무 대답 없이 진혁의 손을 뿌리치고 아래층으로 내려와 주방으로 갔다. 냉장고에서 맥주 캔 하나를 꺼내 가운 주머니에 쑤셔 넣고 맥주잔 하나, 양주잔 하나, 마지막으로 미니바에 장식되어 있던 위스키 한 병을 챙겨 든 소은은 곧장 시청각실로 들어가 다이어트 댄스 비디오를 켰다.

시끄러운 댄스 음악이 방을 가득 채우자 소은은 맥주잔에 맥주를 따르고 양주잔에 위스키를 따라 맥주잔 안에 풍당 떨어뜨린 후 단번에 주욱 들이켰다.

일명 폭탄주. 지금 당장 몸이 뻥 터져 백팔 갈래로 갈기갈기 뜯겨 나갈 것 같았기 때문에 폭탄주라도 들이켜 위태로운 뇌관을 진정시켜야 했다.

한 잔, 두 잔.

폭탄주 두 잔을 연거푸 들이켜자 명치끝에 매달려 있던 불쾌감이 폭탄주에 씻겨 내려가는 듯하더니 다음 순간 아랫배 저 밑에서 서러움과 분노가 치밀어 오르기 시작했다.

치밀어 오르기 시작한 서러움과 분노는 어느 순간 소은이 제

어할 수 없을 정도로 폭발적으로 터져 나왔고 소은은 누군가에게 억세게 꼬집힌 듯 흐느껴 울기 시작했다.

시어머니에게 년 자 소리까지 들어가며 욕을 먹은 것도 서럽지만 그 무엇보다 소은을 이렇게 흐느끼게 할 정도로 서럽게 만든 것은 아무리 생각하고 아무리 돌아봐도 자신의 편을 들어줄 사람이 단 한 사람도 없다는 것이었다.

남편? 남편이 편을 들어주었다지만 결국 남편도 서초동 사람이었다. 언제 어떻게 돌변할지 모르는 피 한 방울 섞이지 않은 남.

그리고 아버지…… 맞다. 소은은 아버지에게 하나밖에 없는 딸이었음에도 열렬하게 사랑받지 못했었다. 소은에게 주지 않았던 사랑을 진 여사가 낳은 두 아들에게한테는 쏟아부었느냐. 사실 그것도 아니었다.

아버지는 원래 표현도 많지 않고 말씀도 많지 않은 성격이었다. 표현도 없고 말씀도 없으셔서 도무지가 그 속을 알 수 없는 참 난해한 성격. 진 여사도 아버지의 그런 성격 때문에 미치겠다는 소리를 입에 달고 살았었다.

데면데면한 아버지 때문에 두 남동생과 똑같은 대접을 받았음에도 소은이 사랑을 받지 못했다고 생각하는 이유는 바로 엄마의 빈자리 때문이었다.

아버지가 겉으로 표현하는 사랑보다 속 깊은 사랑을 더 선호하셨더라도 엄마가 계셨다면 부족한 사랑을 완전하게 채워주었을 텐데 결정적으로 소은에게는 부족한 사랑을 채워줄 엄마가 없었던 것이다.

진 여사는…… 철저하게 계모였다. 형식적인 엄마일 뿐 계모의 자리에서 한 걸음도 더 다가서지 않았다. 계모 진 여사는 당신의 배로 낳은 두 아들의 생모였지 소은의 생모는 아니었던 것이다.

그래서 결국 소은에게는 편이 되어주고 방패가 되어줄 사람은 없었다. 어디 감히, 내 딸에게, 내 누나에게, 내 동생에게 이런 짓을 하냐고 퍼부어줄 사람이 한 사람도 없는 것이다.

애와티는 소은의 마음을 알아줄 사람이 누가 있을까. 이 억울하고 원망스러워 터질 것 같은 속을 누가 달래줄까.

이런 엿기름 같은…… 울지 말자. 울지 마!

소은은 서둘러 세 번째 폭탄주를 만들어 벌컥벌컥 들이켜기 시작했다. 폭탄주와 함께 눈물도 삼켜 버리고 설움도 삼켜 버리고 그래서 구멍난 눈물샘을 꼭 틀어막았다.

울지 마. 치사하게 울지 마. 서러운 척도 하지 마. 질기고 굳세게 대항해야 해.

다행이었다. 위태로웠지만 눈물샘이 막아졌다.

"생일 축하한다, 김소은. 젠장, 끝내주게 행복한 날이다."

소은이 처량하게 울먹울먹 중얼거리는데 진혁의 손이 소은의 어깨에 내려앉았다.

소은이 고개를 들자 진혁이 안타까운 눈길로 소은을 내려다

보고 있었다.

소은이 나이트가운 주머니를 뒤적거려 다섯 개의 콘돔을 꺼내 탁자 위에 내던졌다.

"콘돔이 우네요."

소은이 날이 선 목소리로 중얼거리고는 남은 맥주로 폭탄주를 만들려는데 진혁이 막았다.

"그만 마셔."

"설마 죽기야 하겠어요?"

"그만 마셔."

"이 집에서는 내 마음대로 술도 못 마시는군요. 그러죠 뭐. 그만 먹죠. 비디오나 좀 꺼줘요. 잠이나 자게. 그래야 아무 생각도 안 할 테니까……."

소은이 소파에 길게 누우며 중얼거리다가 그만 흐느껴 버렸고 소은은 진혁 앞에서 흐느낀 것이 너무 자존심 상해 얼른 얼굴을 숨기며 돌아누웠다.

"왜…… 울어."

"누가 울어요? 내가 왜 울어요?"

"울잖아."

"안 울어요. 내가 뭘 잘못했다고 울어."

소은은 끝까지 잡아뗐다.

"소은아."

"분해요. 분하고 서러워 미치겠네요."

“왜 분해? 왜 서러워? 내가 있잖아.”

진혁의 말에 소은이 웃음을 터뜨렸다.

“당신이 있어서 서럽네요. 당신 때문에 분해 미치겠어요. 당신만 아니면 내가 이런 거지 같은 꼴은 안 당할 텐데.”

“소은아.”

“부르지 말아요.”

“……”

“한 달 반 남았어요. 내가 여기서 나갈 때까지 서초동 사람들 안 보이게 해줘요.”

“내가……”

“것도 안 해주면…… 사람도 아니고…….”

소은은 눈을 감아버렸다.

“내가 처리할게. 약속할게.”

“나가줘요…… 자고 싶어요.”

소은이 소파 등받이를 바라보고 모로 누우며 중얼거렸다.

진혁은 소파 쿠션에 얼굴을 숨겨 버린 소은을 미안하고 딱한 눈길로 내려다보다가 조용히 방을 나갔다.

❋ 그와 그녀의 남은 시간 46일.

“맛있어요. 진짜 맛있어요.”

소은이 닭 가슴살 샐러드를 맛보는 비서실과 총괄팀 여직원들을 긴장된 얼굴로 지켜보고 있는데 여직원이 맛을 보는 순간 흐뭇한 표정을 지으며 말했다.

"정말요?"

소은이 들뜬 얼굴로 물었다.

"정말 맛있어요, 사모님."

"나를 사모님이라 생각하지 말고 그냥 요리사라고 생각하고 아주 냉정하고 신랄하게 평가해 줘요."

괜히 냉정하고 신랄하게 평가해 달라고 했나? 그냥 사모님이라는 전제하에 평가해 달라고 할 걸 후회됐다. 여직원들이 대놓고 솔직하면 안 되는데…….

"정말이에요, 정말 맛있어요, 사모님."

여직원들은 닭 가슴살 샐러드뿐만 아니라 식탁에 한 상 차려 놓은 음식들을 일일이 맛보며 몇 번이나 맛있다는 말을 연발했다. 그런데 표정이나 억양을 보아하니 사모님이라 차마 맛적다는 말은 할 수 없어 예의상 하는 말이 아니라 맛에 대한 흡족함에 즉각 반응을 보인 것이 틀림없었다. 물론 일급 요리사로 인정해 거품까지 물 정도로 극찬을 한 것은 아니지만 칭찬인 것은 분명했다.

예의상이든 정말 맛나든 여직원들이 음식을 맛있게 먹어주자 소은은 조금씩 자신감이 생기기 시작했다.

며칠 동안 음식 때문에 얼마나 고민했던지 어젠 걱정 때문에 한숨도 못 잤을 정도였다.

메뉴 선정도 골치 아팠지만 과연 사람이 먹을 수 있도록 만들 수 있을지 자신이 없어서 머리가 터질 것 같았었다. 또 소은 혼자 많은 손님들을 접대할 수 있을까 그것 또한 큰 걱정이었고.

도우미 업체에서 온 새로운 도우미 아주머니 두 명과 전날 미리 재료를 준비해 놓고 오늘 새벽부터 요리가 시작됐는데 새벽부터 시작된 요리가 약속된 인터뷰 시간인 오후 2시가 가까워지도록 완성되질 않아 얼마나 가슴을 졸였는지 모른다.

가까스로 시간 맞춰 음식을 마련하고 손님들이 약속된 시간에 도착하기 직전까지 그야말로 전쟁이었다.

거실에서 손님들을 맞이하던 바로 직전까지 정말 웃지 못할 광란의 해프닝을 벌여야만 했던 것이다.

"지퍼 올려줘요!"

소은이 원피스를 어깨에 걸친 채 옷 방에서 뛰쳐나와 진혁에게 등을 보이며 소리쳤다.

이틀 전날 밤에 있었던 그 치욕 같은 사건 때문에 절대 상종하지 않으리라 이 악물고 작정했는데 급하니 찾을 사람은 썩어도 준치라고 남편밖엔 없었다. 그리고 오늘 새벽 진혁의 진심 어린 부탁도 있었고.

"힘든 줄은 알지만 부탁할게. 오늘은…… 아무 일도 없는 듯이 해줘…… 애원하라면 애원할게."

"……."

"부탁이야."

진혁이 걱정 가득한 얼굴로 부탁했다.

"걱정 말아요. 내 입으로 결정한 일이고 사람들 보는 데서 당신 창피하게 만들 만큼 둔한 사람 아니에요. 오늘 찬바람 일으켜 봤자 나한테도 도움될 것 없구요."

"고마워."

"하지만…… 정신 나간 사람처럼 달라붙진 못해요."

"알아."

"처신 잘할 거니까 걱정 말아요."

"음. 고마워."

아침에 진혁에게 걱정 말라고 했으니 오늘 일과가 끝날 때까지는 아무리 속이 꼬여 있어도 내색하지 말아야 했다.

"몇 분 남았죠?"

"10분 정도?"

진혁이 지퍼를 올려주며 대답했다.

"미치겠다."

소은이 다시 옷 방으로 뛰어들어 가 서랍들을 발칵 뒤집기 시작했다.

"뭐 찾는데?"

진혁이 옷 방을 들여다보며 물었다.

"스타킹요. 어딨지? 아, 미치겠네. 진짜."

"어제 챙겨두지 그랬어."

"어제 분명히 여기 있는 거 봤는데…… 아, 파우더 룸 서랍에 있다!”

소은이 파우더 룸을 향해 달려나갔고 진혁이 따라 나갔을 때
는 소은은 파우더 룸 서랍에서 찾아낸 스타킹을 신기 편하도록
손에 돌돌 말고 있었다.

“몇 분 남았죠?”

“8분?”

8분이라는 대답에 소은의 손길이 더욱 바빠졌다. 진혁이 보
고 있든지 말든지 침대에 다리 한쪽을 올려놓고 스타킹을 신기
시작했다.

“한쪽당 1분씩이면 2분이면 끝나고 그럼 6분이 남네. 6분 동
안 머리를 만지고…….”

“벌써 2분 지났는데?”

“아! 정말!”

소은은 음속에 가까운 스피드로 스타킹을 신고 화장대 앞에
앉았다.

“머리 괜찮죠?”

“아침에 만진 거 아닌가?”

“안 만진 거 같아요?”

“만진 것 같아. 괜찮아.”

“화장은요?”

“좋아.”

“그럼 됐죠?”

"된 것 같은데?"

"찜통에서 단호박 찜밥 꺼내야 하는데……."

소은이 급하게 침실을 나가려는데 진혁이 소은을 붙잡았다.

"왜요? 나 바빠요."

"잠깐 기다려."

진혁이 발을 동동 구르는 소은을 붙잡아놓고 화장대 서랍에서 제법 큼지막한 보석함을 꺼내 뚜껑을 열었다.

보석함 안에는 섬세한 백금 세팅에 다이아몬드가 박힌 귀걸이와 목걸이 세트가 들어 있었다.

"어디서 났어요?"

"훔쳤어."

진혁의 말에 소은이 '안 걸렸어요?' 하고 묻자 진혁이 웃으며 목걸이를 꺼내 들었다.

"안 걸렸어."

소은이 돌아서자 진혁이 목걸이를 들고 조심스럽게 걸어주었다.

"몇 분 남았어요?"

소은이 귀걸이를 하며 물었다.

"괜찮아. 기다리라고 하면 돼."

"손님을 기다리게 하면 안 되죠."

양쪽 귀걸이를 모두 건 소은이 거울을 들여다보며 목과 귀에서 반짝거리는 목걸이와 귀걸이를 바라봤다.

"좋은 걸 훔쳤네요. 보는 눈이 있네요."

소은이 살짝 비꼬며 말하는데 초인종 소리가 들렸다.

"왔나 봐요."

소은은 마지막으로 크고 깊게 심호흡을 했다.

뭐 마려운 강아지처럼 쩔쩔매던 것과는 달리 방문을 열고 거실로 나오는 순간 소은은 대경그룹 작은 안주인이라는 타이틀에 맞게 더없이 우아하고, 세련되고, 지극히 여유 넘치는 모습으로 진혁과 함께 손님을 맞았다.

손님들은 그 이상이 없을 만큼 예의 발랐고 소은은 거만함이나 우월감은 완전하게 지우고 다정함과 친절함만을 남겨둔 채 예의 바른 손님을 맞아들였다.

화기애애하고 즐거운 분위기에서 인사와 함께 담소를 나눈 후 진혁부터 인터뷰가 시작됐다.

소은은 인터뷰를 진행하는 카메라 작가와 남자 직원들에게 음료수를 제공한 후 회보 촬영과 인터뷰 진행을 거들기 위해 함께 온 여직원들에게는 가볍게 입가심으로 먹을 만한 음식을 제공하고 있는 중이었다.

"어머, 단호박 찜밥도 하셨어요?"

여직원 하나가 단호박 꼭지를 이용해 만든 뚜껑을 열어보더니 깜짝 놀라 물었다.

"이 단호박 찜밥 우리 엄마가 몇 번이나 도전한 끝에 성공하셨거든요. 은근히 어렵다고 하시던데."

"실패한 찜밥이 수십 개예요."

소은의 말에 여직원들이 웃음을 터뜨렸다.

"맛볼래요?"

"그래도 돼요, 사모님?"

"되고말고요."

소은이 찜밥 한 통을 접시에 담아 가까이 놓아주자 여직원들이 우르르 달려들어 한 숟갈씩 떠먹었다.

"맛있어요."

"진짜 맛있다."

이번엔 닭 가슴살 샐러드 때보다 더욱 흐뭇한 억양의 칭찬이 들려왔다.

"정말 맛있어요?"

"정말 맛있어요. 막 먹는 거 보시고도 그러세요."

"그럼 계속 막 먹어줘요. 마구마구. 남김없이."

소은의 말에 회보 촬영을 돕기 위해 촬영팀을 따라온 여직원들이 웃음을 터뜨렸다.

"사모님 음식 솜씨가 대단하세요."

"농담이라도 고마워요. 지금까지 음식 솜씨 대단하다는 소리, 아니, 좋다는 소리조차도 들어본 게 오늘이 처음이거든요."

소은의 말에 여직원들이 못 믿겠다는 얼굴로 쳐다봤다.

"주변에 요리의 달인들만 있어서 몹시 피곤해요."

소은이 목소리를 낮춰 속삭이자 여직원들이 또 웃음을 터뜨렸다.

"사장님 굉장히 재밌으시겠어요."

"왜요?"

"사모님이 너무 재미있으셔서요."

"재미없어하던데."

소은의 대꾸에 여직원들이 또 웃었다.

소은은 앞에 있는 착한 여직원들이 그저 고맙기만 했다.

별 소리 아닌데도 밝게 웃어주고 음식도 맛있게 먹어주고. 하긴 대경그룹 사장님 댁에 왔는데 어디 감히 맛없다는 소리를 할 것이며 징그럽게 재미없어도 웃을 수밖에 없을 것이다. 하지만 장담할 수 있는 것은, 여직원들이 억지로 맛있다 말해주는 것이 아니라는 것. 그리고 재미없는데 억지로 웃어주는 것이 아니라는 것. 그것은 확신할 수 있었다.

"우리 그이 직원들 불편하게 하진 않아요?"

"아닙니다. 모신 지 얼마 되지도 않았고 워낙 말씀이 없으셔서요."

진혁의 방에서 일하는 여비서가 대답했다.

"아 참, 얼마 전에 사장님 때문에 비서실 직원들이 한바탕 웃었었어요."

"왜요?"

"사장님께서…… 쪽팔린다는 말씀을 하셔서요."

비서의 말에 다른 여직원들이 '정말요?' 하며 웃었다.

"사장님이 그런 말을 쓰시니까…… 이상하게 되게 편하고 좋
더라구요."

비서의 말에 소은은 그저 미소만 머금고 있었다.

어떻게 쪽팔린다는 말을 쓰냐고 야단이더니 어느새 따라 하
고 있었다는 것이 재밌었기 때문이다.

"사장님께서 비서실 직원들 전체한테 책 선물하셨어요. 앞으
로 잘해보자는 의미라고 하시면서요."

"무슨 책요?"

"〈고독이 흐르는 밤〉이라는 책인데요, 프랑스 소설가가 쓴 책
이더라구요."

비서의 말에 소은은 순간 움찔했다. 자신이 번역한 책이었기
때문이었다.

"사장님께서 직접 서점에 가셔서 사오셨대요."

"그랬군요……."

"부럽다."

두 여직원이 진혁에게 책 선물을 받았다는 비서를 부러운 눈
길로 바라보며 말했다.

순간 소은은 호기심과 함께 알 수 없는 기대감과 두려움이 고
개를 드는 것을 느꼈다. 과연 이들이 소은 자신이 번역한 책을
재미있게 읽었는지, 혹은 도저히 읽을 수가 없어 중간에 덮어버
렸는지 책에 대한 소감이 듣고 싶었기 때문이었다.

"고독이 흐르는 밤이라는 책, 나도 읽었는데……."

소은은 자신이 번역했다는 것을 숨기면서도 들켜 버린 것처럼 가슴을 졸이며 입을 열었다.

"어땠어요?"

"전 단숨에 다 읽었어요. 뭐랄까 참 읽기 편하더라구요. 술술술 잘 읽혔어요."

"저두요. 그 책에 나오는 남자 주인공 은근히 멋지지 않아요? 굉장히 시니컬하면서도 이상하게 끌리잖아요."

"남자 주인공 아버지가 더 재밌지 않아요? 그 아버지가 목사님인데 남자 주인공이 드디어 결혼하기로 결심했다고 말하니까 아버지가 되도록 그런 결심은 안 하는 것이 좋지. 그건 대머리로 살기로 결심한 것보다 더 하찮은 결심이란다. 나를 보면 모르겠니? 하고 말하잖아요."

"맞아, 맞아. 그래도 꼭 결혼을 해야겠다면 결혼식 장소로 교회를 빌려주는 대신 사용료는 깎아줄 수 없다고도 하잖아요."

여직원들이 까르르 웃었고 소은도 따라서 웃었다.

"여자 주인공 대사 생각나요? 시아버지 되실 분이 네가 내 아들의 무덤을 판 여자구나 하고 말하니까 여자 주인공이 그러잖아요. 아뇨, 전 관만 짰어요, 라구요."

여직원들이 또 까르르 웃었고 소은은 흡족해진 기분으로 미소 지었다.

다행이었다. 책 속에 나오는 인물들과 그들이 나눈 대화를 기억할 정도라면 재미있게 읽은 것이 틀림없었다.

"소은아."

진혁이 부르는 소리가 들렸다.

"어머, 사장님 사모님 이름 부르세요?"

"어머 웬일이야, 너무 로맨틱하다."

소은이 호들갑을 떠는 여직원들에게 미소를 던져 주고 밖으로 나오자 진혁이 거실에서 옆에 오라고 손짓했다.

얼핏 보면 지극히 다정하고 친절하고 사랑이 넘치는 눈길로 소은을 바라보고 있었지만 소은은 알고 있었다. 진혁이 저런 가식적인 표정을 연출하기 위해 얼마나 고된 노력을 하고 있는지. 그리고 소은이 손발을 맞춰주지 않을까 봐 극도로 초조해하고 있다는 것도.

"사진 몇 장만 찍자."

진혁이 꿀처럼 다정한 목소리로 말했고 소은은 넌지시 미소를 던져 주었다. 순하고, 결 고운 아내처럼. 꿀처럼 다정한 목소리. 지금 아니면 언제 또 즐겨보겠는가.

소은이 진혁의 곁으로 가자 진혁이 자연스럽게 소은의 어깨에 팔을 둘렀다.

"그런데 이 포즈는 너무 재미없지 않아요?"

소은이 묻자 진혁이 '그럼 어떻게 할까?' 하고 되물었다.

"우리의 애정을 표현할 방법은 무궁무진하지 않겠어요?"

소은의 말에 촬영을 위해 대기하고 있던 직원들이 낮게 웃음을 터뜨렸다.

하지만 직원들과 달리 진혁은 소은의 눈빛에 담긴 날카로운 비수를 놓치지 않았다. 언제 어떻게 꺼내 쓸지 모를, 아주 위험한 비수가 소은의 눈에 숨겨져 있었고 진혁은 그 비수의 뾰족한 날 끝을 간파한 것이다.

"어떻게 할까요?"

진혁이 촬영팀에게 묻자 촬영팀이 몇 가지 포즈를 알려주었고 소은과 진혁은 촬영팀이 시키는 대로 포즈를 잡았다.

서로를 따뜻하게 바라보며 웃는 모습.

하지만 소은의 눈동자는 진혁을 바라보고 있지 않았고 진혁도 소은이 자신을 바라보고 있지 않다는 것을 알고 있었다.

진혁은 소은을 바라보고 소은은 다른 곳을 바라보며 활짝 웃는 모습.

다른 곳을 바라본다면 얼마든지 활짝 웃을 수 있었다. 얼마든지 유쾌하게.

반대로 소은은 진혁을 바라보고 진혁은 다른 곳을 바라보며 활짝 웃는 모습.

이 장면이 소은을 제일 힘들게 했다. 진혁을 바라보기만 하면 저절로 미소가 사라지려고 했기 때문이었다. 미소를 지어도 자꾸만 굳어지는 입가…… 경련이 일 것만 같았다.

모두 세 컷의 사진을 촬영한 후—포즈가 세 가지였다는 것이지 카메라는 수십 컷 찍어야 했다—간단한 인터뷰가 진행됐고 소은은 다섯 가지의 질문에 길지도 짧지도 않은, 간결하면서도 유연하게 대답했다.

촬영을 비롯해 인터뷰까지 모두 끝난 후 소은은 손님들께 최선을 다해 준비한 요리를 대접했고 끝까지 친절과 다정함을 잃지 않은 채 손님들을 배웅하는 것으로 임무를 완수했다.

❋ 그와 그녀의 남은 시간 46일. 그날 밤.

진혁이 소은의 방문을 열었을 때 소은은 이제 겨우 저녁 7시가 지났을 뿐인데 이미 깊은 잠에 빠져 있었다.

오늘 회보 촬영은 소은에게 매우 중요한 일이었고 중요했던 일이 아무 탈 없이 무사히 끝나고 나자 안도감과 함께 극심한 피로가 밀려든 것이다.

아침부터 손님들이 돌아갈 때까지는 긴장 때문에 아무것도 먹을 수 없었고 손님들이 돌아간 후에는 긴장이 풀려서 또 아무것도 먹을 수가 없었다. 하루 종일 굶은 것이나 다름없었지만 소은은 배고픈 것도 잊은 채 정말 다행이라는 생각과 잘해냈다는 기쁨에 들떠 있었고 그러다 마치 쓰러지듯 잠이 들어버렸다.

진혁은 잠든 소은을 내려다보다가 가만히 이불을 덮어주었다.

할 얘기가 있었지만 지금은 소은을 자게 해주는 것이 좋다는 것을 알았기 때문이다.

진혁은 조금 더 잠든 소은을 바라보다가 조용히 방을 나왔다.

서로를 마주 보고 있는 소은도 진 여사도 두 눈에 애정이 담겨 있지는 않았다. 하긴 서로 상냥한 눈길을 주고받기에는 이미 많이 늦은 상황이었다.

계모와 의붓딸.

소은은 진 여사가 자신을 친어머니의 반만큼만이라도 살뜰하게 돌봐줄 것이란 기대를 버린 지 오래됐고 진 여사 역시 소은을 자신이 챙겨야 할 딸이라기보다는 떠안은 짐덩이로 성가시게 여긴 지 오래됐기 때문이다.

소은과 진 여사 사이엔 미운 정도 남아 있지 않았다. 단지 서로를 미워할 뿐.

미워하면서도 정이 붙는다는데 소은은 아무리 속을 헤집어보아도 미워하면서 붙은 정은 찾아내지 못했다.

웬일로 전화를 걸어온 진 여사는 갑작스레 다정한 목소리로 보고 싶다며 만나자고 말했고 소은은 진 여사의 다정한 목소리 속이 감춰져 있는 흉한 꿍꿍이를 눈치 챘지만 굳이 거절하지 않았다.

진 여사가 왜 만나자고 하는지 대충 짐작을 할 수 있었다. 아버지 재산 때문일 것이다. 아버지 재산을 진 여사와 그의 아들들이 독식하고 싶은 욕망.

대충이라도 짐작을 한다는 것은 전혀 모르는 것보다 나쁘지 않았다. 전혀 모르고 대면했다가 뒤통수 맞는 것보다는 조금이라도 알고 만나는 것이 나으니까. 그래서 소은은 진 여사의 갑작스런 다정한 태도에 흔들리지도 않았고 또 겁먹지 않았다. 그리고 진 여사를 만났을 때 진 여사의 의도가 자신의 짐작과 꼭 맞아떨어지자 오히려 마음이 편해졌다. 그냥 맞서면 되는 문제였으니까. 물론 자신은 없지만.

"이 정도 어떠니?"

진 여사는 소은에게 액면가로 보자면 상당히 큰 현금을 제시했다. 소은은 말할 것도 없고 보통 사람들이 봤을 때도 억 소리가 나는 큰 액수였다.

"그 정도면 생활하는 데 불편할 건 없어. 지금처럼 사고 싶은 것 다 사고, 쓰고 싶은 대로 다 쓰면서 살 수 있어. 내가 용돈도 자주 줄 거고. 그리고 네 동생들이 설마 누나가 뭐 갖고 싶다고 하면 가만히 있겠니? 그리고 사실, 장 서방이 있는데 유산이야 뭐 꼭 안 받아도 되잖아."

진 여사의 보채는 아기 달래는 듯한 말투에 소은은 웃음이 터지려는 것을 꾹 참으며 수긍도 반발도 하지 않은 채 지극히 냉정한 눈길로 진 여사를 바라보고만 있었다.

"뭐 갖고 싶은 거 있니?"

"아뇨."

"말해. 왜 없겠어? 어디 여행 갈래? 두바이 정말 좋던데."

"지금 좀 바빠서요."

"도일이 도현이 너 무척 궁금해하더라. 잘 지내는지…… 아픈 데는 없는지."

"그래요? 이상하네요. 전화 한 통도 없던데."

소은의 냉한 대구에 진 여사가 움찔했다가 워낙 바쁘잖니 하며 아들들 편을 들었다.

"아버지 저렇게 병원 들어가시고 도일이 혼자 회사 흔들리지 않게 하려고 얼마나 애들을 쓰는지 몰라. 하루에 네 시간도 못 자. 안쓰러워 죽겠어. 너도 알잖니. 도일이가 아버지 대신 회사 운영하느라 얼마나 힘이 드는지."

"그렇겠죠."

"말도 마. 지난번엔 얼마나 골치가 아프면 술을 퍼붓는데…… 겁나더라니까."

"……."

도일이는 원래부터 술을 퍼붓던 녀석입니다.

"그래서…… 언제가 될지 모르지만 아버지 떠나시고…… 아유, 물론 어떻게 하든 회복시키려고 애는 쓰지만…… 닥터 최가 아무래도 힘들 것 같다고 해서…… 아버지 떠나시면 시끄러워지는 것 너도 원하지 않을 것 같고…… 그래서 서둘러 우리끼리 합의를 보는 게 좋을 것 같다. 그래야 나중에 뜬금없이 없는 소리도 안 할 테고."

없는 소리라…… 나중에 딴소리 못하게 초장에 틀어막으려는 심보였다.

"원래 유산이라는 게 처리를 잘못하면 이만저만 시끄러운 게 아니잖니. 내가 여기저기 자문을 구했는데…… 이렇게 미리 정리를 해놓는 게 다들 좋다고 하더라고."

유산…….

아버지가 진 여사와 자식들에게 남길 유산은 진 여사의 것이 아니라 분명 아버지의 것인데 진 여사는 그 유산이 마치 자신의 것인 양 소은을 상대로 협상을 진행 중이었다.

"네가 원하면 변호사도 부를게."

진 여사가 참 어울리지 않게 밝게 웃으며 말했고 소은은 일부러 순진한 미소를 지어 보였다. 김소은이 바보인 줄 아는 진 여사에게 원하는 대로 순진하고 바보스러운 미소를 지어 보인 것이다. 하지만 아니올시다. 소은은 바보가 아니었다.

소은이 원하면 변호사를 부르겠다는 진 여사 말의 속내를 정말 모를 것이라 생각하는 걸까? 변호사를 입회시키고 싶은 사람은 소은이 아니라 진 여사라는 걸, 변호사까지 불러 앉혀 제시한 금액에 억지로 도장 찍게 만들고 나중에 빼지도 박지도 못하게 하려는 줄 정말 모른다고 생각하는 걸까?

소은은 완전히 무르익었다는 착각에 빠져 흐뭇해하는 진 여사를 여전히 순진하고 바보스러운 미소를 머금은 채 바라보고 있었다.

왜일까…….

분명히 큰돈이었다. 진 여사 말대로 죽을 때까지 벌지 않고 쓰기만 해도 될 정도로. 그러나 왜일까.

진 여사는 아버지가 남겨주실 유산의 규모가 어느 정도인지는 몸통은 밝히지 않고 어째서 소은에게 배당될 유산의 액수만 알려주는 것일까. 거기다가 변호사까지 불러 마무리하자고 했다. 아직 아버지는 돌아가신 게 아닌데. 멀쩡하게 살아 계신데. 재활치료까지 시작하셨다는데.

그건 아마도, 아니, 분명히 아버지가 물려주실 유산의 규모가 잠수함만큼 큰데 진 여사가 소은에게 떼어주려고 하는 몫은 잠수함 꽁무니에 달린 프로펠러 날개 하나쯤 되기 때문일 것이다. 잠수함의 몸통까지 보여주면 소은이 욕심을 낼까 봐 그래서 진 여사 당신과 당신이 낳은 아들들에게 돌아갈 몫이 줄어들까 봐 겁이 났던 것이다.

바꿔 말하면…… 아버지는 소은에게 잠수함 몸통에 붙은 덩어리를 떼어주시려고 한 것이 분명했다. 진 여사는 당신과 이종 사촌 관계인 변호사와 작당을 해서 유언장을 수정하려고 하지 않았던가.

그렇다면 유언장에는 소은이 감히 상상도 하지 못할 규모의 유산이 소은에게 배당됐을지도 모를 일이었다.

웬만해서는 소은에게 먼저 전화를 걸지도 않고 만나자는 말을 하지도 않는 진 여사가 직접 전화를 걸어 지금껏 단 한 번도 한 적이 없었던 말, 보고 싶다는 말까지 하면서 만나자고 한 것.

그 부분은 단순하게 지나쳐서는 안 될 일이었다.

"너도 만족하지? 어떻게 할까? 지금 임 변호사 부를까?"

몸이 달았네.

"아버지께서 유언장을 작성하셨다는 것 같던데…… 그렇다면 굳이 이럴 필요 없잖아요."

"어, 어?"

진 여사가 드디어 당황하기 시작했고 소은은 당황한 진 여사의 표정을 뚫어져라 쳐다보고 있었다.

"아직 아버지 안 돌아가셨어요. 회복되실 확률보다 그냥 저렇게 계시다 가실 확률이 높긴 하지만 그래도 살아 계시잖아요. 벌써부터 유산 나누고 하는 거 보기 좋지 않을 것 같아요."

"누가 알아? 우리끼리 조용히 처리하는데. 누가 볼 거라고."

"아버지…… 대한민국 최고로 꼼꼼하신 분이에요. 공정하신 분이고…… 기준에 맞춰서 유산 배분하셨겠죠. 재산 나누기는…… 나중에 유언장대로 하는 게 좋을 것 같아요."

"애, 소은아, 네가 몰라서 그러는데…… 이런 거 미리 다 정리해 둬야 해."

"그냥…… 아버지 가신 후에…… 아버지가 남겨주신 것만큼만 받을게요. 다른 욕심 안 낼 거예요. 걱정하지 마세요."

"걱정이라니…… 그런 걱정해서 미리 정리하자는 것 아니야."

진 여사가 펄쩍 뛰며 손을 내저었다.

"우리 집안이 그냥 보통 집안도 아니고 워낙 규모가 있는 집
안이니까…… 원래 작은 살림보다 큰살림 나눌 때 더 시끄럽잖
니. 그래서…….”

"아버지…… 저 별로 안 예뻐하셔서 많이 남겨주지 않으실 거
라는 거 알아요. 도일이 도현이는 회사를 맡아야 하니까 저보다
는 많이 주시겠죠. 이해해요. 더 큰 욕심 낼 생각도 없고. 정말
이에요. 아버지가 주시는 것만 받을게요. 더 달라고 하지 않아
요. 그런 걱정은 마세요.”

"그런 걱정이 아니라…… 애, 소은아…….”

"거듭 말씀드리지만 유산은 아버지 떠나시면…… 그때 유언
대로 할게요.”

소은이 물러서지 않자 진 여사의 표정이 달라지기 시작했다.

어울리지 않게 다정하던 얼굴이 날카롭고 못마땅한 본래의
얼굴로 돌아오기 시작한 것이다.

"너 왜 이렇게 말귀 못 알아듣니?”

진 여사의 음성이 배쭉해졌다.

그러면 그렇지.

"내가 다 알아봤다고 하지 않았니? 전문가들이 해준 조언이
야. 버틸 일이 아니야. 어른이 하자면 하는 거야. 우길 게 따로
있지.”

"저도 전문가한테 알아봤거든요.”

소은의 목소리에도 날이 섰다. 그리고 소은 역시 전문가에게

알아봤다고 하자 진 여사의 얼굴에 긴장감이 감돌았다.

"뭘…… 알아봐?"

"아시죠? 현산그룹 변호인단보다 대경그룹 변호인단이 한 수 위라는 거."

소은은 그 말만 했고 진 여사는 더는 아무 대꾸도 하지 않았다.

현산그룹 변호인단보다 대경그룹 변호인단이 한 수 위라는 사실은 이 바닥에서는 누구든 알고 있는 사실이었고 소은이 대경그룹 변호인단을 들먹인 것으로 진 여사를 단박에 당황시켰다.

"우리 집안일에 대경그룹 변호인단을 왜 끌어들여?"

"사위가 대경그룹 사장이잖아요. 머지않아 회장 자리에 올라갈 테고."

"그렇지만……."

"아버지 가시면 그때 유언장대로 해요. 그게 제일 깔끔할 것 같아요."

"……."

진 여사는 더는 섣불리 다그치거나 윽박지르지 못하고 당황함과 짜증이 뒤섞인 얼굴로 소은을 노려보고만 있었다.

"먼저 일어날게요."

소은은 먼저 일어난다는 말 외에 다른 인사는 남기지 않고 진 여사와 만났던 호텔 라운지 밀실을 빠져나왔다.

호텔을 나온 소은은 곧장 아버지가 계신 병원으로 달려갔다.

아버지에게 진 여사와 나눈 얘기를 고해바치기 위해서가 아니라 갑자기 아버지가 너무 불쌍하고 또 보고 싶었기 때문이었다.

그토록 정정하고 그토록 엄하게 호령하시던 아버지였다.

그 어떤 병이라도 감히 범접지 못하고 너끈히 이겨내실 분일 줄 알았는데 세상에 겁날 것도 부러울 것도 없던 아버지가 지금은 아주 간단한 대답 한마디도 온전하게 발음 못하는 지경이 됐으니.

힘도 못 쓰고 호령도 못하는 종이호랑이가 됐다고 아내라는 여자는 이미 죽은 사람 취급하고 있으니 얼마나 통탄할 일인지.

우리 딸 사랑한다는 말 한 번 해주지 않았던 무정한 아버지였지만 그럼에도 피를 나눠 주셨다는 그 이유 하나만으로 무엇과도 비교할 수 없고 부녀만이 주고받을 수 있는 질기고도 끈끈한 핏줄 때문에 아버지가 너무 불쌍해서 가슴이 무너지는 것 같았다.

아버지를 저 지경으로 만든 이유 중에는 장주영 그 요망한 것이 퍼뜨린 요언이 큰 몫을 차지했을 것이 분명했다. 어떻게 하든 덮으려고만 하셨을 것이다. 사돈을 맺기로 약속한 대경그룹 쪽에 덤을 얹어주면서까지 쓸어 담으려고 하셨을 것이다. 하나밖에 없는 딸 손가락질당하는 꼴은 차마 볼 수 없었기에, 밉든 곱든 피 나누어 준 딸 차마 버릴 수는 없어서.

차라리 왜 그런 짓을 하고 다녔냐고 힐책을 하셨더라면 오래 전에 오해가 풀렸을 것인데. 기절초풍할 누명도 오래전에 벗었을 것인데.

웃어야지. 그냥 웃어야지.

늘 그랬던 것처럼 소은은 병실로 들어서기 전 또다시 결심했다.

아버지가 반가워하지 않더라도 혹시 또 주무시고 계셔서 눈인사조차 못하게 되더라도 웃기로. 활짝 웃는 낯으로 아버지를 마주하기로.

소은이 병실 문을 열고 들어가자 황 집사가 먹여주는 죽을 잡숫고 계시던 아버지가 눈동자를 돌려 소은을 쳐다봤다.

"죽 드세요?"

소은의 물음에 아버지가 눈으로 대답했다.

"오셨어요, 아가씨."

아버지 대신 집사가 밝게 인사했다.

"제가 해드릴게요."

소은이 손을 내밀자 집사가 죽 그릇을 소은에게 건네주고 한 걸음 물러났다.

"오늘도 재활치료 받으셨어요?"

소은이 죽 한 숟갈을 떠 넣어드리며 물었다.

"어……."

"잘하셨어요. 피곤하시겠네요."

소은의 말에 아버지가 어눌하게 괜찮다고 대답했다.

"오랜만이에요, 아버지. 올 때마다 주무시고 계셔서 심심했어요."

"어."

"아가씨 오셔서 기분 좋으신 모양입니다."

황 집사의 말에 소은이 활짝 웃으며 아버지를 처다봤다.

"정말이에요, 아버지?"

"어……."

아버지가 크게 대답했고 그래서 소은과 집사가 같이 웃었다.

"좋아지고 계십니다. 하루도 거르지 않고 치료받고 계시거든요."

"금방 일어나시겠어요."

소은이 죽 한 숟갈을 더 떠 넣으려는데 아버지가 고개를 저었다.

"그만 드실래요?"

"그만……."

"그러세요. 나중에 또 드세요."

소은은 아버지의 입가를 닦아드린 후 니은 자에 가깝게 세워 놓은 침대 등받이에 편하게 기대게 해드렸다.

"아버지, 목욕은 언제 하셨어요?"

"어제 하셨습니다."

황 집사가 대신 대답했다.

"고생하셨어요, 아저씨."

"아닙니다. 세 사람이 같이 움직여서 수월하게 했습니다."

"내…… 새나?"

아버지가 힘들게 물었다. 냄새나냐고.

"아뇨. 냄새 안 나요. 혹시 목욕 안 하셔서 찜찜해하시나 해서 여쭌 거예요. 목욕하는 거 좋아하시잖아요."

소은의 설명에 아버지가 고개를 끄덕였다.

소은은 병이 난 뒤로 더 심술 맞아 보이고 더욱 표정이 없어진 아버지를 물끄러미 바라보다가 감각을 잃은 아버지의 왼손을 꼭 잡아 주무르기 시작했다.

"아버지."

"어……."

"……힘드시겠지만 조금만 더 사세요."

소은의 말에 아버지가 시선을 돌려 소은을 쳐다봤다.

"아버지가 별로 안 좋아라하는 딸이지만 아버지 가시면…… 아무도 없어요, 저."

소은의 말에 아버지가 깊은 눈동자로 딸을 쳐다보다가 후욱 한숨을 내쉬었다.

"한숨 쉬시지 말고 조금만 더 사세요. 그렇게 해주세요, 아버지."

"……."

아버지는 눈시울이 붉어진 채 한숨만 내쉬다가 감각이 살아 있는 오른손을 들어 집사에게 뭔가를 가리켰다.

아버지의 손짓을 금방 알아차린 집사가 재빨리 서랍장 안에서 책 한 권을 꺼내와 소은에게 내밀었다.

소은은 자신의 눈앞에 책이 놓이는 순간 소스라치게 놀라고 말았다. 바로 자신이 번역한 첫 작품이었기 때문이다. 이 책이 어떻게 아버지한테 있을까.

소은이 깜짝 놀라 고개를 들어 아버지를 쳐다봤다.

"이 책…… 누가 줬어요?"

"지인헉…….."

"진혁 씨요?"

"어……."

"장 사장님께서 두고 가셨습니다."

황 집사가 말했다.

"언제요?"

"한국 들어오시고 얼마 안 돼서 오셨습니다. 거의 매일 들르십니다."

"……그랬군요."

그럴 줄은 몰랐는데…… 그렇게 바쁜 사람이 병원에 거의 매일 들를 줄은 몰랐는데 의외였다.

소은이 어느새 빨갛게 달아오른 얼굴로 자신의 책을 만지작거리는데 아버지가 오른손으로 뭔가 신호를 보냈다.

"뭐요, 아버지?"

“사…… 이.”
“네?”
“사…… 인.”
아버지가 연필을 잡고 끼적이는 시늉을 했다.
“사인요?”
“어…….”
“아버지도 참…….”
소은이 민망해서 싱겁게 웃자 황 집사가 얼른 펜을 내밀었다.
“아가씨 오시면 직접 사인받을 거라고 하셨어요.”
집사의 말에 소은이 얼굴이 화끈거려 망설이다가 조심스레 펜을 들고 공지에 아버지께 보내는 짧은 편지를 쓰기 시작했다.

아버지…… 아버지……
부끄럽지만 받아주세요.
생각해 보니까
제가 이 책을 번역할 수 있었던 건 아버지 때문이에요.
아버지께서 프랑스에 보내주셨잖아요.
아버지…….
더 오래 살아주세요.
아버지가 읽어주셔야 할 책이 아직도 많거든요.
꼭 읽어주세요. 앞으로 계속…… 계속이요.

그러니까……

꼭 더 오래 살아주세요.

아버지의 딸 소은.

사인을 끝낸 소은이 펜을 내려놓자 아버지가 소은의 편지를 읽기 시작했다.

길지 않지만 깊은 진심이 담긴 소은의 편지를 한 줄 한 줄 정성 들여 읽은 아버지는 힘겹게 책을 들어 올려 가슴에 내려놓고 남아 있는 힘을 모두 끌어모아 꼭 감싸 안았다. 그리고 갑자기 흐느끼기 시작했다.

"아버지……."

아버지가 울고 계셨다. 지금껏 단 한 번도 우신 적이 없었던 무쇠 같던 현산그룹 김 회장님 우리 아버지가 울고 계셨다. 너무도 서럽게…… 너무도 벅차서.

아버지가 눈물에 흠뻑 젖은 눈으로 소은을 바라봤다. 아버지의 눈은 소은을 향해 그렇게 말하고 있었다.

"소은아…… 고맙다. 훌륭하다. 자랑스럽다 그리고…… 너무나 미안하다. 내 딸아."

집으로 돌아온 소은은 도우미 아줌마를 일찍 퇴근시키고 곧장 책방으로 내려와 책을 읽기 시작했다.

책방은 반지하 형태의 온돌방이었는데 원래는 책방이 아니라

단체 손님들을 대접하기 위한 용도로 만들어진 곳이었다. 하지만 결혼해서 이 집에서 지낸 3년 동안 단 한 번도 단체 손님을 맞은 적이 없었고 놀리느니 책방으로 쓰자 싶어 소은이 수집한 책들을 쌓아두게 된 것이다.

책방이라고 하지만 그렇다고 폼나게 멋진 곳은 아니었다.

왠지 모르게 이 집에서 자신만의 공간을 만들어 쓰는 것이 눈치가 보였고 또 번역 일을 하는 것을 누구도 알게 하고 싶지 않았기 때문에 잡지에 나오는 부유한 집의 서재처럼 바닥부터 천장까지 주문 제작한 책꽂이를 설치할 용기가 없었던 것이다.

정말 폼나고 멋진 책방은 이 집에서 나가 자신만의 집이 생기면 그때 만들 작정이었다.

책은 책에게 미안할 정도로 어수선하게 쌓여 있었고 소은은 그 어수선한 책들 사이에 웅크리고 앉아 책을 읽기 시작했다.

마음속이 이렇게 복잡하고 심란할 때는 일을 하면 제일 좋은데 지금은 복잡함과 심란함이 소은이 감당할 수 있는 수준을 넘어선 상태였기에 도저히 일을 할 수가 없었다.

일을 할 수 없을 정도로 힘겨울 때는 책을 읽는 것이 가장 안전하게 마음을 다스리는 방법이었다. 그리고 사실, 내용이 머리에 들어오든 허투루 글자를 긁어내리는 수준이든 책을 보는 방법 외에 지금은 아무것도 할 수가 없었다.

소은은 먼저 〈우동 한 그릇〉이라는 짧은 단편 소설을 찾아 들었다. 이 책을 몇 번째 읽는지 셀 수가 없을 정도지만 이 책을 또 꺼내 든 이유는 공식적으로 실컷 울 수 있었기 때문이었다.

눈물을 펑펑 쏟을 수 있는 책. 눈물을 흘리지 않고는 배겨낼 수 없을 만큼 감동적인 책을 읽으면서 감동에 기대고 감동에 숨어 수백 번의 호미질로 푹푹 패어 버린 가슴에서 진저리치는 통증을 달래주기 위해서였다.

소은은 책을 읽으며 실컷 울었다. 울고, 또 울고 원없이 울어 버렸다.

볼테르가 말하지 않았던가. 눈물은 슬픔의 말없는 말이다라고.

소은은 볼테르의 말처럼 눈물로써 슬픔을 말하고 또 말했다. 더는 할 말이 없을 만큼 원껏 쏟아내고 나자 비로소 견딜 수 있을 만큼의 통증만이 남았다.

소은은 마음속으로 우동 한 그릇에게 위로해 줘서 고맙다는 인사를 건넨 후 놓여 있던 자리에 내려놓고 이번엔 카네기 행복론을 꺼내 펼쳤다.

이 책은 카네기 인간관계론과 더불어 수시로 꺼내 읽는 책이었는데 이 책을 처음 읽었던 때는 외로움에 지쳐 우울증이 생겼을 무렵이었다.

그땐 우울증이 걷잡을 수 없는 속도로 깊어지던 때여서 책 속에 들어 있는 보석 같은 얘기들이 자신의 얘기가 아니라 남의 얘기처럼만 느껴지고 도무지가 말도 안 되는 엉뚱한 소리로만 생각돼서 몇 번이나 내팽개쳤었다.

그러다 번역 일을 시작하고 우울증이 치료되면서 어느 날 우연히 다시 펼쳤을 때 신기하게도 도무지가 말이 안 되었던 얘기들은 물을 흡수하는 스펀지처럼 머리에 흡수되었고 남의 얘기가 아닌 절대적으로 김소은만의 얘기가 된 것이다.

그때부터 인간관계론과 행복론은 소은에게 성경이 됐다. 그리고 거짓말처럼 꺼져 가던 용기의 불이 되살아났다.

지금 소은에겐 또다시 기운을 내서 기세 좋게 벌떡 일어날 용기의 불이 절실했다. 서초동에 치이고, 진혁에게 치이고, 진 여사에게 치이고, 아버지는 병환중이고.

안식할 곳을 찾을 수가 없을 만큼 꽉 막혀 있었다. 당장에 안식할 장소가 없다면 잠깐이라도 숨을 고를 곳이라도 있어야 했다. 그래야 이를 악물 수 있을 것 같았기 때문이다.

글자 하나 조사 하나도 빠뜨리지 않고 앉은자리에서 행복론을 거의 막바지까지 독파했을 무렵 갑자기 책방에 확 하고 불이 켜졌다.

갑자기 불이 켜지는 바람에 움찔 놀라고 별안간에 밝아진 실내에 적응을 못한 소은이 잔뜩 찌푸린 채 고개를 들었을 때 진혁이 책방에서 1층으로 올라가는 계단 앞에 서 있었다.

"캄캄한데…… 뭐 해?"

진혁이 걱정스러운 표정으로 물었다.

"책 봐요."

소은이 여전히 낯을 찌푸린 채 대답했다.

“불도 안 켜고?”

“어두워진 줄 몰랐네요.”

“꽤 어둑어둑해.”

진혁의 말에 소은이 고개를 돌려 창문을 쳐다보자 정말로 제법 어둑어둑했다. 이렇게 어두운데 글자가 보였다는 것이 신기할 만큼.

“책이…… 이렇게 많은 줄 몰랐어.”

진혁이 책방 가득 구석구석 쌓여 있는 책들을 놀란 눈길로 바라보며 중얼거렸다.

“그러네요. 나도 새삼 놀랍네요.”

소은도 진혁을 따라 쌓여 있는 책들을 훑어보며 중얼거리듯 대답했다.

“모두 읽은 거야?”

“네.”

진혁은 정말 놀랐다. 소은이 이렇게 많은 책을 읽었을 줄은 생각도 못했기 때문이었다. 책방에 쌓여 있는 책은 작은 서점을 열어도 될 만큼 어마어마한 양이었다.

“언제 다 읽은 거야?”

“학교 다닐 때부터…… 결혼하고 나서 제일 많이 읽었죠. 달리 할 일이 없어서…… 요즘은 많이 못 읽어요. 일 때문에.”

“책을 왜 이렇게 쌓아뒀어? 책장을 만들지 그랬어.”

“……내 집이 아니라 당신 집이라서요.”

소은의 기운없는 목소리에 가만히 소은을 쳐다보던 진혁이 쪼그리고 앉아 있는 소은의 곁으로 다가왔다.

"무슨 일…… 있어?"

"일이야 뭐…… 난 늘 파란만장하잖아요."

소은의 대꾸에 진혁이 소은과 시선을 맞추기 위해 무릎을 굽히고 소은 앞에 앉았다.

"전화 많이 했었어."

"가방을 소파에 던져 놔서 몰랐네요. 왜 전화했어요?"

"뭐 하고 있는지 궁금해서."

진혁의 대답에 소은이 시선을 들어 진혁을 쳐다봤다. 정말 뭘 하고 있는지 궁금했을까? 하는 표정으로.

"별것 안 했어요. 계속 이러고 있었지."

"아침부터 계속 여기 있었어?"

"점심 전에 진 여사 만나고 아버지 병원에 들렀다가…… 3시 쯤? 그때부터 여기 있었어요."

"진 여사는 왜?"

"……."

"주영이 일 때문에?"

"뭐 하러요. 적군의 일은 아군에게 해야 편을 먹는데 진 여사 는 아군이 아니라 적군이잖아요…… 진 여사가 날 불러냈어요."

"무슨 일로?"

"……."

소은은 대답 대신 갑작스레 극심한 허기를 느끼며 책을 내려
놓고 자리에서 일어났다.

"저녁 먹었어요?"

"아니."

"점심도 걸렀더니 배가 고파 쓰러질 것 같아요. 혹시 비빔밥
할 줄 알아요?"

"나가서 먹을까?"

"나갈 기운도 없어요. 아주 매운 비빔밥 먹으면서 폭탄주 한
잔 하고 싶네요."

"비벼보자."

"그래요. 같이 비벼봐요."

책방에서 1층으로 올라온 소은은 진혁이 옷을 갈아입는 동안
에 먼저 가스레인지에 프라이팬을 달궈 달걀 세 알을 깨뜨려 넣
었다. 아무리 얼렁뚱땅 만들어 먹는 비빔밥이더라도 달걀 프라
이가 빠지면 안 되니까.

달걀 프라이가 익는 동안에 깊고 널따란 스테인리스 볼을 찾
아내 식탁 중앙에 내려놓고 김치 냉장고에서 푹 익은 열무김치
를 꺼내 가위질로 먹기에 알맞은 크기로 쓱쓱 잘라 넣은 후 밥
통에 있던 밥을 몽땅 볼에 쓸어 넣었다. 그리고 절묘한 타임에
맞춰 프라이팬을 올려놓은 가스레인지 불을 껐다. 완숙보다는
샛노란 노른자가 터져 나오는 반숙일 때 훨씬 더 맛있으니까.

다음으론 양념 수납장에서 비빔밥에 들어갈 온갖 양념들을

꺼내 볼 안에 덜어 넣기 시작했다. 고추장 듬뿍, 깨소금 듬뿍, 참기름 듬뿍 마지막으로 들깨 가루 한 숟갈.

양념 넣기를 끝내고 달걀 프라이를 넣으려는데 진혁이 주방으로 들어왔다. 그새 샤워까지 했는지 머리가 젖어 있었다.

"비벼요."

소은이 진혁에게 큼직한 나무 주걱 두 개를 건넨 후 프라이팬째로 들고 와 나란히 모양도 예쁘게 굽혀 있는 달걀 프라이 세 개를 볼 안에 털어 넣었다.

진혁이 주걱으로 비비기 시작하자 고소한 참기름 냄새가 다른 양념들과 어우러져 솔솔 풍겨 나오기 시작했다. 누가 먼저랄 것도 없이 다디단 침을 꿀꺽 삼킨 두 사람은 서로를 쳐다보며 픽 웃고 말았다. 퍽 대단하지 않은 비빔밥에 동시에 침을 삼킨 것이 재밌었기 때문이다.

소은은 재빨리 냉장고에서 맑게 끓여놓은 콩나물국을 꺼내 국그릇에 덜어 식탁에 내려놓고 숟가락도 준비한 후 진혁이 '됐어, 먹자' 하는 말이 떨어지기 무섭게 한 숟갈 듬뿍 떠 넣었다.

"짜?"

"아뇨. 딱이에요."

허겁지겁 퍼먹는 소은을 쳐다보던 진혁도 숟가락을 들고 떠먹기 시작했다. 비빔밥 한 숟갈 콩나물국 한 숟갈.

"콩나물국 시원하네."

"식혀서 냉장고에 넣어뒀어요. 시원하게 먹고 싶어서요."

"잘했네."

"열무김치 알맞게 익었죠?"

"국수 비벼먹어도 좋겠다."

"국수 좋아해요?"

"별미로 좋지."

"그럼 내일은 국수 해먹을까요? 나도 비빔국수 좋아하는데."

"좋지."

진혁과 소은은 지금 이 순간, 대단치 않은 음식인 비빔밥에 시원한 콩나물국을 먹는 이 순간 두 사람이 몹시 불편한 관계라는 것도 잊고 있었다. 불편하거나 얼굴 붉혔던 사건들은 일단 모두 뒤로 치워놓은 채 아무것도 아닌 대화를 퍽 재미나게 주고받으며 비빔밥을 맛있게 먹고 있었다.

"아줌마는?"

"일찍 보냈어요."

"왜?"

"혼자 있고 싶어서요."

소은이 고추장이 덜 풀려 뭉쳐진 곳을 잘 섞인 밥들과 한데 섞어 비비며 대답했다.

"진 여사 때문에? 진 여사가 뭐라고 했는데?"

"……책 말이에요."

“책?”

“아버지한테 책 갖다 드렸잖아요, 진혁 씨가.”

“어. 그랬어.”

“고마워요.”

소은이 진심 어린 어조로 말한 후 비빔밥을 한 숟갈 떠 넣었다.

“아버님, 놀라시더라고. 그리고 무척 좋아하셨어.”

“그러게요. 그러신 것 같더라구요.”

소은이 고개를 끄덕였다.

“아버님이 뭐라고 하셔?”

“말씀을 잘 못하시니까 그냥 좋으신 것 같더라구요.”

“그랬군.”

“그랬어요.”

소은은 콩나물국을 몇 숟갈 떠먹고 다시 비빔밥 한 숟갈을 가득 떠 넣은 후 꼭꼭 씹기 시작했다.

“아버지가요.”

“음.”

“사인해 달라고…….”

하고 말하던 소은은 갑자기 울컥 치솟아오르는 감정에 목이 메어 말끝을 흐리며 아랫입술을 꼭 깨물었다.

진혁이 고개를 들고 소은을 바라봤을 때 소은은 눈가에 눈물을 매단 채 입술을 꼭 깨물고 있었다.

"괜찮아?"

"아버지. 좋으셨나 봐요…… 우시더라구요."

소은은 어떻게 하든 울지 않으려고 애를 썼지만 자꾸만 치밀어 오르는 감정을 주체 못해 울먹이고 있었다.

"……그러실 거야."

"내 책을 가슴에 꼭 안고…….."

소은은 그만 흐느끼고 말았다.

입에 문 비빔밥과 목구멍까지 차오른 설명할 수 없는 감정 때문에 숨이 막혀 더는 아무 말도 못하고 그만 흐느끼기 시작한 것이다.

진혁은 얼른 일어나 물을 가져다 소은에게 건넸고, 소은은 진혁이 가져다준 물을 비빔밥과 함께 꿀꺽 삼켰다.

"체하겠다."

진혁이 소은의 등을 가볍게 쓸어주며 속삭였다.

물을 마시면 그칠 줄 알았는데 목구멍으로 삼킨 물이 위장으로 내려가는 것이 아니라 눈으로 올라왔는지 더욱 펑펑 쏟아지기 시작했다.

"밥 먹다가 울면 체해."

진혁이 안쓰럽게 중얼거렸다. 여전히 등을 쓸어주며.

"소밥통이라 괜찮아요."

소은이 흐느끼며 대꾸했다.

"소밥통도 우네."

진혁의 말에 소은이 울다가 픽 웃는데 진혁이 손을 뻗어 소은의 눈에 매달려 있던 눈물을 닦아주었다.

"소밥통 눈에 눈곱 꼈다."

진혁이 눈물과 함께 눈곱도 떼어주었다.

"우는 것도 흉한데 눈곱까지……."

소은이 쑥스러워하며 얼른 눈물을 닦아냈다.

"이제 괜찮아요. 밥 먹어요."

소은이 다시 비빔밥을 떠먹기 시작하자 진혁도 자리로 돌아와 앉았다.

"병원에 자주 들른다면서요."

"매일은 아니고."

"고마워요. 오늘은 고맙다는 말을 많이 하게 되네요."

"진 여사는 왜?"

"그게…… 잘한 짓인지 모르겠어요."

소은이 한숨 섞인 목소리로 말했다.

"뭐가?"

"유산 때문에…… 아버지 유언장 준비해 놓은 것 알고 있는데 내가 유언장이 있다는 걸 모르는 줄 알고…… 미리 정리하자고 하더라구요."

"어떤 식으로?"

"꽤 큰 금액 제시하면서 그것으로 정리하고 끝내자고요."

"그래서?"

"싫다고 했어요. 아버지가 내게 물려주실 유산을 어느 정도로 정하셨는지는 모르겠지만 돌아가시지도 않았는데 아버지 재산 나눠 갖는 게 싫어서요. 분명히 많이 남겨주셨을 리는 없지만 그래도 괜히 속이 꼬이고 또 한편으로는 손해를 보는 것도 같고…… 싫다고 우겼어요."

소은이 찌푸린 얼굴로 말했다.

"잘했어."

"잘한 거예요?"

소은이 응원을 구하는 표정으로 물었다.

"잘한 거야."

진혁이 다시 한 번 잘했다고 말해주자 소은은 그제야 마음이 좀 놓였다.

진 여사 앞에서는 아버지 돌아가신 후에 해결하자며 거절하고 나왔지만 은근히 진 여사가 하자는 대로 할 걸 괜히 고집을 피웠나 걱정도 되고 후회도 하던 참이었기 때문이었다. 고집을 피우는 바람에 일을 크게 만든 것은 아닌지 소심증이 도져 답답하던 차였는데 진혁이 잘했다고 하자 정말 마음이 놓였다.

"진 여사 말로는 여러 사람한테 의견을 구했다고 변호사가 미리 정리해 놓는 게 나중에 시끄럽지 않다고 했다면서 밀어붙이려고 하더라구요. 그래서…… 미안한데 대경그룹 변호인단 좀 팔았어요."

"어떻게?"

"나도 알아봤다고. 대경그룹 변호인단이 현산그룹 변호인단보다 한 수 위라고 하면서…… 당장에 변호사까지 불러 앉혀서 밀어붙이려고 하는 통에 거짓말했어요. 미안해요."

"그것도 잘했어. 틀린 말도 아니고."

"진 여사가 임 변호사하고 유언장을 수정하려고 했대요."

소은의 말에 진혁이 미간을 찌푸리며 소은을 쳐다봤다.

"지난번에 병원에 들렀다가 집사 아저씨한테 듣고 알게 됐어요. 아버지가 두 번째 쓰러지시고 가까스로 정신을 찾으셨을 때 유언장을 수정하셨대요. 그런데 유언장이 수정된 걸 알게 된 진 여사가 유언장을 고치려고 시도했구요. 집사 아저씨는 아버지가 안전한 장치를 했으니까 걱정 말라고 했지만 당신도 알다시피 임 변호사하고 진 여사하고 사촌지간이잖아요. 임 변호사가 진 여사한테 내용을 흘린 것 같아요."

"장인어른이 유언장을 수정하고 진 여사가 다시 수정된 유언장을 고치려고 시도했다는 건…… 당신한테 돌아갈 몫이 상당히 커지고 진 여사와 두 아들들에게 돌아갈 몫은 현저하게 줄어들었기 때문일 거야. 그래서 진 여사가 서둘러 당신한테 몇 푼 떼어주고 각서를 받으려고 한 거고."

"정말 그런 걸까요?"

"내 짐작이 맞을 거야."

"혹시…… 아버지한테 내 얘기했어요? 누명 쓴 거."

소은의 물음에 진혁이 고개를 끄덕였다.

"장인어른 충격받으실까 봐 고심했는데…… 솔직하게 말씀드리는 것이 좋다는 결론을 내렸어. 당신이 억울하게 누명을 썼고 나와 서초동 사람들이 당신에게 아주 몹쓸 짓을 했다고…… 진심으로 사죄드렸어."

"……뭐라고 하세요?"

"……당신한테 많이 미안해하셨어."

진혁은 소은에게 누명을 씌운 주영과 자신의 집안 전체를 대신해 무릎을 꿇고 빌었으며 대경그룹 회장님이신 진혁의 아버지까지도 직접 병원에 들러 사돈인 현산그룹 김 회장님의 손을 잡고 백배사죄했다는 말은 하지 않았다. 그런 말 따위는 필요없었다. 그런 말 따위는 쓸데없는 생색내기였기 때문이다.

장인어른이 치를 떨며 분해하셨다는 것도 남의 말만 믿고 딸을 방치한 것에 대한 죄책감에 흐느껴 우셨다는 말도 하지 않았다. 소은의 가슴을 또 한 번 아프게 할까 봐, 소은을 또 울리면 견딜 수 없을 것 같았기 때문이었다.

"그래서 부탁할 게 있는데……."

"말해."

"혹시라도 나중에 유산 때문에 말썽이 생기면…… 나 혼자 맞서서 싸울 힘이 부족하니까 편 먹어줄래요? 이혼 후에 생길 일이라…… 그땐 혼자서 안 될 것 같아서요."

"……계약 연장하면 되잖아."

진혁이 조심스럽게 말했고 소은은 가만히 진혁을 쳐다보다가 희미하게 웃었다.

"그건 안 돼요."

"왜?"

"살아보니까…… 재미없어서요."

소은이 부디 기분 나빠하지 말아줬으면 좋겠다는 뜻에서 조심스럽고 미안한 어조로 말했다.

"……앞으로는 재밌게 해줄게."

진혁이 진심을 담아서 말했지만 소은은 가만히 고개를 저었다.

그가 아무리 노력해도 재밌게 사는 것을 방해할 사람들과 이유들이 너무 많았기 때문이었다.

"당신한테 잘못한 시간을…… 갚을 기회를 주면 안 되겠어?"

진혁이 진심과 함께 제발 받아들여 주길 소망하는 눈길을 보내며 말했지만 소은은 또다시 고개를 저었다.

"……내가 주영 씨 일을 말할까 봐 걱정해서 그러는 거라면……."

"아니야. 맹세코 아니야."

진혁이 확고한 어조로 말했다.

"당신한테 미안해서 그래. 너무 미안해서. 그리고 나 자신이 너무 부끄러워서."

진혁이 참담한 표정으로 나지막이 말했다.

진혁의 얼굴을 바라보던 소은은 픽 웃고 말았다. 저렇게 참담한 표정의 진혁을 보는 것도 처음이었지만 진혁에겐 어울리지 않는 얼굴이었기 때문이었다. 차라리 약 올리고 지나치게 거만한 진혁이 훨씬 더 잘 어울렸다. 갑자기 약한 척하는 진혁의 모습은 조금도 어울리지 않았다. 거만하고 난 척할 때는 참 밉더니 그럼에도 불구하고 약한 모습의 진혁은 싫었다. 무엇이라 설명할 수 없는 묘하고 이상한 감정이었다.

"같이…… 살자."

진혁이 애원이 담긴 눈길로 소은을 바라보며 말했다. 제발…… 더 이상은 거절하지 말아달라는, 제발 허락해 달라는 애원이 담긴 눈길로.

"나…… 김소은으로 살아보고 싶어요. 장진혁의 아내가 아닌 김소은으로. 나도…… 아무에게도 의지하지 않고 아무에게도 구속받지 않고 거칠 것 없이 자유롭게 살아보고 싶어요. 번역가 김소은으로."

소은이 두 눈과 목소리에 그렇게 할 수 있도록 도와달라는 부탁의 메시지와 반드시 그렇게 해보고 싶다는 의지를 담아 보냈다.

진혁은 더 이상 아무 말도 하지 못했다. 소은의 의지가 너무도 견고하다는 것을 느낄 수 있었기 때문이었다.

진혁은 한참 만에 천천히 고개를 끄덕였다. 더 이상은 붙잡지

않겠다는 뜻이 아닌, 아내인 소은의 의지에 박수를 보내고 응원
한다는 뜻이었다.
　그러나 진혁의 가슴은 무너져 내리고 있었다.

❋ 그와 그녀의 남은 시간 31일. 낮 2시.

제대로 점심 챙겨 먹는 시간까지 아까워 과일 몇 조각과 커피 한 잔으로 점심을 대신하며 소은이 원고와 불어 사전을 붙잡고 씨름하고 있는데 조심스럽게 노크 소리가 들리더니 도우미 아줌마가 방으로 들어왔다.

"사모님."

"네."

소은이 불어 사전에서 눈을 떼지 못하고 대답했다.

"손님 오셨어요."

“손님요? 누구요?”

소은이 건성으로 물었다가 가까스로 사전에서 시선을 떼고 고개를 돌렸을 때 놀랍게도 문 앞에는 장주영이 서 있었다.

주영을 본 순간 소은의 눈빛이 대번에 날카로워졌다. 원수를 만난 것처럼. 아니, 실제로 원수였다.

“들어가도 돼요?”

주영이 지금까지와는 달리 꽤 예의 바른 척 물었다. 하지만 갑작스레 예의 바른 척한다고 고마워할 소은이 아니었다.

“들어오지 말라고 하면 안 들어올 거예요?”

주영의 물음에 소은이 비꼬자 주영의 얼굴이 미묘하게 일그러졌다.

소은이 들어와도 좋다는 말을 하지 않자 주영이 망설이다가 안으로 들어왔다.

“차 준비할까요, 사모님?”

“됐어요. 차 올리지 마세요.”

소은이 냉정한 어조로 잘랐다.

“네, 사모님.”

도우미 아줌마는 얼른 문을 닫아주었고 방 안에는 소은과 주영 두 사람만 남았다.

“차도 안 주는 거예요?”

“차 마시러 왔어요?”

소은이 또다시 시비조로 되받아치자 주영이 무안함에 순간

날카로운 눈빛으로 소은을 쳐다봤지만 주영의 눈빛과는 비교도
되지 않을 만큼 살기가 번득이는 소은의 눈에 얼른 고개를 돌려
버렸다.

"할 얘기가 있어서 왔어요."

"빨리 해요. 바쁘니까."

소은은 주영이 입을 떼기가 무섭게 몰아붙였고 주영은 이미
기분이 많이 상한 표정으로 방 한가운데 서 있었다.

"천장 무너질까 봐 받쳐 주려고 서 있어요?"

소은의 물음에 주영이 성질이 난 얼굴로 침대에 걸터앉으려
는데 소은이 재빨리 소리쳤다.

"거기 앉지 말아요!"

소은의 외침에 주영이 깜짝 놀라며 소은을 쳐다봤다.

"내 침대에 앉는 거 기분 나쁘니까 저기 의자에 앉아요."

소은이 치사할 정도로 까칠하게 굴며 테라스로 나가는 문 앞
에 있는 의자를 가리키자 주영이 금방이라도 달려들어 머리채
를 쥐어뜯을 듯한 눈으로 소은을 노려보다가 의자로 가서 앉았
다. 의자에 앉은 후에도 주영은 뒤집어질 듯한 눈으로 계속 소
은에게 고정되어 있었고 소은은 그런 주영의 눈을 같잖다는 듯
너끈히 반사해 주고 있었다.

"눈알에 쥐났어요?"

"뭐라구요?"

"왜 사람을 그따위로 쳐다봐요?"

소은이 정말 뒤집어진 눈이 어떤 눈인지 보여줄 요량으로 곧 튀어나올 듯 부릅뜨고 노려보며 강하게 나가자 소은의 기세에 눌려 주영이 슬그머니 시선을 피했다.

"내가 말했죠. 바쁘다고. 할 얘기 빨리 해요."

소은은 단 1초도 장주영에게 시간을 빼앗기고 싶지 않았다. 장주영에겐 1초가 아니라 0.01초도 아까웠다.

"……미안하게 됐어요. 일이 이렇게 커질 줄 몰랐어요. 난 그냥 장난처럼 했던 말인데…… 내 의도와는 다르게 커져 버렸고 어느 순간 주워 담을 수 없게 됐어요. 사과할게요. 미안하게 됐어요."

주영이 소은과 눈도 마주치지 못한 채 사과를 했다.

하지만 소은의 눈은 점점 더 사나워지고 격해지고 있었다.

"미안하고…… 다 지나간 일이니까 서로 잊도록 해요."

주영이 딴에는 사과를 했다고 생각한 모양인지 이쯤 했으면 됐겠지 하는 눈으로 소은을 쳐다보는 순간 흠칫 놀라고 말았다. 소은의 눈은 손에 흉기만 들지 않았을 뿐 금방이라도 죽여 버릴 듯한 살기가 가득 차 있었기 때문이었다.

"야."

소은이 드디어 입을 열자 주영이 화들짝 놀라며 소은을 쳐다봤다. '야'라니, 감히 누구한테 '야'라고 하냐는 듯이.

"너 지금 장난하냐?"

소은이 기함할 듯한 주영을 똑바로 노려보며 이를 바득바득

갈면서 낮게 뇌까렸다.

"지금 나한테…… 야, 너라고 했어요?"

주영이 기가 막혀 넘어갈 얼굴로 되물었다.

"왜? 마음에 안 들면 년 자 붙여줄까?"

"뭐, 뭐라구요!"

"놀라는 척하긴."

소은이 우스운 연기 하지 말라는 듯 비웃었다.

"나한테 지금 뭐라고 했어요?"

주영이 발끈하며 소리쳤다. 하지만 소은의 표정은 딱 그것이었다. 네가 발끈하면 어쩔 건데?

"시끄러. 내 방에서 떠들지 마."

소은이 낮지만 거역할 수 없을 정도로 강단있고 대차게 경고했다.

"너 지금 그걸 사과라고 한 거야? 어느 정신 나간 인간이 사과를 그렇게 한다고 가르치디?"

"미, 미안하다고 했잖아요."

"미안? 미안해하는 태도가 그따위야? 나이도 어린 것이 어디서 눈을 착 내리깔고!"

소은이 자리에서 벌떡 일어나며 소리치자 주영은 소은이 달려드는 줄 알고 깜짝 놀라며 덩달아 벌떡 일어나며 주춤 물러났다.

"너 돈 처들여 미국까지 가서 뭐 배워왔니? 무개념과 싸가지 상실이 인류에게 끼치는 악영향 그런 걸로 학위받아 왔니? 아주 삽질을 제대로 했네. 나한테 배우지 뭐 하러 그런 쓰잘때기 없는 것 배우러 미국까지 가서 돈을 처발랐니?"

소은이 거친 어조로 쏘아붙이자 주영은 너무나 어이가 없어 넋이 나간 듯 눈과 입을 쩍 벌리고 소은을 쳐다봤다.

"입 다물어라. 날파리 들어간다."

소은이 잔뜩 비꼬아주자 주영이 얼른 입을 다물었다.

"야, 너 닭이야? 그런 건 강아지 새끼도 안 배우거든?"

"지금 내가 누군지나 알고 그런 소리 함부로 하는 거예요?"

주영의 말에 소은이 웃음을 터뜨렸다.

"너 장주영이잖아. 배기준하고 약 먹고 뒹군 애."

소은의 대답에 주영의 얼굴이 새빨갛게 물들기 시작했다.

"누가 너한테 사과 나부랭이 하라고 시키대? 무릎 꿇고 손금이 지워지도록 빌어도 시원치 않을 판에 뭐? 미안하게 됐어요? 이게 죽을라고!"

소은이 검은 눈동자가 사라지고 흰자만 남을 정도로 눈을 부릅뜨고 한 걸음 더 다가서며 소리쳤다.

"내가, 너 배기준을 시작으로 약쟁이 떨거지들하고 약 먹고 밤새~~ 도록 뒹굴고 논 거 다 까발릴 거거든? 너 쪽팔리라고. 너 쪽팔려서 쿠바로 망명하라고."

소은의 말에 새빨갛게 달아올랐던 주영의 얼굴에서 핏기가 가시기 시작했다.

"내가 이 집에서 나가는 순간 장문의 전단지 제작해서 제일 먼저 너네 시댁에다 확 뿌려 버릴 테니까 각오하고 있어. 한 달 남았어. 한 달 동안 피가 마르는 게 어떤 건지 한번 느껴 봐."

소은이 이를 갈며 협박을 하자 주영이 부들부들 떨며 소은을 노려봤다.

"우리 아버지가 가만히 있을 것 같아!"

주영이 악을 썼다.

"우리 아버진 가만히 있을 것 같아!"

소은은 더 크게 악을 썼다.

"넌 장난으로 사람을 죽이니?"

"내가 언제 사람을 죽였다는 거예요?"

주영이 억울하다는 듯 되받아쳤다.

"우리 아버지! 너 때문에 반쯤 죽어버렸어. 난 너 때문에 3년 동안 죽은 사람이나 마찬가지인 대접을 받았어!"

소은이 격정적으로 소리쳤다.

"그건, 그건……."

"시끄러워. 나가."

"난 사과하려고……."

"나가! 당장 나가!"

소은이 태워 버릴 듯 노려보며 소리쳤고 주영은 이미 패색이 짙은 표정으로 소은을 쳐다보다가 도망치듯 나가 버렸다.

　주영이 나간 후 의자에 앉은 소은은 천천히 숨을 몰아쉬기 시작했다. 한참 동안 격해진 가슴을 가라앉히느라 숨을 몰아쉬던 소은의 입가에 어느 순간 희미한 미소가 걸렸다.

　주영을 혼내서 내쫓아 버렸다는 기쁨보다는 시댁 아가씨에게 그토록 당당하고 용기있게 맞선 스스로가 너무도 대견했기 때문이었다. 그리고 주영을 내쫓은 후 어떤 일이 생기든, 시댁 가족 전체가 쳐들어온다 하더라도 조금도 두려워하지 않고 맞설 자신감이 생겼다는 것이 기뻤기 때문이었다.

　소은은 명치끝에 매달려 있던 무거운 짐이 한결 가벼워진 것을 느끼며 즐거운 기분으로 다시 번역 일을 시작했다.

❋ 그와 그녀의 남은 시간 31일. 낮 3시 45분.

　아버지의 호출을 받고 회장실로 올라갔던 진혁은 어머니 곁에서 눈물바람을 일으키고 있는 주영을 냉정한 눈길로 쳐다봤다.

　어머니는 말할 것도 없고 회장님인 아버지의 표정도 썩 좋지 못했다.

　"애, 이리 와서 앉아봐라."

　어머니가 신경질적으로 일그러진 표정으로 진혁을 다그쳤다.

　"무슨 일로 오셨습니까?"

　"지금 주영이가 너희 집에 갔다가 소은이한테 어떤 수모를 당하고 왔는지 아니?”

어머니는 아들인 진혁이 편을 들어줄 거라고 생각했지만 오산이었다.

“너 거긴 왜 갔어? 내가 얼씬도 하지 말라고 했잖아!”

진혁의 호통에 주영이 움찔하며 진혁을 쳐다봤다.

진혁은 여동생이 소은에게 어떤 수모를 당했는지는 관심없었다. 소은에게 서초동 가족들은 절대 눈에 보이지 않게 해주겠다고 약속했는데 그 약속을 지키지 못하게 한 주영 때문에 화가 나버렸기 때문이었다.

“사과를 하러 갔단다. 사과를 하러 갔는데 소은이 걔가 우리 주영이한테 입에 담지도 못할 폭언을 퍼부었다잖아. 주영이 놀라서 쓰러질 뻔했단 말이야.”

주영 대신 어머니가 안달복달 변호했다.

“그 사람이 너한테 입에 담지 못할 폭언을 했을 리도 없지만 그 사람이 무슨 짓을 했건 네가 그 사람한테 한 짓에 비하면 아무것도 아닐 거야.”

진혁의 말에 어머니가 어처구니가 없다는 얼굴로 진혁을 쳐다봤다.

“아니, 너 어떻게 말을 그렇게 하니? 소은이 걔가 주영이한테 무슨 말을 했는지 들어보지도 않고 어떻게 그렇게 말을 해?”

“오빠, 올케가 나더러 기분 나쁘니까 차도 마시지 말고 침대에도 앉지 말라고 하면서 눈알에 쥐가 났냐고…… 뭐랬는 줄 알아요? 돈 처들여서 미국 가서 무개념에 싸가지 상실이……."

주영이 소은이 자신에게 했던 기상천외하고 해괴망측하게 퍼부었던 말들을 한 글자도 빠뜨리지 않고 고해바치기 시작했다. 그러나 소은의 만행을 다 들은 후에도 진혁의 표정은 달라지지 않았다.

"못할 말을 한 건 아니구나."

진혁의 말에 어머니와 주영이 경악한 얼굴로 진혁을 쳐다봤다.

"애 진혁아, 너 어떻게 주영이한테 그럴 수가 있니?"

"주영이가 어떤 짓을 저질렀는지 아시고도 그러십니까?"

"그건 내가 이미 주영이한테 충분히 야단을 쳤고, 아버지도……."

"도대체 난 널 이해할 수가 없어."

진혁이 어머니의 말을 자르며 불길이 뿜어져 나오는 눈길로 주영을 노려봤다.

"넌 창피한 게 뭔지 모르니? 어떻게 그런 짓을 저지르고도 낯을 들고 여기 나타나!"

진혁의 호통에 주영이 몸을 움츠리며 빨개진 얼굴을 돌렸다.

"네가 저지른 일이니, 네가 수습해."

진혁이 냉정하게 내뱉은 후 자리에서 일어났다.

"사과를 해도 안 받아준다잖니!"

어머니가 애가 타서 소리쳤다.

"이 일이 사과 한마디로 해결될 줄 아셨습니까!"

진혁이 격하게 소리쳤다.

"주영이 너의 그 못돼먹은 입 때문에 난 3년 동안 죄없는 그 사람을 쓰레기 취급했어. 나뿐만 아니라 너와 어머닌 그 사람한테 어떻게 하셨습니까! 주영이 때문에 아버지는 또 얼마나 난처한 입장에 처해졌는지 모르십니까? 아버지와 장인어른은 둘도 없는 친구 사이셨는데 미안하다는 말조차도 못할 지경이 됐습니다. 이런데도 주영이만 감싸고 싶으십니까! 이런데도 말 한마디로 해결이 될 줄 아셨습니까!"

분노에 찬 진혁은 주영을 죽을 듯이 노려보다가 그대로 회장실을 나가 버렸다.

"여보……."

어머니가 남편을 쳐다봤지만 회장님의 표정 역시 싸늘하기는 마찬가지였다.

"무조건 빌어. 백번을 천 번을 빌어서라도 소은이한테 용서를 받아내. 이번 일이 밖으로 새어나가면 넌 우리 집안에서 쫓겨날 줄 알아!"

회장님이 딸 주영을 향해 호통 쳤다.

회장실을 나와 곧바로 자신의 사무실로 들어온 진혁은 자리에 앉는 순간 낮게 웃음을 터뜨리고 말았다.

소은이 주영에게 퍼부었다는 그 말 때문이었다.

"너 돈 처들여 미국까지 가서 뭐 배워왔니? 무개념과 싸가지 상실이 인류에게 끼치는 악영향 그런 걸로 학위받아 왔니? 아주 삽질을 했네. 나한테 배우지 뭐 하러 그런 쓰잘때기 없는 것 배우러 미국까지 가서 돈을 처발랐니?"

정말 김소은다웠다. 정말 김소은다운 반격이었다.
"쿠바로 망명을 하라고?"
진혁은 다시 한 번 웃음을 터뜨렸다.

※ 그와 그녀의 남은 시간 30일. 0시 52분.

노크도 없이 문이 벌컥 열리더니 진혁이 들어왔다.
자정이 훨씬 넘은 시간이었다.
소은은 놀라지 않았다. 낮에 주영이 다녀간 후로 내내 이 시간을 위해 단단히 대비하고 있었던 참이었기 때문이다.
사실, 진혁이 퇴근하자마자 한바탕 싸우게 될 줄 알았었다. 그런데 웬걸 진혁은 주영에 대해 단 한 마디도 묻지도 따지지도 않았다.
저녁을 먹은 후에 하려나 했지만 감감무소식, 자기 전에는 하겠지 했지만 역시나 무반응. 자정이 지날 때까지도 말이 없어서 그냥 넘어가려나 보다 그래도 양심은 있네 했는데, 아니나 다를까, 깊은 밤에 나타난 것이다.

“아직 안 잤어요?”

“아직도 일해?”

소은과 진혁이 동시에 물었다.

소은은 진혁의 목소리에 조금 의외라고 생각했다. 싸우러 온 사람치고는 목소리가 너무 온순했기 때문이다.

“자다가 깼어.”

“왜요?”

“무서운 꿈 꿔서. 꿈에 귀신 나왔어.”

진혁이 찌푸린 얼굴로 중얼거리더니 소은의 침대에 덜렁 드러누웠다.

싸우려고 자다가 깬 것이 아니라 귀신 꿈을 꿔서 깼다고? 진혁은 정말 싸울 생각이 없는 것 같았다.

“여기서 잘 거야.”

“왜 여기서 자요?”

“무서운 꿈 꿨다고 했잖아. 무서워서 혼자 못 자겠어.”

진혁의 말에 소은이 콧방귀를 꼈다.

“꿈은 꿈이지 뭐가 무섭다고 그래요?”

“난 무서워.”

“아기라면 몰라도 어른이 무슨 귀신이 무섭다고.”

“난 무섭다고.”

진혁이 퉁명스럽게 대꾸했다.

“귀신이 어쨌는데요? 잡아먹혔어요?”

“진짜 잡아먹혔어. 갑자기 옷 방에서 툭 튀어나오더니 다짜고 짜 덮쳤단 말이야.”

진혁의 말에 소은이 눈을 가늘게 뜨고 진혁을 쳐다봤다.

“덮쳤다는 건…… 어떤 식으로?”

“막 덤벼들었단 말이야. 얼마나 무서웠는지 알아?”

진혁의 말에 소은이 어이없어하며 웃었다.

“거짓말 말아요. 내가 그런 거짓말을 믿을 거라고 생각해요?”

“정말이야!”

진혁이 우겼다.

주영 때문에 시비 걸러 온 것이 아니냐고 물으려던 소은은 입을 꾹 다물었다. 진혁이 먼저 말을 꺼내지 않는데 소은 쪽에서 서둘러 좋을 것은 없었기 때문이었다. 만약 진혁이 모른 척 그냥 덮고 지나가려는 거라면 소은 역시 들춰낼 필요가 없었다.

“알았으니까 빨리 가서 자요. 나 일해야 해요.”

“일해. 조용히 잘 테니까.”

“방해되니까 내려가요.”

“싫어. 진짜 무섭다니까. 당신이 옷 방 귀신 잡아 죽이기 전엔 절대 혼자 못 자.”

진혁이 이불을 돌돌 말아 덮더니 휙 돌아누웠다.

“혹시…… 나한테 잡아먹히고 싶어서 온 것 아니에요?”

“아니야, 절대.”

진혁이 벌떡 일어나더니 정색을 하며 부인했다. 하지만 소은은 정색한 진혁을 더 수상하다는 표정으로 쳐다보고 있었다.

"정말 아니에요?"

"정말 아니야."

"귀신보다 내가 더 위험할 텐데……."

"나 절대 건드리지 마. 내일 새벽에 회의 있어서 푹 자야 해. 절대 건드리면 안 돼. 분명히 말했어. 절대 안 돼."

진혁이 과장되게 부인한 후 자리에 누웠고 소은은 절대라는 단어가 제발이라는 단어처럼 느껴져 웃음이 터질 것 같았다.

소은은 누에고치처럼 이불을 둘둘 말고 자고 있는 진혁을 야릇한 눈길로 바라보다가 노트북으로 시선을 돌렸다.

절대라는 단어를 절대 믿어주고 싶지 않지만 소은 역시 지금 절대적으로 바빴기 때문이다.

두 시간쯤 지났을까.

목도 아프고, 어깨도 아프고, 눈까지 침침해져서 잠깐 쉬든지 아니면 오늘은 그만 자고 내일 다시 달리든지 해야겠다고 생각하는데 '소은아' 하고 부르는 소리가 들렸다. 소은이 고개를 돌리자 진혁이 누운 채로 소은을 바라보고 있었다. 아직도 안 잤던 모양이었다. 새벽 3시가 가까운 시간인데.

"왜 안 잤어요? 내일 회의 있다면서요. 이번엔 내가 덮칠까 봐 무서워서 못 잤어요?"

소은의 물음에 진혁이 고개를 저었다.

"그럼 무서우니까 화장실 같이 가달라구요?"

소은의 놀림에 진혁이 희미하게 웃으며 또 고개를 저었다.

“그럼 왜요?”

“여기가…… 이상해서.”

진혁이 손으로 가슴을 짓눌렀다.

“어떻게 이상한데요?”

소은이 흠칫 놀라며 자리에서 일어났다.

“아파.”

“아파요? 어떻게 아픈데요? 쑤셔요? 콕콕 찔러요? 아니면 막 조여요?”

“전부 다.”

진혁이 슬프게 찌푸려진 얼굴로 말했다.

소은은 퍼뜩 겁이 났다. 혹시 심장에 이상이 생긴 것은 아닐까 하는 방정맞은 생각이 들었기 때문이다.

“병원 가요.”

소은이 침대로 다가가며 물었다.

“일어날 수 있겠어요?”

소은의 물음에 진혁이 고개를 저었다.

“일어나지도 못하겠어요? 그럼 119 불러요? 서초동에 전화해요?”

“아니…….”

진혁이 또 고개를 저었다.

“그럼 어떻게 해줘요?”

“……안아줘.”

진혁이 말했고 소은은 가만히 진혁을 쳐다보다가 미간을 구기며 눈을 흘겼다.

“아, 진짜 사람 놀라게.”

아주 짧은 순간이었지만 정말 놀랐었다. 자고 있을 줄 알았던 사람이 가슴이 아프다는데 쑤시고 찌르고 조인다는데 놀라지 않을 사람이 누가 있을까. 그런데 장난이었다니.

“안아주라…… 제발.”

“안아주길 뭘 안아줘요! 쓸데없이 장난치고 있어.”

소은이 쏴붙인 후 혀를 차며 돌아서는데 진혁이 소은의 손을 급히 붙잡았다.

“나 정말 여기가 아파. 아파 죽겠어.”

“멀쩡하던 가슴이 왜 아파요?”

“외로워서…….”

진혁의 대답에 소은이 콧방귀를 꼈다.

“아깐 귀신 때문에 무서워 죽겠다더니. 지금은 또 외로우세요? 뭣 때문에 외로우실까요?”

진혁이 아픈 것이 아니라 장난쳤다고 생각했기 때문에 소은이 잔뜩 비꼬았지만 진혁의 표정은 여전히 심각하고 외로운 채였다.

“당신이 날 바라보지 않아서…… 두 시간이나.”

진혁이 정말 외로운 얼굴로 말했고 소은은 진혁이 장난을 치는 것인지 정말 외로워하는 것인지 살펴보기 위해 뚫어져라 쳐다보고 있었다.

"외롭고…… 겁나. 당신이 날 정말 버릴 것 같아서……."

"매달리는 거죠? 쪽팔리게 그런 얘기 하고 싶어요?"

"하나도 안 쪽팔려. 하나도."

진혁이 오늘따라 참 예쁘게 슬퍼 보이는 눈동자로 소은을 바라보며 말했다.

진혁의 슬픈 눈동자에 순간적으로 마음이 흔들렸던 소은은 금세 이성을 되찾으며 또다시 흔들리려는 마음을 다잡았다. 이렇게 쉽게 흔들리면 안 된다고. 지난날 얼마나 지독한 일을 당했는데 고작 슬픈 눈동자와 외롭다는 말에 흔들릴 수는 없다고.

"내가 좀 안아줬으면 싶을 땐 옆에 없었으면서."

소은의 중얼거림에 진혁이 미안함에 낮게 한숨을 내쉬더니 이불을 걷고 자리에서 일어났다.

"그랬네, 정말…… 외로워할 자격이 없네."

진혁이 미안함이 가득 배인 미소를 던지며 말했다.

"이제 그만 자. 일하는 모습…… 멋져. 그래도 그만 자. 몸 상해."

진혁이 억지로 미소 지으며 말한 후 문 쪽으로 걸어가는데 그만 와락 흔들려 버린 소은이 진혁의 팔을 붙잡았다.

"그렇게 금방 포기해요?"

소은의 말에 진혁이 소은을 바라봤다. 포기하지 않아도 되냐고 묻는 듯한 시선으로.

"안아줄게요. 까짓것 돈 드는 것도 아닌데 뭐."

소은이 일부러 장난스럽게 말한 후 진혁을 껴안았다. 분명 소은이 진혁을 껴안았지만 어느새 진혁이 소은을 끌어안고 있었다.

"진혁 씨…… 참 크네요. 오늘 처음 알았네요."

진혁을 껴안은 채, 아니, 진혁의 품에 안긴 채 소은이 속삭였다.

"당신은 참 작네. 오늘 처음 알았네."

"꽤…… 따뜻하네요. 것도 오늘 처음 알았네요."

"미안해…… 미안해."

진혁이 소은을 더욱 꼭 끌어안으며 속삭였다.

※ 그와 그녀의 남은 시간 25일. 저녁 8시.

출판사에 들러 일을 본 후 서점에서 책 몇 권을 사고 친구를 만나 저녁까지 해결한 후 집에 들어온 소은은 진혁이 당연히 퇴근하지 않았을 것이라고 생각하며 소파 위에 서점에서 사온 책을 내려놓는데 도우미 아줌마가 아래층 책방에 내려가 보라고 말했다.

"그이 왔어요?"

진혁은 오늘 모임이 있다며 자정이 돼서야 돌아올 거라고 했었다.

"아니요. 그게 아니라…… 한번 내려가 보세요."

소은은 도우미 아주머니가 뜬금없이 책방엔 왜 내려가 보라고 하는지 모르겠다고 생각하면서 앞서 책방으로 내려가는 아주머니를 따라 내려갔다가 깜짝 놀라고 말았다.

마치 누군가 요술을 부린 듯 벽면에는 잡지책에서 그대로 가지고 나온 듯한 짙은 고동색 책장들이 세워져 있고 두서없이 쌓여 있던 그 많던 책들이 깔끔하게 정리되어 있었다. 그뿐 아니라 창을 등진 자리에 고풍스러움이 풍기는 앤티크 책상도 놓여 있었다. 책상 위에는 소은이 쓰던 노트북과 스탠드 등 2층 방에서 쓰던 물건들이 그대로 옮겨져 있었다.

"누가……."

소은이 놀라움에 제대로 말을 잇지 못하자 도우미 아주머니가 '사장님께서요' 하고 대답했다.

"사장님께서 주문하셨다고 하면서 사모님 나가시고 얼마 안 돼서 사람들이 들이닥치더니 순식간에 뚝딱뚝딱. 낮에 사장님도 다녀가셨어요."

"그이가요?"

"오셔서…… 이 많은 책들을 혼자 다 정리해서 꽂으셨어요. 저는 손도 못 대게 하시구요. 책 꽂는 데만 한 시간은 족히 걸렸어요."

"……그랬군요."

"책 꽂아놓으시고 한참 둘러보시다가 다시 나가셨어요. 사모님 들어오시기 전까지 아무 말 말라고 하시면서요."

"네……."

도우미 아주머니가 위층으로 올라간 후 멍한 눈길로 서재로 변신한 책방을 둘러보던 소은은 책상에 앉았다. 참 멋진 책상이었다. 늘 갖고 싶었던 책상, 프랑스 어느 왕비가 썼을 법한 정말 멋지고 훌륭한 책상이었다.

책상을 부드럽게 쓰다듬던 소은은 책상 위에 놓여 있는 메모지를 발견했다.

마음에 들었으면 좋겠어. 당신한테 취향을 물어보면 분명 이런 짓 하지 말라고 할 것 같아서…… 내 마음대로 저질렀어. 괜찮아? 나름대로 무척 고심했는데. 오늘 일찍 들어오고 싶은데 내 마음대로 안 되네. 당신이 일찍 잠든다면 소감은 내일 아침에 들어야겠다. 서재…… 늦게 만들어줘서 미안해.

진혁의 메모를 읽은 소은은 한숨을 푹 내쉬고 말았다.

진혁이 왜 이런 일을 벌였는지, 소은이 없는 사이 왜 급히 서재를 꾸몄는지 그 뜻을 알고 있었기 때문이었다.

그래서 한숨이 터져 나왔다. 진혁이 소은을 붙잡기 위해 노력하고 있다는 것을 알기 때문에. 하지만 그 노력에 원하는 답을 줄 수 없다는 것을 알기 때문에.

휴대폰 벨소리에 노트북에서 눈을 떼고 휴대폰 액정을 들여다보던 소은은 장진혁이라고 찍힌 발신 이름을 보며 픽 웃었다.

아직도 남편의 전화 발신명을 장진혁이라고 해두었다니. 갑자기 정이 넘쳐 나 애틋한 발신명으로 바꿀 이유는 없었지만 '장진혁'이라는 세 글자는 남편이 아니라 공적인 관계에 있는 먼 사람처럼 느껴지는 것은 사실이었다.

"여보세요?"

[잠깐 나와.]

"어딜요?"

[집 앞에.]

"집 앞에요? 집 앞에 있어요?"

[응.]

"안 들어오고 왜 나오래요?"

[그냥 잠깐 나와.]

"……알았어요."

소은이 서둘러 밖으로 나갔을 때 진혁은 우산을 받쳐 들고 문 앞에 서 있었다.

"왜 나오라고 했어요?"

"비가 오네."

진혁이 소은에게 우산을 씌워주며 말했다.

"그러네요."

"당신하고 좀 걷고 싶어서."

진혁이 소은의 어깨에 팔을 두르며 말했고 소은은 싱겁다는 듯이 픽 웃었다.

"좀 걷자."

"그래요."

소은은 군말없이 진혁과 함께 천천히 걷기 시작했다.

"뭐 하고 있었어?"

"일하고 있었어요."

"내가 방해한 거야?"

"쉬고 싶던 참이었어요."

"다행이네. 저녁은?"

"먹었죠. 당신은요?"

"나도 먹었어."

"비 오는 날 갑자기 왜 걷자는 거예요?"

"생각해 보니까 당신하고 못했던 일이 너무 많더라고. 할 수 있었는데 못했던 일들. 아니, 안 했던 일들."

"비 오는 날 같이 걷기도 그중 하나예요?"

"음."

"갑자기 왜 로맨틱한 척하는 거예요?"

"나 원래 로맨틱했어."

진혁의 말에 소은이 웃음을 터뜨렸다.

"원래 로맨틱했던 사람이 그렇게 안 로맨틱하게 살았었군요."

"지금부터라도 부지런히 로맨틱한 짓 좀 하려고."

진혁이 소은의 어깨를 감싼 팔에 힘을 주며 말했다.

"자꾸 그렇게…… 애쓰지 말아요. 서재도 그렇고…… 오늘도 그렇고."

"왜?"

"부담스러워요."

"부담스러워서 나 버리고 도망치지 못하게 하려는 건데?"

진혁의 말에 소은은 씁쓸하게 미소 지었다.

"당신이 너무 상처를 많이 줘서 어디 당신도 한번 똑같이 당해봐라, 그러고 싶은데…… 한편으론 당신이 상처받을까 봐 걱정돼요."

소은의 말에 진혁이 걸음을 멈추고 소은과 마주 보고 섰다.

"내가 당신한테 상처주지 말라는 말 할 자격이 없다는 거 알아. 난 당해도 싼 놈이라는 것도 알고. 그런데…… 겁나 죽겠어."

"뭐가요?"

"……당신이 떠난 후에 내가 어떻게 될지. 잘…… 견딜 수 있을지."

"내 생각엔…… 잘 견딜 거예요."

"왜 그렇게 생각해?"

"우린 그래 봤자…… 겨우 70일 정도 부부처럼 살았어요. 70달도 아니고, 7년도 아니고, 겨우 70일. 우린 3년 동안 부부로 지냈는데 겨우 70일 동안 부부처럼 산 거예요."

"소은아, 난…….."

진혁이 소은의 손을 꼭 잡았다.

"내가…… 겨우 70일 만에 당신이 없는 시간을 두려워한다는 게 믿어지지 않아. 그런데…… 정말 그래. 정말 두려워. 내가 문을 열고 들어갔을 때 웃든지 화를 내든지 뭘 해도 좋은데…… 빨간 땡땡이 파자마 입고 돌아다니는 당신이 없을까 봐, 그게 너무 두려워."

소은은 진혁이 그냥 하는 소리가 아니라는 것을 알고 있었다. 진심을 담아, 한 점의 거짓도 없이 오직 진심만을 담뿍 담아 말하고 있다는 것을 그의 눈빛에서 음성에서 절절하게 느낄 수 있었다.

"난 그냥…… 최선을 다하려고. 나중에 후회하지 않게 최선을 다해서 붙잡아보려고 해."

"……."

소은이 차마 아무 대답도 못하자 진혁이 다시 소은의 어깨에 팔을 둘러 감싸 안으며 걸음을 옮기기 시작했다.

"나 정말 로맨틱하지?"

"음…… 솔직히 신파 같아요."

소은의 대답에 진혁이 쿡 하고 웃음을 터뜨렸고 소은도 따라
웃었다.

진혁이 회장실 옆 방 소회의실에서 열린 임원회의에 참석해
매우 중요한 사안에 대한 브리핑을 받고 있는데 휴대폰이 진동
으로 울렸다.

발신자가 소은이라는 것을 확인한 진혁은 회의 중임에도 불
구하고 지체하지 않고 전화를 받았다.

"여보세요?"

[지금 전화받을 수 있어요?]

"잠깐만."

진혁은 조용히 자리에서 일어나 회의 중에 전화를 받은 것 때
문에 곱지 않은 눈길로 자신을 바라보는 아버지께 양해의 의미
로 목례를 한 후 회의실을 빠져나왔다.

"이제 말해."

[뭐 했어요?]

"회의 중이었어."

[미안해요. 시간을 잘못 맞췄네요. 나중에 할게요.]

"아니야, 괜찮아. 밖으로 나왔어."

[회의 중인데 전화받아도 돼요?]

"당신 전화만 돼. 다른 사람은 안 돼."

[어우, 특혜?]

소은의 낮은 웃음소리가 휴대폰을 통해 들려왔다.

[같이 저녁 먹어줄 수 있어요? 내가 살게요.]

"먹어줄게. 회사로 올래?"

[아뇨. 밖에서 만나요. 특별히 먹고 싶은 거 있어요?]

"당신 먹고 싶은 걸로 해. 난 아무거나 괜찮아."

[왜 이렇게 저자세예요?]

"난 지금 지푸라기라도 잡아야 할 상황이거든."

진혁의 대구에 소은이 웃음을 터뜨렸다.

[장소 정해지면 문자로 넣어줄게요. 그때 시간 정해요.]

"알았어."

소은과 통화를 끝내고 다시 회의실에 돌아온 진혁은 여전히 곱지 않은 아버지의 시선 때문에 약간 불편하긴 했지만 후회는 없었다. 지푸라기라도 잡아야 할 상황이라는 말이 진심이었기 때문이었다.

계약 기간이 끝나면 이혼을 하겠다는 소은의 결정을 어떻게든 돌려놓아야 하는 상황이었다. 이렇게 끝나 버린다면, 소은을 이렇게 놓쳐 버린다면 너무도 억울해서 견딜 수가 없을 것 같았다. 억울해한다는 것 자체가 모순이고 말도 안 되는 이기심이라는 것을 알고 있었지만 이렇게 끝나 버린다면 허무해서 버텨낼 수가 없을 것 같았다.

미안하고 죄스러운 마음은 말할 필요도 없었다. 소은과 눈을 마주치는 것도 미안하고, 소은이 말을 걸어주는 것만도 감사하고, 소은이 함께 저녁을 먹어달라는 말에 감격하고 황송할 만큼 죄스러웠다. 소은에게 어떤 짓을 했는지 알고 있으니까. 소은이 어떻게 버텨내고 이겨냈는지 알고 있으니까.

두고두고, 평생을 두고두고 갚을 준비가 되어 있는데, 소은이 기회만 준다면 잘못하고 죄지은 것에 백배 천배를 갚으며 사랑할 자신이 있는데 지금 소은과 자신의 관계는 강풍 앞에 놓인 촛불처럼 위태롭기만 했다.

그래서 두려웠다. 그래서 두렵고 겁나서 미칠 것만 같았다.

소은을 놓칠까 봐 끝내 소은이 자신을 버릴 것만 같아서.

"오늘 저녁 모임은 참석하지 못하게 됐습니다, 아버지."

진혁의 말에 장 회장이 두 눈을 치켜뜨고 진혁을 노려봤다.

"너 요즘 왜 그래? 회의 시간에 전화를 받지 않나. 누구 전화였어?"

"소은이 전화였습니다."

"집안에 어떤 문제가 있어도 회사로 끌고 오지 말라고 했잖아."

"죄송합니다."

"답답한 상황인 건 안다. 너뿐이 아니라 서초동도 마찬가지야. 이 일이 소은이 탓이 아니라 주영이 탓이라는 것도 알고. 하지만 어쩔 수 없다. 지지든 볶든 집안일은 집 안에서 해결해야만 해. 절대 회사로 가져와서는 안 돼.”

“알고 있습니다. 하지만…… 오늘 저녁 모임은 참석하지 못하겠습니다.”

진혁이 고집스럽게 우기자 못마땅함에도 불구하고 장 회장은 더 이상 몰아붙이지 않았다.

진혁이 약속 시간에 꼭 맞춰 소은이 지정한 한정식 집으로 왔을 때 소은은 미리 와서 진혁을 기다리고 있었다.

“언제 왔어?”

“30분쯤 됐어요.”

“뭐 하러 그렇게 일찍 왔어?”

“중간에 시간이 비었는데 마땅히 갈 데가 없어서요.”

“회사로 와서 같이 움직였으면 됐잖아.”

“전망 보면서 책 보고 있었어요. 지루하지 않았어요. 음식은 미리 주문해 뒀어요. 아무거나 먹는다고 했으니까 나중에 푸념하지 말아요.”

“푸념 안 해.”

잠시 후 문이 열리더니 종업원이 안으로 들어왔다.

“식사 올릴까요?”

“네, 주세요.”

종업원이 인사를 한 후 밖으로 나가자 진혁이 상 위에 놓인 수건으로 손을 닦았다.

“회의 시간에 전화해서 혼나지 않았어요?”

“혼났어.”

“괜찮아요?”

소은이 걱정스레 물었다.

“괜찮아. 오늘 아버님 모시고 저녁 모임 있었는데 그것도 깼어.”

“또 혼났어요?”

“또 혼났어.”

“그래도 괜찮아요?”

“그래도 괜찮아.”

진혁의 말에 소은이 픽 웃었다.

“요즘 계속 늦게까지 일하던데 피곤하지 않아?”

“괜찮아요. 재밌어서 하는 일이니까.”

소은의 대답에 진혁이 고개를 끄덕였다.

“어디 갔다 왔어?”

“아버지 병원에 들렀다가…….”

“내일 찾아뵐 거야.”

“그래요, 고마워요.”

“같이 갈까?”

“……난 오늘 다녀왔으니까 내일은 혼자 가요.”

“그래, 알았어.”

진혁은 실망을 애써 감추며 미소 지었다.

잠시 후 차례에 맞춰 검은 깨죽을 시작으로 음식이 들어오기 시작했다.

"혹시 유람선 타봤어요?"

소은이 뜨거운 깨죽을 식히기 위해 호호 입바람을 불다가 물었다.

"한강 유람선? 아주 어릴 때 한 번 탔었어."

"난 한 번도 안 타봤는데. 오늘 타볼래요? 밤에 타면 분위기 되게 좋다는데."

"갑자기 왜 분위기를 찾아?"

진혁의 은근한 표정에 소은이 픽 웃었다.

"그래도 아직까지는 부부인데 끝나기 전에 분위기 한번 잡아봐야지 않겠어요?"

"좋지. 한번 잡아보자고."

"집에 돌아가면 그때 못 써먹었던 초를 다시 써먹어야겠죠?"

"응. 다 켜보자고."

"용 문양 망사 팬티도 꼭 입어줘요."

"으르렁거려 줄게."

소은과 진혁은 주거니 받거니 재밌게 치고받았고 치고받는 게 재밌어서 장난꾸러기 어린아이들처럼 낄낄거리고 웃었다.

두 사람은 그 후로도 별로 우습지 않은 얘기에 낄낄거리고 웃으며 맛있게 저녁을 먹은 후 한강 선착장으로 향했다.

30분쯤 기다렸다가 유람선에 오른 두 사람은 따뜻한 커피를 손에 들고 뱃머리로 가서 자리를 잡았다.

물살을 가를 때마다 뱃머리에 부딪혀 부서지는 파도와 한강 다리의 불빛이 조화를 이루어 소은의 말대로 분위기가 참 좋았다.

형형색색의 조명을 밝힌 다리에서 눈을 떼지 못하던 소은이 희미하게 미소를 지은 채 진혁을 바라봤다.

"분위기 좋죠?"

"음, 좋아."

"오늘 나하고 여기 온 거 잊지 말아줘요. 되도록 다신 여기 오지 말구요."

"왜? 내가 다른 여자하고 여기 올까 봐 걱정돼?"

"아뇨. 내 생각 할까 봐요. 내 생각 나서 울까 봐."

소은이 장난스럽게 말했지만 진혁에게는 장난으로 받아들여지지 않았다.

나중에 문득 떠나 버린 아내가 생각나면 어떻게 될까라는 생각은 해본 적이 없었는데, 소은의 말을 듣는 순간 정말 그럴 것 같은 생각이 들었기 때문이었다. 정말 생각이 날 것 같았고 생각이 나서 울 것 같았다. 지금처럼, 콧잔등이 시큰해지면서.

"춥지 않아?"

진혁이 가라앉은 목소리로 물었다.

"딱 좋아요."

참 눈치 없는 소은이었다.

“춥다고 해야 안아주지.”

진혁의 말에 소은이 픽 웃었다.

“갑자기 춥네요.”

소은이 말했고 진혁이 웃으며 소은의 어깨에 팔을 둘렀다.

“집 잔금 치렀어요.”

다리 위를 지나가는 전철을 바라보던 소은이 불쑥 입을 열었다.

“뭐라고?”

“집 잔금 치렀다구요. 지난번에 계약했으니까 돈 달라고 했던 집 있잖아요. 오늘 잔금 치렀어요.”

“……”

“위자료 빨리 달라고 하는 말 아니에요…… 아무래도 집 구했다는 얘긴 해야 할 것 같아서요.”

잔금 치렀다는 말을 듣는 순간 진혁의 얼굴은 이미 바위처럼 굳어버렸다.

“정말…… 이혼하려는 거야?”

“……그럴 수밖에 없잖아요.”

소은이 다른 선택이 있을 수 없다는 뜻으로 말했다.

“용서해 달라는 말 안 할게. 계속 심술 피우고, 화내고, 짜증 피워도 괜찮으니까 같이 살면 안 돼?”

진혁이 안타깝게 일그러진 얼굴로 소은을 바라보며 애원했다. 하지만 소은은 천천히 고개를 저었다.

"가끔…… 불쑥 마음이 흔들리는 건 사실이에요. 착한 척하려는 게 아니라 이상하게 미안하고 안쓰러운 기분도 들고. 미안할 것도 없고 안쓰러워할 것도 없는데도 말이에요……. 하지만 지금이 아니면…… 난 영원히 홀로서기를 못할 것 같아요. 나도 혼자서 얼마든지 잘살고 잘해낼 수 있다는 거 증명해 보고 싶거든요."

"너무 미안해서 그래."

진혁이 소은의 손을 꽉 틀어잡으며 말했다.

"당신한테 너무 못해서…… 너무 잘못해서 미안해서 그래. 잘못하기만 했는데…… 잘해준 게 한 가지도 없는데 이렇게 끝나버리면…… 평생 후회하면서 살 것 같아서 그래."

진혁이 애가 타 들어가는 목소리로 다시 애원했지만 이번에도 소은은 가만히 고개를 저었다.

"당신도 후회 좀 해봐요."

소은이 눈시울이 붉어진 눈으로 진혁에게 눈을 흘겼다가 속이 상한 것을 들키지 않기 위해 얼른 고개를 돌렸다.

"나 좀 봐."

진혁이 간절한 어조로 말했지만 소은은 진혁을 바라보지 않았다.

"나 좀 봐줘, 소은아."

진혁이 소은의 얼굴을 감싸 들어 올렸다.

"용서해 달라는 말 너무 뻔뻔하다는 거 알지만…… 한 번만 기회를 주면 안 되겠어?"

"……알잖아요. 당신을 받아들이면 난 정말 너무나 바보 같은 여자가 되어버려요. 그런 꼴을 당하고도 당신을 받아들인다면…… 그건 정말 멍청이라구요. 설사 내가 멍청이가 돼서 당신하고 산다면…… 당신하고 사는 건 어떻게든 되겠지만 당신하고 살면 보고 싶지 않은 사람들을 어쩔 수 없이 계속 봐야 해요. 나 그거 못하겠어요. 이젠 이름만 들어도 속이 울렁거리고 서초동에 서 자만 들어도 여기서 아픈 게 막 치밀어 오르면서…… 병날 것 같아요. 당신은 상상도 못할 정도로 너무 아파요. 더는 못 견뎌요. 더는 견디라고 하지 말아요."

"……"

진혁은 소은이 무슨 말을 하는지 알고 있었다.

얼마나 고통스럽게 했으면 이름만 들어도 속이 울렁거린다고 할까. 얼마나 모질게 했으면 서 자만 들어도 아픈 게 치밀어 올라 병이 날 것 같다고 할까. 소은의 말대로 진혁은 상상도 못할 정도로 아픈 것이 틀림없었다. 소은은 눈으로 얼굴로 온몸으로 아픔을 얘기하고 있었고 애원하고 있었다. 아파 죽겠으니까 치유할 시간을 달라고. 더는 아프게 하지 말아달라고 소은이 애원하고 있었다.

"진혁 씨는 용서해 줄게요. 다른 사람은 죽을 때까지 용서하지 않겠지만 진혁 씬 용서해 줄게요. 그래도 남편이었고 내 억울함을 풀어주려고 노력 많이 했다는 거 알고 그리고…… 정말 진심으로 사과했으니까."

"용서해 달라는 거 아니야. 용서 안 해줘도 돼. 그냥 같이 살아줘. 당신을 이렇게 보내고 싶지 않아. 보낼 수가 없어."

진혁이 소은을 끌어당겨 안았다.

"아무것도 못 지울 것 같아. 아무것도 못 잊을 것 같아……. 아무것도……."

진혁이 물기가 촉촉하게 묻어나는 목소리로 중얼거렸다.

하지만 소은은 끝내 진혁의 손을 붙잡아주지 않았다. 흔들릴 수 없으니까, 흔들리기엔 이미 너무 많은 일을 겪어버렸으니까.

❀ 그와 그녀의 남은 시간 16일, 자정.

미니바에서 혼자 술을 들이켜던 진혁은 양주병이 비었다는 것을 확인한 후 마지막 잔을 비우고 자리에서 일어났다.

침실로 들어가려던 진혁은 2층으로 올라가는 계단을 오랫동안 바라보다가 천천히 계단을 오르기 시작했다.

아무리 붙잡아도 안 된다는 것을 알면서도 소은을 더 괴롭히지 말고 놓아주어야 한다는 것을 알면서도 진혁은 차마 위태로운 한가닥 희망의 끈을 놓을 수가 없었다.

조심스레 방문을 열고 들어간 진혁은 깊은 잠에 빠져 있는 소은을 내려다봤다.

유람선 뱃머리에서 너무 아파서 떠날 수밖에 없다고 말하던 소은을 생각하자 가슴에서 욱신거리는 통증이 번져 나오기 시작했다. 소은을 아프게 했다는 죄책감 때문에 가슴이 아프고 그 아픔 때문에 기어이 떠나겠다는 소은 때문에 또 가슴이 아파서 미쳐 버릴 것 같았다.

"후……."

무너져 내릴 것 같은 긴 한숨을 내쉰 진혁은 조심스럽게 소은의 옆자리로 파고들어 가만히 소은을 껴안았다.

작고 여린 소은의 몸.

이 작고 여린 몸을 껴안아줄 수 있었던 날이 천 일이 넘게 있었는데도 진혁은 그 긴 세월 동안 소은을 보지 않고 껴안아주지 않으려고 발버둥쳤던 것이다.

시간은 너무도 가혹했다.

이제야 비로소 모든 것을 잊어버리고 털어버리기로 결심했는데, 그때는 이미 너무 늦어버린 때였다니. 지나간 시간은 돌아오지 않는다는 진리를 그땐 왜 기억하지 못했던 걸까.

진혁은 어쩌면 두 번 다시 품에 안지 못할지도 모를 소은을 더욱 가까이 더욱 힘주어 끌어안았다. 너무 작고 여려서 부서질 것만 같은 소은의 작은 몸뚱이를 끝없이 끌어당겼다.

곤한 잠을 방해하며 파고든 진혁 때문에 잠에서 깬 소은이 고개를 돌려 진혁을 쳐다봤다. 진혁은 마치 회생 불가능한 사고를 당한 사람처럼 비참한 표정이었고 그리고 짙은 술 냄새가 맡아졌다.

"술 마셨어요?"

"음…… 조금."

양주 한 병을 다 비웠는데도 진혁은 조금이라고 말했다. 많이 마셨다고 하면 소은이 싫어할까 봐. 냄새난다고 당장 나가라고 할까 봐.

진혁은 슬픈 눈으로 소은을 바라보다가 소은의 얼굴을 끌어당겨 입을 맞추었다. 한 번, 두 번, 세 번. 끝없이 입을 맞추었다.

"술 마시고 덤비지 말라고 했잖아요."

소은이 푸념을 했지만 진혁은 입맞춤을 멈추지 않았다. 멈출 수가 없었다.

"그냥 입만 맞출게…… 입술만 줘. 입술만……."

진혁이 소은에게 입을 맞추며 속삭였고 소은은 끝없이 입을 맞추는 진혁에게 아무 말도 하지 않고 입술을 내어주었다.

그리고 진혁과 소은에게 남은 시간 16일.

소은과 진혁은 진혁의 기억 속에서 사라져 버렸던 아름다운 꽃잠을 뜨겁고도 사랑스럽게 나누었다.

✳ 그와 그녀의 남은 시간 12일.

책방으로 내려왔던 진혁은 박스 포장이 되고 있는 책들을 바라보며 깜짝 놀랐다.

"뭐 하는 거야?"

진혁의 목소리에 소은과 도우미 아줌마가 동시에 고개를 돌렸다.

"왜 이렇게 빨리 왔어요?"

소은이 시계를 들여다보며 물었다. 이제 겨우 낮 3시인데 벌써 퇴근하다니.

"지금 뭐 하는 거야?"

왜 일찍 들어왔냐는 소은의 물음에는 대답없이 진혁이 충격을 받은 표정으로 재차 물었다.

소은이 도우미 아줌마에게 자리를 피해달라는 듯 눈짓을 하자 도우미 아줌마는 얼른 1층으로 올라갔고 소은은 꾸리고 있던 박스를 마무리한 후 이마에 배인 땀을 닦아내며 일부러 명랑한 표정으로 진혁을 쳐다봤다.

"모레 나가요. 포장 이사할 건데 책은 상처 입을까 봐 미리 좀 싸두려구요."

"……아직 며칠 남았어."

"알아요. 그런데 저쪽 집도 비어 있고 하루 이틀 더 머문다 해서 달라질 것도 없고…… 며칠 앞당겨 나가려구요."

"소은아……."

"위자료는 나중에 꼭 줘요. 떼먹지 말고."

소은이 일부러 분위기를 밝게 하기 위해 농담을 했지만 진혁의 굳어버린 표정을 풀지는 못했다.

"그런데 왜 일찍 왔어요? 집에 볼일 있어요?"

소은이 명랑하게 물었지만 진혁은 얼어붙은 표정으로 소은을 바라보다가 제일 가까이에 있는 박스 위에 작은 봉투 하나를 올려놓고 그대로 돌아서서 나가 버렸다.

소은이 진혁을 뒤따라 1층으로 올라왔을 때 진혁은 현관문을 나서고 있었고 소은이 현관문 밖까지 쫓아나갔을 때 진혁은 이미 차에 올라 떠나고 있었다.

❋ 그와 그녀의 남은 시간 11일. 저녁 7시 40분.

옷 방에서 자신의 옷들만 골라 박스에 담고 있던 소은은 한숨을 푹 내쉬고 말았다.

어젯밤, 진혁이 집에 돌아오지 않았기 때문이었다. 며칠 앞당겨 나가기로 했다는 말에 그대로 집을 나간 진혁은 그 후로 아무 연락 없이 집에 돌아오지 않았다.

어제 진혁이 박스 위에 올려놓고 가버린 봉투에는 왕복 비행기 티켓이 들어 있었다. 푸켓행 티켓이었고 출발은 소은이 이사 나가기로 한 내일이었으며 돌아오는 날은 일주일 후였다.

진혁은 소은과의 여행을 계획했던 것이다. 여행이라도 가서 오래전에 멀리 도망가 버린 소은의 마음을 붙잡아보려고 했던 것이다.

소은은 진혁이 마음을 많이 상했을 것이라고, 그래서 생각할 것이 많을 것이라고 생각해 일부러 전화를 걸진 않았다. 또 전화를 건다고 해서 마음을 바꿀 생각은 없었기 때문에 딱히 할 말도 없었다.

그냥 말없이 돌아올 때까지 기다리려고 했는데 오늘도 저녁 8시가 가까워지도록 진혁에게선 소식이 없었다.

그러지 말자고 다짐했지만 막상 연락이 없자 자꾸만 신경이 쓰이고 걱정이 되는 건 어쩔 수 없었다. 끝없이 미워만 해도 부족할 사람인데도 왜 이렇게 신경이 쓰이는지. 들어오든지 말든지 이미 끝나 버린 관계인데 무엇 때문에 초조해하는지 참 알다가도 모를 것이 사람의 속내였다.

"오늘은 들어오지. 내일 나가는데…… 그래도 작별인사는 하고 싶은데……."

그렇게 중얼거리던 소은은 고개를 젓고 말았다.

단순하게 사귀다가 헤어지는 것도 아니고 법적으로 정리하고 끝내는 사람들이 작별인사 하는 것도 참 우스운 짓이란 생각이 들었기 때문이었다.

도저히 극복할 수 없는 문제 때문에 헤어지는 사람들이니 작별인사는 필요없었다. 냉정하고 깔끔하게 돌아서면 그만이었다. 그래야 미련이 남지 않으니까, 그래야 불필요한 정 때문에 흔들리지 않을 테니까.

절대 흔들려서는 안 된다고 다시 한 번 마음을 다잡으면서도 어쩔 수 없이 기운이 빠진 채 짐을 싸는데 초인종 소리가 들렸다.

틀림없이 진혁이 왔다는 생각에 반짝 밝아진 소은이 부리나케 거실로 뛰어나갔을 때 소은의 마중을 받은 사람은 기다리는 진혁이 아니라 진혁의 피붙이들 서초동 사람들이었다.

시어머니, 주영, 첫째 지영까지.

막판에 또 무슨 악다구니를 쓰려고 셋이 뭉쳐 몰려왔는지는 모르겠지만 세 모녀는 다른 날과는 달리 퍽 기가 죽은 표정으로 소은을 쳐다봤다. 특히 소은에게 년 자까지 붙여가며 악을 쓰던 시어머니는 안 보고 지낸 며칠 사이 큰 병에라도 걸린 사람처럼 몰골이 말이 아니었다.

"집 안이 어수선하구나."

시어머니가 여기저기 쌓여 있는 박스들을 쳐다보며 말했다.

"내일 탈출해요."

소은의 말에 시어머니와 진혁의 여동생들이 다소 놀란 표정으로 소은을 쳐다봤다.

소은은 탈출이라는 말을 내뱉고 보니 생각할수록 단어를 참 잘 골랐다 싶었다. 소은에게는 정말 필사의 탈출이었으니까.

"진혁인?"

"어제부터 안 들어와요."

소은의 대답에 시어머니와 진혁의 여동생들이 또 한 번 놀란 표정으로 소은을 쳐다봤다.

"연락 왔니?"

"아뇨."

소은은 건조한 음성으로 대답했고 시어머니는 걱정스러운 표정이 됐다.

"앉아서 얘기 좀 하자꾸나."

"……."

시어머니의 말에 소은은 마땅치 않은 표정으로 소파를 쳐다보다가 못 이긴 척 맞은편 자리에 앉았다.

진혁의 여동생들인 주영과 지영은 앉으면 소은이 앉지 말라고 쏘아붙이기라도 할까 봐 계속 서 있었는데 소은은 굳이 앉으라고 권하지 않았다.

"갈라서자고…… 했다면서?"

"더 살면 사람 아니죠."

소은이 냉정하게 대답했다.

시어머니는 잠깐 동안 입을 꼭 다문 채 테이블 위에 놓인 항아리 어항에서 여유롭게 놀고 있는 구피들을 바라보다가 어렵게 입을 열었다.

"너한테…… 정말 못할 짓을 했다. 내 진심으로 사과를 하고 용서를 구하마."

시어머니의 말에 소은이 도저히 믿지 못하겠다는 얼굴로 이제 법적인 고부 관계도 11일밖에 남지 않은 시어머니를 쳐다봤다.

죽으면 죽었지 미안하다는 말을 절대 못하는 사람인 줄 알았던 시어머니가 용서를 구하다니, 참 놀라운 일이었기 때문이다.

“내가…… 자식을 잘못 키웠다. 아주 잘못 키웠어…… 자식을
잘못 키워 죄없는 너한테 씻을 수 없는 상처를 줬구나. 너한테
고개를 못 들 정도로 미안하고…… 죄스럽다.”

“…….”

“너한테 얼마나 큰 상처를 줬는데 미안하다는 말로 용서가 되
겠니…… 하지만 꼭 용서를 구하고 싶었다.”

“…….”

“어떤 것으로도 보상이 안 되겠지만…… 내 진심만은 알아주
길 바란다. 진심으로…… 네 앞에서 도저히 낯을 들 수가 없을
만큼 부끄럽고 창피하구나…….”

“제가 이혼 후에 모든 것을 밝히겠다고 한 것 때문에 이러시
는 거라면…….”

“아니다!”

시어머니가 세차게 고개를 저었다.

“아니야. 그 때문이 아니다.”

시어머니가 숨이 끊어질 듯 깊은 한숨을 토해냈다.

“여러 날을 생각하고 또 생각해 보니…… 참 기가 막히더구
나. 어떻게 이런 일이 일어났는지…… 내가 어떻게 그렇게까지
모진 짓을 했는지…… 내가 한 일인데도 믿을 수가 없을 만큼
부끄럽더구나. 처음엔 내가 낳은 딸이 우리 집안에 그런 오점을
남겼다는 것이 믿어지지 않아서, 아니, 믿고 싶지가 않아서 또
한 번 너한테 큰 잘못을 했다. 상상도 하기 싫고…… 생각도 하

기 싫고…… 있을 수 없는 일이라고, 내 딸은 절대 그럴 리가 없다고 믿고 싶었거든……. 내 딸이 그런 누명을 썼다면…… 나는 분명히 내 딸한테 그런 몹쓸 누명을 씌운 사람을 갈기갈기 찢어 놨을 거야.”

시어머니의 눈에 그렁그렁 눈물이 맺혔다.

“미안하다…… 잘못했다…… 네가 평생을 두고 나를 미워한다고 해도 어떻게 널 탓하며 서운하다 하겠니. 용서해 달라는 말도 못하겠구나.”

기어이 시어머니의 눈에서 눈물이 떨어졌고 소은은 용서한다는 말도 울지 말라는 말도 하지 않은 채 묵묵히 시어머니를 바라보고 있었다.

“언니…….”

주영이 소은을 향해 한 걸음 다가서더니 천천히 무릎을 꿇고 앉았다.

“미안해요…… 잘못했어요.”

무릎을 꿇고 앉은 주영의 눈에서 주르륵 눈물이 흘러내렸다.

“정말 죽을죄를 졌어요…… 잘못했어요.”

주영이 흐득흐득 흐느끼며 용서를 빌었다.

“언니가 어떻게 하든…… 달게 받아들일게요. 하지만 오빠를 버리진 말아요, 언니.”

주영이 젖은 눈으로 소은을 올려다보며 간절한 어조로 부탁했다.

“오빠…… 어젯밤에 울면서 전화했어요. 도저히 언니를 붙잡을 수가 없다고…… 죽을 것처럼 고통스럽다고…… 오빠가 너무나 서럽게 울면서…… 전부 나 때문에 오빠까지…….”

주영이 흐느끼며 말했고 소은은 자신도 모르게 한숨을 토해 내고 말았다.

“날 용서해 달라고는 하지 않을게요. 언니가 어떻게 해도 괜찮아요. 무조건 달게 받을게요. 하지만 오빠는 용서해 주면 안 되겠어요? 모두 나 때문에 일어난 일이니까 오빠는 용서해 주면 안 되겠어요?”

“…….”

“오빠가 그렇게 처절하게 우는 거 어제가 처음이에요. 지금까지 오빠가 우는 거 한 번도 못 봤는데…… 언니…… 내가 이렇게 빌게요. 우리 오빠만 붙잡아주면 안 되겠어요? 언니가 죽을 때까지 날 안 보겠다고 해도 좋아요. 절대 언니 앞에 나타나지 않을게요. 제발 오빠만 붙잡아줘요.”

주영이 손까지 모아 쥐며 간절하게 애원했다.

용서해 줄 수 있었다. 무릎까지 꿇고 흐느끼며 용서를 구하니 이 정도면 용서해 줄 수 있었다. 그만하면 됐다고, 그만하면 진심이 느껴졌으니 울지 말라고 손을 잡아주며 달래줄 수도 있었다. 어차피 소은은 진혁과 완전하게 갈라서는 것으로 끝내 서초동 사람들을 용서하지 않는다는 것을 확인시켜 줄 것이니 용서하겠다는 말은 얼마든지 할 수 있었다.

하지만 소은은 끝까지 흐느끼는 주영의 손을 잡아주지는 않았다. 용서는 할 수 있지만, 백번이고 천 번이고 용서한다는 말은 할 수 있지만 그 치열하고 치욕적이었던 세월을 잊을 수는 없었기 때문이었다.

소은은 격동하는 가슴을 가까스로 진정시키며 아직도 눈물을 훔치고 있는 시어머니를 바라봤다.

"늦게라도 사과해 줘서 고맙습니다. 시끄러운 일…… 생기지 않게 하겠습니다. 걱정하지 마세요."

소은의 말에 시어머니가 고마워하는 한편 더욱 죄스러운 얼굴로 소은을 바라봤다.

"하지만…… 두 번 다신…… 뵙고 싶지 않습니다. 그게 제 솔직한 심정입니다."

소은이 되도록 슬픔도 후련함도 드러내지 않으려고 애쓰며 간결한 어조로 말했고 시어머니는 소은이 끝내 아들 진혁과 끝을 내기로 결심했다는 것을 확인하며 안타깝게 입술을 깨물었다.

"아무렇지도 않은 듯, 아무 일도 없었던 것처럼 웃는 낯으로 서초동 사람들을 마주할 자신이 없어요. 아니, 어떤 식으로든 다시 뵙고 싶지 않습니다. 진혁 씨와 다시 시작하기엔…… 예쁘지 않은 기억들이 너무 많습니다. 전 앞으로…… 잊어버리기 위해 노력하겠습니다. 어머니도…… 절 그냥 잊어주세요. 부탁드립니다."

소은은 끝까지 냉정을 잃지 않은 채 확정된 결론을 뒤집지 않겠다는 뜻을 분명히 한 후 비통한 표정의 서초동 가족들을 내버려 두고 2층 자신의 방으로 올라와 버렸다.

방문을 꼭 걸어 잠근 소은은 침대로 올라가 이불 속에 숨어버렸다.

후련했다. 드디어 필사의 탈출에 성공했다는 기쁨에 온몸에서 기운이 쭉 빠질 만큼 후련했다. 하지만 후련한 만큼 도대체 어디서 시작됐는지 알 수가 없는 깊은 슬픔이 밀려들며 소은을 몸서리치게 만들었다.

"오빠…… 어젯밤에 울면서 전화했어요. 도저히 언니를 붙잡을 수가 없다고…… 죽을 것처럼 고통스럽다고…… 오빠가 너무나 서럽게 울면서……."

이불 속에 숨은 소은은 온몸을 치명적으로 관통하며 뒤흔들어 대는 슬픔에 사로잡혀 입을 틀어막은 채 흐느껴 울기 시작했다.

어젯밤 진혁이 울었던 것처럼 아프게 울기 시작했다.

❋ 그와 그녀의 남은 시간 9일. 자정.

진혁이 집에 돌아왔을 때 집은 캄캄한 암흑 속에 파묻혀 있었다.

진혁은 온 세상이 암흑에 지배당한 듯한 두려움을 느끼며 벽을 더듬어 스위치를 올렸다. 그리고 깨달았다.

집에 아무도 없다는 것을. 소은이 없다는 것을.

이 넓은 집에 오직 자신만이 남겨졌다는 것을.

침실로 들어온 진혁은 마치 넋이 나간 듯 우두커니 서 있다가 천천히 옷 방으로 걸음을 옮겼다. 옷 방의 불을 밝힌 진혁은 여전히 넋이 나간 듯한 표정으로 옷 방을 훑어봤다.

금방이라도 귀신이 튀어나올 것 같던 옷 방은 원래부터 깨끗했던 것처럼 무섭도록 완벽하게 정리가 되어 있었다.

옷장을 연 진혁은 자신도 모르게 한숨을 내쉬고 말았다. 이렇게 크고 넓은 옷장 안에 소은의 옷이 단 한 벌도 없었기 때문이었다.

양복저고리를 벗어 걸어두고 넥타이를 풀고 와이셔츠 단추를 풀던 진혁은 단추 풀 기운도 남아 있지 않은 사람처럼 한숨을 푹 내쉬며 그대로 옷 방을 나와 소은의 서재로 내려갔다.

혹시라도 어디엔가 숨어 있다가 불쑥 튀어나오며 '나 가버린 줄 알았죠!' 라고 소리치며 짠 하고 나타나 주길 기대하며 문을 열고 불을 켠 진혁은 소은이 버리고 떠난 텅 빈 서재를 슬픈 표정으로 바라봤다.

소은은 자신의 흔적을 매정할 만큼 깨끗하게 치워 버리고 떠나 버렸다. 그 흔한 볼펜 한 자루, 메모지 한 장도 남겨놓지 않고 가버린 것이다.

진혁은 소은이 쓰던 책상에 앉아보았다.

이 책상 위에 소은의 노트북이 놓여 있었고, 노트북 옆에는 두꺼운 원서와 불어사전이 꼭 붙어 있었다. 하지만 지금은 책상 위에 먼지 한 점도 없었다. 이곳에서 바로 어제까지 소은이 지냈다는 것이 믿어지지 않을 만큼 책상은 새것처럼 윤기가 흐르고 있었다. 정말 믿을 수가 없을 만큼 반짝이고 있었다.

잘 지내라고, 잘 있으라는 말 한마디는 남겨두고 떠났을 것이라 생각했는데 그마저도 욕심이었는지 그 어디에서도 소은의 흔적은 찾을 수가 없었다.

진혁은 서재를 나와 2층 소은의 방으로 올라갔다.

2층 소은의 방 역시 서재처럼 깨끗하게 치워져 있었다. 소은이 어제까지 이곳에서 생활했다는 것이 믿어지지 않을 만큼, 며칠 전 소은의 침대에서 꽃잠을 나누었던 것이 마치 거짓말처럼 느껴질 만큼.

"흐흐흑."

진혁은 불현듯 자신도 모르게 흐느낌을 토해내고 말았다.

소은의 빈자리가 이토록 클 줄은 몰랐는데 소은이 이렇게나 큰 자리를 차지하는 사람인 줄 몰랐는데 소은이 떠난 이 자리가 너무 크고 추워서 견딜 수가 없었다.

진혁은 닦아도, 닦아도 멈추지 않는 눈물을 닦아내며 소은과 가슴 설레는 꽃잠을 보냈던 소은의 침대에 웅크리고 누웠다.

이젠 소은의 체취마저도 맡아지지 않는 소은의 침대에서 진혁은 밤이 새도록 그리움에 눈물 흘렸고 소은은 진혁이 자신이 머물렀던 침대에서 사흘 동안 죽을 것처럼 앓았다는 것을 알지 못했다.

엘리베이터에서 내려 집으로 걸어가던 소은은 문 앞에 서 있는 진혁을 보고 깜짝 놀랐다.

"언제 왔어요?"

소은이 잰걸음으로 다가가며 묻자 진혁은 시계를 들여다보며 '정확하게 1시간 43분 기다렸어' 하고 대답했다.

"오래 기다렸네요. 전화하지 그랬어요?"

소은은 진혁을 집 앞에 오래 세워둔 것이 미안해 얼른 비밀번호를 눌러 잠금을 푼 후 현관문을 활짝 열어젖혔다. 약속을 하지 않고 왔으니 사실 미안할 것도 없었는데 이상하게 미안하고 안쓰러웠다.

"들어가게 해줄 거야?"

진혁이 약한 척하며 물었다.

"들어오지 말라고 하면 안 들어올 거예요?"

"아니."

진혁이 픽 웃으며 집으로 들어갔다.

"어디 갔다 왔어?"

진혁이 단출하면서도 깔끔한 내부를 훑어보며 물었다.

"출판사요. 직원들하고 점심 먹고 놀다가 왔어요."

"지난번에 번역하던 책 끝낸 거야?"

"그 작품은 한참 전에 끝냈고 다른 작품 들어가서 끝나가고 있어요. 그때가 언젠데요."

"그랬지. 벌써 3개월 전이지."

"맞아요."

"고생했네."

"고생은 뭘요. 좋아서 하는 일인데. 그런데 여기 어떻게 알았어요?"

"대경그룹 정보력을 물로 보나?"

진혁의 말에 소은이 픽 웃었다.

"오래 기다리느라 힘들었죠?"

"그깟 1시간 40분이 뭘."

이상하게 진혁의 대꾸가 까칠했다.

"정말 지루하고 힘들었나 봐요?"

소은이 미안한 어조로 말하자 진혁이 정말 까칠해진 눈길로 소은을 쳐다봤다.

"정말 지루하고 힘들었던 게 뭔지 알아?"

"뭔데요?"

"어떻게 석 달 꼬박 쌩깔 수가 있어? 내가 죽었는지 살았는지 궁금하지도 않았어?”

진혁이 퉁명스럽게 쏘아붙였고 소은은 웃음을 터뜨렸다.

“쌩깐다는 말 쓰지 말기로 했잖아요.”

“성질나니까 입에 달라붙네.”

진혁이 불퉁거리는 어조로 말했다.

“거봐요. 착착 달라붙는다니까.”

소은은 명랑했지만 진혁은 잔뜩 심술이 나 있었다.

“당신은 좋아 보이네.”

“실은…… 정말 좋아요. 다른 것 신경 안 쓰고 오로지 내 일만 신경 쓰면 되니까. 수시로 불려가서 무릎 꿇을 일도 없고.”

소은이 마지막에 살짝 꼬집듯이 말했다.

“내가 없으니 더 좋구나…….”

진혁이 혼잣말처럼 쓸쓸하게 중얼거렸다.

소은은 일부러 서초동 가족들 소식은 묻지 않았다.

솔직히 그들이 잘 지내는지 잘 못 지내는지도 관심이 없었고 잘 지내든 못 지내든 상관없었기 때문이었다. 하지만 어느 정도 서초동 가족들에 대한 사정은 알고 있었다. 소은이 직접 수집하러 다닌 것이 아니라 남의 집의 좋지 않은 사정만 골라 말하기 좋아하는 진 여사가 꾸준하게 물어다 날랐기 때문이었다.

소은의 의지와는 상관없이 누군가의 입에서 시작된 장주영의 과거가 슬금슬금 퍼지기 시작했고 어느 틈엔가 장주영의 시댁 어른들 귀에까지 들어가서 주영의 입장이 무척 곤란해진 것 같았다. 체면이 많은 사람들이라 섣불리 이혼으로 마무리할 사람들은 아니었지만 장주영의 사정이 무척 힘들어진 것은 사실인 듯했다.

그러나 소은은 그마저도 관심이 없었다. 고소해하지도 않았고 측은해하지도 않았다. 장주영의 고단함을 고소해할 만큼 돼먹지도 않았지만 측은해할 정도로 착하고 싶지도 않았기 때문이었다.

소은이 취한 조치는 딱 한 가지였다. 진 여사에게 앞으론 절대 서초동 사람들 얘기는 전해주지 말라는 것. 관심도 없고 알고 싶지도 않다고 하면서.

서초동 얘기가 나오면 자연스레 진혁이 생각났고 진혁이 생각나면 며칠 동안 아스라한 가슴 통증을 느껴야만 했기 때문이었다.

"먼저 전화 좀 하면 안 돼?"

진혁이 원망이 섞인 목소리로 말했다.

"……."

"정말 내가 요만큼도 궁금하지 않았어?"

진혁의 심술은 점점 더 심해졌다.

"집 정리하고 원고 마감하느라 다른 거 궁금해할 시간도 없었어요."

"집 정리를 해?"

진혁이 방마다 문을 활짝활짝 열어 방 상태를 확인하더니 그럼 그렇지 하는 표정으로 소은을 노려봤다.

"정리를 했다고?"

"날 잡아서 하려고…… 했죠."

소은이 진혁에게 눈을 흘기며 엉망인 방을 숨기기 위해 재빨리 방문을 도로 닫았다.

"여기 온 지 석 달인데 아직도 날을 안 잡았단 말이야?"

"환경 조사 나왔어요? 괜히 트집이야."

소은이 입술을 비죽거렸다.

"정말…… 조금도 궁금하지 않았어?"

"……궁금했어요."

"그런데 전화를 안 해?"

"……당신이 헛된 기대를 갖게 될까 봐…… 당신이 먼저 전화하지 그랬어요?"

"……당신한테 부담을 줄까 봐 그랬지."

진혁이 한숨을 내쉬었다.

"밥 좀 줘. 배고파."

"올 때 뭣 좀 사오지. 아무것도 없는데…… 난 그냥 고구마나 쪄 먹을까 했는데……."

"난 고구마 먹고 못 견뎌! 석 달 만에 만난 남편한테 고구마 먹이고 싶어?"

진혁이 버럭 고함쳤다.

"알았어요!"

소은이 냉장고 문을 열어 뒤적거리다가 특별한 재료가 눈에 띄지 않아 도로 닫았다.

"나가서 먹을래요?"

"귀찮아."

"별꼴이야. 난 이제 당신 아내도 아닌데 왜 나한테 밥 달라고 그래요?"

"아직 내 아내야. 서류 정리 안 했잖아."

"그러니까 내 말이, 왜 서류 정리 안 하고 버티는 거예요?"

"기다려."

진혁이 퉁명스럽게 내뱉고는 피곤하다며 소파에 드러누웠다.

"시켜먹을까요?"

"석 달 만에 만났는데 밥 한 끼 해주는 것도 싫어?"

"해주고 싶어요. 심통 좀 그만 내요…… 스파게티 먹어요?"

"밥 없어?"

"밥만 있고…… 반찬이 시원찮아서요."

"라면은?"

"라면은 있는데…… 라면을 어떻게 먹여요?"

"스파게티보다 라면이 나아. 정말 배고파."

"알았어요. 라면 끓일게요."

소은은 재빨리 냄비에 물을 받아 가스레인지 위에 올려놓은 후 고구마도 얼른 오븐에 집어넣었다. 고구마도 특별한 음식은 아니었지만 아쉬운 대로 고구마라도 구워 먹이고 싶었기 때문이었다.

"아팠어요?"

"왜?"

"살이 빠진 것 같아서요. 꽤 많이."

"……그냥 좀 바빴어."

"얼마나 바빴기에 살이 다 빠졌어요?"

"많이…….."

진혁은 소은이 집을 나가고 난 후 잠도 제대로 못 자고 입맛이 없어 먹는 것도 시원찮다는 말은 하지 않았다.

"잘 지냈죠?"

소은의 물음에 진혁이 아무 말도 하지 않고 있다가 갑자기 벌떡 일어나며 소은을 노려봤다.

"어떻게 편지 한 장 안 남기고 가버려?"

"……간다고 했잖아요. 나 나오는 거 안 보려고 집에 안 들어온 것 아니었어요?"

"내가 집에 안 가면 갈 때까지 기다릴 줄 알았어."

진혁이 서운함이 사무친 표정으로 말했다.

"난 당신이 나 나가는 거 안 보려고 안 오는 줄 알았죠."

"석 달이야, 석 달. 무슨 여자가 석 달 동안 문자 하나도 안 넣어?"

"……기다리는 줄 몰랐죠."

소은이 조금 미안한 어조로 말했다.

"너 정말 독한 거 알아?"

"······독한가?"

"너 진짜 독해. 세상에서 제일 독해!"

진혁이 거칠게 내뱉고는 다시 소파에 누워버렸고 소은은 정
말 많이 서운했던 모양이라고 생각하며 진혁에게 다가갔다.

"베개 줘요?"

"됐어."

"양복 벗고 누워요. 다 구겨졌겠어요."

"내버려 둬. 누가 볼 거라고."

"그러지 말고 벗어요. 다려줄게요."

"양복저고리 하나 다리는 데 30분 걸리잖아."

"금방 갈 것도 아니면서. 성질내려고 왔어요? 석 달 만에 만
나서 계속 성질이야."

소은이 쏴붙이자 진혁이 몸을 일으키더니 신경질적으로 양복
저고리를 벗어주었다.

"다리미는 있어?"

"다리미 샀거든요?"

소은이 진혁을 짝 째려본 후 양복저고리를 옷걸이에 걸었다.

"밥 먹고 다려도 되죠?"

"알아서 해. 태워먹지만 말고."

"스팀이라 안 타요."

석 달 만에 만나서 반갑기도 하고 살 빠진 것을 보니 안쓰럽

기도 해서 좀 잘해주려고 했더니 심술통이 더덕더덕 붙어서 금
방 미워졌다.

라면이 다 끓여진 후에야 일어나서 주방으로 온 진혁은 정말
배가 많이 고팠는지 말도 없이 라면만 먹었다.

“아직도 화났어요?”

“안 났어.”

화가 나지 않았다고 하면서도 진혁은 말 붙이기가 어려울 만
큼 굳은 표정으로 라면을 먹었다.

칙칙해진 분위기 때문에 오늘따라 라면 맛도 별로라고 생각
하며 고개를 들고 진혁을 쳐다보던 소은은 자신을 뚫어져라 쳐
다보고 있는 진혁의 눈길에 흠칫 놀랐다.

“왜…… 그렇게 봐요?”

“당신, 되게 예뻐졌다.”

“……나 원래 예쁘지 않았어요?”

“원래는 그냥 예뻤는데 지금은 되게 예쁘네. 반짝반짝 빛나
네. 정말 좋은 모양이야.”

“어제 전문가의 도움을 받았거든요.”

소은이 장난스럽게 웃으며 말했고 진혁은 그냥 희미하게 미
소 지었다.

“어떻게 지냈어?”

“하던 대로 일하고, 책 보고, 일주일에 한 번씩 봉사하러 가
고, 붓글씨 배우는 중이고…… 그렇게 지냈어요.”

"붓글씨 배워?"

"마음 다스리는데 좋다고 해서요."

"재밌어?"

"재밌어요."

"소망원에 몇 번 갔었어."

진혁의 말에 소은이 깜짝 놀라며 진혁을 쳐다봤다.

"소망원에요?"

"당신 매주 수요일마다 거기 가잖아. 당신 얼굴 보고 싶어서
갔었어."

"숨어서 봤어요?"

"음."

"왜요?"

"……당신 불편하게 할까 봐."

"……불편하지 않았을 텐데."

"지난번엔 애들 데리고 공원 가는 것도 봤어."

"그 아이들한테는 두세 시간 소풍이 여행이거든요."

소은의 말에 진혁이 고개를 끄덕였다.

"놀랐어."

"왜요?"

"우리 쪽 바닥 사람들 말이 봉사지 다 시늉이잖아. 몸으로는
하기 싫고 그래서 있는 돈에서 선심 쓰는 척 몇 푼 내놓고. 한
주도 거르지 않고 소망원에 찾아가는 것도 놀라웠고 다루기 힘

든 아이들 데리고 소풍 가는 것도 놀라웠고…… 많이 놀랐어.”

진혁의 칭찬에 소은이 부끄러운 듯 픽 웃었다.

“나 잘하는 거 아니에요. 선생님한테 혼도 나고 그래요.”

“혼나면서도 가잖아.”

“……칭찬받으니까 쑥스럽네.”

소은이 씩 웃자 진혁도 웃었다.

정말 배가 많이 고팠는지 밥통에 있는 밥을 전부 싹싹 긁어 라면 국물에 말아먹는 진혁을 소은은 짠한 기분으로 바라보고 있었다.

아무것도 아닌데, 반찬이 시원찮아 라면을 끓인 것이고 사실 라면 먹는 게 별다른 일도 아닌데 소은은 석 달 만에 만난 남편에게 라면을 먹이는 게 그렇게 마음이 아플 수가 없었다.

“내일 점심이나 저녁 할래요?”

라면 먹이는 게 마음에 걸려 내일 맛있는 걸 사주고 싶었다.

“저녁 먹자. 점심은 시간이 빠듯하잖아.”

“그래요. 내가 맛있는 거 사줄게요.”

식사를 끝낸 후 소은은 재빨리 잘 구워진 고구마를 오븐에서 꺼냈다.

방금 식사를 끝내서 고구마가 들어갈 자리가 남았는지 모르겠지만 갓 구워진 고구마라도 먹이고 싶었기 때문이다.

“커피 줘요?”

“아니. 잠깐 얘기 좀 해.”

진혁의 말에 소은이 군고구마를 쟁반에 받쳐 들고 거실로 갔다.

"고구마 구웠어요. 내가 껍질 까줄게요."

소은은 오븐에서 방금 꺼내 손을 댈 수 없을 만큼 뜨거운 고구마를 휴지에 감아쥐고 정성 들여 껍질을 까기 시작했다.

"호박고구마라서 되게 달고 맛있어요."

딱 먹기 좋을 만큼 껍질을 깐 고구마를 건네자 진혁이 고구마를 받아 들었다.

"배불러도 한 입만 먹어줘요. 라면 먹인 게 마음에 걸려서 그래요."

"마음에 걸리면…… 소망원 애들만 매주 만나지 말고 나도 일주일에 한 번씩 만나주면 안 돼?"

진혁의 말에 소은이 조금 놀란 얼굴로 진혁을 쳐다봤다.

"아직…… 미련이 남았어요?"

"……음."

진혁이 진심을 속이지 않고 솔직하게 말했다.

"나한테도 봉사한다고 생각하고 일주일에 하루만 내주면 안 돼?"

"재혼 안 할 거예요? 그건…… 내가 당신 발목 잡는 거예요."

"잡아줘."

진혁이 진심으로 말했다.

"부탁이야, 잡아줘."

"하지만 그건…… 당신한테 미련만 더 남게 하는 거잖아요. 혹시라도 내가 마음이 바뀔 거라고 생각한다면……."

진혁은 소은의 말이 다 끝나기도 전에 꽤 두툼한 봉투를 소은에게 건넸다.

"뭐예요?"

"이혼 서류."

진혁의 대답에 소은은 이상하게 마음이 착잡해지는 것을 느끼며 봉투를 받아 들었다.

"당신이 알아서 했을 테니 굳이 안 봐도 되죠?"

"도장만 찍으면 돼."

소은은 가만히 고개만 끄덕였다.

"약속된 위자료는 이미 당신 통장에 들어가 있어…… 그리고 장인어른께서 결혼지참금으로 주셨던 것도 모두 당신 앞으로 돌려놨어. 당신이 동의하면…… 법원에 제출하기만 하면 돼."

진혁이 착잡한 표정으로 말했다.

"……알았어요."

"한 가지도 실수하지 말라고 지시했고 나도 확인을 했는데 혹시라도 빠진 게 있다면 언제든지 말해."

"난…… 변호사가 가져올 줄 알았는데……."

소은이 어쩐지 울적한 기분이 되어 중얼거렸다.

"오늘이…… 당신을 붙잡을 수 있는…… 마지막 기회니까."

진혁이 가라앉은 목소리로 말했.

"법적으로 내 아내로 있는 게 싫고, 서초동 며느리로 있는 게 싫은 거니까 다 정리해 줄게. 내가 이혼해 주지 않고 우리 집안의 며느리로 묶어두려고 할까 봐 걱정하는 거잖아. 그렇게 안 할게. 원하는 대로 서류 정리 다 할게."

"고마워요……."

"하지만 소은아……."

진혁이 소은의 손을 꽉 틀어잡았다.

"영원히 떠나지는 마. 내 아내가 아니어도 좋아. 그냥 내 여자로…… 장진혁이 여자로…… 있어줘."

진혁이 심장이 타 들어갈 만큼 간절하게 부탁했다.

"다른 욕심 없어. 일주일에 하루만 보고 살자. 꼭 하루만."

소은은 갑자기 가슴이 막 쑤셔오는 것을 느끼며 진혁을 바라봤다.

이미 몇 번이나 거절했고 끝내 짐을 싸 들고 나와 버렸는데도 진혁이 여전히 미련을 버리지 못하고 붙잡으려고 애를 쓰고 있다는 것이 감동스러운 한편 너무도 미안했기 때문이었다.

김소은을 붙잡기 위해 이렇게 애를 쓰는 사람이 지구상에 몇이나 있을까.

보통 사람 같으면 치사해서라도 그만둘 텐데…… 장진혁의 두 번째 부인이 되어주겠다며 줄을 설 여자들이 지구 끝까지 닿을 텐데…… 그럼에도 불구하고 김소은을 붙잡기 위해 애쓰는 남자.

"다시 결혼해 달라고 하지 않을게. 그냥…… 내 여자로 있어 주면 안 돼?"

"일주일에 하루…… 힘들 것 같아요. 나…… 프랑스 가기로 결정했어요."

소은이 어렵게 입을 열었고 진혁은 절망적인 눈으로 소은을 바라봤다.

"언제…… 가?"

"날짜는 아직 안 정했어요. 아버지가…… 가라고 하셔서…… 아버지 많이 회복되셔서…… 가서 하고 싶은 공부 실컷 해보라 고…… 하셔서요. 그래서 가기로 결정했어요."

"언제 와?"

"학위를 언제 딸지 몰라서…… 알잖아요. 나 학위 따는 데 소 질없는 거."

"기다릴게."

"공부가 언제 끝날지도 모르는데……."

"기다릴게. 돌아오면 그때부터 일주일에 꼭 하루만 너 보게 해준다면 기다릴게."

진혁이 이것만큼은 제발 거절하지 말라달라는 듯 간절하고 애절한 목소리로 말했다.

"……대경그룹 후계자가 재혼 안 하고 전처를 기다린다구 요?"

"그럴 거야. 당신이 약속만 해주면."

“아버님하고 어머님이…….”

“상관없어. 상관없어, 소은아.”

진혁이 단호하게 말했다.

“사내놈이 줏대없이 이 말에 흔들리고 저 말에 흔들리다 나한테 가장 소중한 게 뭔지도 몰랐고 너무나 바보같이 그 소중한 걸 잃어버렸어. 너무…… 쪽팔려. 정말 쪽팔려. 이젠 그렇게 하기 싫어. 안 할 거야. 무슨 짓을 해서라도 내가 잃어버린 걸 되찾을 거야.”

진혁이 결연한 어조로 말했다.

“……나 때문에 당신이 너무 힘들어질지도 몰라요.”

“힘들게. 내가 당신을 힘들게 했으니까 나도 힘들게. 그러니까 약속만 해줘.”

“다른 여자가 눈에 보이지 않겠어요?”

“안 보여. 교양있는 척하고 고상한 척하는 여자들 밥맛없어. 내 취향 아니야. 난 빨간색 땡땡이 파자마 입고 돌아다니고 옷방을 귀신 나올 것처럼 헤집어놓고 창피할 땐 쪽팔린다고 말하고 대변 보고 똥이라고 말하는 여자가 좋아. 배고프다고 한밤중에 소처럼 먹어대는 여자가 좋고, 라면 두 개 끓여서 국물까지 다 마시는 여자가 좋아. 환기시키려고 남자 트렁크 팬티 입는 여자가 좋고, 용 문양 새겨진 팬티에 망사 팬티 사다 주는 여자가 좋아. 난…… 김소은이 좋아. 김소은만 보여.”

진혁의 말을 심각한 표정으로 듣고 있던 소은이 굉장히 심각한 목소리로 입을 열었다.

"나한테 중독됐군요?"

소은의 말에 진혁이 고개를 끄덕였다.

"미치겠어. 금단 현상이 와서 미쳐 버릴 것 같아."

진혁의 눈가에 눈물이 맺혔다.

"가슴이 막 두근거리고…… 잠도 안 와, 소은아. 밥을 먹어도 맛있는 줄도 모르겠고 어떨 땐 하루 종일 배도 안 고파. 어떨 땐 손도 떨리고…… 얼굴이 화끈거리다가 소름도 끼쳐."

"진혁 씨……."

어느새 소은의 눈에도 눈물이 맺혔다.

"제발…… 제발…… 살려줘."

진혁의 눈에서 기어이 눈물이 흘러내렸다.

"죽을 것 같아……."

진혁이 고통스럽게 머리를 싸쥐며 눈물을 쏟아냈다.

진혁이 눈물을 쏟아내는 순간 소은의 눈에서도 와르르 눈물이 쏟아져 내리기 시작했다. 그동안 꽉 잠가놓았던 눈물보가 터지며 주체할 수 없을 만큼 눈물이 흘러넘쳤다.

어떻게 이 남자가 그립지 않았다고 거짓말할 수 있을까.

함께 지낸 시간은 겨우 3개월이었을 뿐인데, 그 짧은 시간 동안 행복했던 시간보다 힘겨웠던 시간이 더 많았는데도 소은은 불쑥불쑥 그가 그립고, 보고 싶어 가슴이 옥죄었었다.

어떻게 얻어낸 자유인데, 어떻게 움켜쥔 시간인데 이렇게 흔들리면 안 된다고 마음을 다잡으면서도 그가 그립다는, 몹시 그립다는 진심은 속일 수 없었다.

혹시 그가 전화를 먼저 걸지 않을까, 찾아와 주지 않을까 기다리게 되고 이렇게 끝나 버린 관계지만 유럽의 어느 부부처럼 친구처럼 지낼 수는 없는 걸까 그런 생각까지 했었다. 그만큼 소은도 진혁을 그리워했던 것이다.

그리고 알았다. 사람이 사람을 그리워하는 것에는 이유가 없다는 것을. 미워도 그립고, 좋아도 그립고, 밉거나 좋지 않아도 그립다는 것을.

소은은 어깨를 들썩이며 우는 진혁에게 다가가 가만히 진혁을 끌어안았다.

"무슨 남자가 화병에 걸리고 그래요?"

소은이 진혁을 끌어안은 채 야단을 쳤다.

"그만 울어요. 아까부터 코 마시고 있잖아요. 그냥 풀던지."

소은이 진혁의 볼을 타고 흐르는 눈물을 닦아주며 야단치자 진혁이 훌쩍거리며 웃었다.

"당신도 울지 마."

진혁도 소은의 눈물을 닦아주었다.

"아무리 열심히 달려도 3년은 걸릴 텐데…… 그래도 기다릴 수 있어요?"

"기다릴 수 있어."

"3년 넘어가면요?"

“그래도 기다려. 하지만…… 3년 안에 끝내줘.”

진혁이 부탁했고 소은이 고개를 끄덕였다.

“하지만 다시 결혼하진 않을 거예요.”

“응.”

“당신 가족들에 대한 얘기 하지 않겠다고 약속해 줘요.”

“약속할게.”

진혁이 흔쾌히 대답했다.

“그런데…… 시간 있어요?”

소은이 꽤 심각해진 표정으로 물었다.

“음. 왜?”

“시간 되면…… 옥문 양하고 옥경 군도 한번 만나게 해줄까 해서요. 걔들도 되게 오랜만이라.”

소은의 말을 가만히 듣고 있던 진혁이 푸하 하고 웃음을 터뜨렸다.

“옥경 군이 시원찮데요?”

“아니, 절대 아니. 갑자기 쭉 뻗치네.”

진혁이 멋지게 되받아쳤고 이번엔 소은이 웃음을 터뜨렸다.

※ 일주일에 꼭 한 번의 만남이 세 번째 되던 날.

맨발로 걷기 좋은 곳이라는 안내 표지판이 보이는 순간 소은은 주저없이 신발을 벗어버렸고 진혁은 당연하다는 듯 소은이 벗은 신발을 손에 들고 남은 한 손으로는 소은의 손을 꼭 잡았다.

두 사람은 손을 꼭 잡은 채 알록달록 눈이 부시게 물든 단풍을 바라보며 등산로를 따라 올라갔다.

"그래서 앞으로는 영화 번역에도 도전해 보려구요. 내 생각 어때요?"

"음, 좋아."

"갑자기 하고 싶은 게 너무 많아서 감당이 안 돼요."

"하고 싶은 거 다 해봐. 챙겨야 할 남편이 있는 것도 아닌데 뭐."

진혁의 농담에 소은이 깔깔거리고 웃었다.

"그런데 우리 정말 로맨틱하지 않아요?"

"뭐가?"

"합의이혼 기념으로 여행 온 거요. 아무나 할 수 있는 일 아니잖아요. 정말 쿨하고 로맨틱한 것 같아요."

"당신은 쿨하고 로맨틱하겠지만 그 속에 내 피눈물이 섞여 있다는 걸 잊지 마."

진혁이 한숨 섞인 목소리로 말했고 소은은 또 웃음을 터뜨렸다.

"솔직히 말하면 이혼하고 나니까 당신이 더 멋지고 아까운 거 있죠. 싱글로 만들지 말고 유부남인 채로 조금씩 말라죽게 할 걸 후회돼요."

"말라죽게 할 걸? 야, 진짜 독하다."

"나도 3년 동안 말라죽다가 극적으로 회생했잖아요. 독하긴 뭐가 독해. 흥!"

소은이 콧방귀를 꼈다.

"한 가지 확인할 게 있는데."

"뭐요?"

"프랑스에 있다는 그 친구, 가서 만나기로 했어?"

"만나게 되지 않겠어요? 친한 친구고 또 파리에서 사니까."

"프랑스 집은 내가 구해줄 테니까 가만히 있어."

"왜요?"

"그 자식하고 100킬로 떨어진 데서 살게 하려고!"

진혁이 퉁명스럽게 말했고 소은은 진혁의 질투가 귀여워 씩 웃었다.

"신발 신어. 이제 흙길이야."

진혁이 땅에 소은의 신발을 내려놓았고 소은은 시키는 대로 고분고분하게 신발을 신으려는데 진혁이 직접 소은에게 신발을 신겨주었다.

"너무 잘해주는 거 아니에요?"

"너무 즐기는 거 아니야?"

진혁과 소은은 서로를 바라보며 씩 웃었다.

부지런히 강천산 산행을 돌아 계곡을 따라 내려오다가 제2강 천호와 구장군폭포 사이에 있는 성 테마공원에 들른 진혁과 소은은 성 테마공원 곳곳에 세워져 있는 기기묘묘하면서도 익살스러운 석상과 동상들을 보며 어느 순간 웃기 시작했다.

너무도 사실적으로 만들어진 발가벗은 남녀의 동상과 남녀의 꽃잠을 연상시키는 여러 석상들. 그중 최고의 압권은 거대한 남근 석상이었는데 커다란 바위 위에 대포처럼 눕혀진 남근상도 있었고 바닥에서 불쑥 솟은 듯한 버섯 모양의 남근 석상도 있었다. 남근 석상들 가운데 가장 큰 남근상 앞에 선 소은과 진혁은 누가 먼저랄 것도 없이 은밀한 눈길을 주고받다가 웃음을 터뜨리고 말았다.

"마음에 들어?"

진혁이 짓궂게 물었고 눈을 흘기던 소은이 슬그머니 고개를 끄덕이자 이번엔 진혁이 소은에게 눈을 부라렸다.

"이리 와."

진혁이 소은의 손을 꽉 잡더니 남근상을 더 보지 못하게 하기 위해 확 끌어당겼다.

"빨리 내려가자. 이러다 오늘 중으로 서울에 못 가겠다."

"내일 결근하면 안 돼요?"

소은의 말에 진혁이 소은을 돌아봤다.

"왜?"

"자고 갔으면 좋겠는데."

"무슨 의도야?"

"무슨 의도는…… 아까 안내문 못 봤어요? '여기는 음과 양이

절묘한 조화를 이루고 있는 곳’이라잖아요. 그리고 ‘음과 양의 기운을 받아 생활에 활력과 삶의 재충전을 할 수 있는 문화 공간’이라고 했고.”

“그래서?”

“거대한 남근상에게서 받은 기를 쓰지 않는 건…… 그건 죄를 짓는 거예요.”

소은의 말에 진혁이 큰소리로 웃음을 터뜨렸다.

“그래, 죄짓고는 못 살지. 오늘 밤 남근상이 모조리 박살나도록 안아줄게. 살려달라고 울부짖어도 봐주지 않을 거야.”

진혁이 소은의 어깨를 감싸 안으며 은밀한 목소리로 속삭였다.

❋일주일에 꼭 한 번의 만남이 다섯 번째 되던 날.

새벽 1시.

소은이 조심스럽게 침대로 올라가 진혁의 품에 파고들었다.

“이제 끝났어?”

잠결에 진혁이 물었다.

“미안해요.”

“괜찮아.”

진혁이 소은을 끌어당겨 안으며 대답했다.

오늘은 정기적으로 일주일에 한 번씩 진혁을 만나는 날이었는데 하필이면 내일이 출판사로 초고를 넘겨주기로 약속한 날이라 꼼짝할 수가 없었다.

오전 11시에 소은을 데리러 왔던 진혁은 별수 없이 발이 묶여 점심 저녁까지 대충 때워야 했고 기다림에 지쳐 내일 소은의 집에서 바로 출근하기로 하고 먼저 잠자리에 들었었다.

진혁은 일 때문에 약속을 지키지 못한 소은에게 단 한 마디도 불만을 말하지 않았다. 소은을 마음 편하게 볼 수 있는 것으로도 충분했고, 그리고 소은이 일하는 모습을 볼 때마다 새삼 멋져 보였기 때문이다.

물론 중간중간 지루하긴 했지만 절대 지루한 척도 하지 않았다. 지루한 것 정도는 참을 수 있었고 참아줘야 한다고 생각했기 때문이다.

"피곤하지?"

진혁이 소은의 등을 어루만지며 물었다.

"약속대로 내일 원고를 보낼 수 있게 돼서 다 참을 수 있어요."

소은이 지쳤지만 밝은 목소리로 말했다.

"얼른 자. 내일 아침에 조용히 나갈 테니까 푹 자."

"일어날 거예요. 아침 차려줄게요."

"괜찮아. 자 그냥. 대신 지금 뽀뽀해 줘."

진혁의 말에 소은이 얼른 진혁의 입술에 입을 맞췄다.

“꼭 일어날 거예요. 그러니까 그냥 가지 말아요. 알았죠? 그냥 가면 화낼 거예요.”

소은이 진혁에게 으름장을 놓은 후 천장을 보고 똑바로 눕자 진혁이 소은의 다리를 끌어당겨 자신의 다리 위에 올려놓았다.

“푹 자.”

“네.”

“소은아.”

“네…….”

“사랑해.”

“……진작 이혼할걸. 이혼하고 나서야 사랑한다는 말을 듣네요.”

“사랑해.”

진혁은 소은이 잠들 때까지 사랑한다는 말을 속삭였다.

❋ 일주일에 꼭 한 번의 만남이 일곱 번째 되던 날.

[왜 안 와?]

1시간이 지나도록 소은이 약속 장소에 나타나지 않자 진혁이 소은에게 전화를 걸었다.

“미안해요. 당신이 여기로 좀 와줘야겠어요.”

[어딘데?]

“병원요.”

[병원엔 왜?]

"……발목 부러졌어요."

[발목이 부러졌어? 어쩌다가? 아니, 어디야? 어느 병원이야?]

진혁이 소리쳐 물었고 소은이 병원 이름을 알려준 후 30분이 지나지 않아 진혁이 나타났다.

"어쩌다 부러졌어?"

"저거 때문에요."

소은이 굽이 부러진 하이힐을 가리켰다.

"되게 멋진 척하면서 걷는데 하수구 구멍에 굽이 푹 빠져서…… 아, 쪽팔려. 사람들 엄청 많았는데……."

"갑자기 하이힐은 왜 신었어?"

"뽀다구 내려다…… 망했죠 뭐."

소은이 입을 비죽거리며 말하자 소은의 발목에 깁스를 감아주던 의사가 픽 웃었다.

그러고 보니 오늘따라 소은은 멋을 잔뜩 부린 모습이었다. 늘 편한 청바지에 티셔츠를 입고 나타났었는데 오늘은 웬일인지 시크한 스커트 차림이었다. 소은의 말대로 멋 부리려다 망한 꼴이었다.

"회복되는 데 얼마나 걸립니까?"

진혁의 물음에 의사가 뼈가 완전히 붙는 데는 보통 6주가 걸리고 그 후에도 한두 달은 조심하는 것이 좋다고 대답했다.

깁스를 한 후 처치실을 나오려는데 진혁이 소은에게 등을 보이고 앉으며 업히라고 말했다.

"걸어갈 수 있어요."

"업혀, 빨리. 선생님이 조심하라고 하셨잖아."

"목발 주신대요."

"말 들어. 얼른 업혀."

진혁이 고집을 부렸고 소은은 못 이긴 척 진혁의 등에 업혔다.

진혁은 소은을 거뜬하게 업은 채 주차장을 향해 걸어가기 시작했다.

"무겁죠?"

"괜찮아."

"가벼워요?"

"가볍진 않아."

"진혁 씨."

"응?"

"당신 등 참 넓어요."

"응."

"진혁 씨."

"응?"

"당신 등 되게 따뜻해요."

"응."

"진혁 씨."

“응?”
“진혁 씨.”
“왜?”
“그냥 좋아서 불러봤어요.”
소은이 진혁의 목을 꼭 끌어안으며 속삭였다.

✽두 달 후.

　아버지의 부름을 받고 한걸음에 성북동 집으로 달려간 소은은 진 여사를 비롯해 두 남동생과 임 변호사, 그리고 회장실 비서진에 처음 보는 사람들까지 모여 있는 것을 보고 자못 놀랐다. 뿐만 아니라 진혁도 와 있었다.
　처음 연락을 받고 성북동으로 달려올 때만 하더라도 아버지의 건강이 갑자기 나빠진 것은 아닐까 해서 덜컥 겁이 났었는데 다행히 아버지의 모습이 나쁘지 않아 걱정은 덜었지만 이렇게 많은 사람들이 왜 다 모인 것인지 궁금했다. 게다가 진혁까지.
　“무슨 일이에요?”
　“이리 와.”
　아버지가 당신의 옆자리로 소은을 불렀고 소은은 일단 아버지 곁으로 가서 앉았다.
　소은이 곁에 앉자 아버지는 소은의 손을 꼭 잡고는 처음 보는 남자에게 고갯짓을 했다.

"안녕하십니까, 아가씨."

"네, 안녕하세요. 그런데 처음 뵙는데요."

"예. 전 로펌 나&윤의 대표 나영국이라고 합니다."

"아, 네."

소은은 재빨리 임 변호사를 쳐다봤다.

지금껏 아버지의 개인적인 일이나 집안의 법적인 문제를 도맡아 처리하던 임 변호사였다. 그런데 어째서 다른 변호사가 있는 걸까?

소은이 진혁에게 무슨 일이냐고 눈짓으로 물었지만 진혁은 그저 희미한 미소만 지을 뿐 어떤 언질도 주지 않았다.

"저희 나&윤 로펌에서는 김 회장님의 의뢰를 받아 김 회장님의 재산 분할에 대한 작업을 맡아 처리했습니다. 그 작업은 약 다섯 달에 걸쳐 진행됐고 김 회장님의 뜻에 따라 마무리가 되었기에 김 회장님께서 지목하신 증여 대상자 분들이 모두 모인 자리에서 공표하도록 하겠습니다."

나영국 변호사의 말이 끝나는 순간 곁에 있던 비서가 꽤 두툼한 서류철을 일일이 돌렸고 소은의 손에도 서류철이 들어왔다.

재산 분할.

소은은 순간 움찔 놀랐다.

의사 선생님은 기적이라는 단어를 써도 과하지 않을 정도로 아버지는 기사회생하셨고 아주 특별한 문제만 없다면 앞으로 오랫동안 더 살아 계실 것이라고 했었다. 그래서 퇴원을 해서 집으로 오셨는데 앞으로 오랫동안 더 살아 계실 아버지가 어째서 이렇게 빨리 재산을 나누어 주시려는 걸까.

혹시 유산이 탐난 진 여사가 병든 아버지를 못 살게 구워삶은 것은 아닐까?

소은이 뾰족해진 기분으로 진 여사를 쳐다봤을 때 웬일인지 진 여사의 표정은 불치병에 걸린 사람처럼 어두웠다. 진 여사뿐 아니라 두 남동생들의 표정도 트럭에 치인 사람들처럼 형편없었다.

"재산 분할에 관한 모든 내용은 서류 안에 빠짐없이 기재되어 있으니 차근차근 읽어보시길 바라며 간략하게 설명드리겠습니다. 먼저 김 회장님의 재산 중 삼분의 일에 해당하는 재산은 기부 형식으로 사회 환원됩니다. 36페이지에 사회 환원에 대해 자세하게 설명되어 있으니 참고하시기 바랍니다. 다음 삼분의 일은 현산그룹의 발전 기금으로 예치됩니다. 41페이지에 나와 있습니다. 남은 삼분의 일의 재산은 사모님과 따님, 그리고 아드님 등 회장님께서 지목하신 분들께 증여됩니다. 45페이지부터 가족 증여에 대해 기록되어 있는데 회장님께서 가족들에게 배분하신 비율이 정확하게 명시가 되어 있습니다. 먼저 진 여사님께는 서류에 명시된 현금이 증여됩니다."

나 변호사의 말에 진 여사에게 증여된 현금의 액수를 살펴보던 소은은 순간 깜짝 놀라고 말았다. 아무리 동그라미를 세어보고 또 세어봐도 3억에 불과했기 때문이었다. 3억이라…… 진 여

사의 씀씀이로는 이 돈으로는 1년도 못 버틸 텐데 정말 파격적
으로 적은 액수였다.

소은이 흘낏 진 여사를 쳐다보자 진 여사는 더도 말고 덜도
말고 딱 뒷간에 빠진 얼굴이었다.

"다음 따님이신 김소은님께서는 현재 김 회장님께서 보유하
고 계신 주식 지분 전체 중 95%를 증여받으십니다. 지분은 현
산그룹을 비롯한 계열사 지분과 대경그룹 보유 지분, 석정그룹
보유 지분, 한정그룹 보유 지분 등 다른 그룹 보유 지분 모두 포
함한 것을 말합니다."

나영국 변호사의 말이 끝나는 순간 소은이 깜짝 놀라 고개를
번쩍 들고 변호사를 쳐다봤다.

아버지가 보유하고 있는 현산그룹의 지분 전체라면, 계열사
지분에 다른 그룹 지분을 모두 포함한 것이라면 그것은 정말 어
마어마한 규모였기 때문이다. 그것은 즉 소은이 언제 어느 때든
그룹 경영권과 인사권에도 개입할 수 있다는 뜻이었다.

"또한……"

"또 있어요?"

"충청도 예산 소재 대지 전체와 경기도 양평 소재 대지, 경기
도 화성 소재 대지 또한 따님이신 김소은님께 증여됩니다. 그리
고 마지막으로 현재 회장님께서 머물고 계신 이곳 성북동 자택
도 회장님 사후 따님께 증여됩니다. 그리고 장남 현산 케미컬
김 사장님께는 압구정동 소재 200평 빌라 한 채와 중국 현지 법

인 현산그룹 지분이 증여됩니다. 그리고 현재 유학 중이신 둘째 아드님께는 도곡동 소재 주상복합 아파트 100평 한 채와 베트남 현지 법인 현산그룹 지분이 증여됩니다."

더 이상 할 말이 없었다. 말을 할 필요도 없었다. 아버지는 사회 환원과 그룹 발전기금을 제외한 남은 재산을 거의 80% 이상 소은에게 넘겨주신 것이다.

아들을 둘이나 낳아준 부인도 아니고, 앞으로 회사를 책임지고 이끌어갈 두 아들도 아니고 경영이 무엇인지도 모르는, 이제 겨우 번역 일로 자신의 일을 찾은 딸 소은에게 넘겨주신 것이다.

이것은 정말 상상하지도 못한 결과였고 기막힌 반전이었다.

"다음, 회장님을 20년간 곁에서 보필해 온 황 집사님께는 청주 소재 별장과 대지 500평이 증여되고 30년간 회장님을 모신 운전기사 함 부장님께는 강촌 소재 별장과 대지 350평이 증여됩니다. 그리고 마지막으로 대경그룹 장진혁 사장님께는 김 회장님 사후 따님 김소은님의 법적 보호자가 되시기로 약속하셨기에 김 회장님이 보유한 전체 지분 중 따님에게 증여되는 지분을 제외한 남은 지분이 증여됩니다."

소은이 고개를 돌려 진혁을 바라보자 두 사람의 시선이 꼭 맞물렸다.

진혁의 입가에는 꽤 흥미로운 미소가 걸려 있었고 소은을 바라보는 눈빛에도 왠지 모를 유쾌함과 즐거움이 담겨 있었다.

“이상입니다. 처음에 말씀드렸다시피 세부적인 사항은 배부해 드린 문서를 참고하시면 되겠습니다. 덧붙여 말씀드리자면 이 모든 것은 김 회장님께서 결정한 것이며 저희 나&윤 로펌은 법이 정한 범주 안에서 적법하게 처리하였음을 밝혀두는 바입니다.”

나 변호사의 설명이 끝나자 성북동 김 회장님 저택 거실은 무거운 침묵에 휩싸였다.

아버지는 평상시와 별반 다르지 않은, 원래 무뚝뚝하셨던 분이라 나쁠 것도 좋을 것도 없는 표정이었고 진 여사와 두 동생들은 처음부터 최악의 상태 그대로였다.

“아가씨.”

나 변호사가 갑자기 소은을 불렀다.

“네.”

“회장님께서 아가씨의 개인 신변이나 아가씨의 재산을 법적으로 관리할 고문 변호인단으로 저희 나&윤 로펌을 지목하셨습니다. 동의하시겠습니까?”

김소은의 신변과 재산을 관리할 고문 변호인단이라…….

소은이 혼자 결정하기엔 벅찬 문제라 재빨리 진혁을 쳐다보자 진혁이 가볍게 고개를 끄덕였다.

“……네.”

“그럼 저희 로펌에서 증여 절차를 밟을 것이며 진행 상황과 결과를 그때그때 즉시 알려 드리도록 하겠습니다.”

“네.”

“곧 프랑스로 유학을 떠나신다고 들었는데 프랑스에 계시더라도 중요한 결정 사안이 발생할 때에는 연락을 드리도록 하겠습니다.”

“네.”

이렇게 해서 재산 증여를 위한 가족 모임은 끝이 났다.

가족 모임이 끝나는 즉시 아버지는 피곤해서 누워야겠다며 먼저 일어나셨고 자리에 눕는 즉시 쉬고 싶으니 당장 물러가라고 지시했다.

오직 소은에게만 한마디 남겼다.

“프랑스 가기 전에…… 아버지 한 번 보고 가.”

“당연히 아버지 뵙고 가지 그냥 갈까 봐요?”

소은은 걱정 마시라고 한 후 진혁과 성북동을 나와 곧장 자신의 집으로 향했다.

“난 아무것도 할 줄 모르는데…… 어쩌자고 나한테 그렇게나 많이 주신 걸까요?”

“현산그룹 경영권과 인사권에도 개입하고 좋잖아.”

“내가 뭘 알아야 개입을 하죠.”

“두 남동생이 무슨 짓을 하는지 감시하라는 의미야.”

“그런 거예요?”

“진 여사와 두 아들에게 강력한 경고를 하신 거야. 당신한테 까불다간 현산그룹에서 쫓겨날 수도 있다는 경고. 병원에 오래 계시면서 깨달으신 것 같아. 그토록 애지중지했던 아들놈들은 아픈 아버님을 돌볼 생각은 하지 않고 진 여사와 유언장 고칠 궁리만 했는데 내내 못마땅해하고 예뻐하지 않았던 당신만이 정기적으로 찾아와서 간호를 하니까 자식으로서 아버지를 진심으로 아끼는 마음을 가진 사람이 누군지 알게 되신 거지. 그래서 현산그룹 김 회장님의 아들이라는 것이 창피할 만큼 부스러기 몇 개만 남겨주신 거야. 대경그룹 지분을 당신에게 넘겨주신 것도 같은 맥락이고. 당신을 괴롭힌 서초동 사람들에게 이제 김소은한테 감히 덤비지 말라는 의미에서 던진 경고."

진혁이 은근히 재밌어하며 말했다.

"당신 기분 나빠해야 하는 것 아니에요?"

"그렇지. 그런데 이상하게 기분이 안 나쁘네."

진혁의 말에 소은이 픽 웃었다.

"그나저나 당신이 왜 내 법적 보호자예요?"

"글쎄…… 난 장인어른이 무조건 보호자가 되라고 윽박지르셔서 알겠습니다, 한 건데…… 싫어?"

"이혼했는데 장인어른은 무슨. 흥."

소은이 일부러 깐죽거리자 진혁이 소은을 노려봤다.

"이제 나보다 재산이 더 많아졌다고 까부는 거야?"

"아, 그렇구나!"

소은이 활짝 웃다가 거만하게 진혁을 쳐다봤다.

"나 이런 사람이에요."

소은의 말에 진혁이 웃음을 터뜨리며 소은을 끌어당겨 안았다.

"아, 진작 잘할걸. 이거 완전 로또를 놓친 꼴이잖아."

소은을 품에 안은 진혁이 장난스럽게 푸념했다.

❈다시 한 달 후. 소은이 프랑스로 떠나기 전날.

[짐은 잘 챙겼어? 빠뜨린 것 없어?]

온다던 사람이 오지는 않고 늦는다는 전화 한 통도 없더니 자정이 가까운 시간에서야 연락이 왔다. 그러더니 기껏 짐 잘 챙겼냐는 소리다.

"챙겼어요."

[다시 한 번 확인해. 덜렁왕이잖아.]

"몇 번이나 확인했어요. 그런데 언제 와요?"

[못 가.]

"일이 이제 끝났어요?"

[아직도 안 끝났어.]

누가 뭐라고 해도 다 물리치고 해가 지기 전에 달려올 테니 걱정 말라고 큰소리치더니 물리치긴커녕 물려 버린 모양이었다.

"갈수록 더 바빠지네요."

[음.]

“그럼 내일 공항에서 보는 거예요?”

[……아니.]

진혁의 목소리가 갑자기 가라앉았다.

“내일도 바빠요?”

[갑자기 출장이 잡혔어. 미안해.]

“괜찮아요. 일이 우선이죠.”

소은은 입으로는 괜찮다고 하면서도 속으론 뭐 이런 의무감 없는 법적 보호자가 다 있나 싶어 입술을 비죽였다.

[나 없어도 씩씩하게 갈 수 있지?]

“당연하죠!”

소은이 일부러 쾌활하게 대답했지만 김이 새는 것은 분명했다.

[프랑스 도착하면 연락해. 공항에 도착하면 수행원들이 기다리고 있을 테니까 걱정 말고.]

“알았어요.”

[티켓 잘 챙겼지?]

“챙겼어요. 그만 잔소리해요.”

그렇게 걱정되면 직접 와서 챙겨주면 될 것 아니에요! 하고 소리치고 싶었지만 차마 그 말은 하지 못했다.

[잘 갔다 와. 아니…… 잘 가. 휴가 때 갈게.]

“알았어요.”

[할 얘기 없어?]

“음…… 잘 지내요. 건강하게.”

[당신도. 먼저 끊을게.]

“저…….”

소은이 어쩐지 아쉬워 늦게라도 잠깐 들를 수 없냐고 물으려는데 진혁이 먼저 전화를 끊어버렸다.

“뭐야, 일주일 전까지 3년을 어떻게 기다리냐고 난리를 치더니.”

소은은 신경질적으로 휴대폰을 내려놓고 침대에 누워 버렸다.

“오늘 밤은 무슨 일이 있어도 같이 있자고 하더니…… 순 거짓말쟁이.”

무슨 일이 있어도 같이 있자고, 그리고 무슨 일이 있어도 공항에 직접 데려다 주겠다고 한 사람이 집에도 오지 않고 내일 공항에도 나오지 못한다니, 정말 완전히 속은 기분이었다.

“안 오면 그만이지 뭐. 자기가 온다고 했지 누가 와달라고 빌었나, 흥!”

씩씩거리던 소은은 자신도 모르게 한숨을 푹 내쉬고 말았다. 심통이 나서 툴툴거리면서도 어느새 가슴을 꽉 채운 서운함은 속일 수 없었던 것이다.

그와
그녀의
♡ 90일

에 필 로 그

그래도 혹시나 하는 마음에 마지막 1초까지 기다렸지만 끝내 진혁은 공항에 나타나지 않았다. 출장 간 사람을 기다린 것부터가 잘못된 것이지만 그럼에도 어쩌면, 하고 기대를 했었다.

집에서 공항으로 출발하려고 할 때 마지막으로 전화 통화를 했었고 배웅해 주지 못해 미안하다는 말을 들었으면서도 미련을 버리지 못하다니.

소은은 더는 지체할 수 없는 마지막 1초가 지나자 그제야 미련을 버리고 비행기에 올랐다.

승무원의 친절한 안내를 받아 퍼스트 클래스 좌석으로 간 소은은 자신의 옆자리에 앉아 신문을 읽고 있는 승객에게 피해를

447

주지 않기 위해 조심하며 창가 자리로 가서 앉았다.

비행기는 제시간에 맞춰 곧 이륙했고 안전띠를 끌러도 된다는 안내 방송이 흘러나오자 소은은 승무원에게 설탕을 넣지 않은 커피 한 잔을 부탁한 후 토트백에서 긴 비행에 지쳐 지루해지면 읽기 위해 가져온 책을 꺼냈다.

책을 뒤적거리던 소은은 옆자리에 앉은 사람이 읽고 있는 불어판 신문을 흘끗 쳐다봤다.

'불어판 신문이라……'

프랑스로 떠나는 비행기니 불어판 신문이 준비되어 있는 것은 당연한 일이었다.

'나도 불어판 신문이나 읽을까?'

좋은 생각 같았다.

앞으로 불어판 신문을 늘 곁에 두고 살아야 될 테니 지금부터 읽어두는 것이 좋을 것 같았다.

부탁한 커피를 가져온 승무원에게 다시 신문을 부탁한 소은은 향기가 그만이라고 생각하며 커피 한 모금을 마셨다.

그때였다.

"커피 맛있어?"

소은이 막 두 번째 모금을 마시려는 찰나 옆자리에 앉아 있던 아저씨가 말했고, 너무도 익숙한 목소리에 소은이 깜짝 놀라며 고개를 돌렸을 때 옆자리의 아저씨가 신문을 치우며 소은을 향해 씩 웃었다.

“여보!”

소은이 마치 유령을 본 듯한 얼굴로 소리쳐 부르자 진혁이 ‘1등석이야, 조용히 해’ 하고 나지막이 나무랐다.

“어떻게 여기 있어요?”

“비행기 탔으니까 여기 있지.”

“출장 간다고 했잖아요.”

“거짓말이야.”

진혁의 말에 소은이 멍하게 진혁을 쳐다보다가 눈을 흘겼다.

“감쪽같이 속이다니. 정말 출장 가는 줄 알았잖아요!”

소은이 낮은 목소리로 맹렬하게 쏘아붙였다.

“당신 나한테 여보라고 한 거 알아?”

“내가요? 언제요?”

“나 보자마자 놀라서 여보! 했잖아.”

“내가 언제요!”

딱 잡아뗐지만 생각해 보니 정말 여보라고 불렀던 것이 틀림없었다. 자신도 모르게 불쑥 여보라는 단어가 나와 버린 것이다.

“그런데 뭐 하느라 이렇게 늦게 탄 거야. 기다리느라 목 빠지는 줄 알았잖아.”

“난 혹시 당신이 배웅해 주러 올까 봐…… 언제 왔어요?”

“1등으로 탔어. 깜짝 놀래켜 주려고.”

“정말 깜짝 놀랐어요.”

소은이 눈을 흘겼지만 진혁은 웃기만 했다.

"프랑스까지 데려다 주려고 온 거예요?"

"아니."

"그럼요?"

"프랑스에 아는 여자가 있어서 지금부터 좀 사귀려고."

진혁의 말에 소은의 눈이 가늘어졌다.

"혹시 프랑스에 있다는 그 아는 여자가 나도 아는 여자예요?"

"아마 그럴걸? 되게 독한 여잔데."

진혁의 말에 소은이 웃으려다 참았다.

"그런데 그 여자가 사귀어준대요?"

"결혼하자는 말만 안 하면 사귈걸?"

진혁이 말했고 소은은 더 못 참고 웃음을 터뜨리고 말았다.

"프랑스에서 며칠이나 있을 수 있어요?"

"3년?"

진혁의 대답에 소은이 장난치지 말라는 듯 얼굴을 찌푸렸다.

"빨리 말해요. 며칠이나 있을 거예요?"

"정말 3년."

"화낼 거예요."

"정말이야."

"회사는 어쩌구요?"

"잘렸어."

진혁이 태평스럽게 대답했다.

"잘려요? 왜요?"

"당신 따라서 프랑스 갔다 오겠다 했더니 아버지 열받으셔서 그냥 회사에서 나가라고 하더라고."

"그래서요?"

"나왔어."

진혁은 여전히 태평했다.

"정말 잘렸어요?"

"음."

"백수예요?"

"그렇다니까."

"백수가 무슨 퍼스트 클래스야."

소은의 말에 진혁이 낮게 웃음을 터뜨렸다.

"뭐 먹고 살 거예요?"

"아, 그거? 걱정 마. 프랑스에서 사귈 여자가 억만장자야."

진혁의 대꾸에 소은이 웃음을 터뜨렸다.

"장난치지 말고 이제 똑바로 말해요. 휴가받았어요?"

소은의 물음에 진혁이 정색을 하며 소은의 손을 잡았다.

"긴 얘기 안 할게. 회사를 택하든지 당신을 택하든지 하나만 선택해야 할 상황이었고…… 난 지금 여기 있어."

진혁은 자신의 선택에 조금도 후회가 없었기에 밝은 목소리로 말했다.

"……왜 그랬어요?"

"로또를 놓친 게 억울해서."

진혁이 농담처럼 말했지만 소은은 농담 속에 담겨 있는 깊은 진심과 사랑을 충분히 느낄 수 있었다.

"얼마든지 3년 기다린다고 하더니, 자신없었던 모양이죠?"

"3년 기다리다가 화병 걸려 죽을 것 같아서."

진혁의 말에 소은이 불퉁해졌다.

"아, 진짜 스토커도 아니고. 프랑스 남자 한 번 사귀어보려고 했더니."

"그럴 줄 알고 따라붙었지."

진혁의 말에 소은은 좋으면서도 아닌 척 입술을 비죽거렸다.

"다시 불러봐."

"뭘요?"

"여보라고 다시 불러보라고."

"그렇게 부른 적 없거든요?"

"다시 안 부르면 여기서 쪽팔리게 한다."

"어떻게 쪽팔리게 할 건데요?"

소은이 조금도 겁나지 않다는 듯 깐죽거리는 순간 소은의 좌석 등받이가 아래로 쑥 내려갔고 동시에 소은은 눕는 자세가 되어버렸다.

"좋게 말할 때 여보라고 하는 게 좋을걸?"

진혁이 금방이라도 소은의 몸 위에 누울 것 같은 자세로 소은을 내려다보며 협박했다.

“미쳤어, 미쳤어.”

소은이 기겁을 하며 진혁을 밀쳐 내려 했지만 진혁은 꿈쩍도 하지 않았다.

이미 1등석 안은 술렁거리고 있었다. 언제 왔는지 몰라도 소은이 부탁한 신문을 가져온 승무원도 흥미 반 우려 반인 표정으로 두 사람을 감시하고 있었다.

“정말 미쳤어요?”

“나 미친 지 오래됐어.”

진혁은 1등석이 술렁거리거나 말거나 승무원이 있거나 말거나 조금도 신경 쓰지 않고 능글맞게 웃으며 말했다.

“언제부터 그렇게 능구렁이가 된 거예요?”

“김소은이 나 버리고 도망가는 순간부터.”

“알았으니까, 빨리 비켜요.”

소은이 이를 악물고 협박했지만 진혁은 돌쇠처럼 버티고 있었다.

“빨리 여보라고 불러.”

“아이그, 정말…… 비켜요. 비켜요, 여보.”

소은이 이를 갈며 여보라고 부르자 진혁이 만족스러운 듯 웃으며 자신의 자리로 돌아갔고 승무원은 소은에게 신문을 건네주며 친절한 미소와 함께 다시 이런 식의 풍기문란 행위가 일어나면 매우 곤란한 경고를 받게 될 것이라는 뜻의 강한 눈빛을 남겨놓고 퍼스트 클래스를 떠났다.

창피해서 어쩔 줄 몰라 하는 소은과는 달리 천연덕스럽게 웃고 있던 진혁이 소은과 똑같이 등받이를 내리며 나란히 누웠다.

“소은아.”

“왜요.”

부드러운 진혁의 목소리와는 달리 소은이 퉁명 맞게 대꾸하자 진혁이 소은의 손을 꼭 잡았다.

“좋다.”

“……”

“안 좋아?”

“……좋은 것도 같고.”

소은이 거드름을 피우자 진혁이 낮게 웃음을 터뜨렸다.

“큰일 났다.”

“뭐가요?”

“나 프랑스어 할 줄 모르는데.”

“아까 프랑스 신문 들고 있었잖아요.”

“얼굴 가리느라 들고 있었던 거야. 무슨 소린지 하나도 모르겠더라고.”

“나한테 배워요. 대신에 수강료는 비싸요. 그런데 백수가 돼서 수강료 어떻게 낼래요?”

“몸으로 때우면 안 될까?”

진혁이 은밀한 눈길을 던지며 말했다.

“꽤…… 쓸 만하잖아.”

진혁의 눈빛이 점점 더 음란해졌다.

"일부러 그러는 거죠? 갑자기 왜 이렇게 까진 거예요?"

"실망했어? 하지만 어쩔 수 없어. 내 본모습을 찾기까지 쉽지 않았으니까. 아주 비싼 값을 치렀거든."

진혁이 큰 의미가 담긴 말을 던졌다.

"실망하지 않았어요. 딱 내 취향이에요."

소은이 씩 웃자 진혁이 소은에게 다가오더니 귓속말로 속삭였다.

"공중에서…… 어때?"

소은의 낮은 웃음소리가 조용한 1등석 안에서 잔잔하게 울리고 있었다.

그와 그녀의 90일 End.

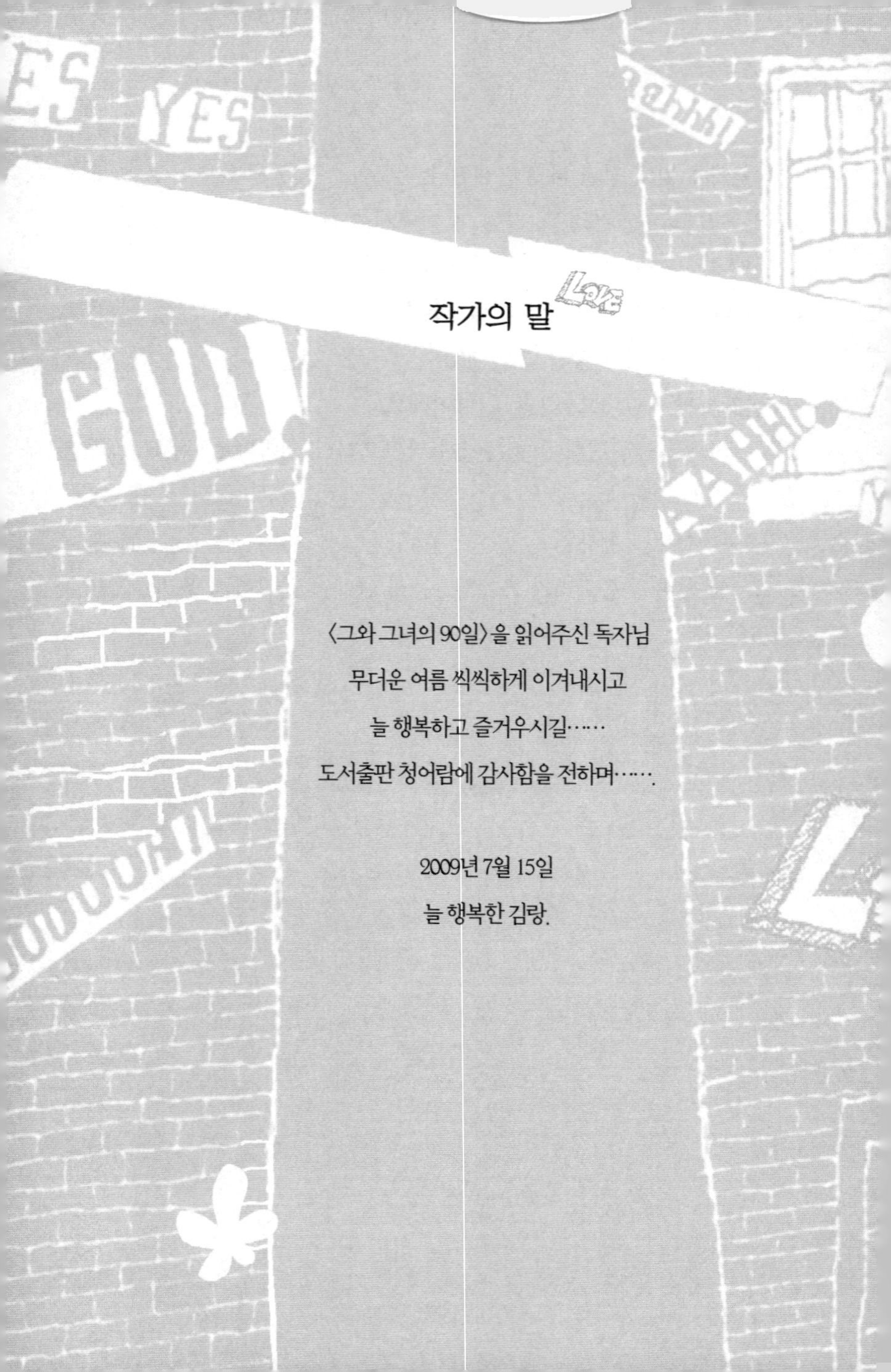

작가의 말

〈그와 그녀의 90일〉을 읽어주신 독자님

무더운 여름 씩씩하게 이겨내시고

늘 행복하고 즐거우시길……

도서출판 청어람에 감사함을 전하며…….

2009년 7월 15일

늘 행복한 김랑.